ro
ro
ro

Kjetil Try, geboren 1959, lebt in Oslo und ist in der Werbebranche tätig. Im Rowohlt Taschenbuch Verlag erschien bisher «Denn ihrer ist das Himmelreich» (rororo 25231), der Auftakt einer Reihe um den Osloer Kommissar Rolf Gordon Lykke. «Und ewig währt die Hölle» ist der zweite Teil.

«Ein durchweg spannender und facettenreicher Krimi von einem Autor, dessen Namen man sich merken sollte.» (ORF über «Denn ihrer ist das Himmelreich»)

Kjetil Try

Und ewig währt die Hölle

Kriminalroman

Aus dem Norwegischen
von Dagmar Lendt

Rowohlt Taschenbuch
Verlag

Die Originalausgabe erschien 2011 unter dem Titel
«Frels oss fra det onde» bei Gyldendal Norsk, Oslo.

Deutsche Erstausgabe
Veröffentlicht im Rowohlt Taschenbuch Verlag,
Reinbek bei Hamburg, Dezember 2011

Redaktion Friederike Arnold
Umschlaggestaltung any.way, Barbara Hanke/
Cordula Schmidt
(Foto: neuebildanstalt/Weber-Decker)
Satz aus der DTL Documenta
bei Dörlemann Satz, Lemförde
Druck und Bindung CPI – Clausen & Bosse, Leck
Printed in Germany
ISBN 978 3 499 25832 9

FSC
www.fsc.org
MIX
Papier aus verantwortungsvollen Quellen
FSC® C083411

Das für dieses Buch verwendete FSC®-zertifizierte Papier
Lux Cream liefert Stora Enso, Finnland.

Prolog

Ihr Blick wanderte vom schwarzen Bildschirm zum Wecker auf der Fensterbank. 19.01 Uhr. Zwanzig Minuten waren vergangen, seit sie ihn gesehen hatte. Sie strich sich eine dunkle Haarsträhne aus dem Gesicht. Ihre Hand zitterte immer noch. Sie saß auf dem einzigen bequemen Sessel in dem kleinen Zimmer und starrte wieder auf den Flachbildschirm, der ein wenig schief an der weißen Rigipswand hing. Schwaches Rauschen aus der Wasserleitung in der Küche mischte sich mit dem Verkehrslärm drei Etagen unter ihr.

Sie stand auf und ging zum Fenster. Es hatte angefangen zu regnen. Ein Verkehrspolizist hatte sich am 7-Eleven untergestellt, er fröstelte in seiner dünnen Uniform. Für einen Moment dachte sie daran, zu ihm hinunterzulaufen, aber im selben Augenblick stoppte ein weißer Kleinwagen vor dem Laden, und der Mann stieg ein. Sie blickte dem Auto nach, bis es an der Urtegata um die Ecke bog und verschwand.

Nadija sah wieder zur Uhr. Vierundzwanzig Minuten. Sie griff sich an den Hals, ihre Kehle war wie zugeschnürt. Auf dem Wohnzimmertisch lag ihr schwarzes iPhone. Das Einzige, das entfernt an Luxus erinnerte. Es war immer noch warm. Sie wählte die Nummer der Auskunft.

«Können Sie mich mit der Polizei verbinden?»

«In Oslo?»

«Äh ... ja, bitte.»

Die Sekunden erschienen ihr unendlich lang. Ihr kamen Zweifel.

«Polizei.»

«Ich möchte melden, dass ... Ich habe gesehen ...» Ihre Stimme zitterte. «Ich habe gerade ...»

Im selben Moment ging die Zimmertür auf.

«Ist das Papa?»

«Nein, es ist niemand.»

Sie versuchte zu lächeln, drückte das Gespräch weg und ließ das Handy in der Tasche ihrer dunkelblauen Windjacke verschwinden.

Nora legte den Kopf schräg und musterte sie.

«Gehst du noch weg?»

Nadija räusperte sich. Schluckte.

«Nein, ich bin nur noch nicht dazu gekommen, die Jacke auszuziehen.»

Nora zuckte mit den Schultern.

«Ich geh kurz zu Erna. Wir wollen für die Mathearbeit morgen lernen.»

«Zu Erna, wie schön.»

Für einen Moment wurde ihr warm ums Herz. Ein Gefühl, das sie oft hatte, wenn Nora mit anderen Kindern zusammen war. Das war noch nicht lange so. Die ersten Jahre in der Schule hatte sie es nicht leicht gehabt. Nora war eine Außenseiterin gewesen. Sie wurde von den Klassenkameradinnen nicht zu Geburtstagspartys eingeladen, kam stets allein aus der Schule heim und zog sich immer mehr zurück. Sie weinte nie und beklagte sich auch nicht, aber wenn Nadija sie fragte, wich sie aus und antwortete nur in halben Sätzen. Kurz nach der Scheidung war es besonders schlimm gewesen. Nora war mit zerrissenem Anorak und kaputter Brotdose nach Hause gekommen. Nadija hatte mit den Tränen gekämpft, als sie die geballten kleinen Fäuste sah, aber ihre Tochter wollte nicht erzählen, was passiert war. Die Lehrerin wusste auch von nichts. Ihrer Meinung nach war Nora eine gute und fleißige Schülerin. Vielleicht ein bisschen still, ein Kind, das gern für sich blieb, wie sie es nannte. Nadija glaubte ganz und gar nicht, dass Nora gern für sich bleiben wollte. Im Kindergarten hatte sie immer fröhlich mit den anderen Kindern gespielt. Deshalb hatte sie bei der Møllergata-Schule angefragt, ob ein Schulwechsel möglich sei, doch als alles für den Wechsel vorbereitet war, hatte sich das Blatt gewendet – durch Erna, die im Nachbaraufgang wohnte und mit ihren hochverschuldeten Eltern aus Island hierhergezogen war. Gleich am ersten Tag war sie Noras beste Freundin geworden. Dem Himmel sei Dank, dass es Erna gab.

Nadija betrachtete ihre zehnjährige Tochter und dachte ein wenig wehmütig, dass sie ihrem Vater unglaublich ähnlich sah. Nur das dicke dunkle Haar und den breiten, entschlossenen Mund hatte sie von ihr.

«Vor acht bist du wieder hier», sagte sie.

Nadija umarmte den schmächtigen Körper, presste ihre Nase in Noras Nacken und spürte die Wärme und den Duft ihrer Haut.

«Pass auf dich auf», murmelte sie.

Nora befreite sich aus ihrer Umklammerung.

«Ich geh doch bloß zu Erna.»

Die Wohnungstür schlug hinter ihr zu, und Nadija hörte, wie sie mit schnellen Schritten die Treppe hinunterging. Sie hakte die Sicherheitskette ein und setzte sich aufs

Sofa unter dem Fenster. Der Zipfel eines hellblauen Lakens lugte an der Armlehne hervor. Sie stopfte ihn zerstreut wieder zwischen die Polster und griff nach ihrem Handy. Gerade als sie die Nummer der Auskunft wählen wollte, klingelte es an der Tür. Einen Augenblick lang saß sie wie erstarrt da, aber dann fiel ihr Blick auf den offenen Schulranzen in der Kinderzimmertür, aus dem das Mathematikheft halb herausragte. Ihre Schultern entspannten sich.

«Ich komme!» Sie griff nach dem Schulranzen, hakte die Sicherheitskette aus und öffnete die Tür. «Du hast dein ...»

Nadija verstummte abrupt.

«Du?», bekam sie gerade noch heraus, ehe ein kräftiger Stoß gegen die Brust sie zu Boden warf. Im letzten Moment, bevor ihr Hinterkopf auf den Fußboden schlug, dachte sie daran, was Nora wohl tun würde, wenn sie entdeckte, dass sie ihr Matheheft zu Hause vergessen hatte.

Kapitel 1

Parisa Sadegh zog den Slip aus und ließ sich in das dampfend heiße Wasser sinken. Was für ein anstrengender Herbst. Zwei Morde in drei Wochen, das war selbst für eine Großstadt wie Oslo ungewöhnlich. Außerdem war Darre auf unbestimmte Zeit krankgeschrieben, was eine Menge Überstunden bedeutete. Das war auch nicht anders zu erwarten, wenn man für Kommissar Rolf Gordon Lykke arbeitete. Sie war mit anderen Worten selbst schuld. Als sie vor acht Jahren ihren Polizeidienst begann, hatte sie alles darangesetzt, um in Lykkes Abteilung zu kommen. Die größten und schwierigsten Fälle gingen immer an ihn. Er war der erfahrenste und, nach Meinung vieler Kollegen, auch der beste Ermittler im Polizeipräsidium, und außerdem sagte er nie nein.

Parisa legte ein Bein auf den Rand der Badewanne und griff nach der Flasche Rasierschaum inmitten unzähliger Duschgels und Badeöle, die ihr eine Pfirsichhaut und ewige Jugend versprachen. So ein heißes Bad war ein Luxus, den sie schon in ihrer Kindheit in Teheran geliebt hatte. Nachdem ihre Familie Mitte der achtziger Jahre nach Schweden geflüchtet war, hatte sie sich viele Jahre lang mit einer Dusche begnügen müssen, bevor sie ihr Glück in Norwegen versucht, die Polizeischule absolviert und sich eine Wohnung in Bislett gekauft hatte. Sechzig Quadratmeter mit eigener Badewanne.

Sie nahm den Rasierer aus der Seifenschale und ließ ihn über ihre schlanken Beine gleiten. Nicht, dass sie hysterisch besessen von ihrem Körper und ihrem Aussehen gewesen wäre, aber unerwünschten Haarwuchs entfernte sie immer sorgfältig.

Parisa drehte den Hahn auf, ließ klares Wasser in die Hände laufen und spülte ihr Gesicht ab. Dann fuhr sie sich mit den Fingern durch das kurze, rabenschwarze Haar. Mehrere ihrer Freundinnen aus der Zeit auf der Polizeischule schickten wöchentlich besorgte Mails. «Du bist dreiunddreißig, Parisa, wieso gehst du nicht mehr aus?» Oder: «Bei *sukker.no* sind unglaublich viele süße Typen.» Sie hatte ein wenig gesurft und sich die verschiedenen Dating-Portale angesehen. Davon gab es viele, und das Spektrum reichte von gemütlichen kleinen Web-Communities bis hin zu Internetseiten mit so netten Namen wie *gangbang.no* oder *fuck2night.com*, die keinen Zweifel aufkommen ließen, was hier zu erwarten war. Parisa hatte mit einiger Skepsis ein eigenes, allerdings anonymes Profil bei *match.no* eingestellt. Und offenbar «passte» sie zu vielen Männern, die hier auf der Suche waren. Auf «unglaublich süße» Typen stieß sie allerdings kaum, obwohl schon der eine oder andere darunter war, den man sich ein wenig genauer ansehen konnte. Vorläufig hatte sie sich darauf beschränkt, die Mails von Kandidaten zu sichten, die vielleicht, mit Vorbehalt, einen zweiten Blick wert waren. Sie hatte sie einer Freundin am Telefon vorgelesen, und beide hatten sich halb totgelacht.

Sie erhob sich halb aus der Wanne und kontrollierte die Bikini-Linie und die Achselhöhlen. Strich mit dem Zeigefinger über eine lange, rosa Narbe auf der Innenseite ihres linken Oberarms. Eine Erinnerung an ihre Zeit als Marinejäger beim schwedischen Militär.

1307 Sadegh war eine Mustersoldatin gewesen und hatte die Grundausbildung ohne nennenswerte Konkurrenz als beste Rekrutin ihres Jahrgangs abgeschlossen. In Anbetracht ihrer Größe von eins fünfundsechzig und ihrer einundfünfzig Kilo war das eine sehr respektable Leistung, und die Ergebnisse ihrer Prüfung wurden immer noch als Vorbild für neue, auch männliche Rekruten verwendet.

Parisa schloss die Augen und legte den Kopf in den Nacken, bis sie das warme Wasser in den Ohren spürte. Sie versuchte, sich den Duft der violetten Blumen in Erinnerung zu rufen, die den Pool auf der Dachterrasse in Teheran gesäumt hatten. Als kleines Mädchen hätte sie nie gedacht, dass dieser Duft sie jemals verlassen würde, aber jetzt, fast dreißig Jahre später, hatte sie Schwierigkeiten, sich daran zu erinnern. Die Kirschblüten an späten Frühsommerabenden rochen manchmal ähnlich, aber etwas fehlte ihnen, eine leicht säuerliche Note.

Ihre Gedanken wurden vom Telefon auf dem Badezimmerregal unterbrochen.

Parisa erhob sich, stieg aus der Wanne auf die warmen Fliesen und griff nach ihrem flauschigen Badehandtuch. Ehe sie abnahm, warf sie einen schnellen Blick aufs Display.

«Hej, Lasse.» In ihrer Stimme schwang immer noch ein leichter schwedischer Tonfall mit.

«Das hat ja gedauert. Warst du schon im Bett?»

«Nein, hab ferngesehen ...»

Parisa schüttelte den Kopf, um das Wasser aus den Ohren zu bekommen.

«Lykke hat eben angerufen, von seiner Hütte aus. Wir haben einen Mord in Grønland. Wohl ziemlich übel. Der Chef kommt heute abend noch zurück. Er will, dass wir beide uns die Sache ansehen. Tøyengata 21.»

Parisa war schon dabei, einen sauberen Slip aus der Kommode unter dem Waschbecken zu angeln.

«Bin in zwanzig Minuten da», sagte sie.

Kapitel 2

Rolf Gordon Lykke hakte den roten Auffangsack in den Rasenmäher ein, richtete sich auf und schlug mit dem Kopf gegen das graue Schieferdach.

«Au, verflucht …»

Der kleine rote Bootsschuppen war in den 1920er Jahren gebaut worden, offenbar von einem Fischer, der entweder besonders klein war oder einen Eisenschädel hatte. Beides traf auf Lykke nicht zu. Er rieb sich den Kopf mit dem kurzen, grauen Haar, schloss die Tür und musste mit dem Stiefel nachhelfen, um sie in den verzogenen Rahmen zu drücken. Er hätte den Schuppen im Sommerurlaub reparieren sollen. Neue Türangeln hatte er bereits gekauft, sie lagen zusammen mit anderem Material säuberlich gestapelt unter dem Dach an der Rückseite des Schuppens. Die vier kleinen Scheiben im Fenster zum Meer hin waren zerbrochen und drohten herauszufallen. Anstatt durch Kitt wurden sie nur noch durch ein paar krumme, verrostete Nägel gehalten.

Lykke entfernte einige morsche Holzsplitter um den Eisenriegel herum. Die Unordnung quälte ihn. Nur Geldverschwendung war schlimmer. Was er in Kindertagen gelernt hatte, saß tief: Man bezahlt keine Handwerker für Arbeiten, die man selbst erledigen kann.

Er drehte sich um und betrachtete das spiegelglatte Meer im schwachen Licht der Außenlampe. Ein seltener Anblick um diese Jahreszeit. Im November blies normalerweise ein steifer Nordwestwind über den Sund und rüttelte an Vertäuungen und wackligen Stegen. Eine Eiderentenfamilie hatte sich auf den Felsen nur wenige Meter vom Ufer entfernt niedergelassen. Drei von fünf Küken waren jetzt noch übrig. Vermutlich kein schlechtes Ergebnis, wenn man an all die Möwen dachte, die Anfang Mai über den kleinen Flaumbällen gekreist waren. Er hatte auf dem Steg gestanden und hektisch mit einem Bootshaken gewedelt, während er hilflos zusehen musste, wie eine Mantelmöwe sich eins der wenige Tage alten Küken schnappte und es in Sekundenschnelle verschlang. Das war ihm nahegegangen, trotz seiner dreißig Dienstjahre im Dezernat für Gewaltverbrechen. Inzwischen waren die jungen Enten so groß, dass er sie kaum von ihren Eltern unterscheiden konnte.

«Fährst du schon wieder?»

Lykke drehte sich um, als er den breiten Bohuslän-Dialekt hörte. Guy Gunnarsson war fast nicht zu unterscheiden von den unzähligen Netzen, Plastiktonnen und nicht zuletzt dem Gerümpel, das sich wie immer auf seinem grauen Betonsteg türmte.

«Ich muss zurück. Wir haben einen neuen Fall ...»

«Mord?»

«Sieht so aus.»

Der alte Fischer schüttelte den Kopf und spuckte seinen Snus in den Schnee.

«So 'n Scheiß», murmelte er.

Lykke blickte zu dem roten Haus hinauf. Seine Sommerhütte, wie er es gern nannte. Ein Schnäppchen. Er hatte es an einem Spätsommertag 1989 aus einem Impuls heraus für 540 000 Kronen gekauft. Heute war das einhundertdrei Jahre alte Waschhaus inklusive Außenklo, windschiefem Bootshaus und noch windschieferem Anlegesteg ein Vielfaches wert. «Eine Spitzenlage», hatte der schwedische Immobilienmakler gesagt. Und das war kaum übertrieben. Das Haus stand nur acht Meter vom Ufer entfernt auf einer Insel fünf Kilometer südlich von Strömstad. Lykke hatte zwei Nachbarn: Familie Alm gehörte ein großes weißes Haus mit gemauertem Steg, und der achtundsiebzigjährige Guy Gunnarsson war Fischer im Ruhestand und hatte fast sein ganzes Leben in dem kleinen grauen Haus verbracht, das an der äußersten Spitze der Landzunge stand.

Lykke betrachtete es gern als kleine Siedlung oder «Ort», wie die Schweden es nannten.

«Willst du 'n paar Hummer mitnehmen, für die Woche?»

Gunnarsson hatte sich aus dem blauen Campingstuhl erhoben, in dem er immer saß, und stieg vorsichtig in das flache Aluminiumboot, dass extra für den Aalfang in flachem Wasser gebaut war.

«Ich glaube nicht, dass ich vor Weihnachten noch mal kommen kann. Keine Zeit.»

«Ich hab feine Krebse hier.»

Lykke schüttelte bedauernd den Kopf und merkte, wie das Sommergefühl, das er hier draußen immer hatte, sogar im November, ihn langsam verließ.

In seinem kleinen Haus war schon alles fertig gepackt. Das war schnell gegangen, weil er seine paar Sachen noch gar nicht richtig ausgepackt hatte, als Polizeidirektorin Breiby anrief. Aber immerhin hatte er das Boot an Land gezogen und das Wasser abgestellt, aus dem Grund war er schließlich gekommen. Plötzlich fiel ihm ein, dass er Sonja versprochen hatte, einige Dahlienknollen auszugraben. Lykke warf einen Blick auf die Uhr. Daraus wurde nun nichts mehr. Er hob sich den abgenutzten Bergans-Rucksack auf die Schultern, steuerte auf die Haustür zu und blieb einen Moment vor einem Paar rosa Kindersandalen stehen. Hatte Sonja etwas davon gesagt, dass er Idas Sandalen mitbringen sollte? Sicherheitshalber griff er danach. Hier standen sie in den nächsten Monaten ja doch nur nutzlos herum.

Der kleine Steg schwankte unter seinem Gewicht. Was vor allem etwas über den Zustand des Stegs aussagte. Als Lykke das letzte Mal zum Gesundheitscheck gewesen war, hatte der Personalarzt nur resigniert den Kopf geschüttelt. Der Zeiger der Waage war bei sechsundsiebzig Kilo stehengeblieben. Nach Meinung des Arztes waren das mindestens zehn Kilo zu wenig für einen Mann von eins achtundachtzig.

Er löste die Vertäuung der winzigen Jolle, in der er über den schmalen Sund rudern wollte. Für einen kurzen Moment wurde ihm schwindelig. Ich bin erschöpft, dachte Lykke, ich hätte nein sagen sollen. Aber Breiby hatte ihm vor einer halben Stunde am Telefon gesagt: «Wir brauchen Sie für diesen Fall, Rolf. Da ist irgendwas, dessen Ausmaß wir nicht einmal erahnen.»

Er zog die Jolle heran und stellte die rosa Sandalen vorsichtig in den Bug. Sofort meldete sich sein schlechtes Gewissen. Wie lange war es her, seit er einen ganzen Tag mit Ida verbracht hatte? Er musste in Gedanken zurückgehen bis zum Sommerurlaub, und auch der war durch einen Mord abrupt beendet worden. Nur noch diesen einen Fall, dachte Lykke, danach gönne ich mir für eine Weile mehr Ruhe. In diesem Moment glaubte er selbst daran, obwohl er genau wusste, dass er sich das schon unzählige Male vorgenommen hatte. Er zog die Ruder zu sich heran und begann, mit langen, ausgreifenden Schlägen zu rudern. Nachdem er sich einen Fixpunkt am anderen Ufer gesucht hatte, brauchte er seinen Kurs unterwegs kaum zu korrigieren. In wenigen Stunden würde er zurück im Büro sein.

Ein neuer Mordfall. Er spürte ein erwartungsvolles Ziehen im Bauch.

Kapitel 3

Vor dem grünen Mietshaus hatten sich zwanzig oder dreißig Schaulustige eingefunden. Sie standen fröstelnd beisammen, unterhielten sich und zeigten auf die beiden Polizeiwagen, die auf dem Bürgersteig parkten.

Parisa Sadegh schüttelte nachdrücklich den Kopf, als ein Reporter vom Dagbladet auf sie zusteuerte, nickte einem uniformierten Beamten an der Haustür zu und verschwand im dunklen Treppenaufgang. Das dreistöckige

Mietshaus war irgendwann um 1900 herum gebaut worden und in einem ziemlich schlechten Zustand. Es roch unverkennbar nach feuchtem Mauerwerk und altem Linoleum. Bei jedem Schritt knackten die alten ausgetretenen Treppenstufen.

Im zweiten Stock war ein Beamter, den Parisa von der Schutzpolizei her kannte, damit beschäftigt, den Eingangsbereich der Wohnung abzusperren. Das rot-weiße Polizeiband stand in grellem Kontrast zu den schmutziggelben Wänden. Der Beamte wirkte aufgewühlt, fast empört.

«Das dadrinnen ist ziemlich ... heftig», murmelte er, als sie an ihm vorbeiging.

Das Erste, was sie sah, war Lasse Vikers kräftige Gestalt. Er stand tief vornübergebeugt, sein breiter Hintern zeigte zu dem schlichten Lampenschirm an der Decke. Der Anblick hätte beinahe etwas Komisches gehabt, wäre da nicht die nackte Frau gewesen.

Parisa ging die wenigen Schritte zur Mitte des Zimmers und legte Viker die Hand auf die Schulter.

«Wie sieht's ...» Der Rest ging in einem unkontrollierten Aufkeuchen unter.

Im Laufe ihrer acht Dienstjahre im Dezernat für Gewalt- und Sittlichkeitsverbrechen war Parisa an vielen Mordermittlungen beteiligt gewesen. Sie hatte unzählige Tatorte und jede Menge Leichen gesehen und schätzte sich selbst als erfahren ein. Der Anblick, auf den sie in dieser heruntergekommenen Wohnung traf, gehörte jedoch in eine Kategorie, mit der sie bisher noch nicht in Berührung gekommen war.

Die Frau war zwischen dreißig und vierzig Jahre alt, vermutete Parisa. Es war nicht leicht zu sagen, weil das, was einmal ein Gesicht gewesen war, nahezu in zwei Teile zerfiel, oder, besser gesagt, die ganze Frau war in zwei Teile gespalten. Ein langer Schnitt zog sich von der Oberlippe direkt unter der Nase bis hinunter zum entblößten Geschlecht. Es sah aus, als hätte jemand sie aufgeschnitten und anschließend zu den Seiten hin auseinandergezogen. Er hat versucht, sie umzukrempeln, fuhr es Parisa durch den Kopf. Sie dachte für einen Moment an eine Folienkartoffel, schob das Bild aber von sich, noch ehe sie es zu Ende gedacht hatte.

Sie trat einen Schritt zurück und schlug unwillkürlich die Hand vor den Mund. Da war noch mehr.

«Was ist das?» Sie zeigte auf einige rosafarbene und rote Klumpen entlang der Schnittkanten.

Lasse Viker räusperte sich, richtete sich auf und sah ihr in die Augen.

«Waschpulver», sagte er leise.

Parisa starrte ihn verständnislos an.

«Was?»

«Waschpulver.» Viker zeigte auf die Frau am Boden. «Jemand hat sie aufgeschlitzt und ein ganzes Familienpaket mit Waschmittel in ihren Körper geschüttet.» Er zeigte zur Seite. «Da liegt es.»

Parisa sah ein leeres Paket Blenda unter dem Couchtisch.

«Aber warum?»

Lasse Viker zuckte mit den breiten Schultern.

«Lykke kommt in einer Stunde. Das wird wohl eine lange Nacht...»

Zwei Kriminaltechniker in Nylon-Schutzanzügen und mit blauen Plastiküberziehern an den Füßen starrten sie von der Tür her ungeduldig an. Sie hatten schon eine Runde durch die Wohnung gemacht, waren aber offensichtlich noch nicht zufrieden.

«Wir sind gleich weg», rief Viker ihnen zu.

Parisa zwang sich, die tote Frau genau zu betrachten.

Dunkles Haar, der Farbton der Haut schwach goldbraun, aber keine Pakistanerin, eher vom Balkan oder aus der Türkei. Sie lag auf dem Rücken, mit ausgebreiteten Armen und gespreizten Beinen. Wie ein Schnee-Engel, dachte Parisa.

Der Oberkörper war nackt. Eine verschlissene Jeans und ein schwarzer Slip waren bis zur Mitte der Oberschenkel herabgezogen. Parisa starrte auf die weiße Waschanleitung im Lindex-Slip. Größe sechsunddreißig, dieselbe wie ihre. Ihr Blick wanderte zur linken Hand. Die langen, schlanken Finger waren verkrampft, die Nägel gepflegt und kurz. Keine Ringe.

«Prostituierte?», fragte sie kurz.

Wieder schüttelte Viker den Kopf.

«Glaube ich nicht. Eine sehr ordentliche Frau, sagt die Nachbarin von unten. Angestellte in der Kantine einer Werbeagentur. Eine zehnjährige Tochter. Sie hat sie gefunden.»

«Das arme Mädchen …» Parisa schluckte. «Wo ist sie jetzt?»

«Bei der Jugendfürsorge. Die haben einen Psychologen geholt und alles mobilisiert, was sie an Hilfe aufbieten konnten, aber ich hab verdammt noch mal keine Ahnung, wie das viel helfen soll.»

Lasse Viker fuhr sich mit der Hand durch sein dickes Haar. «Das Mädchen ist so alt wie Jonas, ich glaube nicht, dass ...» Er unterbrach sich. «Der Vater wohnt in Risør. Wir haben ihn noch nicht erreicht.»

Parisa starrte auf die leere Waschpulverpackung.

«Hat sie noch gelebt, als ...»

«Frag mich nicht.» Viker zog eine zerbeulte Pfefferminzschachtel aus der Hosentasche. «Willst du?»

«Nein, danke», sagte Parisa und zog sich Richtung Tür zurück. «Wie lange haben sie hier gewohnt?»

«Zwei Jahre.»

«Nur sie und die Tochter?»

«Ja, der Vater war am Anfang öfter hier, als sie renoviert haben. Da drüben wohnt ein junger Typ», Viker deutete auf die gegenüberliegende Wohnungstür, «der hat ihm Werkzeug geliehen. Er sagt, seitdem hat der Mann sich hier nicht mehr blicken lassen.»

«Wer von unseren Leuten war zuerst hier?»

«Heltne und Gulbrandsen. Sie haben mit den Nachbarn gesprochen.»

Einer der beiden Techniker hatte sich auf alle viere herabgelassen und schaltete einen kleinen Staubsauger ein. Parisa verstand den Wink und nickte kurz.

«Wir sind gleich fertig.»

Sie ließ den Blick langsam durch das Zimmer wandern. Ein abgenutztes Bettsofa unter dem Fenster, ein Couchtisch, wahrscheinlich von Ikea, ein Flachbildschirm an der Wand, ein roter Plastikstuhl, der nach Gartenmöbel aussah, und auf dem Fußboden ein flauschiger, ursprünglich blau-weiß gestreifter Teppich, der jetzt von großen rotbraunen Flecken bedeckt war. An den Wänden hingen ein paar Poster in Plastikrahmen, französische Impressionisten, vermutlich auch von Ikea. Eine kleine Teeküche war halb hinter einem bunten Vorhang verborgen, der mit Schrauben und kleinen Nägeln an der Decke befestigt worden war. Tolle Renovierung, dachte Parisa. Ein zierlicher Schreibtisch stand eingeklemmt zwischen der Küchenanrichte und einem braun lackierten Kleiderschrank.

«Seid ihr da drüben fertig?» Sie deutete auf das Schlafzimmer.

«Aber nichts anfassen. Wir müssen noch Fotos machen.»

«Gut.» Sie nickte dem weißgekleideten Techniker zu.

Das Schlafzimmer, oder besser das Kinderzimmer, sah nicht anders aus als das der meisten zehnjährigen Mädchen. Große Poster von Hannah Montana, Mamma Mia und ein paar Boygroups, die Parisa nicht kannte. Rosa Tapete. Sie beugte sich zum Bett und zog vorsichtig die Bettdecke zurück. Ein grauer, verschlissener Teddy – oder war es eine Katze? – starrte sie mit einem Auge an. Das andere war durch ein Kreuz aus schwarzem Nähgarn ersetzt worden. Parisa ballte die Fäuste. War es möglich, dass eine Zehnjährige ihre Mutter in einem solchen Zustand auffand, ohne einen Knacks fürs Leben zu bekommen? Sie zog die Bettdecke behutsam wieder zurecht. Ein CD-Player, dessen Marke ihr unbekannt war, stand auf einem kleinen Nachttisch. Parisa drückte auf «Eject». Hannah Montana. Sie wollte gerade die Tür hinter sich schließen, als ihr Blick auf etwas fiel, das halb unter dem Bett verborgen lag. Parisa ging in die Hocke. Das sah aus wie ein Billardqueue. Sie legte sich flach auf den Boden und robbte näher heran. Es *war* ein Billardqueue, mindestens anderthalb Meter lang. Am Schaft war mit verschnörkelten, fast unleserlichen Buchstaben ein Wort eingebrannt: «Vielleicht».

Kapitel 4

«Das sieht nicht gut aus», sagte Ted Eriksen und schob die Fotos der toten Frau von sich.

«Wann können wir mit dem Ex-Ehemann sprechen?», fragte Kommissar Rolf Gordon Lykke. Er saß mit gefalteten Händen am Kopfende des ovalen Konferenztisches. Vor ihm lag ein Plastikhefter. Die ersten Unterlagen zum Fall 3437778, «Tøyengata 21». Er ließ den Blick über sein Ermittlerteam wandern. Sie waren zu viert; er, Lasse Viker, Parisa Sadegh und Ted Eriksen. Einer fehlte. Darre war auf unbestimmte Zeit krankgeschrieben.

«Der Mann ist unterwegs von Risør zu seiner Tochter in der Notaufnahme», antwortete Ted. «Er hat die Nachricht erst vor einer halben Stunde bekommen. Das Mädchen steht unter Schock. Wir haben gleich morgen früh einen Termin mit ihm.»

Lasse Viker kippelte mit seinem Stuhl, dass die dünnen Stuhlbeine aus Stahlrohr unter seinen einhundertsieben Kilo ächzten. Der unvermeidliche Strømsgodset-Fußballschal lag lose um seinen muskulösen Hals.

«Der Typ war ganz schön verstört.»

«Das ist wohl auch kein Wunder», sagte Lykke. «Und das Mädchen?»

Parisa stand auf, griff nach einem Filzstift und begann, etwas ans Whiteboard zu schreiben. Lykke bemerkte, dass Ted Eriksen ungeduldig gegen die Tischkante trommelte. Ted und Parisa hatten denselben Dienstrang, beide waren Polizeiobermeister, und lange hatte es als selbstverständlich gegolten, dass Ted schneller befördert werden würde. Aber Parisa hatte mit ihrer konstant guten Leistung bewiesen, dass sie in der Lage war, bei einer Ermittlung die Führungsrolle zu übernehmen, und Lykke konnte nicht verhehlen, dass ihn das freute. Zum einen war Eriksen bei der Polizei ein bisschen sehr schnell die Karriereleiter hinaufgeklettert und konnte durchaus mal einen Dämpfer vertragen. Und zum anderen schätzte er Parisa Sadegh. Sie hatte eine schnelle Auffassungsgabe und sah die Dinge auch mal aus einem ungewohnten Blickwinkel. Außerdem gab es im Polizeipräsidium niemanden, der Vernehmungen erfolgreicher führte als sie. Parisa hatte ein ganz eigenes Talent, Kontakt zu Menschen herzustellen, nicht zuletzt, weil sie zwischen Tat und Täter differenzierte und jeden, den sie verhörte, mit Respekt behandelte. Im Gegensatz zu vielen Kollegen hatte sie begriffen, dass man so viel verwertbare Informationen wie möglich bekommen musste und sich nicht nur auf ein Geständnis versteifen sollte.

Lykke beobachtete ihre temperamentvollen Armbewegungen vorn an der Tafel. Das war vielleicht einer ihrer Schwachpunkte, das Temperament, die Ungeduld. Für Lykke war Geduld eine der größten Tugenden. Er konnte seine Untergebenen und seine Vorgesetzten zum Wahnsinn treiben mit seiner Akribie. Es ging das Gerücht, Lykke sei bereits als junger Ermittler elfmal an einen Tatort zurückgekehrt, um sich zu versichern, dass er nichts übersehen hatte. Andererseits gab es nur wenige, denen Zeitverschwendung mehr verhasst war als ihm, wenn es um bürokratische Routine ging.

Plötzlich lachte Parisa Sadegh laut über einen Kommentar von Lasse Viker. Lykke lächelte. Wie die meisten anderen hörte er Parisa gern lachen. Könnte eine Weile dauern bis zum nächsten Mal, dachte er.

«Die Tochter heißt Nora. Zehn Jahre alt, in Norwegen

geboren. Sie war bei einer Schulfreundin im Nachbaraufgang, um Hausaufgaben zu machen, als ihre Mutter getötet wurde. Die Mutter der Schulfreundin sagt, dass sie höchstens eine halbe Stunde da war, ehe sie wieder nach Hause lief, um ihren Schulranzen zu holen.»

«Sie hat nichts gesehen? Ist niemandem auf der Treppe begegnet?»

Lykke war aufgestanden und ging zum Fenster.

Parisa legte den Stift zur Seite.

«Keine Ahnung. Der Typ von der Jugendfürsorge, mit dem ich gesprochen habe, sagt, dass sie seit ihrer Ankunft nur geweint hat.»

Lykke starrte hinaus auf die Straßenlaternen, die im kalten Wind schwankten. Es ging auf Mitternacht zu, und das Grønlandsleiret lag nahezu wie ausgestorben da. Drei dünngekleidete, dunkelhäutige Männer überquerten fröstelnd die Straße und steuerten auf den Spätkauf-Kiosk zu, sie zogen etwas hinter sich her, das aussah wie ein Müllsack. Ein Taxi stand mit laufendem Motor vor Larssens Friseursalon und wartete auf Kundschaft. Ansonsten war alles friedlich. Obwohl, friedlich? In diesem Augenblick, irgendwo da draußen, wurden sicher Dutzende Frauen von gewalttätigen Ehemännern misshandelt, fingen betrunkene Kneipenbesucher Streit in der Taxi-Warteschlange an, stahlen Diebesbanden Flachbildschirme und Handys aus Villen, verkauften Dealer Rauschgift an Schulkinder … Als er noch ein junger Polizist war, hatte ihn das immer wieder zutiefst frustriert. Er hatte den naiven Wunsch gehabt, ein für alle Mal aufzuräumen oder zumindest so weit aufzuräumen, dass es spürbar war. Nachhaltig. Dauerhaft. Er hatte viele Jahre gebraucht, um sich daran zu gewöhnen, dass es nur immer schlimmer wurde, ganz egal, wie sehr er aufräumte.

«Okay. Gehen wir alles noch einmal gründlich durch: Nadija Hadzic, sechsunddreißig Jahre alt, aus Bosnien. Geschieden, eine Tochter. Was wissen wir noch?»

Lykke überhörte Ted Eriksens leises Stöhnen und richtete den Blick auf Parisa Sadegh an der Tafel.

«Vorläufig nicht sehr viel», sagte sie. «Wir haben ihren Pass überprüft, er scheint in Ordnung zu sein. Die Nachbarn beschreiben sie als ruhig, höflich und in jeder Hinsicht nett.»

«In jeder Hinsicht nett?» Lykke machte eine hilflose Handbewegung. «Waren das ihre Worte?»

Parisa zuckte mit den Schultern.

«Ja.»

«Haben sie mit ihr Kaffee getrunken? Hatte sie Liebhaber, ist sie abends betrunken nach Hause gekommen?» In Lykkes Stimme lag eine Andeutung von Schärfe.

«Weiß ich nicht.» Parisa setzte sich wieder auf ihren Platz. «Wir haben mit allen im Haus gesprochen, bis auf einen Mann im ersten Stock, ein gewisser …», Parisa blätterte in ihren Notizen, «Egil Pay. Den Nachbarn zufolge ist er nachts oft unterwegs.»

«Pay?» Lykke stutzte.

«Engländer vielleicht, keine Ahnung», sagte Parisa. «Ich habe versucht, ihn zu erreichen, aber er steht nicht im Telefonbuch. Soweit ich das verstanden habe, geht er wohl auch keiner geregelten Arbeit nach.»

«Du schnappst ihn dir, sobald er zu Hause aufkreuzt.»

«Natürlich.» Parisa nickte Lykke kurz zu. «Ich hatte nicht den Eindruck, dass seine Nachbarn ihn besonders gut kennen, aber es hat auch niemand schlecht über ihn geredet.»

«Sprich noch mal mit ihnen.» Lykke setzte sich wieder an den Tisch. «Angehörige in Norwegen oder Bosnien?»

Lasse Viker klopfte sich auf die Brusttasche seiner Jacke. «Steht schon auf meiner To-do-Liste.»

«Die Mutter der Schulfreundin?»

Die Schärfe in Lykkes Stimme nahm zu.

«Nichts.» Viker zog ein Bild aus der Plastikmappe und hielt es hoch. «Die beiden Mädchen sind Klassenkameradinnen, aber ihre Mütter haben sich nie privat getroffen. Nur hin und wieder miteinander telefoniert, aber da ging es um praktische Dinge wie Abholen und Hinbringen und so was.»

«Und der Vater des Mädchens ...», Lykke schlug die Mappe auf, «Gisle Kvamme, was wissen wir über ihn?»

Parisa spielte mit dem Filzstift, zog die Kappe ab, setzte sie wieder drauf.

«Nicht mehr, als da steht. Fünfundvierzig, Jurist, hat eine eigene Anwaltspraxis in Risør. Strafrechtlich bisher nicht in Erscheinung getreten. Ich habe nur kurz per Handy mit ihm gesprochen, aber laut Internet war er in den Neunzigern im Auswärtigen Dienst tätig.»

«In Bosnien?»

«Weiß ich nicht. Ich habe vor einer Stunde mit der Pressestelle des Außenministeriums telefoniert. Da hatten sie es noch nicht mal geschafft, ein Foto von ihm aufzutreiben, aber wir kriegen im Laufe der Nacht wohl noch was. Eigentlich hätten wir ihn längst vernehmen sollen ...» Sie wurde auf einmal unsicher. «Aber ich hielt es für wichtiger, dass das Mädchen ...»

«Schon gut», fiel Lykke ihr ins Wort. «Das machen wir morgen.» Er stand auf und trat wieder ans Fenster.

Ted Eriksen lehnte sich über den Tisch und verlieh seiner Stimme einen tieferen Klang, eine Marotte, die er sich in der letzten Zeit angewöhnt hatte.

«Ich denke nicht, dass wir nach einem ehemaligen Juristen des Auswärtigen Dienstes suchen. Ein Mörder, der sein Opfer mit Waschpulver füllt, ist doch offenbar völlig durchgeknallt.»

«Möglich ...»

Lykke wippte auf den Zehenspitzen auf und ab. Die anderen warteten. Sie hatten sich daran gewöhnt, dass es dauern konnte, bis ihr Chef einen Gedankengang beendet hatte.

«Aber vielleicht will auch jemand unbedingt, dass wir das glauben ...» Der Kommissar machte wieder eine Pause. «Auf jeden Fall haben wir einen Tatort», sagte er schließlich. «Es gibt doch sicher jede Menge technische Spuren?»

«Wahrscheinlich massenhaft.» Parisa blätterte in dem Hefter auf dem Tisch. «Die Techniker haben mehrere brauchbare Abdrücke von Profilsohlen im Blutbelag sichergestellt. Der Täter hat sich offenbar keinerlei Mühe gegeben, seine Spuren zu verwischen.»

«Dann ist er entweder verrückt oder überzeugt, dass man ihn nie verdächtigen wird», warf Lasse Viker ein. Er war bisher ungewöhnlich still gewesen. «Aber er hat das ohne jeden Zweifel geplant. Keiner läuft nur mal so zufällig mit einer großen Packung Waschpulver durch die Gegend.»

«Stell fest, womit Nadija Hadzic gewaschen hat», sagte

Lykke. «Wir können nicht ausschließen, dass es ihr eigenes Waschpulver war.»

Viker machte ein skeptisches Gesicht.

«Prüf das nach. Okay?»

«Wenn du meinst, dass es wichtig ist ...»

Lasse Viker notierte etwas auf der Rückseite des Plastikhefters.

Lykke betrachtete seinen festen Partner. Lasse Viker war ein in jeder Hinsicht großer Mann, mit großem Herzen und großem Temperament. Sein Problem war, dass er manchmal auch eine ziemlich große Schnauze hatte. Er war nicht angeberisch oder frech, das nicht. Aber direkt. Nicht, dass es Lykke etwas ausmachte, aber Viker hatte sich damit schon etliche Sympathien im Präsidium verscherzt.

«Da ist noch was», sagte Parisa Sadegh. «Im Kinderzimmer lag ein Billardqueue unter dem Bett.»

Lykke runzelte die Stirn.

«Ein Queue?»

«Ja, ein Billardstock. Auf dem das Wort ‹Vielleicht› eingebrannt war. Der sah ziemlich profimäßig aus.»

«Ist er im Labor?»

«Japp.»

Lykke schwieg.

«Wer produziert so was?», murmelte er schließlich.

Parisa zog die dunklen Augenbrauen hoch.

«Billardstöcke?»

«Waschpulver.»

Sie sah ihn immer noch verständnislos an.

«Keine Ahnung. Das steht doch bestimmt auf der Packung.»

«Lilleborg», sagte Ted Eriksen. «Die stellen doch all so was her. Omo und Blenda und Zalo und das ganze Zeug.»

Lykke wandte sich zu Eriksen um.

«Kümmerst du dich morgen darum?»

«Um was?»

Eriksen wirkte nicht gerade begeistert.

«Wer es produziert, wer es verkauft, ob es möglich ist, das Paket zu einem bestimmten Einzelhändler zurückzuverfolgen, und so weiter. Alles klar?»

Lykke war eine Idee lauter geworden.

«Natürlich», erwiderte der junge Ermittler kleinlaut. Auf seinen Wangen breitete sich ein rötlicher Schimmer aus.

«Und das mit dem Waschpulver bleibt unter uns. Keinen Mucks darüber an die Presse.»

Alle am Tisch nickten.

«Fehlt noch etwas außer dem Handy?»

Viker wischte sich mit dem Ärmel unter der Nase entlang.

«Genaues wissen wir natürlich nicht», sagte er. «Aber Brieftasche, Pass und ein Flugticket lagen auf dem Schreibtisch. In der Brieftasche waren eine Visa-Karte, ein Führerschein, ein Lottoschein, dreihundertsiebzig Kronen und ein paar Fotos der Tochter.»

Lykke schaute seinen Kollegen an, als wartete er darauf, dass Viker weiterredete.

«Nicht viel», sagte er.

«Nein, vielleicht nicht, aber wofür die dreihundertsiebzig Kronen?»

«Tja ...»

«Wohin wollte sie?»

Viker sah seinen Chef verständnislos an.

«Das Flugticket», sagte Lykke ungeduldig.

Lasse Viker schaute auf den Plastikhefter.

«Berlin, 2. Dezember, 14.20 Uhr. SAS, Businessclass», fügte er hinzu.

Lykke zog die Augenbrauen hoch.

«Business. Was kostet so was?»

Viker zuckte mit den Schultern.

«Drei-, viertausend, nehme ich an.»

«Und kein Rückflugticket?»

«Nein.»

Lykke ging eine Runde um den Tisch und studierte das Muster im roten Linoleum.

«Übernimmst du die Werbeagentur?» Er nickte Parisa zu.

«Hab morgen um eins einen Termin mit denen.»

«Gut. Ich will dich dabeihaben, wenn wir Gisle Kvamme und die Tochter morgen früh besuchen. Wann kommt Darre zurück?»

Lasse Viker grinste.

«Vorläufig ist er bis Ende der Woche krankgeschrieben.»

«Was ist daran so lustig?»

Viker grinste noch breiter.

«Also, ich find's urkomisch, dass sie bei dem Kerl bald jede verdammte Körperzelle untersucht haben, ohne dass sie was finden können. Jetzt ist er für drei Tage ins Klinikum Volvat gegangen, um sich gründlich durchchecken zu lassen. Das hat er vor zwei Jahren schon mal gemacht.»

Lykke schüttelte verständnislos den Kopf.

«Dann hat er ja wohl irgendwelche Symptome, oder?»

«Ach wo! Letztes Jahr dachte er, mit seiner Leber würde

was nicht stimmen, und hat mich ins Klo hier auf dem Gang gezerrt, damit ich mir seinen Stuhlgang ansehe.»

«Und?» Ted Eriksen starrte seinen Kollegen gespannt an.

«Eine Kacke wie aus dem Bilderbuch, ehrlich!»

«Ich erinnere mich, dass du so was erwähnt hast», sagte Lykke ungeduldig. «Heißt das, wir können nächste Woche wieder mit Darre rechnen?»

«Ich würde nicht darauf wetten. Wenn du in eine Privatklinik gehst und geradezu darum bettelst, dass sie was Auffälliges finden, kannst du Gift darauf nehmen, dass sie das auch tun. Warst du schon jemals mit deinem Auto in der Werkstatt, ohne dass sie dir gesagt haben, die Bremsbeläge müssten erneuert werden?» Jetzt war Viker in seinem Element. «Das ganze Jahr über werden Unmengen von Bremsbelägen ausgewechselt, die völlig in Ordnung sind, aber keiner traut sich, es nicht machen zu lassen. Verstehst du?»

Rolf Lykke holte tief Luft und nickte.

Er arbeitete seit beinahe acht Jahren mit Darre zusammen und hatte den etwas linkischen, nachdenklichen Mann ins Herz geschlossen. Darre rannte selten und bewegte sich überhaupt ziemlich langsam, aber an seinem Verstand war nichts auszusetzen. Außerdem war er geduldig und hartnäckig. Lykke fiel plötzlich auf, wie wenig er Darre eigentlich kannte. Soviel er wusste, war er nicht verheiratet und hatte keine Kinder, aber er hatte nicht die leiseste Ahnung, was der Mann in seiner Freizeit machte. Doch, Darre sammelte Vinylschallplatten. Welchen Musikgeschmack der Kollege hatte, war Lykke nicht bekannt, aber er hatte ihn zweimal mit einem Stapel LPs unterm Arm und einem glücklichen Lächeln auf dem runden, blassen Gesicht gesehen. Fats Domino. Schwärmte er nicht für Fats Domino? Für einen Moment schämte Lykke sich beinahe. Wann war das so geworden? In seinen ersten Jahren bei der Polizei hatte er ein viel engeres Verhältnis zu seinen Kollegen gehabt. Ich darf nicht vergessen, ihn zu fragen, ob er viele Platten von Fats Domino hat, dachte Lykke. Er räusperte sich und erhob die Stimme.

«Wir brauchen einen Ersatz für Darre. Ich habe ein ungutes Gefühl, was diesen Fall betrifft ...»

Kapitel 5

Parisa Sadegh wurde von dem Müllauto sechs Etagen tiefer aus dem Schlaf gerissen. Ihr erster Gedanke war, dass heute Mittwoch sein musste. Die Müllabfuhr kam immer mittwochs. Als Nächstes dachte sie an die Vernehmung, die sie um neun bei der Jugendfürsorge durchführen sollte. Der Radiowecker auf dem Nachttisch zeigte 6.27 Uhr an. Sie hatte gerade mal fünf Stunden geschlafen. Parisa blinzelte zum Fenster. Draußen war es immer noch dunkel, und es regnete. Sie schüttelte sich und schlüpfte in ein paar ausgetretene Filzpantoffeln.

Die silbergraue Kaffeemaschine gab ein kurzes Röcheln von sich, und Parisa goss die warme Milch in den Becher. Nur in Morgenmantel und Pantoffeln, ging sie mit ihrem Caffè Latte zum Fenster und machte es sich auf der Fensterbank bequem. Sie liebte es, dort zu sitzen und zuzusehen, wie die Stadt erwachte. Automatisch begann sie, sich auf die Vernehmung von Gisle Kvamme und seiner Tochter vorzubereiten. Nach ein paar Minuten griff sie sich den kleinen Laptop vom Couchtisch und checkte die eingegangenen E-Mails.

Nichts vom Außenministerium dabei. Was zum Kuckuck machten die da drüben? Begriffen die nicht, dass es eilte?

Sie wollte den Laptop gerade wieder zuklappen, als ihr eine Idee kam. Du bist eitel, dachte sie, während ihre Finger das Passwort auf *match.no* eintippten. Zweiundzwanzig Nachrichten im Postfach. Sie lächelte unwillkürlich. Kein schlechter Start in den Tag. Sie öffnete die zuletzt eingegangene Mail.

> «Hallo, hab dein Profil gesehen. Ich bin ein zärtlicher Mann, sehr gut bestückt ☺ und würde dich gern *ganz* kennenlernen.»

Parisa stöhnte. Gab es wirklich Frauen, die so was sexy fanden?

Sie klickte sich durch die anderen Mails. Lauter potente Single-Männer, die mit ihrem besten Stück prahlten. Rechtschreibung eher mangelhaft. Sinnlich mit einem n und gepflegt ohne p. Unglaublich, wie viele Männer Wert auf die Feststellung legten, dass sie gepflegt waren. Aber die letzte Mail ganz unten erregte ihre Neugier: «Würdest du mit mir verreisen?» Parisa las weiter: «Ich bin in der Finanzbranche und suche eine Frau, die meine Erlebnisse mit mir teilt. Interessen: Kunst, Geschichte und Flugzeuge.»

Parisa stutzte. Sie scrollte nach unten, um zu sehen, ob er einen Namen oder ein Bild angefügt hatte. Nichts, nur ein Codewort und eine Mailadresse innerhalb des Portals.

Wer gab «Flugzeuge» als Interessengebiet an, und sammelte er Modellflugzeuge, oder war er Freizeitpilot? Ihr kam eine Idee. «Hallo Flieger!», schrieb sie und klickte auf «Absenden».

Kapitel 6

Die Notaufnahme der Jugendfürsorge in Løren war ungefähr so, wie man es erwartete – sehr öffentlich und viel zu klein. Parisa war vor einigen Jahren schon einmal hier gewesen, und die Erinnerung daran weckte keine besonders guten Gefühle in ihr. Lykke wartete am Empfang.

«Ich finde, du solltest das Gespräch führen», sagte er kurz, nachdem sie sich ausgewiesen hatten.

«Okay.»

Genau darauf war Parisa vorbereitet. Sie blickte sich um. An den weißen Wänden klebten unzählige Kinderzeichnungen.

«Einen Moment, Eva-Britt kommt gleich», sagte die mollige Frau hinterm Tresen und lächelte freundlich. «Sie hatte gestern Abend Dienst. Unsere Kinderpädagogin», fügte sie hinzu.

«Gut. Danke.»

Lykke lächelte kurz und versuchte, die Kopfschmerzen zu ignorieren, die sich mittlerweile hinter seiner Stirn festgesetzt hatten. Er war erst gegen zwei Uhr im Bett gewesen, und wie immer am Beginn einer Ermittlung hatte er Schwierigkeiten gehabt, einzuschlafen. Als der Schlaf endlich gegen Morgen kam, war Ida aufgewacht und hatte über Bauchweh geklagt. Sonja wollte aufstehen, aber da war er schon aus dem Bett. Jetzt bereute er es. Ich werde alt, dachte er.

«Guten Tag. Eva-Britt Grøsland.»

Eine schlanke, hochgewachsene Frau mit jungenhafter Kurzhaarfrisur und roter Brillenfassung streckte ihnen die Hand entgegen. Ihre Fingernägel waren lackiert.

Lykke und Sadegh erwiderten ihren Händedruck.

«Ich muss Sie bitten, sehr behutsam zu sein», sagte sie streng. «Das Mädchen steht immer noch unter Schock.»

«Wir sind ganz vorsichtig.»

Sie wurden durch einen schmalen Flur in eine Art Besucherraum geführt. Ein bisschen gemütlicher als im Knast, dachte Lykke, aber nicht viel.

«Einen Moment.»

Die Pädagogin verschwand durch eine Tür, und kurz darauf hörten sie ein Kind weinen. Lykke ließ sich auf einem Stuhl nieder, der mit Lederimitat bezogen war.

«Wir müssen herausbekommen, was sie gesehen hat», sagte er leise. «Das eilt am meisten. Alles andere hat Zeit bis später.»

Parisa nickte.

Die Tür ging auf, und ein schmächtiger Mann von etwa ein Meter siebzig kam herein, auf dem Arm ein langbeiniges Mädchen, das sich an seinem Hals festklammerte. Er nickte ihnen kurz zu.

«Ich weiß nicht, ob das so gut ist ...»

Er versuchte, die Kleine auf dem Sofa abzusetzen, aber sie hielt weiterhin krampfhaft seinen Hals umklammert.

«Keine Angst, Nora, ich bin ja hier. Das sind nur zwei Polizisten, die ein bisschen mit dir reden wollen.»

Schließlich hatte er es geschafft, sich und das Mädchen auf dem Sofa zu platzieren.

Lykke und Sadegh machten sich mit Gisle Kvamme ohne Handschlag bekannt.

Eva-Britt Grøsland stand hinter dem Sofa und strich dem Mädchen übers Haar.

«Es wäre gut, wenn Sie es kurz machen könnten», sagte sie und warf Lykke einen mahnenden Blick zu.

«Natürlich.» Lykke drehte den Kopf zu Parisa.

«Hallo, ich heiße Parisa. Ich arbeite bei der Polizei.»

Das Mädchen starrte stumm vor sich hin. Das dunkle, dicke Haar war zu zwei kurzen Zöpfchen geflochten, die von rosa Haargummis zusammengehalten wurden.

«Wie heißt du denn?»

«Nora», kam es leise.

Lykke rutschte bis an die Stuhlkante vor.

«Und wie alt bist du?»

«Zehn.»

Sie wirkt wie ferngesteuert, dachte Lykke.

«Wir wissen, dass du ganz schrecklich traurig bist», fuhr Parisa fort. «Aber wir würden gern erfahren, was passiert ist. Kannst du uns das sagen?»

Keine Reaktion.

Der Vater blickte Parisa bekümmert an.

«Kannst du?», wiederholte Parisa langsam.

Immer noch nichts. Nora starrte blicklos in die Luft.

«Ich habe dir etwas mitgebracht», sagte Parisa plötzlich und kramte in der großen Umhängetasche, die sie immer dabeihatte. «Schau mal.»

Das Mädchen sah zu Parisa, und zum ersten Mal regte sich in ihren blauen Augen ein Hauch von Leben.

«Teddy?»

Sie griff nach dem einäugigen Bär und drückte ihn an ihre Wange.

Parisa ist richtig gut, dachte Lykke.

«Als du nach Hause gegangen bist, um deine Schultasche zu holen, bist du da vor dem Haus oder auf der Treppe jemandem begegnet?»

Nora schüttelte den Kopf.

«Sicher?»

Gisle Kvamme warf Lykke einen besorgten Blick zu.

«Da war keiner», sagte Nora.

«Und als du bei eurer Wohnung angekommen bist, was war da?»

Noras Gesicht wurde starr. «Ich hab die Tür aufgeschlossen und bin reingegangen ...»

Parisa beugte sich vor und nahm die kleine Hand des Mädchens in beide Hände.

«War jemand in der Wohnung, als du aufgeschlossen hast?», fragte sie vorsichtig.

Nora saß ganz still auf dem Schoß ihres Vaters, ihr Körper hatte sich versteift. Die geschwollenen Augen füllten sich mit Tränen.

«Nur Mama», schluchzte sie plötzlich, presste den Teddy vors Gesicht und drehte sich zu ihrem Vater um. «Meine Mama!», rief sie und brach in krampfhaftes Weinen aus.

Lykke merkte, wie es ihm die Kehle zuschnürte.

«Okay», sagte er, «das genügt.»

Dann wandte er sich zum Vater um. Ein mageres Gesicht, umrahmt von grauen, glanzlosen Locken. Die Tränen zogen Streifen über seine fahlen Wangen.

«Zwei Fragen?», sagte Lykke.

Kvamme fuhr sich mit dem Jackenärmel übers Gesicht. «Fragen Sie.»

«Wo waren Sie, als es passierte?»

Gisle Kvamme hatte offenbar mit der Frage gerechnet, denn er antwortete, ohne zu zögern:

«Zu Hause in Risør.»

«Allein?»

«Nein, zusammen mit einem Kumpel. Wir haben uns im Fernsehen ein Fußballspiel angeschaut.»

«Gut», sagte Lykke beinahe erleichtert. «Könnten Sie uns den Namen und die Telefonnummer geben? Reine Routine ...», fügte er beinahe entschuldigend hinzu.

«Sverre Helge Barmen, 90773 184. Er arbeitet in einem Hotel. Im Hotel Risør», kam es stockend.

«Warum hat es so lange gedauert, bis wir Sie erreichen konnten?»

«Ich hatte mein Handy stumm geschaltet, ich wusste ja nicht ...» Die rotgeränderten Augen füllten sich mit Tränen.

«Natürlich, das konnten Sie auch nicht.»

Lykke wartete einen Moment, bevor er fortfuhr: «Haben Sie irgendeine Idee, wer das getan haben könnte?»

Kvamme umfasste seine Tochter noch fester.

«Ich habe überhaupt keine Erklärung dafür», sagte er. «Nadija hatte keine Feinde.»

«Einen neuen Freund vielleicht?»

«Nicht, dass ich wüsste.»

Lykke blickte fragend zu Nora, die immer noch leise an der Brust ihres Vaters schluchzte.

Kvamme schüttelte den Kopf. «Nora hätte mir erzählt, wenn da ein neuer Mann gewesen wäre.» Er dachte einen Moment nach. «Es ist nur ...», begann er.

Lykke zog die Augenbrauen hoch.

«Ja?»

Kvamme schüttelte erneut hilflos seine grauen Locken.

«Na ja, es ist nur so, dass sie in der letzten Zeit ziemlich oft unterwegs war.»

Er blickte auf seine Tochter hinunter. «Wir hatten vereinbart, dass Nora jedes zweite Wochenende zu mir kommen sollte. Aber in den letzten Monaten war sie fast jedes Wochenende in Risør. Nadija sagte, sie hätte ein so volles Programm, aber was genau das war, hat sie mir nie erzählt.»

«Haben Sie sie denn gefragt?», hakte Parisa nach und lächelte, um der Frage die Schärfe zu nehmen.

«Nein. Eigentlich war es mir ganz recht. Uns geht es sehr gut in Risør.»

Er strich seiner Tochter über die Wange.

Parisa ließ nicht locker.

«Sie haben sich keine Gedanken darüber gemacht, warum Nadija ihr Kind an den Wochenenden nicht bei sich haben konnte?»

«Nein.»

Kvamme blickte zu Eva-Britt Grøsland auf, die immer noch abwartend hinter dem Sofa stand. «Dürfen wir jetzt gehen? Sie können mich jederzeit auf dem Handy anrufen, falls es eilig ist», fügte er an Lykke gewandt hinzu.

«Natürlich. Es tut mir leid, dass wir Ihnen das zumuten mussten, aber für die Ermittlung ist es sehr wichtig ...»

Lykke erhob sich und blieb an der Tür stehen.

«Vielen Dank für Ihre Hilfe», sagte er schließlich.

Parisa griff nach Noras Arm und drückte ihn leicht, dann folgte sie Lykke nach draußen.

Kapitel 7

Parisa Sadegh lenkte den zivilen Dienstwagen auf den Bürgersteig und stieg aus.

Lasse Viker wärmte sich die Hände an einem Kaffeebecher von 7-Eleven. Der Strømsgodset-Schal war mehrfach um seinen Hals gewickelt und bis zu den Ohren hochgezogen. Offenbar wartete er schon eine ganze Weile.

«Verfluchtes Mistwetter!»

Er schlug sich die Arme um den Leib und verschüttete Kaffee auf Jacke und Hose. «Scheiße!»

Parisa verkniff sich ein Grinsen. Der eisige Nordwind fuhr unter ihren Mantel.

«Wie geht's dem Mädchen?», fragte Viker.

«Nicht so gut, aber der Vater scheint ganz okay.»

«Alibi?»

«Er sagt, er war in Risør. Wir prüfen das.»

Parisa fröstelte im Wind und legte die letzten Meter zur Haustür im Laufschritt zurück.

«Ist er da?», fragte sie.

«Das wollen wir hoffen. Die Alte im Parterre sagt, dass er immer den halben Tag verpennt. Sie scheint für den Kerl nicht viel übrigzuhaben.»

Die Haustür war nur angelehnt. Der Geruch nach feuchten Wänden und Linoleum war nicht so aufdringlich wie beim letzten Mal. Im ersten Stock blieben die beiden Ermittler stehen.

«Hier?» Parisa deutete mit dem Kopf auf eine grüne Tür. Keine Klingel, kein Namensschild.

«Das müsste es sein.» Viker klopfte laut.

Sie warteten eine halbe Minute. Parisa sah auf die Uhr. Fünf vor zwölf.

«Vielleicht schläft er? Versuch noch mal.»

Viker klopfte kräftiger. Für einen Moment sah Parisa vor sich, wie die ganze Tür aus den Angeln brach.

Nach einer Weile hörten sie leise Geräusche von drinnen.

«Is'n das für 'n Lärm, verdammt nommal ...»

Ein verstrubbelter Kopf erschien in der Türöffnung, und eine Wolke von verbrauchter Luft und kaltem Rauch wehte ins Treppenhaus. «Is'n los, brennt's, oder was?»

«Egil Pay?»

«Geht dich das was an?»

«Polizei. Wir würden Ihnen gern ein paar Fragen stellen.»

Parisa hielt ihren Dienstausweis vor das müde Gesicht.

«Kommt in ein paar Stunden wieder.»

Der Mann hatte die Tür schon fast wieder geschlossen, als Lasse Viker einen Winterstiefel Größe sechsundvierzig in den Türspalt schob.

«Wir müssen *jetzt* mit Ihnen sprechen», sagte er und machte einen halben Schritt in die Wohnung hinein. «Ihre Nachbarin wurde gestern getötet, haben Sie das mitbekommen?»

Der Mann gab sich geschlagen und trat zur Seite.

«Dann kommt meinetwegen rein, aber ich kann euch nicht helfen.»

Die beiden Ermittler traten in den halbdunklen Flur und schlossen die Tür hinter sich.

«Hab gehört, dass sie die vom zweiten Stock umgebracht haben, ja. Die Leute stehen ja direkt Schlange und zerreißen sich das Maul, wenn man morgens nach Hause kommt.»

Egil Pay schob sich die Zottelhaare aus den Augen. Parisa musterte ihn im Halbdunkel. Vielleicht fünfundvierzig, blass, dünn und mit kleinen, blinzelnden Augen. Sein Mundgeruch stach ihr selbst aus mehreren Metern Abstand in die Nase. Vielleicht einer von denen, die mir im Internet geantwortet haben, dachte sie schaudernd. Erst jetzt bemerkte sie, dass der Mann unter dem ausgeleierten, fleckigen T-Shirt nur eine Unterhose trug. Was Egil Pay offenbar nicht im Geringsten peinlich war. Er ging voraus ins Wohnzimmer und ließ sich auf ein Bettsofa fallen, das mitten im Raum stand. Alle Vorhänge waren zugezogen, deshalb war es nicht leicht, sich einen Überblick zu verschaffen. Ein monotones Brummen erfüllte das Zimmer. Zuerst dachte Parisa, das Geräusch käme von einem nicht ausgeschalteten Fernseher, aber plötzlich bemerkte sie, dass sich vor den Wänden etwas bewegte.

«Was ist das?»

Sie ging zögernd einen Schritt in die Dunkelheit hinein.

«Meine Fische.» Egil Pay beugte sich über die Rücklehne des Sofas und erwischte das Kabel einer wackligen Stehlampe. «Für die isses jetzt Nacht, verstehste.»

Er knipste das Licht an.

Parisa Sadegh und Lasse Viker machten große Augen. Hier war keine Rede von ein paar Goldfischen im Glas. An allen vier Wänden, in stabilen, selbstgezimmerten Regalen, stapelten sich riesige Glasbehälter, gefüllt mit Wasser, Fischen und Pflanzen. Das müssen mehrere tausend Liter Wasser sein, dachte Parisa.

«Sie mögen also Aquarienfische?», fragte Viker und merkte selbst, wie komplett idiotisch sich das anhörte.

«Cichliden.»

Pay zog sich eine Jeans an, die so dreckig war, dass sie von allein hätte stehen können.

Viker blinzelte zu den dunklen Schatten, die sich entlang der Glaswände bewegten.

«Zillkiden?»

«Cichliden», korrigierte Pay ihn, stand auf und drückte einen Schalter, der halb unter dem Sofa verborgen war. Urplötzlich funkelte es entlang der Wände in allen Farben. «Buntbarsche. Die einzigen Fische, die mich interessieren. Sie haben Persönlichkeit.»

«Absolut.»

Viker studierte ein goldbraunes, schimmerndes Exemplar. «Absolut», wiederholte er. «Was kostet so einer?»

Egil Pay kramte eine halbe Zigarette aus einem überquellenden Aschenbecher auf dem Fußboden und zündete sie an.

«Pseudotropheus elongatus. Achtzig bis neunzig Kronen.»

«Das ist also kein Cichlide?»

«Alle Fische hier sind Cichliden.»

Viker warf Parisa einen resignierten Blick zu.

«Es gibt viele Arten von Cichliden», sagte sie. «Haben Sie das gemeint?»

Pay blinzelte sie an, mit einem Gesichtsausdruck, der entfernt an Interesse erinnerte.

«Ungefähr neunzehnhundert», sagte er und nickte.

Parisa dachte an das Aquarium einer Freundin.

«Ich hatte mal drei solche roten Fische mit schwarzem Schwanz, als ich klein war», schwindelte sie. Egil Pay hustete und drückte die Zigarette aus.

«Schwertträger oder Platy. Scheißfisch.»

«Was machen Sie, wenn Sie nicht schlafen oder Ihre Fische anglotzen?»

Lasse Viker hatte das Gerede über Fische offensichtlich satt, aber Egil Pay ließ sich von dem ungeduldigen Tonfall nicht reizen.

«Ich *glotze* meine Fische nicht an», äffte er Viker nach. «Ich züchte sie.»

«Sie verkaufen Zierfische?»

Pay saugte an seinen Zähnen und nickte.

«Im Internet. Jungfische.»

Parisa ließ automatisch den Blick durchs Zimmer schweifen und entdeckte einen Laptop, der halb von einem Anorak verdeckt auf dem Fußboden stand. Sie stutzte. Er sah neu und trendy aus, im Gegensatz zu allem anderen Zeug in dem vollgestopften Raum.

Lasse Viker setzte sich aufs Sofa. Egil Pay wirkte bei Licht fast noch jämmerlicher.

«Kann man davon leben?»

«Ich krieg ja Stütze. War mal Autolackierer», fügte er hinzu, als würde das alles erklären.

«Wo waren Sie gestern Abend zwischen sechs und neun?»

Egil Pay überlegte.

«Bin zehn vor acht aus'm Haus.»

«Wohin?»

«Zum Bingo in der Thorvald Meyers gate. Drei Abende in der Woche.»

Parisa hatte ihren Notizblock hervorgeholt.

«Ist das nicht ein bisschen spät für Bingo?»

Pay runzelte die Stirn, als müsse er sich konzentrieren.

«Ich spiel nur Automatenbingo. Das geht um acht los.»

Viker warf Parisa einen fragenden Blick zu, die kaum merklich nickte.

«Haben Sie etwas Ungewöhnliches gehört oder gesehen?», fuhr er fort. «Fremde im Treppenhaus, zum Beispiel?»

«Ich steh nicht da und glotz ins Treppenhaus.»

«Nein, wohl eher nicht. Haben Sie ein Bad?»

«Klo?»

«Meinetwegen. Wo Sie Ihre Wäsche waschen.»

«Auf'm Klo. Da!» Er zeigte auf eine halboffene Tür im schmalen Flur.

«Ich seh mich mal um.» Viker stand auf und ging Richtung Flur.

«Kannst ruhig pissen, Mann.»

Parisa starrte auf eine fette Spinne, die ihr Netz zwischen einem Sofabein und dem Schirm einer achtlos auf den Boden geworfenen Basecap gewebt hatte.

«Kannten Sie die Frau, die getötet wurde?»

Pay rieb sich die Hände an den Hosenbeinen.

«Verdammte Hure», sagte er plötzlich.

Parisa musterte den Mann aufmerksam. Irgendwas war mit ihm. Plötzlich schien er sich unbehaglich zu fühlen.

«War sie eine Prostituierte?» Sie bemühte sich um einen freundlichen Tonfall.

«Logisch. Kam sonntagmorgens um sechs nach Hause, gleichzeitig mit mir. Die arme Tochter, sag ich nur.»

«An welchem Sonntag war das?»

Pay schnaufte ärgerlich.

«Keine Ahnung, welches Datum oder so, aber mehr als einmal.»

«Ist das lange her?»

Parisa saß still da. Nur das etwas zu schnelle Pochen ihrer Halsschlagader unter der bronzefarbenen Haut verriet, wie angespannt sie war.

Pay wühlte mit dem Zeigefinger im Aschenbecher herum, auf der Suche nach einer weiteren Kippe.

«Nicht lange», sagte er.

«Eine Woche? Zwei? Drei?»

Der schmächtige Körper auf dem Sofa wand sich.

«So was in der Art.»

Parisa beugte sich nach vorn, hielt aber jäh inne, als sein Atem ihr wieder entgegenschlug.

«Könnten Sie versuchen, etwas präziser zu sein? Das ist wichtig.»

«Ich weiß nicht ...»

Jetzt war offensichtlich, dass Pay gestresst war.

«War sie allein?»

«Ja.»

«Sie vermuten also, dass sie eine Prostituierte war, weil sie ein paarmal am Wochenende spät nach Hause gekommen ist?»

Pay hustete krampfhaft. Seine blasse Stirm glänzte feucht. «Ich hab ja gesagt, dass ich euch nicht helfen kann.»

Parisa schlug den Notizblock zu und richtete den Blick auf eines der größten Aquarien an der Längswand. Fische in allen Regenbogenfarben schossen unter dem grellen Licht durchs Becken.

Plötzlich fiel ihr auf, wie schön das aussah. Grüne Pflanzen, die sich dem Licht entgegenreckten, der goldgelbe Sand, die Unterwasserlandschaft mit dunkelbraunen Wurzeln und runden Steinen in verschiedenen Grautönen.

«Haben *Sie* das alles so angelegt?», entschlüpfte es ihr.

Zum ersten Mal erschien die Andeutung eines Lächelns auf dem blassen Gesicht.

«Ich hab Fotos vom Grund des Tanganjikasees gesehen, da sieht es genauso aus.» Pay zeigte auf ein Aquarium in der Regalreihe darüber. «Das da oben ist der Viktoriasee. Ich mache Zeichnungen von allem, bevor ich es anlege.»

Parisa hob die Hand, um an das Glas zu klopfen.

«Nicht!»

Sie zuckte zusammen.

«Das macht Flecken», sagte er in ruhigerem Ton.

Parisa drehte sich zu dem ungemachten Bettsofa um. Wie konnte es angehen, dass ein Mann in einer Wohnung, vor der selbst CityClean nach einer halben Stunde kapituliert hätte, sie wegen eines Fettflecks am Aquarium anraunzte?

«Wie viele Fische haben Sie, so ungefähr?»

«Vierhundertneunundfünfzig, plus Fischbrut.»

Parisa beobachtete einen dunklen, glänzenden Fisch. Er war mindestens fünfzehn Zentimeter lang, und als er seine Breitseite dem Glas zukehrte, schimmerte er wie tausend kleine Perlen. Parisa konnte den Blick nicht von ihm abwenden.

«Was für ein Cichlide ist das?»

Pay war ihrem Blick gefolgt. Sein Lächeln war jetzt noch breiter.

«Jack Dempsey.»

«Wie der Boxer?» Parisas Überraschung war nicht gespielt.

«Mhm.»

Egil Pay zündete eine Kippe an, die nicht länger als ein Filterstück war, und hustete.

«Ist Zigarettenrauch nicht schädlich für die Fische?»

«Die schwimmen ja keine Meisterschaften», sagte Pay und grinste über seinen eigenen Witz.

«Wohl wahr ...»

Parisa schlug ihren Notizblock wieder auf.

«Warum glauben Sie, dass Nadija Hadzic Prostituierte war?»

Das spitze Gesicht verschloss sich.

«Ich kann euch nicht helfen, hab ich gesagt.»

«Ich bitte nicht um Ihre Hilfe, ich möchte nur wissen, warum. Weil sie spät nach Hause gekommen ist?»

Egil Pay starrte vor sich hin und saugte an seiner Kippe.

«Sind Sie sicher, dass sie allein war?»

Keine Reaktion. Parisa spielte ihre letzte Karte aus. «Haben Sie miteinander gesprochen, Sie und Nadija?»

«Ich rede nicht mit Huren!»

Wieder dieser plötzliche Wutausbruch. Parisa versuchte einen Trick.

«Die Nachbarin im zweiten Stock sagt, dass Nadija von Ihren Aquarien geschwärmt hat.»

Egil Pay sah zur Decke. Der rechte Mittelfinger trommelte auf die Rücklehne des Sofas.

«Wenn wir merken, dass Sie uns etwas verheimlichen, müssen wir Sie ins Präsidium mitnehmen. Sind Sie sicher, dass Sie das wollen?»

Pay starrte weiterhin trotzig auf einen unsichtbaren Punkt an der Decke.

Viker erschien in der Wohnzimmertür. Er hielt ein Paket Biotex hoch.

«Das ist alles, was ich gefunden habe.»

Parisa überlegte kurz, dann legte sie ihre Visitenkarte auf einen der vielen Leuchtkästen.

«Rufen Sie an, wenn Sie reden wollen. Jede Kleinigkeit könnte weiterhelfen.» Sie lächelte.

Der kleine Flur wirkte jetzt beinahe noch enger als vorher. Zwei nackte Kleiderbügel an einer Garderobe aus einer frühen Ikea-Produktion. Drei Paar ausgetretene Joggingschuhe und eine Plastiktüte von Prix, sonst nichts. Aus einem Impuls heraus warf Parisa einen Blick in die Tüte. Darin lag ein Kassenzettel und *Der Prozess* von Franz Kafka.

Kapitel 8

«Kommissar Lykke?»

Rolf Gordon Lykke hob den Blick von einem der unzähligen Plastikhefter, die sich auf seinem Schreibtisch stapelten. Der Mann in der Tür war in Uniform, er kannte ihn nicht. Sein Gesicht ist faltig wie das eines Siebzigjährigen oder eines Fünfzigjährigen, der seit der Konfirmation sechzig Zigaretten am Tag geraucht hat, dachte Lykke und stand auf.

«Ja?»

«Mein Name ist Sandø, von der Einsatzzentrale.»

Der Mann streckte ihm einen knochendürren Arm entgegen. «Sie leiten die Ermittlungen im Fall Tøyengata 21?»

«Richtig.» Lykkes Geduld war bereits am Ende. Er hasste umständliche Einleitungen.

«Ich hatte gestern Telefondienst», fuhr Sandø fort. «Und als ich heute Morgen von dem Mord an der Frau hörte, fiel mir ein Anruf ein, der gestern Abend hereinkam. Das war um 19.03 Uhr, ich hatte es im Wachjournal vermerkt ...»

«Aha.» Lykke registrierte einen Senffleck am Saum der Uniformjacke.

«Ich habe mich bei Telenor erkundigt. Der Anruf kam von einem Mobiltelefon, das auf diese Adresse registriert ist.»

«Tøyengata 21?»

«Genau.»

Lykke trat hinter seinem Schreibtisch hervor.

«Wissen Sie, wer angerufen hat?»

«Eine Frau mit einem leichten Akzent. Sie wirkte ängstlich.»

«Was hat sie gesagt?»

«Ach, nicht viel, nur dass sie irgendwas gesehen hätte und es melden wollte ... Aber dann wurde sie unterbrochen.»

«Woher wissen Sie das?»

Sandø straffte die Schultern in der Uniform.

«Ich hörte, wie ein Kind im Hintergrund etwas von ‹Papa› sagte.»

«Und da hat sie aufgelegt?»

«Ja.»

«Wurde das aufgezeichnet?»

«Nein. Aufgezeichnet werden nur Notrufe.»

Lykke legte den Kopf in den Nacken und starrte an die Zimmerdecke.

Sandø hatte sich umgedreht und stand abwartend in der Tür. «Ja, ich dachte nur, das könnte vielleicht interessant sein ...»

«Danke, gute Arbeit. Würden Sie mir einen Gefallen tun?»

«Natürlich.» Der Polizist blinzelte überrascht.

«Können Sie bei Telenor in Erfahrung bringen, welche anderen Nummern die Frau in den letzten Tagen angerufen hat und von welchen Nummern sie angerufen wurde?»

«Mache ich sofort.»

«Vielen Dank, ich halte Sie auf dem Laufenden», log Lykke und schloss die Tür leise hinter den zerknitterten Uniformbeinen.

Dann setzte er sich wieder auf seinen Stuhl, zog den Notizblock aus der abgeschabten Ledertasche und begann, kleine Kästchen zu malen. Sie hat den Täter gekannt, dachte er.

Parisa Sadegh schnappte sich den neuen Notizblock vom Beifahrersitz und stellte aufseufzend fest, dass er schon fast voll war. Hatten sie überhaupt etwas? Am Anfang einer Ermittlung bewegten sie sich immer eher seitwärts als vorwärts. Das stellte ihre Geduld jedes Mal auf eine harte Probe.

«Pepper & Salt» stand mit riesigen Buchstaben an der orangefarbenen Wand hinter dem schlichten Empfangstresen. Der Kontrast zur Jugendfürsorge in Løren hätte kaum größer sein können. Glas, Stahl und jede Menge TV-Monitore an der Decke. Das Mädchen am Empfang war höchstens fünfundzwanzig und trug eine rote Kappe über ihrem langen, blondierten Haar.

«Kann ich dir helfen?», fragte sie mit unverkennbar schwedischem Akzent.

Parisa lächelte.

«Ich bin mit Catrine Wennersten verabredet.»

«Oh, du bist auch Schwedin, wie lustig.» Sie schenkte Parisa ein weißes Zahnpastalächeln. «Nur einen kleinen Moment. Kaffee?»

Parisa zögerte kurz.

«Gern, danke.»

«Espresso, Latte oder Americano?»

«Latte wäre prima.»

«Kleinen Moment», wiederholte sie und wählte eine interne Nummer. «Besuch für dich, soll ich dir auch einen Latte machen?»

Sie lächelte. «Setz dich doch», sagte sie und verschwand durch eine Tür hinter der Rezeption. Parisa setzte sich auf ein weißes Designersofa. Um sie herum eilten junge Männer und Frauen in atemberaubendem Tempo vorbei, genau wie bei *The West Wing*. Ganz gleich, wann sie die amerikanische TV-Serie auch einschaltete, immer gingen oder liefen die Leute, während sie sich unterhielten. Sie hatte gedacht, so was gäbe es nur im Film.

«Drei Minuten, dann ist sie so weit.»

Ein Mann in den Dreißigern mit Kapuzenshirt und Baggy Pants stürmte mit einem Stapel Pappen unter dem Arm vorbei. Das Mädchen bemerkte Parisas Blick.

«Du musst entschuldigen, alle sind furchtbar gestresst. Heute ist Abgabetermin für Stella.»

«Aha. Was ist das?»

«Stella ist ein Kreativwettbewerb der Werbebranche. Wir sind ein bisschen spät dran, was das Ausfüllen von Formularen und so angeht. Irgendwer hat wohl den Termin verschlampt.»

Sie wissen noch nicht, dass ihre Kantinenkraft tot ist, dachte Parisa. Sowohl TV2 als auch NRK hatten darüber berichtet, aber da die Polizei keine Details bekanntgeben wollte, waren die Meldungen ziemlich kurz gewesen. Keine Namen oder Bilder, außer vom Mietshaus und vom Treppenaufgang. Sie warf einen Blick auf den Zeitungsständer neben der Rezeption. Weder Dagbladet noch VG brachten den Fall auf den Titelseiten. Parisa trank einen Schluck von ihrem Caffè Latte. Er war perfekt.

«Ich hab ihn mit fettarmer Milch gemacht. War das okay?»

Parisa musste lächeln.

«Bestens.»

Catrine Wennersten war, wie sich herausstellte, eine Frau Ende dreißig im grauen, klassisch geschnittenen Kostüm, die Haare im Nacken zu einem strammen Pferdeschwanz zusammengefasst. Sie bat Parisa in ein großes Besprechungszimmer mit gläsernen Wänden.

«Bisher wissen nur der zweite Geschäftsführer und ich davon», begann sie. «Wir haben nach der Mittagspause ein Traffic Meeting mit allen Mitarbeitern. Ich wollte es dann bekanntgeben.»

«Traffic Meeting?»

«Sorry. Das ist eine Besprechung, bei der wir die nächste Woche planen, alle Aufträge durchgehen und prüfen, ob wir Zeit und Kapazitäten haben.»

Wennersten blickte auf ihren Schoß, sie saß kerzengerade da, die Beine leicht schräg gestellt.

Höhere Tochter, fuhr es Parisa durch den Kopf.

«Ich weiß nicht mehr, als dieser Polizist...»

«Viker», sagte Parisa.

«Ja, richtig. Als Ihr Kollege Viker mir gestern Abend am Telefon gesagt hat. Wirklich furchtbar. Hatte sie nicht auch eine Tochter?»

«Ja, zehn Jahre alt.»

«Mein Gott.»

«Wie lange hat Frau Hadzic hier gearbeitet?», fragte Parisa.

«Fast zwei Jahre. Sie war sehr tüchtig. Alle haben sich auf ihr Mittagessen gefreut.»

«Auf Ihrer Website steht, dass Ihre Agentur zweiundneunzig Mitarbeiter beschäftigt. Hat sie die ganze Belegschaft allein verpflegt?»

«Ja.»

«Hört sich nach einem anstrengenden Job an.»

Wennersten nickte.

«Morgens um acht hat sie Zeitungen besorgt und Kaffee gekocht. Dann hat sie die Warenlieferungen angenommen, warme und kalte Mahlzeiten zubereitet, aufgeräumt und die Bestellungen für den nächsten Tag aufgegeben. Außerdem war sie für das Eindecken und Servieren in den Konferenzräumen zuständig.»

«Fleißige Frau.»

«Extrem fleißig. Nadija war die beste Kantinenfee, die wir je hatten. Jedenfalls in den zehn Jahren, seit ich hier arbeite.»

Parisa dachte nach, während sie zwei junge Frauen Mitte zwanzig beobachtete, die mit großen Kartons voller Leberwurstkonserven vorbeigingen. Catrine Wennersten bemerkte ihren Blick.

«Werbung für Stabburet. Die sollen fotografiert werden.»

«Aha.» Parisa holte Notizblock und Stift aus ihrer Umhängetasche. Sie hatte gemerkt, dass der Anblick des Notizblocks viele Leute verunsicherte, und es sich in der letzten Zeit zur Gewohnheit gemacht, ihn erst herauszuholen, wenn das Gespräch in Gang gekommen war.

«Haben Sie Nadija Hadzic eingestellt?»

Catrine Wennersten nickte kurz.

«Zusammen mit Lars Joachim Grimstad, er war damals der Geschäftsführer. Letztes Jahr ist er ausgeschieden und nach Spanien gezogen, um Bücher zu schreiben», fügte sie hinzu.

«Hat sie einen Lebenslauf vorgelegt, Referenzen oder Zeugnisse von anderen Arbeitgebern?»

Die Geschäftsführerin überlegte. Parisa sah, wie ihre Halsschlagader unter dem offenen Blusenkragen pochte.

«Sie hatte ein Empfehlungsschreiben von einer Bäckerei und ein paar Referenzadressen, die wir anrufen konnten. Ich glaube nicht, dass sie einen Lebenslauf vorgelegt hat, aber wenn, dann liegt er im Archiv. Ich werde das nachprüfen.»

«Sprach sie gut Norwegisch?»

«Ja, zuletzt noch besser als bei ihrer Einstellung, aber ihr Norwegisch war auch damals schon sehr gut.»

Parisa tat, als würde sie sich Notizen machen, ehe sie fortfuhr: «Was wissen Sie über ihre Vergangenheit?»

Sie bemerkte, wie sich eine leichte Röte unter dem dezenten Make-up ausbreitete.

«Nun, ich ... Ich muss zugeben, dass ich nicht genau weiß, woher sie kam, aber ich bin ziemlich sicher, es war ... das frühere Jugoslawien ...»

«Bosnien, Slowenien, Kroatien?»

Wennersten schüttelte den Kopf. Ihre Wangen waren jetzt flammend rot.

«Unglaublich nachlässig von mir, aber genau das habe ich nie richtig auf die Reihe bekommen.» Sie drehte einen Filzstift in den Händen. «Weiß denn keiner ...» Sie unterbrach sich. «Doch, natürlich muss das jemand wissen. Sie hatte ja ein Kind und alles.»

«Das ist nicht so leicht, ich habe auch Probleme damit, das auseinanderzuhalten», sagte Parisa lächelnd. «Gab es irgendetwas an ihr auszusetzen? Ich meine, schließlich ist niemand absolut perfekt.»

«Tja, wie soll ich sagen ...» Wennersten zögerte. «Das Einzige, was mich ein bisschen gestört hat, war, dass sie die ganze Zeit mit ihrem Mac beschäftigt war.»

«Sie benutzte einen Mac?»

«Ja, das war eines der wenigen Dinge, um die sie wirklich gebeten hat. Nadija war nicht sehr anspruchsvoll, aber einen eigenen Mac zu haben, war ihr sehr wichtig. Sie brauchte ihn, um Einkaufslisten zu erstellen und so was. Und ich glaube, sie hatte ihr eigenes System, wem sie was bei Besprechungen servierte.»

«Aber das war nicht der Grund, warum sie ständig in ihren Mac vertieft war?»

«Nein, natürlich nicht. In der letzten Zeit standen überall in den Büros Gläser und leere Flaschen herum. Das Aufräumen gehörte zu Nadijas Aufgaben, und sie konnte immer unglaublich gut Ordnung halten, aber nun ... Tja, also ich will ihr nicht unterstellen, dass sie im Internet surfte oder so, aber jedenfalls saß sie in der Kantine vor ihrem Mac, statt aufzuräumen.»

«Haben Sie sie darauf angesprochen?»

Catrine Wennersten legte den Filzstift weg.

«Ich hatte es erwähnt, ja, nicht als Vorwurf, aber ich glaube, sie hat den Wink verstanden. Es wurde dann etwas besser, aber sie verbrachte trotzdem noch sehr viel Zeit am Rechner.»

«Ist er hier?»

«Nein, sie hat ihn abends immer mit nach Hause genommen.»

Parisa konnte sich nicht erinnern, einen Laptop in der kleinen Wohnung gesehen zu haben.

«Sind Sie ganz sicher, dass sie ihn nicht hiergelassen hat?»

Wennersten sah sie ungnädig an.

«Dann müsste er in der Kantine stehen, und da ist er nicht, das wäre mir aufgefallen. Sie trug ihn immer in einer schwarzen Laptoptasche herum.»

«Okay.»

Parisa richtete den Blick auf ein Flipchart an der Wand. «Position» stand da, dreimal unterstrichen, und darunter: «Smart, chic, sexy und mit dem gewissen Etwas».

«Ist das ein Produkt, das ich ausprobieren sollte?» Sie nickte lächelnd zu dem Flipchart.

«Ich glaube, das ist die Strategie für einen neuen Keks von Sætre», sagte die Geschäftsführerin.

Parisa versuchte, Ironie herauszuhören, aber es gelang ihr nicht.

«Konnte sie gut Billard spielen?», fragte sie plötzlich.

Wennersten starrte sie verständnislos an.

«Billard?»

«Wir haben einen Billardqueue in ihrer Wohnung gefunden.»

«Davon weiß ich nichts. Vielleicht gehört er der Tochter?»

«Kaum. Nur sehr wenige kleine Mädchen spielen Billard mit eigenem Queue.»

«Ja, natürlich.» Wennersten lächelte entschuldigend. «Sorry, aber da kann ich Ihnen nicht weiterhelfen.»

«Nein ... Vielen Dank, dass Sie sich Zeit für mich genommen haben. Es wäre schön, wenn Sie nachsehen könnten, ob Sie einen Lebenslauf haben. Und bitte rufen Sie mich an, falls Ihnen noch etwas einfällt, ja?»

Die Geschäftsführerin nickte kurz.

«Nur eine Frage noch», sagte Parisa und beobachtete Wennersten aufmerksam. «Wissen Sie etwas über die Berlin-Reise, die Nadija machen wollte?»

«Ich glaube nicht, dass ich etwas von einer Berlin-Reise gehört habe ... Wann sollte die sein?»

«Nächsten Monat, Abflug 2. Dezember.»

Wennersten blickte auf den Wandkalender.

«Das ist ein Donnerstag», sagte sie verwundert. «Nadija hat nichts davon erwähnt, dass sie freinehmen wollte, um nach Berlin zu fliegen. Und sie ist nie viel verreist ...» Die Geschäftsführerin schüttelte nachdrücklich den Kopf. «Nein, ich kann mich tatsächlich nicht erinnern, dass sie auch nur ein einziges Mal um Urlaub gebeten hätte.»

Parisa bemerkte, dass Catrine Wennersten blitzschnell einen Blick auf ihre Armbanduhr warf. Stirn und Nase glänzten im Licht, das durch die Fenster fiel.

Parisa sah sie scharf an.

«Möchten Sie mir noch etwas erzählen?»

Wennersten lächelte unsicher.

«Was sollte das sein?»

«Na gut. Ich komme sicher noch einmal wieder.»

Parisa schlug den Notizblock zu.

Sie hatte während des ganzen Gesprächs nur drei Buchstaben notiert: Mac. Und sie hatte das ungute Gefühl, dass Catrine Wennersten ihr etwas verheimlichte.

Kapitel 9

Rolf Gordon Lykke starrte auf seinen überfüllten Schreibtisch. Hatte es nicht geheißen, die Papierberge würden mit Einführung des neuen Computersystems verschwinden? Er heftete den Blick auf ein gelbes Blatt Papier mit Silbersternen. «Weihnachtsfeier in der Kantine». Er notierte das Datum in seinem Kalender und legte die Einladung in die Schublade. Anders als die meisten Vorgesetzten im Haus hielt Lykke viel von Betriebsfeiern. Die jährliche Veranstaltung des Dezernats für Gewalt- und Sittlichkeitsverbrechen im sechsten Stock war vielleicht nicht direkt gemütlich, aber wenn man darüber hinwegsah, dass die Polizeidirektorin jedem nur zwei Bier zum Essen genehmigte und der Weihnachtsbaum neben dem Buffet aus Plastik war und aus China kam, war es tatsächlich möglich, etwas von dem Gemeinschaftsgefühl zu spüren, an das Lykke sich von den Weihnachtsfeiern an der Polizeihochschule erinnerte. Trotzdem ging er immer früh nach Hause. Das Beamtensozialwerk spendierte in der Regel immer noch ein paar Drinks für den gemütlichen Teil des Abends, und im letzten Jahr hatte die Feier mit einer Schlägerei geendet, als ein junger Polizeimeister vom Ausschuss für Gesundheit am Arbeitsplatz versuchte, einen Hauptkommissar der Sitte daran zu hindern, auf der Terrasse zu rauchen.

Er seufzte tief, kramte ein Päckchen Extra aus dem Mantel, der über dem Stuhlrücken hing, und steckte sich ein Kaugummi in den Mund. Ein seltener Sonnenstrahl fiel durch das einzige Fenster und tanzte vorsichtig über den Schreibtisch. Für einen Moment schweiften Lykkes Gedanken zu dem kleinen roten Sommerhaus in Bohuslän. Was Gunnarsson wohl gerade machte? Ob er draußen war und Hummerkästen auslegte?

Es klopfte kurz an der Tür, und noch ehe Lykke einen Ton sagen konnte, füllte Lasse Vikers breite Gestalt den Türrahmen aus.

«Darre ist mindestens noch zwei Wochen krankgeschrieben.»

«Du lieber Himmel.»

«Irgendwas stimmte nicht mit den Blutwerten. Er hörte sich am Telefon beinahe glücklich an.»

«Endlich einen Fehler gefunden, wie?»

«So was in der Art.»

Lykke erhob sich von seinem unbequemen Bürostuhl und nahm seinen Platz am Fenster ein.

«Da kommen lange Tage auf uns zu», sagte er mit dem Rücken zu Viker.

«Japp.»

«Alles klar zu Hause? Was machen die Kinder?»

Viker starrte verblüfft auf den schmalen Rücken.

«Äh ... Mein Junge wurde für die Kreismannschaft ausgewählt», antwortete er. «Mittelfeld.»

«Aha ...?»

«Fußball. Nur er und noch einer vom SIF. Er ist ja eigentlich Stürmer, aber ...»

Lykke drehte sich um. Die magere Gestalt im Gegenlicht erinnerte Viker an ein Theaterplakat, das bei ihm zu Hause in der Diele hing.

«Und ... Kari?»

«Karin.» Lasse Viker rieb sich das unrasierte Kinn. «Ach, ihr geht's gut, denke ich ...»

«Ich verstehe das nicht», sagte Lykke.

«Dass es Karin gutgeht?»

«Wem?»

Viker zuckte resigniert mit den Schultern.

«Was verstehst du nicht?»

«Ist Sadegh im Haus?»

Viker nickte.

«Ein Mac fehlt», sagte Lykke.

«Ein was?»

«Die Werbeagentur sagt, dass sie immer einen Mac mit sich herumgetragen hat. In der Wohnung war kein Laptop. Er ist spurlos verschwunden.»

Lykke ging die drei Schritte zu seinem Schreibtisch zurück. Einen Moment lang sah er Sonja vor sich, wie sie zu Hause am Esstisch über ihren kleinen silbergrauen Mac gebeugt saß. Sie hatte immer hartnäckig behauptet, dass Mac-Rechner einem normalen PC haushoch überlegen seien. Es hatte irgendwas mit der graphischen Software zu tun.

«Was kostet so ein Rechner?»

Viker lehnte sich gegen den Türrahmen.

«Zehntausend Kronen vielleicht? Fünfzehn?»

«Hatte sie Internetzugang in ihrer Wohnung?»

«Keine Ahnung. Wir haben ja keinen Computer gefunden, deshalb haben wir das nicht überprüft.» Lasse Viker blickte auf seine ungeputzten Schuhe.

Lykke nahm das Kaugummi heraus, riss eine Ecke von den ewigen Berichtsprotokollen ab und wickelte die kleine Kugel sorgfältig darin ein, bevor er sie in den Papierkorb warf.

«Hol das nach.»

«Geht klar.»

«Der Nachbar?»

Viker seufzte.

«Komischer Kauz. Hat das Wohnzimmer voller Aquarien. Sicher tausend Fische. Sagt, er züchtet sie.» Er zog ein blaues Taschentuch aus der Hose und putzte sich die Nase. «Der Kerl konnte gerade mal vier zusammenhängende Worte von sich geben, aber ob du's glaubst oder nicht, er hatte ein Buch von diesem Frank Kafka.»

«*Franz* Kafka», korrigierte Lykke geduldig.

«Ja, Kafka. Parisa wusste jedenfalls, wer das ist, und konnte sich das überhaupt nicht zusammenreimen.»

«Habt ihr was Neues von ihm erfahren?»

«Nein, aber er muss sie gekannt haben. Ist zugeklappt wie 'ne Auster, als Parisa ihn aushorchen wollte. Hat sie als Hure bezeichnet.»

«Parisa?»

«Nein, Nadija Hadzic.»

Lykke schloss die Augen. «Überwachung?»

Viker nickte. «Läuft. Rund um die Uhr.»

«Gut. Hadzic. Verwandte?»

Viker neigte den Kopf zur Seite. «Verdammt merkwürdig», sagte er. «Bisher konnten wir niemanden auftreiben.»

Lykke runzelte die Stirn.

«Wie meinst du das?»

«Wie ich es sage. Keinen einzigen Verwandten.»

«Bosnien?»

«Wir haben die Kollegen auf dem ganzen Balkan eingespannt. Nichts.» Er rieb sich die Schläfe mit dem Daumen. «In Norwegen auch nicht, bis auf die Tochter.»

«Und Kvamme?»

«Aus dem werde ich nicht richtig schlau. Gibt konsequent einsilbige Antworten. Scheint eigentlich kein großes Interesse daran zu haben, uns zu helfen.»

«Was sagt er?»

«Wenig. Gerade so, als wüsste er nicht das Geringste von seiner ehemaligen Frau. Er sagt, dass sie nie über ihre Familie sprechen wollte und er das respektiert hat.»

«Sie haben eine Tochter zusammen. Er muss doch ein Interesse daran gehabt haben, zu erfahren, ob das Mädchen Großeltern mütterlicherseits hat?»

Viker zuckte mit den Schultern. «Sollte man meinen, ja ...»

Lykke starrte vor sich hin.

«Und das Außenministerium, wissen die was darüber? Die Botschaft in Belgrad?»

«Jedenfalls keiner von denen, die heute dort arbeiten.»

Lykke erhob sich und ging im Zimmer auf und ab, während er sich den Nacken rieb.

«Forscht mal in Sarajevo nach», sagte er. «Treibt die Leute auf, die zur selben Zeit wie Kvamme dort waren. Irgendwer muss doch mitgekriegt haben, dass der juristische Berater des diplomatischen Dienstes eine Freundin hatte.»

«Schon, aber ...»

«Die Frau kommt doch irgendwo da aus der Gegend», fiel Lykke ihm deutlich gereizt ins Wort. «Sucht weiter.»

«Geht klar.»

Der große Mann drehte sich um und verschwand.

Rolf Lykke sank auf seinen Bürostuhl und ließ den Blick geistesabwesend durch das winzige Zimmer wandern, das seit fast zwölf Jahren sein zweites Zuhause war. Zwei Besucherstühle aus Hartplastik, ein Schreibtisch auf Stahlrohrbeinen mit einer Platte aus undefinierbarem Material. Ein abschließbares Schubladenelement aus Metall und ein Regal, vollgestopft mit Aktenordnern, Dokumenten und einem einbändigen Lexikon. An der Wand links vom Fenster, das sich nicht öffnen ließ, hing eine Wanderkarte über die Nordmarka. Eine Kinderzeichnung, signiert «Ida 5 Jahre» und mit grünen Reißzwecken an die Tür geheftet, vervollständigte den Zimmerschmuck. Lykkes Blick blieb an dem Bild hängen. Es war zwei Jahre alt. Ida hatte ihn zusammen mit Sonja im Büro besucht. Soweit er sich erinnern konnte, war es das einzige Mal gewesen. Kein Wunder, dachte er.

Er strich über die Tastatur des drei Jahre alten und doch schon hoffnungslos veralteten PCs. Ein Computer und ein Handy fehlten in Nadija Hadzics Wohnung. Das untermauerte seine Theorie. Nadija kannte den Täter, der den Mac und das Handy mitgenommen hatte, weil sie Daten enthielten, die ihn verraten würden. Es konnte natürlich auch sein, dass er sein Opfer nicht gekannt und die Sachen mitgenommen hatte, um sie zu Geld zu machen. Aber warum hatte er dann die dreihundertsiebzig Kronen in ihrer Brieftasche zurückgelassen?

Er erhob sich. Zog die oberste Schublade auf und fand ein Päckchen Kaugummi. Die wichtigste Frage blieb immer noch: Wer war Nadija Hadzic? Er hatte nicht damit gerechnet, dass sie sich zu Beginn der Ermittlung mit diesem Problem herumschlagen müssten. Er musste Parisa nach Risør schicken. Parisa würde etwas herausfinden, da war er sich ganz sicher.

Er blickte wieder zu der Kinderzeichnung. War es wirklich zwei Jahre her, dass Ida an seinem Schreibtisch gesessen und die grünen Strichmännchen gemalt hatte? Was war mit ihr in der Zwischenzeit passiert? Er konnte Namen und Details einer Handvoll Mordfälle herunterrasseln, aber sein Privatleben diente eher als undeutliche Kulisse für das, was wirklich wichtig war: die Arbeit. Als Sonja und er vor acht Jahren heirateten, hatte er gewusst, dass sie sich Kinder wünschte. Sie war siebzehn Jahre jünger als er, und obwohl sie Vollzeit in ihrem eigenen Architekturbüro arbeitete, war sie nicht besonders traurig gewesen, als sie die Mutterrolle einnehmen sollte. Und dank ihr hatte es ja auch ganz gut funktioniert.

Lykke sah auf die Uhr. Viertel nach drei. Ida war vermutlich im Hort. Er hatte sie einige Male von dort abgeholt. Rasch fasste er einen Entschluss und merkte, wie sehr er sich darauf freute, das überraschte Kindergesicht zu sehen. Er war schon fast aus der Tür, als das Telefon auf dem Schreibtisch klingelte.

«Rigmor hier.»

«Hallo.»

«Es geht um die Frau aus der Tøyengata ...»

«Ja?»

«Ich hab was gefunden. Hast du Zeit?»

Lykke warf einen Blick auf seine Armbanduhr und berechnete automatisch die Verkehrsdichte und die Entfernung zum Rechtsmedizinischen Institut am Rikshospitalet.

«Bin in zwanzig Minuten da», sagte er und knallte den Hörer auf.

Kapitel 10

Rigmor Haugen saß mit dem Rücken zur Tür an einem der langen Tische in der Mitte des Labors. Lykke blieb ein paar Minuten an der Tür stehen, und plötzlich wurde ihm bewusst, wie oft er die grauhaarige Frau schon so hatte dasitzen sehen – über ein Mikroskop gebeugt, den weißen Laborkittel offen und die Brille an einer schwarzen Schnur vor der Brust baumelnd. Eine Handvoll anderer weißgekleideter Pathologen saß um einen runden Tisch am hinteren Ende des Labors und trank Kaffee. Eine Frau Ende dreißig mit rötlichem Haar, die Lykke von früheren Fällen her bekannt vorkam, lachte plötzlich laut auf. Er dachte einen Moment an Parisa Sadegh und räusperte sich leicht pikiert. Wie konnten vernunftbegabte Menschen eben noch einer Leiche das Gehirn entnehmen und sich im nächsten Moment bei einer Tasse Kaffee Witze erzählen? Oder war es gerade das, was man in diesem Beruf können musste?

«Hallo, was gibt es denn Interessantes?»

Rigmor Haugen hob einen Arm, während sie weiterhin ins Mikroskop starrte.

«Du hast was für mich?», fuhr Lykke fort.

«Moment …»

Ihre Brille pendelte sachte vor und zurück. Das Gestell war dick und braun mit einer Art Zickzackmuster in Grau. Lykke hätte schwören können, dass sie diese Brille schon gehabt hatte, als sie sich vor zwanzig Jahren zum ersten Mal begegnet waren. Er richtete seine Aufmerksamkeit auf die kleine Gruppe am Kaffeetisch. Drei Männer und zwei Frauen. Lykke erkannte den dunklen Hinterkopf von Mihajlo Djogo. Der Mann war Schwede und laut Rigmor der beste Pathologe, mit dem sie je zusammengearbeitet hatte. Lykke nickte kurz, als die rothaarige Frau ihm zulächelte. Ihr Name fiel ihm auf die Schnelle nicht ein, es kam selten vor, dass er mit jemand anderem als Rigmor Haugen zu tun hatte.

«Ich habe ein paar Fotos.»

Rigmor erhob sich und setzte die Brille auf, dann hielt sie inne und zupfte nachdenklich an ihrem Ohrläppchen.

«Ich weiß noch nicht, ob es was zu bedeuten hat, aber ich finde, du solltest dir das mal mit eigenen Augen ansehen. Du willst dir ja immer selbst ein Bild machen …»

«Sehr gern.»

Lykke folgte ihr die Treppe zum Kühlraum hinunter. Er war schon oft hier gewesen, trotzdem empfand er immer ein leichtes Unbehagen. Der Raum wirkte auf ihn wie eine Grabkammer. Entlang der Wände lauter Schubladen und in den Schubladen lauter Leichen. Rigmor ging an den Reihen entlang und kontrollierte die Nummern, so als suchte sie nach einem Koffer in einem Schließfach.

«Hier.»

Sie zog ein paar Papiere aus der Brusttasche ihres Kittels

und warf einen Blick darauf, ehe sie vorsichtig an dem stählernen Handgriff zog.

Lykke betrachtete die tote Frau. Die Augen waren geschlossen und die schwarzen Haare hinter die Ohren zurückgestrichen. Sie lag auf dem Rücken, ihr Nacken war leicht gekrümmt, so als hätte sie gerade beschlossen, sich aufzusetzen.

«Schau dir das an.»

Haugen schlug das weiße Tuch zurück, zog sich Einmalhandschuhe an und ließ den Zeigefinger entlang der Wunde von der Halsgrube bis zum Unterleib gleiten.

«Siehst du?»

Lykke starrte auf den grotesken Schnitt, er musste mindestens siebzig Zentimeter lang sein.

«Ich sehe die Spuren von etwas, das man wohl als Ausschlachten bezeichnen muss, aber sonst ...»

«Die unregelmäßige Schnittkante.» Haugen setzte die Brille auf und beugte sich über den bleichen Körper. «Die kleinen Zacken?»

Lykke lehnte sich ebenfalls nach vorn und folgte ihrem Finger.

«Ich sehe, dass da ein paar Fetzen sind, ja. Was bedeutet das?»

Die Pathologin richtete sich auf.

«Vielleicht nichts», erwiderte sie kurz.

Lykke wartete.

«Aber es könnte bedeuten, dass der Täter ein Messer oder einen Säbel mit schartiger Klinge benutzt hat. Außerdem ist es sehr plump ausgeführt.»

Lykke betrachtete das teilweise aufgeschnittene Gesicht. Erst jetzt bemerkte er, dass die Vorderzähne schief standen. Auseinandergepresst von einem scharfen Gegenstand, der mit großer Wucht die Lippen und das Zahnfleisch in Ober- und Unterkiefer gespalten hatte.

«Plump?»

Rigmor Haugen zog die Latexhandschuhe aus.

«Vielleicht ein schlecht gewähltes Wort … hm … Doch, plump», wiederholte sie. «Er hat mehrere Male einen Schnitt durchgeführt. Mindestens dreimal von oben nach unten und einmal vom Schritt bis zum Brustbein.»

Lykke merkte, wie die Luft stickig wurde.

«Und das Waschpulver?»

«Blenda. Das haben wir überprüft.»

«Kannst du dir vorstellen, wieso?»

Rigmor Haugen schüttelte den grauen Kopf.

«Waschpulver besteht aus kleinen Partikeln, die Seife, Phosphate, Enzyme und Polycarboxylate enthalten. Die Partikel lösen sich sofort auf, wenn sie in Kontakt mit Feuchtigkeit kommen, und …»

«Hat sie noch gelebt?», unterbrach Lykke sie.

Haugen deckte den Körper wieder zu und schob Nadija Hadzic vorsichtig zurück in die Kälte.

«Das ist genau das, was so …» Sie zögerte und schwieg. «Es gibt keine Spuren von Stichen oder dass er versucht hätte, lebenswichtige Organe zu treffen.»

«Hat sie noch gelebt?», wiederholte Lykke.

Die Pathologin nahm die Brille ab und steuerte auf die Treppe zu.

«Höchstwahrscheinlich viel zu lange.»

Kapitel 11

Rolf Gordon Lykke öffnete die Türen des Passat und stellte zwei Einkaufstüten auf den Rücksitz. Sonja hatte eine Stunde zuvor angerufen. Das kleine Architekturbüro war in der Endphase eines Auftrags für die Kommune Askim, deshalb musste sie bis spätabends arbeiten. Das passte ihm gut. Ausnahmsweise einmal. Er war von der Rechtsmedizin direkt zum Einkaufen gefahren, und jetzt freute er sich darauf, Ida vom Hort abzuholen.

Er manövrierte den dunkelblauen Dienstwagen aus der Tiefgarage unter dem Manglerud Senter. Als er an der Shell-Station vorbeikam, bemerkte er leichtes Schneetreiben im Licht der Frontscheinwerfer. Bilder von weißen Skispuren tauchten vor seiner Netzhaut auf. In diesem Winter musste er sich Zeit für ein paar Skiwanderungen mit Ida nehmen. Er erinnerte sich, wie sein Vater damals in den kleinen Rucksack Johannisbeersaft in der Thermosflasche, Apfelsinen und dicke Wurstbrote gepackt und ihn zum Skiwandern mitgenommen hatte. Schon als Sechs- oder Siebenjähriger war er mit seinem Vater als geduldigem Lehrer bis Ullevålseter und Kobberhaughytta hinaufgewandert. Vor ein paar Jahren, gleich nach dem Tod seiner Mutter, hatte er den Keller in seinem Elternhaus am Åkebergveien aufgeräumt und die alten Bonna-Skier mit der Rottefella-Bindung gefunden. Er hatte mit den Skiern in der Hand dagestanden und sich an das überwältigende Glücksgefühl erinnert, als er sie vor über fünfundvierzig Jahren unter dem Weihnachtsbaum aus dem Geschenkpapier wickelte. Ida hatte im letzten Winter neue Skier bekommen oder, besser gesagt, eine ganze Skiausrüstung. Alles in Rosa. Er wusste gar nicht, ob sie die Skier je benutzt hatte. Jetzt waren sie wahrscheinlich schon zu klein.

Lykke bog in den Plogveien und drehte die Lautstärke des CD-Players auf.

Ein paar Minuten später parkte er vor dem flachen grauen Schulgebäude und steuerte nach kurzem Zögern auf eine braune Holztür mit einem großen B zu. Kurz bevor er die Tür erreichte, verlangsamte er seine Schritte und schaute durch die großen Fenster hinein. In dem hell erleuchteten Raum sah er Ida zusammen mit zwei anderen Mädchen, deren Namen ihm entfallen waren. Sie saßen auf dem Boden und malten, tiefkonzentriert. Eine dunkelhäutige Lehrerin saß im Schneidersitz bei zwei Jungen und spielte irgendetwas, das an Yatzy erinnerte. Plötzlich drehte sich eines der Mädchen zu Ida um, lächelte und zeigte auf Idas Bild. Ida lachte. Lykke spürte, wie ihm warm ums Herz wurde. Er hatte insgeheim immer ein bisschen Angst, dass sie vielleicht keine Freunde fand. Im selben Moment überfielen ihn die Gedanken an die Tochter der Ermordeten. Sie war bei einer Freundin gewesen, als ihre Mutter getötet wurde. Sie hat jedenfalls eine Freundin, dachte Lykke und merkte, wie absurd der Gedanke war.

Er warf einen Blick auf die Schuluhr an der Wand und zog die schwere Tür auf. Zehn vor fünf. Er hatte überlegt, ob er Tacos kaufen sollte, es dann aber gelassen, weil er vergessen hatte, wie Sonja sie zubereitete. Ich hoffe, Ida freut sich, wenn sie hört, dass es Nackenkotelett und Sauerkraut gibt, dachte er. Im selben Moment klingelte sein Handy. Er begriff erst nicht, woher das nervtötende Bellen kam, aber nach ein paar Sekunden hatte er das Handy aus seiner inneren Manteltasche gezogen. Es war neu, ein Samsung, ausgestattet mit Videokamera, E-Mail und Internetzugang. Es hatte vor zwei Tagen auf seinem Schreibtisch gelegen.

Lykke vermisste sein altes Nokia jetzt schon schmerzlich und drückte zweimal die falsche Taste, ehe er eine Verbindung bekam. Er fluchte leise und beantwortete den fragenden Blick der Lehrerin mit einem entschuldigenden Winken.

«Wenn das Waschpulver aus dem Paket stammt, das wir im Wohnzimmer gefunden haben, und wir haben wohl allen Grund zu der Annahme, dass es so ist», sagte Eriksen mit seiner gekünstelten tiefen Stimme, «dann ist es aus einer Partie, die erst vor vier Tagen an den Einzelhandel in Oslo ausgeliefert wurde.»

«Aha.» Lykke ging ein paar Schritte in den Raum hinein. «Und es wird nur in Oslo verkauft?»

«Nach Angaben des Vertriebsleiters von Lilleborg, ja. Eine Herbstaktion mit einem Gewinnspiel auf der Packung, die nur für Oslo sowie einige größere Geschäfte in Akershus gilt. Er sprach von Handelsmärkten in der Region Ost und all so was, aber ich glaube, er meinte ein paar große Einkaufszentren in Lørenskog. Dort gibt es ja kaum was anderes.»

«Anderes als was?»

«Einkaufszentren. Da muss es mittlerweile eins pro Kopf geben. Triaden und Arkaden und wie sie alle heißen ...»

Lykke schwieg einen Moment.

«Das hilft uns nicht weiter», sagte er schließlich. «Kann man die Spur nicht bis in einzelne Läden zurückverfolgen?»

«Keine Chance.»

«Sonst noch was?», fragte Lykke und lächelte Ida, die ihn entdeckt hatte, kurz zu.

«Nicht viel. Der Vertriebsleiter sagt, es wäre eine besondere Sorte.»

«Was?»

«Das Waschpulver. Eins ohne Parfümzusatz. Ist wohl nicht gerade die Sorte, die sich besonders gut verkauft ...»

«Was bedeutet das?»

«Na ja», Eriksen zögerte, «das bedeutet wohl nichts anderes, als dass sie nicht viel davon verkaufen und es nicht parfümiert ist ...»

«Das habe ich verstanden.»

«Ja, dann ...»

Lykke bereute seinen scharfen Tonfall.

«Gut, wir können ja vielleicht morgen bei der Teambesprechung noch mal darüber reden. Okay?»

«Okay.»

«Tschüs.» Er steckte das Handy in die Manteltasche.

«Wo ist Mama?» Ida stand vor ihm, in der Hand einen Stapel Zeichnungen. Sie sah ihn streng an. «Du kannst nicht ohne Überzieher hier rein.»

Erst jetzt bemerkte Lykke die kleinen schmutzigen Pfützen, die sich unter seinen Schuhen gebildet hatten. Er erinnerte sich schwach an einen Korb mit blauen Plastiküberziehern links neben der Eingangstür.

«Tut mir leid ...»

Er zuckte resigniert mit den Schultern in Richtung der Lehrerin, die die Würfel vom Fußboden aufgesammelt hatte und gerade dabei war, aufzustehen.

«Nicht so schlimm.» Sie lächelte. Ihre Zähne leuchteten weiß in dem dunklen Gesicht. «Sie sind heute nicht der Erste.»

«Mama denkt immer an die Überzieher.»

«Das ist ...», begann Lykke, wurde aber von giftigem Gekläff aus der Manteltasche unterbrochen. Himmeldonnerwetter noch mal. Er musste was gegen diesen Klingelton unternehmen.

Er straffte die Schultern und bewegte sich rückwärts auf die Eingangstür zu, als würden die Schmutzlachen dadurch kleiner werden.

«Ja?»

«Die Lady hatte Breitband.»

Lasse Viker klang etwas atemlos, so als wäre er unterwegs. Lykke hörte eine Straßenbahn im Hintergrund.

«Wir vermissen einen Mac, mit anderen Worten?»

«Sieht so aus. Sie hatte außerdem einen richtigen Profi-Tarif. ADSL Premium von Telenor. Die schnellste Leitung, die du kriegen kannst. Fünfhundert Kröten pro Monat.»

«Wozu brauchte sie so was?»

«Keine Ahnung, aber für irgendwas muss es gewesen sein, fünfhundert jeden Monat sind nicht wenig für eine Kantinenkraft.»

«Sprich mal mit den Kollegen von Økokrim, ob es möglich ist, die Auslastung ihres Breitband-Anschlusses zu überprüfen. Traffic, IP-Adressen ... so was alles.»

Lykke hatte die kleine Garderobe erreicht. Automatisch nahm er Idas Sachen aus dem Fach mit ihrem Namen. «Ted hat eben angerufen ...»

«Und?»

«Das Waschpulver war unparfümiert.»

«Hab ich gesehen. Das stand auf dem Paket, Blenda Sensitive.»

«Ach ja?»

«Ich komme gerade aus der Wohnung. Im Bad stand ein angebrochenes Paket Omo Color, ein leeres Paket Blenda

Weiß, ein Paket Biotex und eine Flasche Weichspüler. Alle parfümiert.»

Lykke spürte, wie sich sein Puls beschleunigte.

«Wir müssen alle Supermärkte im Zentrum überprüfen», sagte er. «Die meisten haben Videoüberwachung. Wir suchen vermutlich nach einem Mann, der innerhalb der letzten vier Tage unparfümiertes Waschpulver gekauft hat.»

«Das können ja nicht so schrecklich viele sein.»

«Das wollen wir hoffen.» Lykke blickte an die Decke. «Was Neues in Sachen Verwandtschaft?»

«Ich arbeite daran.»

«Okay.»

«Können wir jetzt gehen?» Ida hatte sich eine rosa Mütze über die kurzen Zöpfe gezogen und sah ihn vorwurfsvoll an.

«Bin schon fertig», sagte Lykke lächelnd und ließ das Handy in die Innentasche gleiten. «Hast du Hunger?»

«Können wir Tacos machen?»

«Mal sehen, was wir haben. Mit richtig viel Glück finden wir vielleicht noch was viel Besseres.»

«Besser als Tacos?»

Ida sah ihn ungläubig an.

Kapitel 12

«Der Billardprofi» stand auf dem braunen, rechteckigen Schild. Parisa Sadegh war das Geschäft schon früher aufgefallen, denn es lag nur wenige hundert Meter von ihrer Wohnung in Bislett entfernt. Ein kurzes Telefonat mit Gisle Kvamme hatte ihre Vermutung bestätigt. Er hatte nie gehört, dass Nadija irgendetwas mit Billard zu tun gehabt hätte, und seiner Tochter gehörte der Billardqueue mit Sicherheit nicht. Laut Nora hatte ihre Mutter gesagt, er sei ein Geschenk von einem Freund. Wieso er im Kinderzimmer unter dem Bett gelegen hatte, konnte er sich auch nicht erklären, und er wollte seiner Tochter nach Möglichkeit weitere Fragen ersparen.

Parisa zog die schwere dunkle Eingangstür auf.

Der Mann, der hinter dem Verkaufstresen auf einem Barhocker lümmelte, war gerade dabei, ein Telefongespräch zu beenden. Er legte das Handy weg und starrte Parisa unfreundlich an, als hätte sie ihn bei etwas Wichtigem gestört.

«Kann ich was für dich tun?», murmelte er ziemlich widerwillig. «Wir schließen jetzt.»

Parisa fingerte in der Tasche nach ihrem Dienstausweis, überlegte es sich aber anders.

«Ich spiele ein bisschen», sagte sie und hielt ihm den Billardqueue hin. «Können Sie mir ein paar gute Billardlokale empfehlen?»

Der Mann machte ein noch unfreundlicheres Gesicht.

«Ich verkaufe Ausrüstungen», sagte er mürrisch. «Ich bin nicht die Auskunft.»

Parisa sah sich in dem länglichen Verkaufsraum um. Vom Fußboden bis zur Decke Dartscheiben, grüne Filzstoffe und Queues in allen Varianten.

«Ich überlege auch, mir einen Tisch zu kaufen, aber ich dachte, ich sollte erst noch ein bisschen trainieren.»

Ein Funken von Interesse blitzte in dem fahlgrauen Gesicht auf. Er kratzte sich ungeniert seinen Bauchansatz und glitt vom Hocker. Parisa bemerkte, dass seine linke Hand eine Prothese war.

«Willst du dir denn einen neuen Queue zulegen?»

Parisa überlegte kurz und packte den Billardstock fester.

«Der genügt mir vorläufig, aber später werde ich mir wohl was Besseres anschaffen. Ich habe den gebraucht gekauft.»

Der Typ kam hinter dem Tresen hervor, unterdrückte ein Gähnen und musterte sie dreist, während er mit dem kleinen Fingernagel zwischen den Zähnen herumstocherte.

«Der ist nicht von hier.» Er nahm ihr den Billardqueue aus der Hand und legte ihn auf den Tisch am Fenster. «Pass mal auf.»

Er ließ den Queue auf dem grünen Filz rollen. Der Stock eierte.

«Verzogen, der pure Mist. Wenn du mit der Krücke Snooker spielen willst, versemmelst du jeden Ball um anderthalb Meter.»

«Snooker?»

Der Funken Interesse erlosch.

«Ja, das ist ein Snookerqueue.»

«Ach so ...»

Der Mann unterdrückte wieder ein Gähnen und warf einen Blick auf die protzige Armbanduhr an seinem rechten Handgelenk. Es war offensichtlich, dass er die uninteressante Kundin gern loswerden wollte, die nicht mal wusste, was für einen Queue sie mit sich herumschleppte.

«Wenn du Snooker spielen willst, hast du nicht mehr viel Auswahl, nachdem Thon seinen Salon in der Stortingsgata dichtgemacht hat. Nur die Läden in der Youngs gate und und in der Torggata und Jannik's oben am Carl Berner … Da spielen ja viele aus … deinem Kulturkreis …»

«Auch um Geld?»

Zum ersten Mal erschien die Andeutung eines Lächelns auf dem mürrischen Gesicht.

«Kann schon sein. Nimm deinen Knüppel ruhig mit, Mädchen, aber zieh dich warm an, sonst gehst du nackt nach Hause.» Er grinste.

Parisa überlegte und deutete mit einem Kopfnicken auf einen Tisch ganz hinten im Laden, dessen grüne Filzbespannung deutlich abgenutzt war.

«Wird hier auch um Geld gespielt?»

Das Grinsen des Verkäufers wurde noch breiter.

«Kommt schon mal vor. Lust auf eine Partie?» Sein Blick blieb an ihren Brüsten hängen.

Parisa zog ihren Dienstausweis.

«Erzählen Sie mir ein bisschen über Snooker», sagte sie.

Kapitel 13

Es ging auf halb elf zu, als Parisa Sadegh den Dienstwagen an der Statoil-Tankstelle im Trondheimsveien parkte. Es schneite stark, und auf dem Bürgersteig bildete sich schon eine dünne Eisschicht. Parisa fröstelte in ihrem dünnen Mantel und nahm eilig Kurs auf die Leuchtreklame ein paar Meter weiter die Straße hinunter. «Jannik's Pub, Billard, Restaurant, Fußballpub» stand da, als hätte sich der Besitzer nicht recht entscheiden können. In den anderen Lokalen, die sie aufgesucht hatte, wurde Billard und nur Billard gespielt. Genauer gesagt Snooker, was laut des plötzlich wesentlich auskunftswilligeren Verkäufers eine englische Variante des Spiels war, jedoch mit kleineren und mehr Kugeln und einem größeren Spieltisch. Was Parisa verblüfft hatte, war das völlige Fehlen von Gemütlichkeit und Charme. Alle Lokale waren grau, trostlos und mehr oder weniger heruntergekommen. Serviert wurde nur Kaffee und Bier und, wenn man Glück hatte, noch aufgetaute Pizza. Aber man ging wohl auch nicht dorthin, um sich verwöhnen zu lassen.

Sie hatte einen Anflug von Hunger verspürt, der aber verschwand, als sie an der Türschwelle über ein Meer von Zigarettenkippen stieg. Schon als sie das Lokal betrat, war klar, dass hier weder Seezunge noch frisches Wild auf der Karte standen. Der halbrunde Türbogen und ein Flipperspiel mit Indiana Jones waren unverkennbare Indizien, dass die Glanzzeit dieses Etablissements einige Jahrzehnte zurücklag. Am Ende des schmalen Raums mit dem langen Tresen hing ein riesiger Flachbildschirm an der Wand. Eine Fußballübertragung über Viasat fesselte die Aufmerksamkeit der vier Männer am Tisch davor. Halbleere Gläser und ein Haufen zerknüllter Spielscheine deuteten darauf hin, dass sie schon eine ganze Weile dort saßen. In einem Nebenraum hingen eine riesige VIF-Fahne und ein weiterer Großbildschirm, auf dem ebenfalls Fußball lief. In diesem Raum waren keine Gäste. Wahrscheinlich das Restaurant, dachte Parisa. Hinter einem weiteren Torbogen befand sich das Kronjuwel, der Snookersaal, und hier war es voll. Parisa zählte vierzehn Spieler an sechs Billardtischen. Darunter drei Frauen und alle, abgesehen von zwei Jugendlichen, mit Migrationshintergrund. «Viele aus meinem Kulturkreis»?

Parisa ließ den Blick durch den Raum schweifen. Die Tische erinnerten an kleine, hell erleuchtete Fußballfelder. Die drei Frauen schienen koreanischer oder chinesischer Herkunft zu sein und wirkten beinahe absurd klein neben den riesigen Tischen.

Aber es war offensichtlich, dass sie schon öfter gespielt hatten. Die jüngste von ihnen beugte sich über den Queue und führte ihn mit ruhigen Bewegungen vor und zurück, ehe sie mit einem schnellen Stoß die weiße Kugel in Bewegung setzte. Klick, klack, und eine schwarze Kugel verschwand in einem Loch. Parisa starrte den Queue an. Der hatte wenig Ähnlichkeit mit dem Stock, den sie unter Noras Bett gefunden hatte. Ebenso wie die Queues der beiden anderen Frauen.

Snooker war offenbar ein Sport, bei dem man stand, gerne an eine Wand oder einen anderen Tisch gelehnt und immer mit dem Queue in der Hand. Parisa bemerkte, dass am hintersten Tisch einige Geldscheine den Besitzer wechselten. Der Mann, der gewonnen hatte, lächelte zufrieden und stopfte sie in eine enge Jeanstasche. Als er sich umdrehte, um eine Lederjacke vom Garderobenständer zu nehmen, fiel Parisa sein knackiger Po auf. Langsam habe ich es echt nötig, dachte sie, und für einen kurzen Moment kam ihr die Mail im Postfach von *match.no* in den Sinn. Der Flieger aus der Finanzbranche, der so gern verreiste.

Sie steuerte auf den Typen hinter der Theke zu, ein kaugummikauender Zwerg Anfang vierzig, und zeigte ihm ihren Dienstausweis und den Pass mit dem Foto von Nadija Hadzic.

«Kennen Sie die Frau?»

Auf dem unrasierten Gesicht des Barkeepers erschien ein wachsamer Ausdruck. Parisa hatte das schon oft gesehen.

«Keine Sorge. Mich interessiert nicht, wie ihr diese Spelunke betreibt, ich will nur wissen, ob sie hier war und gespielt hat. Klar?», fügte sie hinzu, als der Typ sie weiterhin ängstlich anstarrte.

«Da müssen Sie Gusev fragen, dem gehört der Laden», murmelte er kauend.

Parisa beugte sich über den Tresen und roch einen Hauch von Pfefferminz und schlechtem Kaffee.

«Ich muss doch wohl nicht Ihren Chef fragen, ob Sie die Frau kennen?»

Er wirkte jetzt geradezu verängstigt und schielte zu den Snookertischen hinüber.

«Die hab ich hier noch nie gesehen», sagte er schließlich.

Parisa lächelte.

«Verstehe», sagte sie. «Und wo finde ich Gusev?»

«Hier.»

Parisa drehte sich um. Vor ihr stand der Mann mit dem Knackarsch.

Sein Lächeln wirkte echt. Die schneeweißen Zähne auch. Ende dreißig, Osteuropäer, gut gebaut, etwa eins neunzig. Attraktiv, und er weiß es, dachte Parisa.

«Kennen Sie diese Frau?», fragte sie und schlug den Pass auf dem Tresen auf.

«Das ist Nadija. Ist was passiert?»

Gusev blickte von Parisa zu dem Typen hinter der Theke, der vielsagend mit den Schultern zuckte.

«Nadija Hadzic wurde gestern ermordet», sagte Parisa.

«Was?»

«Ja.»

«Das ist nicht wahr!»

Gusev machte eine dramatische Armbewegung. «Das ist nicht wahr», wiederholte er und knickte in den Knien ein, während sein Oberkörper von einer Seite zur anderen schwankte.

Parisa Sadegh versuchte, seinen theatralischen Auftritt zu deuten. Hatte die Nachricht ihn wirklich so getroffen?

«Tut mir leid», sagte sie nüchtern. «Woher kannten Sie Nadija Hadzic?»

Gusev sank auf einen Barhocker und verbarg das Gesicht in den Händen.

«Warum! Sie war der netteste Mensch auf der ganzen Welt. Warum?»

Parisa wechselte einen Blick mit dem Barkeeper, der hinter der Theke immer rastloser wirkte.

«Ist sie vergewaltigt worden?» Gusev starrte Parisa an.

«Sie wurde in ihrer Wohnung getötet. Mehr kann ich dazu nicht sagen.» Parisa hielt seinem düsteren Blick stand. «Woher kannten Sie sie?»

Einer der Gäste am Fußballtisch hielt sein leeres Glas hoch und grunzte etwas, das Parisa nicht verstand. Der Barkeeper hantierte hastig an den Zapfhähnen.

«Vom Norwegischkurs», kam es endlich.

«Sie haben zusammen einen Norwegischkurs besucht?» Parisa konnte ihre Überraschung nicht verbergen.

«Ja, sechs Monate lang. Nach dem Unterricht habe ich sie immer eingeladen, hier zu spielen. Sie war auch an den Wochenenden hier, weil ihre Tochter dann beim Vater war.»

Plötzlich richtete er sich auf.

«Was wollen Sie von mir?»

«Mit Ihnen reden.» Parisa spürte die Kälte, die von ihm ausging. «Und mit allen anderen, die Nadija kannten.»

Gusev ließ seinen Blick betont langsam über ihren Oberkörper wandern.

«Was glauben Sie eigentlich, wer Sie sind?»

«Parisa Sadegh, Ermittlerin bei der Osloer Polizei», erwiderte sie ruhig.

Gusev machte eine höhnische Kopfbewegung.

«Braune Bullen sind die schlimmsten.»

«Treffen Sie oft welche?» Parisa wich seinem Blick keinen Millimeter aus.

Für einen kurzen Moment versteifte sich der Körper am Tresen, dann, ohne jede Vorwarnung, ließ er die Schultern sinken.

«Fast nie», sagte er mit einem Lächeln und streckte ihr eine schmale Hand entgegen. «Sergej Gusev. Mir gehört dieser Laden.»

Parisa fiel auf, dass er ein wenig lispelte, was seinem nicht ganz fehlerfreien Norwegisch eine etwas unreife Note gab.

«Haben Sie ihr den Queue geschenkt?»

Die Trauer kehrte in sein Gesicht zurück.

«Wir waren Freunde. Sie hatte nicht so viele ...»

«Freunde?»

«Ja, nur Freunde. Sie war ...», Gusev verstummte und suchte nach den richtigen Worten, «... nicht auf der Suche nach einer Beziehung.»

«Woher wissen Sie das?»

«Wie gesagt, wir waren befreundet. Freunden erzählt man alles.»

Parisa nickte vielsagend.

«Kannten Sie ihre Familie? Die in Bosnien», fügte sie hinzu.

«Darüber haben wir nicht gesprochen», kam es sofort.

«Nie?»

«Nie.»

«Ist das nicht ein bisschen seltsam, wenn man so gut befreundet ist?»

Gusev packte Parisas Unterarm, nicht sehr fest, aber fest genug, um seine Überlegenheit auszudrücken. Die Feindseligkeit war in seinen Blick zurückgekehrt.

«Wir sprachen über die Zukunft. Nur darüber.»

Parisa nahm seine Hand von ihrem Arm weg.

«Warum steht ‹Vielleicht› auf dem Queue, den Sie ihr gegeben haben? Erhofften Sie sich mehr als nur Freundschaft?»

In seinem scharfgeschnittenen Gesicht kamen die weißen Zähne wieder zum Vorschein.

«Ich bin nicht sehr gut im Schreiben. Dreimal hat sie mir bei Diktaten geholfen, und jedes Mal habe ich das Wort wieder falsch geschrieben. Immer ‹vieleicht›, mit nur einem l in der Mitte. Verstehen Sie. Mit einem l.»

Parisa nickte.

«Deshalb hat sie gesagt, ich soll hundertmal ‹vielleicht› schreiben, damit ich es nie wieder vergesse.»

«Und da haben Sie das Wort auf den Billardqueue geschrieben, aus Spaß?»

Gusev nickte.

«Ja, genau, aus Spaß.»

Parisa musterte den Mann. Kamen seine Antworten nicht ein bisschen schnell?

«Wollten Sie zusammen nach Berlin?»

«Berlin?»

«Nadija besaß ein Flugticket nach Berlin, Abflug 2. Dezember.»

Gusev sah wirklich überrascht aus.

«Das verstehe ich nicht. Sie hat mir sonst immer alles erzählt. Wir waren Freunde, verstehen Sie?»

Wieder nickte Parisa, zum Zeichen, dass sie verstand.

«Mit wem wollte sie dann nach Berlin, wenn nicht mit Ihnen?»

Gusev rollte theatralisch mit den Augen.

«Fragen Sie mich nicht. Das kann jeder gewesen sein. Vielleicht Jesus, was weiß ich.»

Parisa seufzte insgeheim und suchte in ihrer Tasche nach dem Notizblock. Plötzlich bemerkte sie aus den Augenwinkeln eine rasche Bewegung am Eingang. Sie hob den Kopf und sah gerade noch, wie ein Mann im Ledermantel sich abrupt umdrehte und hinaus auf die Straße verschwand. Für den Bruchteil einer Sekunde hatte sie sein Profil gesehen, gerade so lange, dass sie das Gefühl hatte, ihn irgendwoher zu kennen, aber nicht lange genug, um ihn einordnen zu können.

«Wer war das?», fragte sie und nickte zur Tür, durch die der Mann verschwunden war.

«Wer? Ich habe nichts gesehen.»

Parisa fing Gusevs Blick auf. Er war eiskalt.

Kapitel 14

Lykke zog das weiße T-Shirt über den Kopf, hob eine kleine Tube Zahnpasta mit Asterix-Motiv vom Badezimmerfußboden auf und merkte, dass er nach Schweiß roch. Das war kein normaler Schweißgeruch wie nach körperlicher Anstrengung, eher ein säuerlicher Gestank, wie er sich einstellte, wenn er gestresst war. Er musterte sein herbstblasses Gesicht im Spiegel. Wann war er so abgemagert? Er fuhr sich über die grauen Bartstoppeln, streifte das T-Shirt ab und wusch sich die Achselhöhlen mit kaltem Wasser und Seife. Er hatte bis in die Morgenstunden wach gelegen. Irgendetwas im Zusammenhang mit der Ermordung der jungen Frau ließ dem erfahrenen Ermittler in ihm keine Ruhe und mobilisierte jede Zelle seines Körpers. Es gab zu viele offene Fragen. Warum war Kvamme so wenig kooperativ? Wo war Nadijas Familie? Irgendwelche Angehörigen musste sie doch haben. Er hatte das starke Gefühl, dass das erst der Anfang war, und ihm graute vor der Fortsetzung.

Er versuchte, sein Spiegelbild anzulächeln, es sah eher nach einem Grinsen aus. Sechsundfünfzig Jahre. Er dachte an seinen Vater, der fünfzig geworden war und wenige Wochen später plötzlich im Sinsen-Gymnasium über dem Lehrerpult zusammenbrach. Das Herz hatte nicht mehr gewollt. Er wurde ihm immer ähnlicher. Ich muss an meine Pillen denken, fuhr es ihm durch den Kopf, als er das T-Shirt wieder anzog. Laut Personalarzt war sein Cholesterinspiegel viel zu hoch.

Als Lykke auf Zehenspitzen an der halboffenen Schlafzimmertür vorbeiging, hörte er Sonjas regelmäßige Atemzüge. Er stand immer als Erster auf. Dann hatte er bis sieben eine knappe halbe Stunde für sich. In der Zeit trank er zwei Tassen starken Kaffee und blätterte sich durch Aftenposten, Dagsavisen und Dagens Næringsliv. Dagsavisen war nur deshalb dabei, weil er bei einer Mutter aufgewachsen war, die darauf bestanden hatte, das Arbeiderbladet zu abonnieren, wie die Zeitung damals noch hieß. Anschließend räumte er den Geschirrspüler ein oder aus, machte das Pausenbrot für Ida und setzte Teewasser für Sonja auf. Er hasste Unordnung und erledigte seine morgendlichen Arbeiten mit großer Freude. Nicht zuletzt, weil das oft sein einziger Beitrag zur täglichen Hausarbeit war.

Er holte die Zeitungen herein und schaltete die Kaffeemaschine an. Dann nahm er die Schachtel Lipitor aus der Küchenschublade, drückte eine Tablette heraus und spülte sie mit Wasser aus dem Hahn hinunter. Er musterte die halbvolle Tablettenpackung mit den kleinen weißen Pillen. Für den Rest seines Lebens würde er jeden Tag eine davon nehmen müssen. Er setzte sich auf einen Küchenstuhl und überflog die Schlagzeile der Aftenposten. «Strengere Asylpolitik». Auf dem Foto darunter der Justizminister, der einen sehr entschlossenen Eindruck machte.

Lykke holte tief Luft und ließ sie langsam durch die Nase entweichen. Er hatte beinahe darauf gewartet. Die Meinungsumfragen fielen immer schlechter für die Regierungsparteien aus, und obwohl fast noch ein Jahr Zeit blieb bis zur nächsten Wahl, war es fast schon ein Naturgesetz, dass die Regierung ihre Handlungsfähigkeit unter Beweis stellen musste. Den geringsten Schaden trug man in der Asylpolitik davon, und der Erfolg bei den Meinungsumfragen ließ selten lange auf sich warten. Für Lykke bedeutete das eine immer kleiner werdende Mannschaft, weil alle Abteilungen Mitarbeiter für Asyl- und Abschiebeverfahren entsenden mussten. Es war auch nicht schwierig, motivierte Leute dafür zu finden. Gewöhnliche Polizisten, die mit der Abschiebung von Asylsuchenden befasst waren, konnten einschließlich Überstundenzulage bis zu einer Million Kronen pro Jahr verdienen.

Er nahm seinen Becher mit dem grünen Elch unter einer großen orangefarbenen Sonne, den Ida ihm letztes Jahr zu Weihnachten geschenkt hatte, aus dem Küchenschrank, goss sich Kaffee ein und trank ein paar vorsichtige Schlucke. Seine Gedanken wanderten zu Nadija Hadzic. War es ein Mord mit rassistischem Motiv? Eigentlich deutete nichts darauf hin. Zum einen war die Frau gut in die norwegische Gesellschaft integriert gewesen. Zum anderen waren ihr Laptop und ihr Mobiltelefon verschwunden. Das konnte auf zwei Dinge hindeuten: Entweder war sie einem Raub zum Opfer gefallen, oder ihr Mörder hatte Mac und Handy mitgenommen, weil er fürchtete, sie könnten die Polizei auf seine Spur bringen. Aber wozu dann das Aufschlitzen und das Waschpulver …

«Morgen!»

Sonja beugte sich über den Tisch und küsste ihn auf den Mund. Selbst nach acht Jahren Ehe war er immer noch ein wenig überrascht und verlegen, wenn sie das tat.

«Denkst du daran, Idas Skistiefel umzutauschen?»

Lykkes Blick fiel auf ein Paar kleine rosa Langlaufstiefel an der Haustür.

«Ich werde es versuchen.»

«Gut.»

Sonja lächelte und nahm ihre Teetasse aus dem Schrank. Die etwas zu große Nase über dem breiten Mund erinnerte ihn entfernt an ein Unterwäsche-Model von H&M, mit den Plakaten war vor ein paar Jahren die ganze Stadt tapeziert gewesen. Er war nicht sicher, wie Sonja auf diesen Vergleich reagieren würde, und behielt ihn deshalb für sich.

Sie deutete auf die Zeitungen, die auf dem Küchentisch lagen.

«Fertig?»

«Bedien dich.»

Wie schön sie ist, dachte Lykke zum tausendsten Mal. Was will sie mit einem alten Mann wie mir? Er interessierte sich nicht einmal für Sport, Sonjas große Leidenschaft. Vor allem im Fernsehen.

Sie trank vorsichtig von ihrem Tee und sah ihn über die Börsenseiten von Dagens Næringsliv hinweg an.

«Ist was?»

Lykke lächelte. «Was soll denn sein?»

«Du hast ausgesehen, als würdest du an was denken.»

«Ich bin hier der Ermittler, nicht du.»

Sonja lachte. «Aber ich wäre bestimmt auch ganz gut, meinst du nicht?»

«Mit Sicherheit.»

Es ist mindestens zwei Wochen her, dass wir miteinander geschlafen haben, dachte Lykke. Vermisst sie den Sex?

Sie warf einen raschen Blick auf die Uhr am Herd und hatte es plötzlich eilig.

«Ich muss Ida wecken. Könntest du noch schnell den Korb Wäsche aus der Waschküche heraufholen?»

«Natürlich.» Ihm fiel etwas ein. «Warum kaufen wir Omo?»

Sonja sah ihn neugierig an. Ihr halblanges dunkles Haar war ihr ins Gesicht gefallen, sie schob es mit einer raschen Handbewegung hinters Ohr.

«Weil ...» Sie zögerte. «Wahrscheinlich, weil es am effektivsten ist», sagte sie und sah ihn fragend an. «Woher dieses plötzliche Interesse für Waschpulver?»

«Was meinst du mit ‹effektiv›?»

«Na ja ...», sagte sie gedehnt, «das habe ich wohl irgendwo gehört, aber ich glaube schon, dass Omo am besten Flecken entfernt und so was ...»

«Und Blenda?»

«‹Blenda wäscht weißer›.» Sie lächelte. «Du erinnerst dich an die Werbung?»

«Nein ...»

Lykke starrte gedankenverloren auf die Zeitung.

«Natürlich, das ist es», murmelte er plötzlich und erhob sich hastig. Über seiner Nase stand eine kleine Falte.

Kapitel 15

Gisle Kvamme fasste die kleine, trockene Hand fester. Sie standen schon beinahe eine Viertelstunde da und sahen zu, wie ein Krabbenkutter mit seinem nächtlichen Fang zurückkehrte. Es wehte ein kalter Wind, und er bereute, dass er keine Mütze aufgesetzt hatte.

«Was meinst du, wollen wir in die Konditorei gehen?»

Nora schüttelte den Kopf.

«Mama mochte keine Krabben», sagte sie so leise, dass es im Wind fast unterging.

Gisle Kvamme sah die Tränen über ihre blassen Wangen

laufen und spürte einen Stich in der Brust. Der Mord war vor siebenunddreißig Stunden passiert, es war beinahe unnatürlich, dass sie noch Tränen übrig hatte.

«Aber sie mochte Krebse», sagte er in dem unbeholfenen Versuch, etwas Positives zu finden.

«Nur das Weiße in den Scheren.»

«Ja, das stimmt...»

Sie blieben im Wind stehen. Eine Schar Möwen kreiste über dem Krabbenkutter.

«Glaubst du, Mama hat an mich gedacht, als sie gestorben ist?»

Die Frage kam so plötzlich, dass Kvamme unwillkürlich die Schultern straffte.

«Da bin ich mir ganz sicher», antwortete er und musste sich räuspern, um weitersprechen zu können. «Du warst ja das Wichtigste in ihrem Leben.»

«Einmal haben wir uns gehauen.»

«Du und Mama?»

«Wir waren so böse aufeinander, dass wir uns richtig geprügelt haben.»

Gisle Kvamme registrierte kaum, dass einige leichte Schneeflocken vom blaugrauen Himmel fielen.

«Aber hinterher habt ihr euch wieder vertragen.»

«Das war meine Schuld.»

«Was denn?»

«Ich wollte mein Zimmer nicht aufräumen, und dann habe ich mit Absicht eine Vase umgeschmissen, die Mama ganz besonders gemocht hat.»

Kvamme spürte, wie der schmächtige Mädchenkörper zitterte, und drückte ihre Schultern in der etwas zu großen Daunenjacke.

«Ich bin sicher, dass Mama dich auch da noch sehr lieb hatte.»

Er dachte an den Zettel mit der Telefonnummer eines Kinderpsychologen in Arendal, den ihm der Krisendienst der Jugendfürsorge mitgegeben hatte.

«Mama will nicht, dass du traurig bist. Wenn sie uns jetzt sieht, denkt sie bestimmt, dass du aufhören musst zu weinen und wieder ein fröhliches Mädchen sein sollst.» Er hörte selbst, wie hohl das klang.

Ein kleiner roter Nissan fuhr langsam auf sie zu und hielt an. Ein Mann Mitte dreißig stieg aus. Gisle Kvamme drehte sich um, als der Mann ihn am Ärmel zog.

«Die Polizei hat angerufen.»

Um Kvammes Mund erschien ein strenger Zug.

«Nicht hier», zischte er.

«Ich sag nur eins, das war das letzte Mal, dass ich für dich gelogen habe.»

Der Mann machte auf dem Absatz kehrt und ging zum Auto zurück.

«Wer war das?»

Gisle Kvamme drückte seine Tochter an sich.

«Nur jemand, den ich von der Arbeit her kenne», murmelte er. «Komm, jetzt gibt's Krabben.»

Kapitel 16

«Blenda wäscht weißer?»

Lasse Viker starrte seinen Chef an.

Lykke strich sich über den Nasenrücken.

«Das ist der Grund, warum ich skeptisch bin», sagte er

langsam. «Das ist beinahe *zu* offensichtlich. Geradezu plump. Täter, die diese Art von Spuren legen, sind meistens subtiler.»

«Daran haben wir gestern nicht gedacht ...»

Ted Eriksen spielte mit einem Kugelschreiber. Lykke betrachtete den jungen Ermittler. Dieser Ted Eriksen hatte etwas an sich ... Er hatte sich schon öfter gefragt, ob der junge Kollege jemals etwas anderes als Polizist war.

«Nein, haben wir nicht», sagte Lykke. «Warum nicht?»

«Ja, lieber Himmel», sagte Eriksen mit dieser affigen tiefen Stimme, «es müssen ja nicht alle Mörder so wahnsinnig interessant sein. Vielleicht ist er bloß ein schlicht gestrickter Scheißkerl, der nachts Taxi fährt, rechtsradikal wählt und die ganzen Kanaken satthat, die sich vor den Gemeinschaftsarbeiten in seinem Wohnblock drücken. Wäre ja nicht unbedingt verwunderlich.» Er warf einen raschen Seitenblick auf Parisa, ehe er fortfuhr: «Vermutlich weiß er nicht mal, was subtil bedeutet, kennt dafür aber jeden Werbespot im Fernsehen.»

«Und nachdem er die Blenda-Reklame gesehen hat, kommt ihm eine zündende Idee?» Lasse Viker sah Ted Eriksen fragend an.

«Wieso nicht? Nicht jeder Killer ist eine Kopie von Hannibal Lecter.»

«Okay ...» Lykke hatte den Kopf in den Nacken gelegt und betrachtete die Lampen an der Decke. «Aber wenn es nur irgendein Kerl mit schlichtem Verstand ist, warum sucht er sich dann eine junge Frau aus Bosnien aus? Warum nicht einen Schwarzen aus Somalia oder meinetwegen einen Pakistaner? Nadija Hadzic war kaum brauner als ich.»

«Sie war Ausländerin», erwiderte Eriksen kurz. «Für manche reicht das schon.»

«Vielleicht.»

Lykke erhob sich und merkte, wie es ihm ins Kreuz schoss.

«Gut, was haben wir?»

«Einen Sergej Gusev. Betreibt einen Billardsalon am Carl Berners plass. Von ihm hatte Nadija den Queue, aber er behauptet, sie wären nur Freunde gewesen.» Parisa neigte den Kopf zur Seite. «Er kommt mir nicht ganz astrein vor. Charmant, aber irgendwas ist mit ihm ... Er sagt, sie hätten sich im Norwegischkurs kennengelernt.»

«Wer?»

«Gusev und Nadija Hadzic. Ich habe Heltne gebeten, das nachzuprüfen.»

«Irgendein Motiv?» Lykke hatte seinen Platz am einzigen Fenster des Besprechungsraums eingenommen.

«Soweit ich das sehen kann, nein.»

«Eifersucht vielleicht?», schlug Lasse Viker vor und lehnte sich mit verschränkten Armen zurück.

«Möglich.» Parisa Sadegh zuckte mit den Schultern. «Nadija war allerdings in der letzten Zeit dauernd mit ihrem Mac beschäftigt. Vielleicht hat sie ja mit einem heimlichen Lover gechattet.»

«Haben wir etwas über diesen Gusev?», fragte Lykke.

«Keine Vorstrafen, Aufenthaltserlaubnis ist in Ordnung. Da war nur eine Sache ...»

«Ja?» Lykke wippte ungeduldig auf den Zehenspitzen.

«Während ich in der Kneipe mit ihm sprach, kam ein Mann rein, bei dem ich mir sicher bin, dass ich ihn schon mal irgendwo gesehen habe. Er hat sich sofort umgedreht und ist wieder gegangen, deshalb habe ich ihn nur von hinten gesehen, aber trotzdem … Gusev sagt, er weiß nicht, wer der Typ ist. Aber ich werde mal ein bisschen in der Datenbank des Erkennungsdienstes stöbern.»

«Gut. Was Neues von Darre?»

Lasse Viker lächelte resigniert und schüttelte den Kopf. «Nix. Kein Sterbenswörtchen.»

«Wir haben endlich ein paar Informationen über Kvamme erhalten. Die vom Außenministerium sind nicht gerade die Schnellsten.»

Parisa zog ein paar Blätter aus der Umhängetasche und reichte sie herum. «Das kam gestern Abend. Sehr viel ist es nicht. Jurist. Mit sechsundzwanzig Grundausbildung im Auswärtigen Dienst. Von 1991 bis 1996 Botschaftssekretär in Budapest, danach Botschaftsrat in Belgrad bis 1999, die letzten Jahre juristischer Berater.»

Lykke notierte sich die Daten auf einem Post-it.

«Wie weit oben in der Hierarchie steht ein Botschaftsrat?»

Parisa zuckte mit den Schultern.

«Nummer zwei oder drei nach dem Botschafter.»

«Und dort hat er Nadija Hadzic kennengelernt?», fragte Lykke.

«Sagt er, ja.»

Lykke ging eine Runde um den Tisch und strich sich dabei über den Nacken.

«Recherchiert weiter in Sarajevo. Sie *muss* irgendwo Angehörige haben. Macht die Leute ausfindig, die zur selben Zeit wie Kvamme in Belgrad gearbeitet haben.»

«Geht klar.» Parisa machte sich Notizen.

«Und fragt die Tochter, ob sie was über die Reise nach

Berlin weiß», ergänzte Lykke, «und was ihre Mutter im Internet gemacht hat.»

Parisa sah skeptisch aus.

«Es ist wenig wahrscheinlich, dass sie ihre Tochter eingeweiht hat.»

«Wenig wahrscheinlich, aber nicht undenkbar.»

Lykke schob sich ein Kaugummi in den Mund und knüllte das Papier zu einer kleinen Kugel zusammen. «Wir müssen mehr aus ihr herausbekommen. Ihr Vater wird sicher behutsam vorgehen. Er wirkt nicht so, als ob ...»

Es klopfte an der Tür. Eine Beamtin steckte den Kopf herein.

«Eine Nachricht für Kommissar Lykke.»

Sie machte einen zögernden Schritt in den Raum hinein und übergab ihm ein zusammengefaltetes Blatt Papier.

«Danke.» Lykke warf einen raschen Blick auf die Mitteilung. «Nicht schlecht», murmelte er. Die anderen sahen ihn abwartend an. «Ich hatte Breiby um Verstärkung gebeten. Kripos hilft uns mit einem Kollegen aus.»

«Wieso das denn? Wir brauchen doch wohl keine Hilfe von der Kriminalpolizeizentrale.»

Ted Eriksen schien nicht begeistert zu sein. Lykke fixierte den jungen Ermittler.

«Doch, Ted. Wir brauchen jede Hilfe, die wir kriegen können.»

Kapitel 17

Lakshmi Singh schloss die Tür hinter sich, warf den Mantel über einen Stuhl und ging zum Couchtisch, auf dem ihr roter Laptop stand. Ihre Hände zitterten ein wenig, als sie ihren Nutzernamen eintippte und sich direkt zum Postfach durchklickte. Da war er! Ein hellgelber symbolischer Briefumschlag. Sie lächelte und setzte sich aufs Sofa. Seit zwei Tagen tauschten sie nun schon Mails aus. Er wirkte unglaublich interessant. Sechsunddreißig Jahre alt, Single, keine Kinder. Höhere Schulbildung, liebte Kunst und klassische Musik. Eins neunundachtzig, braune Augen, und er sprach drei Sprachen, darunter ein bisschen Hindi, ihre Muttersprache. Sie war sich nicht sicher, aber soweit sie verstanden hatte, war er eine Art Ingenieur und hatte an einem großen Projekt in Kalkutta mitgearbeitet.

Lakshmi Singh starrte auf den gelben Umschlag. Sie schickten sich mehrmals pro Stunde Mails. Er war ganz anders als die anderen. Vor allem so höflich und unterhaltsam. Ihr Blick blieb an seinem Foto hängen. Er sah durchtrainiert aus, obwohl sie seinen Körper unter dem dicken Anorak nur erahnen konnte. Eine Hütte in den Bergen! In Ustaoset. Sie hatte im Internet gesucht und Fotos von dem Hüttendorf auf dem Hallingskarvet-Hochplateau gesehen. Große Hütten mit Torfdächern und kleinen Vorratsschuppen. Sollte sie endlich einmal Glück haben? Ich bin fast dreißig, dachte sie, ging in die Küche und griff nach der Zigarettenschachtel auf der Anrichte. Sie wollte den Moment genießen. Die Spannung. In ihrer letzten Mail hatte sie ein Treffen vorgeschlagen. Sie hatte lange gehofft, dass er die Initiative ergreifen würde, aber nachdem er erzählt hatte, dass sein Hund in den Bergen verschollen war und wie sehr er darunter litt, hatte sie sich nicht länger zurückhalten können.

Sie zündete sich eine Zigarette an und öffnete die Mail.

Hallo,
danke für deine wieder sehr lieben Zeilen. Ich habe mich riesig darüber gefreut, dass du dich mit mir treffen willst. Bin ja ziemlich traurig, seit Max verschwunden ist, und kann ein bisschen Gesellschaft gut gebrauchen. Ich hoffe, du hast es nicht als Selbstmitleid aufgefasst, aber Max war wirklich mein bester Freund. Heute Abend fliege ich mit ein paar Kollegen nach Paris. Wichtige Besprechung morgen, aber Samstag am späten Nachmittag bin ich zurück. Ich könnte einen Tisch in einem guten Restaurant bestellen und dich gegen sieben Uhr abholen. Ich würde auch sehr gern einige deiner Zeichnungen sehen, ginge das? Ich freue mich schon so auf unser Treffen! Werde dein Foto nach Paris mitnehmen und an dich denken, bevor ich einschlafe.
Sehen wir uns Samstag um sieben?
Liebste Grüße, Terje

Ihr entschlüpfte ein leises Kichern. Sie erhob sich, wanderte mehrmals um den Tisch herum und zog dabei heftig an ihrer Zigarette. Samstag bedeutete, dass es ernst war. Normale Wochentage waren unverbindlich, aber Freitag und Samstag … Für einen Moment betrachtete sie ihr Spiegelbild in der Fensterscheibe. Ob er enttäuscht sein würde? Sie fuhr sich mit den Fingern durch das lange, schwarze Haar. Wurde plötzlich unsicher. Sie hatte sich nie hübsch gefunden. Hässlich auch nicht, eher durchschnittlich. Sie wog ein paar Kilo zu viel, die Nase hätte kleiner und der Mund etwas größer sein können, und sie hätte gern schlankere Handgelenke gehabt, aber sonst ... Sie zog einen Schmollmund und schob die Brüste vor. Immerhin hatte sie lange Beine und schmale Hüften.

Als junges Mädchen hatte sie sich widerwillig darauf eingestellt, dass ihre Familie einen Mann für sie aussuchen würde. Eine Ehe mit einem waschechten Norweger war so undenkbar, dass sie nicht einmal zur Diskussion stand. Erst als ihr Vater starb, hatte sie begonnen, in anderen Bahnen zu denken. Ihre Mutter hatte anfangs heftig protestiert, dann aber eingesehen, dass sie ihr nichts verbieten konnte.

Lakshmi hatte vorsichtig mit einem anonymen Profil auf *sukker.no* angefangen. Inzwischen war sie mit vollem Namen und Foto bei drei norwegischen Singlebörsen vertreten.

Etwas Weiches schmiegte sich an ihr Bein.

«Na, Bagheera?»

Sie hob die Katze auf den Schoß und strich ihr zärtlich über das graue Fell.

Die Katze blinzelte träge mit den grünen Augen, gähnte und leckte sich zufrieden das Maul. Ihre langen Eckzähne schauten etwas heraus.

Lakshmi streichelte weiter das weiche Fell und blickte zu den beiden gerahmten Zeichnungen im Flur. Er wollte ihre Zeichnungen sehen. Ihre Kunstlehrerin hatte gesagt, sie hätte Talent, ihre Freundinnen sagten das auch alle, aber trotzdem ... Sie spürte ein Kribbeln im Bauch. Ob sie ihm als Kunstkenner wohl gefielen? Ob wohl etwas aus ihnen beiden werden würde ...?

Die Katze auf ihrem Schoß rollte sich auf den Rücken.

«Hast du Hunger, mein Schatz? Willst du Leber?»

Sie setzte die Katze auf den Fußboden, ging in die Küche und nahm eine Schale mit Kalbsleber aus dem Kühlschrank.

«Aber nur, weil Mami so glücklich ist. Hier!»

Sie schnitt die Leber durch und legte ein großes Stück in den roten Plastiknapf. Die Katze verschlang die Leber gierig.

«Nicht so schnell! So etwas Feines musst du doch genießen.»

Die graue Katze blickte sie gleichgültig an, leckte sich die Vorderpfoten und verzog sich auf die warmen Fliesen im Bad.

Lakshmi griff zu ihrem iPhone und schrieb eine schnelle SMS an Siri: «Wir gehen Samstagabend aus. Du musst hier sein. Er holt mich um sieben ab. Yesss!!»

Siri war ihre älteste Freundin, sie hatten vom Kindergarten bis zum Schulabschluss alles zusammen durchgestanden. Siri war über die Entwicklung in Sachen Terje bestens informiert.

Sie machte wieder eine Runde durch das kleine Wohnzimmer. Schaute aus dem Fenster. Es regnete. Die finnische Familie, die vor kurzem eine Etage unter ihr eingezogen war, kam aus dem Gemüseladen am Knud Knudsens plass. Sie blieben immer eng zusammen und nahmen selten mehr Platz ein als anderthalb Quadratmeter. Zwei Erwachsene Mitte vierzig und zwei Jungs zwischen vierzehn und achtzehn. Alle ungefähr gleich groß und mit der gleichen milchweißen Haut. Jetzt bewegten sie sich wie eine mehrzellige Amöbe über den Bürgersteig. Eine Frau mit einem lebhaften Golden Retriever an der Leine steuerte auf den Park jenseits des Geitmyrsveien zu. Armer Terje. Wie konnte ein Hund in den Bergen verschwinden? Sie durfte nicht vergessen, ihn zu fragen, was für eine Rasse es war. Es war wichtig, Anteil zu nehmen. Dann dachte sie an ihre Garderobe, was sollte sie anziehen? Sie musste unbedingt eine Anprobe machen. Sie drückte ihre Zigarette aus und ging zum Kleiderschrank. Das schwarze rückenfreie Kleid vielleicht, oder das rote, das sie im Sommer in Kiel gekauft hatte, oder war das zu tief ausgeschnitten? Lieber etwas Alltäglicheres? Sie drehte sich abrupt um. Sie musste Siri anrufen.

Kapitel 18

Parisa Sadegh hatte so schlechte Laune wie selten. Was für ein vergeudeter Tag. Nach der Teambesprechung hatte sie sich über dreihundert Fotos von männlichen Straftätern zwischen dreißig und vierzig Jahren angesehen. Keiner von ihnen hatte Ähnlichkeit mit dem Mann im Billardsalon. Es ärgerte sie maßlos, dass sie den Kerl nicht zuordnen konnte. Das Telefonat mit Gisle Kvamme hatte auch nicht viel Neues gebracht. Er machte sich große Sorgen um seine Tochter und wollte sie auf keinen Fall mit aufwühlenden Fragen nach ihrer Mutter quälen, wenn es nicht absolut notwendig war. Parisa konnte das verstehen und verzichtete darauf, ihn zu drängen. Das Einzige, was sie herausbekam, war, dass Nora keine Ahnung von der geplanten Berlin-Reise ihrer Mutter gehabt hatte. Wie vermutet, bestätigte Kvamme außerdem, dass er Nadija während seiner Zeit als Botschaftsrat in Belgrad kennengelernt und sich daraus eine Beziehung entwickelt hatte. Er war die ganze Zeit sehr kurz angebunden, und als Parisa fragte, warum die Ehe gescheitert war, blockte er endgültig ab. Der Tag war dadurch nicht besser geworden, dass Gusev verschwunden war und der maulfaule, aber sehr loyale Barkeeper nur mit den Schultern zuckte und in die Luft starrte. Zuerst hatte sie daran gedacht, Gusev zur Fahndung auszuschreiben. Aber sie hatten nichts anderes gegen ihn in der Hand, als dass er Nadija gekannt und ihr einen Billardqueue geschenkt hatte.

Es ging auf halb sieben zu, und sie merkte, dass sie einen Bärenhunger hatte. Doch schon bei dem Gedanken, einkaufen und Essen machen zu müssen, sank ihre Laune ins Bodenlose. Ich kann zwei Dinge tun, um mich besser zu fühlen, dachte sie, essen oder trainieren. Der Hunger siegte. Sie fand einen freien Parkplatz vor Kunstnernes hus und ging die hundert Meter hinüber zu Rust, einem Lokal, in dem sie während ihrer Zeit an der Polizeihochschule oft gewesen war.

Die Einrichtung war noch dieselbe, aber die Mädchen hinter dem Tresen waren neu. Und jung, die älteste konnte höchstens fünfundzwanzig sein. Genau wie damals, als ich hier gegessen habe, dachte Parisa, und plötzlich kam ihr die Mail des unbekannten Flugzeugbegeisterten in den Sinn. Warum hatte sie so flapsig darauf geantwortet?

Sie fand einen freien Zweiertisch ganz hinten im Lokal und bestellte ein Ciabatta mit Parmaschinken, Aioli, Parmesan und sonnengetrockneten Tomaten, dazu ein Mineralwasser mit wenig Kohlensäure. Am Nachbartisch saßen zwei junge Typen Anfang zwanzig und unterhielten sich darüber, wie high sie auf einer Party am Vorabend gewesen waren. Der eine trug eine Collegejacke, Jeanshemd und Baggy Pants. Durch die Gitterstäbe der Stuhllehne konnte Parisa seine halbe Arschritze über einem großen Björn-Borg-Logo sehen. Sie merkte plötzlich, dass der andere Typ sie beobachtete, und wandte blitzschnell den Blick ab.

Der Parmaschinken war butterzart, und das warme Ciabatta hatte eine schöne goldene Kruste und gab ein knusperndes Geräusch von sich, als sie das Messer hineinstach. Ihre Laune stieg. Zehn Minuten später trank sie den letzten Schluck Wasser und zahlte. Als sie an den beiden Jungs vorbeikam, überlegte sie kurz, ob sie ihnen gegenüber ein paar mahnende Worte über Ecstasy und Drogenmissbrauch fallen lassen sollte, aber nach einem Blick in ihre arroganten Schnöselgesichter verzichtete sie darauf.

Als sie die Tür zu ihrer kleinen Wohnung aufschloss, dachte sie als Erstes daran, ob sie Gummibärchen im Haus hatte.

Sie zog den Mantel aus, stellte die Schuhe hinten in den kleinen Flur, wo die Fußbodenheizung am wärmsten war, und ging direkt zum Küchenschrank. Leer.

Einen Moment lang blieb sie unentschlossen stehen, dann zog sie die restlichen Sachen aus, legte sich in Slip und BH auf das Eichenparkett und ballte die Fäuste. Fünfzig Liegestütze auf den Fingerknöcheln, mit einem Handklatschen nach jedem dritten, dauerten genau sechsundneunzig Sekunden.

Sie stand auf, nahm eine Cola light aus dem Kühlschrank, machte es sich auf der breiten Fensterbank bequem und öffnete den Laptop.

Neunzehn neue Nachrichten. Sie überflog rasch die vier ersten und öffnete die fünfte. Die Mail war um 07.12 Uhr abgeschickt worden, nur vierzehn Minuten nachdem sie geantwortet hatte. Er ist eifrig, dachte sie und war sich nicht sicher, ob das gut oder schlecht war.

Hallo,
wie schön, eine Antwort zu bekommen. Hätte gern etwas mehr von dir erfahren. Ich mache das noch nicht lange mit dem Internetdating, habe aber mitbekommen, dass wir Männer uns üblicherweise zuerst vorstellen. Füge deshalb ein Foto bei, aufgenommen in Florenz 2009 (ich bin der im roten Hemd). Würde gern auch ein Bild von dir haben und hoffe diesmal auf eine etwas längere Antwort.
Liebste Grüße, Haakon

Parisa trank einen Schluck Cola und las die Nachricht noch einmal langsam durch. Keine Rechtschreibfehler. Das war schon mal positiv. Die Sätze waren auch ganz in Ordnung. Keine große Lyrik, aber offensichtlich hatte er nachgedacht, bevor er ihr schrieb. Gut, sehr gut.

Dass er etwas von einem Gentleman an sich hatte, konnte sie auch zwischen den Zeilen herauslesen. Jedenfalls hatte er genug Verstand, nicht um ein Foto zu betteln, bevor er selbst eins schickte. Die Abschiedsfloskel fiel allerdings aus dem Rahmen. Wieso «liebste» Grüße? Er hat bestimmt lange überlegt, dachte sie. Das war garantiert eine von mehreren Alternativen. Vielleicht hatte er es im selben Moment bereut, als er auf «Absenden» klickte. Sie lächelte. Warum nicht ein schlichtes «Gruß, Haakon»? Oder zur Not einfach nur «Haakon»?

Was ihr am besten gefiel, war allerdings der strikte Verzicht auf Smileys.

Sie beugte sich über den Laptop und klickte den Dateianhang auf. Oh, ziemlich attraktiv.

Er hatte ein rotes Hemd an und stand, flankiert von zwei älteren Damen, leicht nach vorn gebeugt und zeigte auf etwas außerhalb des Bildes. Mindestens eins fünfundachtzig, dachte Parisa, und sportlich. Sie studierte sein Gesicht, das er der Kamera im Halbprofil zuwandte. Zwischen fünfunddreißig und vierzig, vielleicht etwas älter. Kurzes, ein wenig dünnes braunes Haar, männliche Gesichtszüge. Sie beugte sich noch tiefer über den Bildschirm. Ein schönes Lächeln und große, gutgeformte Hände. Was in aller Welt machte so ein Typ bei *match*?

Obwohl ihre Freundinnen ihr versichert hatten, dass «alle» es taten, und sie in der Zeitung gelesen hatte, dass siebzig Prozent der norwegischen Bevölkerung das Internet für eine hervorragende Möglichkeit des Kennenlernens hielten, war sie im Grunde überzeugt gewesen, dass das Web in erster Linie ein Tummelplatz für Leute mit übertriebenem Appetit auf Sex und ebensolchem Kontaktbedürfnis war. Dass Haakon schrieb, Internetdating sei neu für ihn, kaufte sie ihm nicht ganz ab. Wenn sie *das* für bare Münze nähme, müssten da draußen lauter Neulinge unterwegs sein. Ganz egal, was die Leute bei Meinungsumfragen angaben – vorläufig war es absolut nicht förderlich für den eigenen Ruf, Stammgast bei Singlebörsen zu sein. Das galt auch für Männer.

Parisa schaute hinaus in die Dunkelheit. Der Regen war in Schneeregen übergegangen. So würde es die nächsten Monate bleiben. Kalt und dunkel. Ihr grauste davor.

Sollte sie antworten? Sie war immerhin Ermittlerin bei der Osloer Polizei. Sie nahm noch einen Schluck, ließ die Kohlensäure im Mund kreisen, bevor sie das Wasser hinunterschluckte. Dann begann sie zu schreiben.

Kapitel 19

Nora erwachte vom Kreischen der Möwen und dem Geräusch eines Autos, das unten auf der Straße anfuhr. Sie erkannte die gelb gestrichenen Wände wieder und begann zu weinen. Lautlos, nur stumme Tränen und ein leichtes Zittern unter der Bettdecke. Sie drehte sich auf die Seite und entdeckte ihren Vater, der auf einer Matratze neben ihrem Bett schlief. Er lag still da. Sie konnte ihn kaum atmen hören. Gestern Abend hatte er mehrere Stunden lang für sie gesungen. Trotzdem hatte sie nicht einschlafen können, bis er ihr gegen Morgen eine halbe Schlaftablette gegeben hatte. Er wirkte so unendlich traurig. Sie hatte sich wirklich alle Mühe gegeben einzuschlafen, um ihm eine Freude zu machen, aber die Bilder kamen immer wieder. Mama in ihrem Blut auf dem Teppich, Mama in ihrem Blut auf dem Teppich …

Nora schob die Bettdecke zurück und steckte die nackten Füße in ein paar rote Pantoffeln mit lächelnden Katzengesichtern, die ihr Vater am Tag zuvor für sie gekauft hatte. Er wusste nicht, dass «Hello Kitty» nur was für Kleinkinder war, und sie hatte es nicht übers Herz gebracht, ihm das zu sagen.

Auf der Digitaluhr am alten Herd war es 07.02 Uhr. Durch das Küchenfenster konnte sie Wellen mit weißen

Schaumkronen hinter der großen Industriehalle auf Holmen erkennen. Im Sommer war sie mit ihrem Vater dort draußen gewesen, und er hatte ihr erzählt, dass man vor nicht allzu langer Zeit dort noch große Schiffe gebaut hatte. Jetzt wollte jemand, den ihr Vater nicht besonders gut leiden konnte, alles abreißen und ein Hotel bauen.

Sie setzte sich an den winzigen Küchentisch und klappte den Laptop ihres Vaters auf, in der vagen Hoffnung, dass es vielleicht ganz nett wäre, ein wenig im Internet zu chatten. Sie und Erna chatteten seit einigen Wochen auf *teen.no* mit zwei Jungs aus Bergen. Sie schaltete den Rechner an und gab das Passwort ein. Der Bildschirmhintergrund, eine strahlende Sonne, erschien mit einem leisen «Pling» auf dem Monitor. Im selben Moment sah sie vor sich, wie ihre Mutter im Morgenmantel mit Tee und Toastbrot in ihr Kinderzimmer kam. Die Mutter lächelte, das tat sie immer an den Sonntagen, an denen sie ihr das Frühstück ans Bett brachte. Nora spürte, wie ihre starken Hände über ihren Kopf strichen. «Mein kleiner Sonnenschein. Wir zwei schaffen alles, du und ich.»

Sie merkte, wie ihre Augen feucht wurden.

«Mama», schluchzte sie. Durch die Tränen sah sie ihren Vater in der Tür stehen, seine Haare standen nach allen Seiten ab. Er starrte sie mit einem fremden Gesichtsausdruck an.

«Komm her, mein Kind», sagte er und streckte die Hände aus. «Ich will dir ein großes Geheimnis verraten.»

Kapitel 20

07.54 Uhr. Zweieinhalb Tage waren seit dem Mord an Nadija Hadzic vergangen. Die vier Ermittler, die sich mit ihren brühheißen Plastikbechern aus dem Kaffeeautomaten am Besprechungstisch niedergelassen hatten, waren sich vollkommen im Klaren darüber, dass sie mit den Ermittlungen im Rückstand lagen. Sie kannten das bedrückende Gefühl, im Nebel zu stochern, und wussten nur allzu gut, dass die Chancen, den Fall aufzuklären, mit jeder Stunde geringer wurden.

Kommissar Rolf Gordon Lykke betrachtete sein Team. Wie oft hatten sie schon genau so an diesem Tisch gesessen? Und vor ihnen andere Ermittlungsgruppen an anderen Tischen. Wie viele Jahre seines Lebens hatte er mit Kollegen zusammengesessen und gespürt, dass sie nicht vorankamen? Das hier war Polizeialltag, wie er in den Kriminalserien im Fernsehen nie gezeigt wurde. Er konnte das gut verstehen. In der Realität war die Ermittlungsarbeit bei Tötungsdelikten selten besonders unterhaltsam.

«Was Neues über ihre Familie?» Lykke blickte Lasse Viker an.

«Nix. Bisher nicht das Geringste, aber wir arbeiten mit Hochdruck daran.»

Lykke stand auf und ging die paar Meter zum Fenster. Dort blieb er stehen und blickte hinunter auf den Strom von Menschen, die mit gesenktem Kopf und hochgezogenen Schultern im kalten Wind die Straße entlanghasteten.

«Wir müssen Kvamme unter Druck setzen», sagte er schließlich. «Natürlich müssen wir auf die Tochter Rücksicht nehmen, aber wir kommen ohne ihn nicht weiter. Warum geizt er so verdammt mit Auskünften?»

Er drehte sich zu den anderen um. «Parisa und ich fahren gleich anschließend nach Risør. Fährt ein Zug dorthin?»

«Fahren überhaupt irgendwelche Züge?» Viker grinste. «Ich habe mich drei Wochen lang als Zugpendler zwischen Drammen und Oslo versucht. Also ich würde lieber das Auto nehmen.»

«Das Waschpulver?» Lykke trommelte ungeduldig gegen den Fensterrahmen.

«Schwierig», sagte Ted Eriksen. «Es kommen wahnsinnig viele Geschäfte in Betracht, und weniger als die Hälfte hat Videoüberwachung.»

«Wir könnten Glück haben, sucht weiter.»

«Ja, aber das ...»

Es klopfte kurz an der Tür.

«Herein!»

Lykke konnte die Gereiztheit in seiner Stimme nicht verbergen.

Die Tür ging auf, und ein hochgewachsener Mann Ende dreißig in abgewetzten Jeans, einer Lederjacke mit Flicken an den Ellbogen und mit dem größten Schnurrbart, den er je gesehen hatte, trat ein.

«Bjørn Kuvås», sagte er kurz. «Noch frei hier?»

Er zog den Stuhl links von Ted Eriksen zurück und blieb, mit den Händen auf dem Stuhlrücken, etwas unentschlossen stehen.

Für einen Moment war es still. Eriksen starrte den Neuankömmling an, als hätte er alle möglichen ansteckenden Krankheiten.

«Kripos?», fragte Lykke.

Der Mann nickte. Die Runde am Tisch begrüßte ihn mit Handschlag.

«Erzählst du uns kurz was über dich?», fragte Lykke und betrachtete das neue Mitglied der Gruppe.

«Ja, hmm ...» Kuvås ließ sich Zeit. «Also, ich bin Trønder», sagte er und kaute bedächtig an seinem Walrossbart, «aber das habt ihr wohl schon gemerkt.»

«Und ob.» Viker grinste.

«Bin seit drei Jahren bei Kripos, ermittle überwiegend im Bereich internationales Verbrechen. Davor war ich vier Jahre in Trondheim. Bei der Sitte.» Er machte eine Pause und überlegte. «Junggeselle», sagte er. «Und ich mag Sport.»

Letzteres war beinahe überflüssig. An seinem langen, muskulösen Körper war nicht ein Gramm Fett.

«Gut.» Lykke ging auf die Tür zu. «Fragen? Nicht? Lasse und Ted machen dich mit dem Fall vertraut.» Er nickte dem neuen Kollegen zu. «Sadegh?»

«Komme.»

Parisa erhob sich mit einem Ruck, steckte die Papiere in ihre Umhängetasche und eilte Lykke hinterher.

Kapitel 21

Das Thermometer war unter null gesunken, der Wind kam in heftigen Böen von Norden und kündigte noch mehr Kälte an. Kleine Schneeflocken jagten im Licht der Straßenlaternen auf dem Hegdehaugsveien über den Asphalt. Es war kurz nach neun, und langsam begann das Tageslicht die herbstliche Dunkelheit für wenige Stunden zu verdrängen. Lakshmi fror schrecklich in ihrem dünnen Mantel. Sie bereute bitter, dass sie nicht ihre warme Daunenjacke mit der Kapuze angezogen hatte. Hoffentlich holte sie sich keine Erkältung. Das wäre wieder typisch. Hustend mit Triefaugen und roter Nase dasitzen und sich während des Abendessens andauernd schnäuzen. Wie sexy.

Sie kam an der Apotheke Ecke Josefines gate vorbei und dachte, dass sie nicht vergessen durfte, auf dem Heimweg eine Packung Paracetamol zu kaufen.

Es piepste in ihrer Manteltasche. Sie blies warme Luft in ihre Hände, während sie die kurze SMS las: «Morgen Champagner?» Lakshmi lächelte. Das würde lustig werden. Sie und Siri, genau wie in alten Zeiten. «OK», Smiley. Aber jetzt waren erst einmal ihre Haare dran. Sie hatte Monica angerufen, ihre Friseurin, und um einen Termin noch vor Samstag gebettelt. Eigentlich war alles ausgebucht, aber als sie ihr von dem bevorstehenden Date erzählte, hatte Monica sich erweichen lassen, extra für sie eine Stunde früher zu öffnen. Monica war ein Engel!

Sie musste noch so viel für morgen vorbereiten. Schon gestern Abend hatte sie beschlossen, nicht zur Arbeit zu gehen. Es würde sie nicht gleich ihren Job kosten. Das war das zweite Mal in ihrem Leben, dass sie blaumachte. Das erste Mal hatte sie eine Matheklausur in der zweiten Klasse der weiterführenden Schule geschwänzt. Nach dem Friseur würde sie sich mit Siri vor Lille Vinkel treffen, einem Schuhladen in Majorstua. Siri hatte dort ein paar irrsinnig schicke rote Schuhe mit Keilabsatz und Fesselriemchen und einem Knopf an der Seite gesehen, die angeblich perfekt zu dem kurzen roten Wollkleid passten, das sie in Kopenhagen gekauft hatte. Danach musste sie ihre Wohnung aufräumen und putzen, die Fingernägel machen, die Körperhaare entfernen und sich nicht zuletzt im Internet über Hunderassen und das Dorf Ustaoset informieren.

Sie klopfte an die große Glastür und spürte, wie die Nervosität von ihr abfiel, als Monicas rundliche Gestalt aus dem halbdunklen Salon auftauchte. Die Haare sind das Wichtigste, dachte sie. Wenn das erst geschafft ist, klappt alles andere auch.

Kapitel 22

Lykke parkte das Auto vor einem großen weißen Holzhaus mit einer Kunstgalerie im Erdgeschoss. Sie schien geschlossen zu sein.

Parisa Sadegh streckte sich in dem scharfen Wind. An der Abfahrt nach Larvik war sie eingenickt und erst in Søndeled abrupt aufgewacht, als Lykke Rachmaninows drittes Klavierkonzert voll aufdrehte.

«Die weiße Stadt am Skagerrak», sagte sie und starrte auf die Bergflanke, an der die alten Holzhäuser dicht an dicht standen, wie Möwen auf einem Vogelfelsen. «Wird es nicht so genannt?»

«Was denn?»

«Risør, die weiße Stadt am Skagerrak?»

«Doch ...»

«Haben hier Fischer gewohnt?»

«Kann schon sein», erwiderte Lykke zerstreut, «oder Bootsbauer. In Risør gab es viele Werften.»

«Du weißt ja gut Bescheid», sagte Parisa lächelnd.

Lykke merkte, wie er verlegen wurde.

«Strandgata 44», murmelte er. «Laut GPS ist das eins der Häuser hier.»

Er zeigte auf zwei teilweise aneinandergebaute zweistöckige Häuser aus weiß gestrichenem Holz.

Ein unauffälliges kleines Pappschild, auf dem mit Kugelschreiber der Name stand, sagte ihnen, dass sie hier richtig waren. Die Klingel saß so tief, dass auch Kinder sie erreichen konnten. Lykke drückte kurz und energisch darauf.

«Ich hatte ihm gesagt, irgendwann zwischen zwölf und eins.»

Er warf einen Blick auf seine Armbanduhr, 12.07 Uhr. Im selben Moment ging die Tür auf, und Gisle Kvamme stand abwartend da.

«Höchstens drei Minuten», sagte er leise. «Nora ist in der Küche und chattet mit einer Freundin, aber sie ist … nicht sie selbst, verständlicherweise. Wir haben um zwei einen Termin bei einem Krisenpsychologen in Arendal.» Er trat widerwillig einen Schritt zur Seite, um sie hereinzulassen.

Lykke nahm innerhalb weniger Sekunden das kleine Wohnzimmer in sich auf. Ein braunes Cordsofa mit bunten Kissen, zwei Designerstühle mit braunem, abgenutztem Lederbezug, ein schlichter Couchtisch, frisch abgeschliffene Kieferndielen, an den Wänden gelb gestrichene Holzpaneele, ein Flachbildfernseher, der auf zwei kleinen Kommoden stand. Zu beiden Seiten des Sofas zwei identische Stehlampen. Keine Teppiche, keine Bilder. Nicht viel Futter für einen Profiler, dachte Lykke.

«Wohnen Sie schon lange hier?», fragte er, nahm auf einem der Designerstühle Platz und bereute es augenblicklich.

«Fast zwei Jahre.»

Kvamme setzte sich auf die äußerste Sofakante. Parisa blieb stehen und betrachtete die Aussicht durch das kleine Wohnzimmerfenster.

«Sie verstehen sicher, dass Sie uns mehr erzählen müssen?», fragte Lykke.

Er musterte das magere Gesicht seines Gegenübers. Die Haut war womöglich noch grauer als beim letzten Mal, abgesehen von den Schatten unter den Augen, die violettdunkelblau schimmerten. Was auch immer es sein mag, dachte Lykke, aber der Mann hat Probleme.

«Was wollen Sie wissen?»

Immer noch derselbe trotzige Unterton.

«Wir können mit der Familie beginnen», erwiderte Lykke kurz. «Eltern, Geschwister?»

Gisle Kvamme entspannte die Schultern ein wenig und holte Luft.

«Nadijas Eltern sind vor vielen Jahren gestorben. Es gibt einen Bruder, Fadil, aber sie hatten seit mindestens fünfzehn Jahren keinen Kontakt mehr. Ich habe ihn nie kennengelernt.»

«Wissen Sie, wo er sich aufhält oder was er macht?»

«Keine Ahnung.»

«Sonstige Angehörige?»

Lykke beobachtete Kvamme genau.

«Sie hatte einen Onkel, aber den hat sie kaum gesehen. Er und ihr Vater hatten sich zerstritten, nach irgendeiner Versicherungssache, Anfang der Siebziger. Ich glaube, der Mann weiß nicht mal, dass es Nadija gibt ... gab», berichtigte er sich und schluckte, «und noch viel weniger Nora.»

«Hat er auch einen Namen?»

Parisa ließ die Aussicht Aussicht sein und kramte einen Kugelschreiber aus ihrer Umhängetasche.

«Ich glaube, er heißt Nazim.»

«Nazim, und weiter?»

Kvamme fuhr sich durch das graue, lockige Haar.

«Hadzic, nehme ich an.»

«Okay. Wo wurde sie geboren?»

«In Sarajevo. Sie ist dort auch aufgewachsen.»

Lykke warf einen Blick zu Parisa, die nickte.

«Warum war es so schwierig, uns das zu erzählen?»

Kvamme sah zu Boden.

«Ich wollte einfach nichts mit denen zu tun haben», murmelte er.

«Warum nicht?»

«Das bisschen, was Nadija mir erzählte, hat mir gereicht. Sie hat sich ja von ihrem Bruder distanziert, deshalb sah ich immer einen kriminellen Typen vor mir, der plötzlich hier auftaucht und den Onkel für Nora spielen will ...»

«Was hat sie denn erzählt?»

Kvamme dachte nach.

«Das ist so lange her, aber ich glaube, es hatte was mit Geldeintreiben zu tun.»

Lykke runzelte die Stirn.

«Er ist Geldeintreiber in Sarajevo?»

«Ja.»

«Und Ihnen ist nie der Gedanke gekommen, dass er etwas mit dem Mord zu tun haben könnte?»

«Warum sollte er plötzlich hier aufkreuzen? Außerdem war er ihr kleiner Bruder, und laut Nadija hing er sehr an ihr. Ein bisschen zu sehr. Das wurde wohl irgendwann zum Problem ...»

Lykke faltete die Hände und blickte an die Decke.

«Und Sie haben sich also in Belgrad kennengelernt?»

«1997. Sie arbeitete als Sekretärin in der Botschaft.»

«Hatten Sie gemeinsame Freunde aus Ihrer Zeit in Belgrad?»

Kvamme überlegte einen Moment.

«Natürlich hatten wir die.»

«Ja ...?»

«Wir waren schließlich fast vierzehn Jahre zusammen.»

«Ja ...?» Lykke trommelte ungeduldig auf der Tischplatte.

«Nach unserem Umzug nach Norwegen hatten wir nur noch mit wenigen aus Belgrad Kontakt, aber mit Even Bugge und seiner Frau Signe haben wir uns in den ersten Jahren noch öfter getroffen.»

«Und Bugge war ...?»

«Legationssekretär an der Botschaft. Wir haben ein paarmal Bridge zusammen gespielt.»

«Aha.» Lykke versuchte, sich auf dem Stuhl bequemer zurechtzusetzen.

«Gorens?»

«Was?»

«Spielten Sie Gorens System?», wiederholte Lykke.

Kvamme sah ihn fragend an. «Wir waren blutige Amateure und haben einfach so zum Spaß gespielt.»

«Haben Sie eine Adresse oder Telefonnummer Ihrer Bridgepartner?»

Kvamme nickte.

«Auf meinem Handy. Ich kann sie Ihnen schicken.»

«Okay. Das ist ja schon mal was.» Lykke blickte zu Parisa. «Und nun möchten wir gern etwas mehr über Sie und

Nadija wissen. Über Ihre Beziehung.» Er sah Kvamme fest in die Augen. «Warum hat sie nicht länger gehalten?»

Gisle Kvamme senkte den Blick. Wieder zog er seine Schultern hoch.

«Aus keinem bestimmten Grund. Es funktionierte einfach nicht mehr.» Er breitete die dünnen Arme aus. «Mein Gott, was ist daran merkwürdig? Jede zweite Partnerschaft endet doch so.»

«Wir reden jetzt aber über Ihre Ehe», sagte Lykke und beugte sich auf dem unbequemen Stuhl nach vorn. «Können Sie uns den Grund sagen, warum Sie sich getrennt haben?»

«Nein, das kann ich nicht, wirklich.»

Kvamme hatte sich vom Sofa erhoben. Sein graues Gesicht bekam plötzlich einen rötlichen Schimmer. «Das ist nicht immer so ...» Er verstummte und zögerte einen Moment, ehe er fortfuhr: «Wenn es so einfach wäre, hätten wir ja sicher eine Lösung gefunden.»

«Haben Sie sich oft gestritten?»

«Fast nie.» Die Augen des schmächtigen Mannes wurden dunkel. «Als ich ausgezogen bin, waren wir die besten Freunde, und das sind wir auch geblieben. Ist das so schwer zu glauben?»

Parisa setzte sich vorsichtig auf die Tischkante.

«Ich verstehe gut, was Sie meinen», sagte sie, «aber wir müssen Sie danach fragen. Haben Sie eine Eheberatung besucht oder psychologische Hilfe in Anspruch genommen?»

Kvamme sah auf die Uhr.

«Nein, haben wir nicht.»

«Haben Sie noch mehr Freunde in Norwegen, die wir befragen können?» Parisa blätterte in ihren Notizen.

«Sie haben im Außenministerium gearbeitet, nachdem Sie wieder in Norwegen waren. Dort vielleicht jemand?»

Kvamme schüttelte den Kopf.

«Nein, keine näheren Kontakte. Aber als Nora klein war, hatten wir uns mit Nachbarn in Tåsen angefreundet. Den Sandbergs. Von denen kann ich Ihnen ebenfalls die Adresse und Telefonnummer schicken.»

«Gut.» Parisa erhob sich wieder und ging ans Fenster. «Warum gibt es in Risør immer noch so viele Holzhäuser?», fragte sie plötzlich.

Ein resigniertes Lächeln erschien auf Kvammes Gesicht.

«Die Kommune hatte in den Siebzigern so wenig Geld, dass sie es sich nicht leisten konnte, diese schrecklichen Betonklötze zu bauen, die damals alle Städte unbedingt haben mussten. Da war das Glück größer als der Verstand.»

«Sind Sie von hier?»

«Nein, ich habe nur die letzten Jahre hier gewohnt. Aufgewachsen bin ich in Hovseter.»

«Warum gerade Risør?»

Wieder glaubte Lykke, ein leichtes Zögern zu erkennen.

«In einer etablierten Anwaltskanzlei war eine Stelle frei, und mir gefällt es hier.»

«Warum war Nora in den letzten Monaten fast jedes Wochenende bei Ihnen?»

Die Frage kam offensichtlich unerwartet. Kvammes Blick wurde unruhig.

«Ach, das war nur, weil Nadija so viele Termine am Wochenende hatte, und ich war ja froh, dass Nora so oft hier sein konnte.»

«Gusev. Ist es lange her, dass Sie mit ihm gesprochen haben?»

«Wer soll das sein?»

«Ein guter Freund von Nadija.»

«Hab den Namen nie gehört.»

«Nadija hat Ihnen nicht erzählt, mit wem sie befreundet oder zusammen war?»

«Nie.»

Parisa Sadegh machte eine kurze Pause, bevor sie weitersprach. «Obwohl Sie die besten Freunde waren?»

Kvammes Stirn glänzte.

«Nein, nein», seine helle Stimme zitterte. «So war das nicht. Wir waren gute Freunde, aber weil wir so viele Jahre zusammengelebt hatten, waren wir uns einig darüber, den anderen aus zukünftigen Beziehungen herauszuhalten.»

«Okay. Das hört sich vernünftig an.» Parisa blätterte in ihren Notizen. «So, was war noch ... Ach ja, Sie haben sich an dem Abend, als Nadija getötet wurde, mit einem Bekannten namens ...», sie warf einen Blick auf ihren Block, «Sverre Helge Barmen ein Fußballspiel angesehen?»

«Ja.»

«Welches Spiel war das noch gleich?»

Kvamme hob deutlich verärgert die Stimme.

«Das habe ich Ihnen doch schon gesagt. AS Rom gegen Bayern München. 3:2 für Rom», fügte er hinzu.

«Gutes Spiel?»

«Ich habe schon spannendere Spiele gesehen.»

Er blickte wieder auf seine Uhr, eine einfache Digitaluhr mit schwarzem Plastikarmband, die vor zehn Jahren modern gewesen war. Aus irgendeinem Grund fühlte Lykke sich durch die Uhr an einen Schokoriegel erinnert, an die Mandelstange von Freia.

«Ich möchte, dass Sie jetzt gehen. Nora ist schon deprimiert genug, da muss sie nicht noch ...»

«Wir gehen sofort.» Lykke hob den Arm wie eine weiße Flagge. «Nur noch eine letzte Frage.»

Parisa hängte sich die Umhängetasche über die Schulter.

«Wissen Sie etwas über den Nachbarn eine Etage tiefer, in der Tøyengata?»

«Pay?»

«Sie kennen ihn?» Parisa konnte ihre Überraschung nicht verhehlen.

«In den paar Wochen, die ich da gewohnt habe, bin ich ihm hin und wieder auf der Treppe begegnet.»

«Kannte er Nadija näher?»

Kvamme starrte jetzt unablässig auf seine Armbanduhr.

«Nicht, dass ich wüsste. Ich erinnere mich, dass wir über ihn gesprochen haben, weil er ein bisschen schräg war.»

«Schräg?»

«Ja, er sah ziemlich merkwürdig aus, und er hat immer im Treppenhaus geraucht.»

Parisa ging auf die Wohnungstür zu, zögerte dann aber und blieb stehen.

«Ist es okay, wenn ich Nora rasch guten Tag sage?»

Gisle Kvamme war mit zwei großen Schritten bei ihr und stellte sich vor die geschlossene Küchentür.

«Das ist überhaupt nicht okay», sagte er leise. «Sie macht zurzeit genug durch.»

«Ist sie dadrin?» Parisa nickte zur Küchentür.

Gisle Kvammes Gesicht lief wieder rot an.

«Selbstverständlich ist sie das.»

Kapitel 23

«Fährst du?» Das war nicht als Frage gemeint. Rolf Lykke war schon dabei, die Rücklehne des Beifahrersitzes zu verstellen.

An einer Shell-Station bei Tønsberg machten sie Pause. Lykke kaufte zwei Wiener im Pfannkuchen und einen Orangensaft. Parisa begnügte sich mit einer Banane und einem Becher Joghurt mit Waldfrüchten. Sie wechselten kaum ein Wort. Parisa hatte einige Male zu ihrem Chef hinübergesehen, und sein Gesichtsausdruck lud nicht zur Unterhaltung ein.

«Viele offene Fragen», sagte er, als sie in den Liertunnel hineinfuhren. Parisa nickte zustimmend. Und mehr sprachen sie nicht miteinander in der nächsten halben Stunde, bis sie Oslo erreicht hatten.

Um halb fünf fand eine Pressekonferenz statt. Die Journalisten zeigten auch weiterhin kein besonderes Interesse. Eine getötete Frau mit Migrationshintergrund machte keine großen Schlagzeilen, wenn die Todesumstände nicht spektakulär waren. Und über die Details des Mordes war seltsamerweise immer noch nichts durchgesickert.

Parisa lehnte hinten in dem großen Presseraum an der Wand und beobachtete Lykke hinter den Mikrophonstativen von NRK, TV2 und P4. Es war offensichtlich, dass ihm die Situation nicht behagte. Er war zwar weder unhöflich noch aufbrausend und beantwortete alle Fragen kurz und bündig, aber sein magerer Körper strahlte unübersehbar Widerwillen aus. Lykke hatte für Journalisten nicht viel übrig. Seiner Überzeugung nach waren sie unpräzise, ungebildet und hatten wenig anderes im Sinn als ihren eigenen Vorteil. Die häufigste Antwort während dieser Pressekonferenz war «Kein Kommentar». Vor einigen Monaten waren mehrere Kommissare und Hauptkommissare zu einem Lehrgang geschickt worden, wo sie lernen sollten, besser mit der Presse zu kommunizieren. Einer der Hauptpunkte des aufgeweckten Referenten von Burson-Marsteller war gewesen, dass sie niemals «Kein Kommentar» antworten dürften. Das wirke abweisend, hatte er gesagt. Für Fernsehzuschauer sei das, als schlage man ihnen die Tür vor der Nase zu.

Lykke hatte den Kopf geschüttelt.

«Was zum Teufel soll ich denn sagen? Wenn ich nichts mitzuteilen habe, kann ich doch genauso gut die Tür zumachen.»

Nach der Pressekonferenz trafen sie sich zu einer kurzen Teambesprechung, tauschten Informationen aus und hörten sich einen halbstündigen Vortrag über Sexualmörder in der norwegischen Kriminalgeschichte an, den ein Kommissar von der Sitte hielt. Die Idee dazu stammte von Ted Eriksen. Lykke hatte die Augenbrauen hochgezogen, hielt aber den Mund. Parisa wusste, dass Teds ständige Versuche, amerikanische Ermittlungsmethoden zu kopieren, den Chef ärgerten, und zwar zunehmend mehr. Kuvås, der neue Mann im Team, hatte den ganzen Tag mit Ted Eriksen zusammengesessen und sich die Videoaufzeichnungen aus den Geschäften angesehen. Ein echter Scheißjob, aber er wirkte kein bisschen genervt. Nicht einmal, als Lykke die beiden bat, sich das restliche Videomaterial nach der nächsten Morgenbesprechung vorzunehmen. Parisa hatte nicht viel übrig für hinterwäldlerische Schnauzbärte, aber bei Bjørn Kuvås hatte sie das Gefühl, eine Ausnahme machen zu können.

Lykke ordnete an, Kvamme rund um die Uhr zu überwachen. Lasse Viker sollte die Polizei in Risør über den Fall ins Bild setzen. Ted Eriksen bekam den Auftrag, Fadil Hadzic mit Hilfe der Kollegen in Bosnien aufzuspüren, eine Aufgabe, auf die er sich sicher freute. Lykke selbst wollte Kvammes frühere Freunde aus der Botschaft in Belgrad und aus Tåsen kontaktieren. Es waren immer noch wenige Spuren, die sie verfolgen konnten, aber alle spürten, dass sie sich die nächsten Tage viel mit Gisle Kvamme beschäftigen würden.

Der Winter machte langsam Ernst. Parisa hatte vorgehabt, zu Fuß nach Hause zu gehen, überlegte es sich aber anders, als sie aus dem Präsidium kam und in eine fünf Zentimeter dicke Schneeschicht trat. Sie winkte sich ein Taxi heran. Der kalte Nordwind hatte ordentlich aufgefrischt, und die Leute, die so unvernünftig waren, sich trotzdem hinauszuwagen, eilten im Laufschritt an den Häuserwänden entlang und hielten ihre Mützen und Schals fest.

Sie bat den Taxifahrer, am Deli de Luca in der Thereses gate zu halten, bezahlte und lief rasch in den menschenleeren Supermarkt, um sich eine Fertigpackung Penne Arrabiata, einen halben Liter Cola light und eine große Tüte Gummibärchen zu kaufen. Morgen früh doppelte Trainingsrunde, dachte sie, stopfte die Gummibärchen in die Umhängetasche und legte die hundert Meter zu ihrer Wohnung in der Louises gate im Laufschritt zurück.

Sie streifte die DKNY-Sneaker in dem kleinen Flur ab und stellte die Schale mit der Pasta in die Mikrowelle. Dann setzte sie sich auf einen Küchenstuhl und starrte auf das blaue Display, das die Sekunden herunterzählte. Sie wurde nicht schlau aus Lykke. Warum war er im Auto so schweigsam gewesen? Ihr lagen hundert Fragen auf der Zunge, die sie gern mit ihm diskutiert hätte. Was für eine Beziehung hatte Nadija wirklich zu Gusev vom Billardsalon gehabt? Wer war der Mann, den sie nicht hatte identifizieren können? Warum wirkte die Geschäftsführerin der Werbeagentur so nervös? Hatte Egil Pay irgendeinen Kontakt zu Nadija gehabt? Und was ihr am meisten auf den Nägeln brannte: Hatte Gisle Kvamme irgendetwas mit der Sache zu tun?

Sie hoffte inständig, dass dem nicht so war, aber seine Reaktion, als sie gefragt hatte, ob seine Tochter sich tatsächlich hinter der Küchentür befand, war schon hart an der Grenze gewesen. Hätten sie einen Durchsuchungsbeschluss gehabt, hätte sie seine Wohnung augenblicklich auf den Kopf gestellt.

Sie zog die dampfenden Nudeln im selben Moment heraus, als es «Pling» machte, griff sich zwei Tomaten von der Anrichte und nahm eine saubere Gabel aus dem Geschirrspüler. Überhaupt wurde man aus Lykke nicht richtig schlau.

Einige Minuten später nahm sie den Laptop auf den Schoß und loggte sich mit Nutzernamen und Passwort ein. Rasch scrollte sie die Seite abwärts. Da war sie!

> Danke für deine liebe Mail und das Foto. Nach dem, was ich so lese und sehe, scheinst du eine tolle Frau zu sein! Ich würde dich gern näher kennenlernen. Was machst du zum Beispiel beruflich? Da ich in der Schule nie eine Leuchte im Verfassen von Aufsätzen war, schlage ich ein baldiges und

unverbindliches Treffen vor, anstatt jede Menge Mails hin- und herzuschicken. Wie wär's mit Lunch morgen um 13.30 Uhr im Theatercafé?

Sei ganz lieb umarmt! Haakon

Parisa runzelte die Stirn. Morgen! Ihr hatten eher einige Wochen voller unverbindlicher Mails vorgeschwebt. Offenbar war der Herr von der eifrigen Sorte oder sehr selbstsicher, oder er hatte es dringend nötig ... Und dann dieses «Sei ganz lieb umarmt». Was war das für ein Typ, der andauernd mit «liebsten» Grüßen und Umarmungen um sich warf?

Ich muss das ansprechen, wenn wir uns sehen, dachte sie und stellte im selben Moment fest, dass sie eine Entscheidung getroffen hatte. Sie legte sich ein grünes Gummibärchen auf die Zunge, presste es an den Gaumen und saugte vorsichtig daran.

Selbstsicher und ungeduldig. Nicht notwendigerweise schlechte Eigenschaften.

Dann beschlich sie leiser Zweifel. Sollte sie sich wirklich nach ein paar Mails mit einem fremden Mann treffen? Was sagte das über sie aus? Sie klickte auf den Dateianhang seiner vorigen Mail. Die Ärmel seines roten Hemdes waren aufgekrempelt, und ein dünnes Handkettchen war zu sehen, sicher Gold, dachte sie, und eine Armbanduhr, die schlicht, aber edel aussah.

Was in aller Welt macht dieser Mann im Internet, dachte sie wieder. Trifft sich an fünf Tagen die Woche mit Frauen? Sie zerbiss das Gummibärchen und schluckte. Das würde sie in Sekundenschnelle herausfinden. Ein Abendessen hätte ich abgelehnt, sagte sie sich. Ein Mittagessen war unverbindlich und weniger verkrampft, falls es schiefging. Plötzlich fühlte sich alles richtig an. Sie ertappte sich dabei, dass sie lächelte. Aber was um Himmels willen sollte sie zu einem Date mit einem Mann aus der Finanzbranche anziehen? Parisa ahnte einen feinen Unterschied: Manche *arbeiteten* in der Finanzbranche, andere *waren* in der Finanzbranche. Über die Machtverhältnisse war sie sich im Klaren.

Ihre Gedanken wurden vom Klingeln ihres Handys unterbrochen. Der Chef war dran, und er verlor keine Zeit.

«Nadija Hadzic hat direkt vor ihrem Tod drei Telefonnummern gewählt.»

«Aha?»

Parisa umklammerte das Handy automatisch fester.

«Ein Gespräch mit Kvamme um 18.52 Uhr. Das dauerte bis 18.54 Uhr. Dann rief sie um 18.56 Uhr eine Nummer in Bosnien an, da nahm aber niemand ab. Anschließend wählte sie die Nummer in Bosnien noch einmal, mit demselben Ergebnis. Um 19.04 Uhr rief sie die Auskunft an und bat darum, mit der Polizei verbunden zu werden.»

«Und die Nummer in Bosnien?»

«Gehört ihrem Bruder Fadil.»

Kapitel 24

Rolf Lykke starrte aus dem Fenster. Er hatte einen guten Blick auf das knapp hundert Meter entfernt liegende ehemalige Zuchthaus, das durch einen unterirdischen Gang – den «Korridor», wie Lykke zu sagen pflegte – mit dem Polizeipräsidium verbunden war.

Es hatte aufgehört zu schneien, aber der Wind schien nicht nachlassen zu wollen, im Gegenteil. Er fegte von Enerhaugen herüber und nahm auf seinem Weg durch das schmale Grønlandsleiret kräftig Fahrt auf. Die Straßenlaternen vor dem Döner-Imbiss am alten Tankstellengelände schwankten wie Bambusrohr, und gerade trieben die Böen einen Mülleimer scheppernd über die Kreuzung an der Hollendergata. Für einen Moment dachte Lykke an seinen wackligen Bootssteg in Bohuslän.

Es klopfte an der halboffenen Tür. Lykke hatte die Schritte schon auf dem Gang gehört.

«Herein!»

«Genießen Sie den Winter?» Polizeidirektorin Anne Breiby blieb neben dem Schreibtisch stehen. Sie trug einen Plastikhefter mit blauem Rücken unter dem Arm.

Lykke antwortete nicht sofort. Er wurde immer wachsam, wenn Breiby ihn in persönlichem Ton ansprach.

«Ich war gerade in der Nähe und sah, dass die Tür offen stand», fuhr sie fort.

Lykke wusste, dass das nicht stimmte. Anne Breiby lief nie ohne Zweck und Ziel durchs Haus.

«Sehen Sie dort im ersten Stock das dritte Fenster von links?» Er zeigte auf das alte Zuchthaus.

Breiby kam einige Schritte näher und nickte.

«Mein Großvater hat 1925 neun Monate dort gesessen, verurteilt wegen Aufwiegelei, wegen einer Schlägerei mit Streikbrechern während eines Massenstreiks in Trondheim.»

«Ach, das wusste ich nicht.» Die Polizeidirektorin sah wirklich überrascht aus. «Es gibt sicher einiges, was ich nicht von Ihnen weiß, Rolf.»

«Er ist drei Jahre vor meiner Geburt gestorben.»

«Tatsächlich ...»

Das Gespräch nahm offensichtlich eine andere Wendung, als Breiby gedacht hatte.

«Das Arbeiderbladet nannte es ein ‹ungeheuerliches Urteil gegen die Arbeiterklasse›», fuhr Lykke fort. «Ihm wurde auch das Recht aberkannt, weiterhin als Postbote zu arbeiten. Das hat ihn wohl am meisten getroffen.»

Es wurde still.

Anne Breiby räusperte sich.

«Ich muss etwas mit Ihnen besprechen.» Sie hielt einen Moment inne, so als sei es besonders wichtig, dass der folgende Satz richtig formuliert war. «Ihr alter Freund Blindheim hat seinen Dienst quittiert.»

Lykke zog die Augenbrauen hoch.

«*Trond* Blindheim?»

Die Polizeidirektorin lächelte.

«Er ist jetzt Sicherheitsberater bei einer Objektschutzfirma. Ich weiß nicht mehr genau, welche.»

Selbstverständlich weißt du das, dachte Lykke.

«Manche Leute hier im Haus fanden, dass er Oberkommissar im Dezernat für Gewaltverbrechen werden sollte.»

«Ich habe davon gehört.»

Lykke ahnte, was nun kommen würde.

«Ich weiß, dass Sie schon zweimal abgelehnt haben, Rolf, aber ich finde, jetzt ist die Zeit reif. Dieser Posten ist wie für Sie gemacht.»

Er runzelte die Augenbrauen.

«Ich *habe* einen Posten, der wie für mich gemacht ist. Ich habe ihn mir selbst geschaffen.»

Breiby bemühte sich tapfer, ein Lächeln zu unterdrücken.

«Ich dachte mir schon, dass Sie etwas in der Art sagen würden.»

«So.»

«Ich weiß, dass Sie nicht viel von einer Beförderung halten, aber denken Sie trotzdem ein paar Tage darüber nach. Auch wenn Sie Oberkommissar werden, hören Sie ja nicht auf, Ermittler zu sein.» Breiby legte den Plastikhefter auf den Schreibtisch. «Das ist die Stellenbeschreibung. Von mir formuliert», sagte sie und legte ihm die Hand auf die Schulter. «Versprechen Sie mir, dass Sie wenigstens einen Blick hineinwerfen?»

«Gut.»

Lykke entzog sich diskret ihrer Hand, nicht weil er seine sieben Jahre jüngere Vorgesetzte unsympathisch fand, aber sie hatten einfach nicht dieselbe Wellenlänge. Sie war die Superbürokratin aus dem Justizministerium, die es noch vor ihrem vierzigsten Geburtstag zur Polizeidirektorin gebracht hatte. Sie beherrschte das Spiel und die Regeln perfekt. Mehr als einmal war er beeindruckt gewesen von ihrer Fähigkeit, zwischen Politik und Beamtenapparat zu manövrieren, aber seiner Meinung nach fehlte ihr das, worauf es ankam: der polizeiliche Hintergrund.

«Ist es der Mord in der Tøyengata, der Sie hier festhält?»

«Wir haben noch nichts in der Hand.»

Die Polizeidirektorin machte ein paar Schritte auf die offene Tür zu.

«Der Ehemann?» Sie blieb stehen, eine Silhouette vor dem grellen Licht aus dem Flur. Lykke ahnte die Konturen ihrer Brustwarzen unter der hellblauen Uniformbluse und wandte den Blick rasch zum Fenster.

«Hat ein Alibi. Aber irgendwas ist da ...»

«Könnte er einen Helfer gehabt haben?»

«Möglich.»

Breiby blieb einen Moment unentschlossen stehen, dann sagte sie: «Machen Sie richtig Druck, Rolf. Im Sommer hat Dagbladet gefragt, ob wir Verbrechen gegen Einwanderer nicht wichtig genug nehmen. Ich bin sicher, dass die nur auf eine Gelegenheit warten. Geben Sie ihnen keinen Vorwand, aus diesem Fall ein Politikum zu machen.»

Rolf Lykke drehte sich halb zu seiner Vorgesetzten um.

«Ich untersuche den Mord an einer Frau», erwiderte er kurz.

«Natürlich, natürlich ... Ich wollte damit keineswegs andeuten, dass ...» Breibys Stimme klang eine Spur gepresst.

«Ich habe heute als Vertretung für Darre einen Mann von Kripos bekommen», fiel Lykke ihr ins Wort. «Und ich habe Leiner und Heltne für den Außeneinsatz abgestellt. Das genügt.»

«Gut.» Breiby straffte die Schultern. «Höre ich nächste Woche von Ihnen?» Sie deutete auf den Plastikhefter auf Lykkes Schreibtisch.

«Sie können meine Antwort morgen haben, wenn Sie wollen.»

Breiby lächelte steif.

«Nächste Woche reicht völlig.»

Sie schloss die Tür hinter sich.

Lykke warf einen Seitenblick auf den Hefter. Unter dem Plastikdeckel erkannte er einen gelben Post-it-Zettel. Darauf stand mit rotem Kugelschreiber sein Name. Vier Jahre waren seit dem letzten Mal vergangen, und eigentlich hatte er nicht mehr mit weiteren Aufforderungen gerechnet, aber hier lag sie nun also. «Eine Stellenbeschreibung, von mir formuliert.» Seit wann legten Polizeidirektorinnen die Arbeitsaufgaben von Oberkommissaren fest?

Lykke steckte den Hefter in seine abgenutzte Aktentasche und warf einen Blick auf die Uhr. Zehn nach sieben. Zu spät, um rechtzeitig zu Hause zu sein, bevor Ida ins Bett musste. Er zog sein Handy aus der Jackentasche. Sonja meldete sich nach dem ersten Klingeln.

«Bei mir wird es später.»

«Ist gut. Kannst du Ida morgen hinbringen?»

Lykke überlegte angestrengt.

«Zur Schule?»

Hörte er ein Seufzen?

«Morgen ist Samstag. Sie wird geimpft. Weißt du nicht mehr?»

«Doch, natürlich.» Ihm dämmerte etwas von einer Impfung gegen Zeckenbisse und Meningitis. «Wann war das noch gleich?»

«Um neun. In der Reiseklinik am St. Hanshaugen.»

«Ach, richtig. Haben die samstags schon so früh auf?»

«Ja.»

«Das geht.» Lykke überlegte kurz. «Was machst du gerade?»

«Seh mir Fußball an. Inter Mailand gegen Juventus Turin.»

«Wie steht's?»

Lykke wusste, dass sie wusste, dass er nur fragte, um ihr eine Freude zu machen, aber er glaubte, dass sie sich trotzdem darüber freute.

«2:0 für Inter.»

«Schön.» Ihm kam eine Idee. «Hast du das Spiel ...», er kramte Parisas kurze Notiz aus dem Papierstapel hervor, «AS Rom gegen Bayern München gesehen?»

Sonjas perlendes Lachen erfüllte sein Ohr. Sie lacht fast wie Parisa, dachte er.

«Sag mal, flirtest du mit mir?»

«Wer weiß?» Er lächelte. «Hast du das Spiel gesehen?»

«Ich habe an dem Abend gearbeitet, schon vergessen?»

«Ach, richtig. Also dann bis später.»

Er ließ das Handy zurück in die Jackentasche gleiten.

«Hallo Chef.» Lasse Viker stand plötzlich in der Tür.

«Inter führt 2:0 gegen Juventus», sagte Lykke trocken.

Viker machte große Augen.

«Ich wusste gar nicht ...»

«2:0 für Inter», wiederholte Lykke. «Spitz die Ohren.»

Lasse Viker lehnte sich gegen den Türrahmen.

«*Du* interessierst dich für die Serie A?»

«Heißt das so?» Lykke verzog keine Miene. «Hast du das Spiel ...», er warf wieder einen Blick auf die Notizen, «AS Rom gegen Bayern München gesehen?»

«Na klar.» Lasse Viker schnaufte. «Ein Wahnsinnsspiel.»

«Du meinst, es war spannend?»

«Drei Platzverweise und fünf Lattenschüsse in der letzten Viertelstunde. Zwei vergebene Elfmeter.» Viker grinste. «Ging mächtig hoch her, vorsichtig ausgedrückt.»

Lykke starrte nachdenklich auf einen Punkt direkt unter Vikers Haaransatz.

«Gisle Kvamme meinte, es wäre nicht besonders spannend gewesen.»

«Dann lügt er.»

«Oder er hat das Spiel nicht gesehen», sagte Lykke.

«Er lügt, meine Rede.»

Lykke wählte eine Nummer auf dem Handy, überlegte es sich aber anders und steckte es zurück in die Jackentasche.

«In dem Fall hätte Gisle Kvamme kein Alibi», sagte er.

«Stimmt.»

«Ruf die Kollegen in Risør an, sie sollen ihn vorläufig festnehmen. Ich will morgen früh mit ihm reden. Hier.»

Viker fuhr sich mit der Hand über die graubraunen Bartstoppeln.

«Und das Mädchen?»

«Kann er mitbringen. Kein Grund, ein Drama daraus zu machen.»

«Ich habe mit Skystad von Kripos gesprochen. Sie haben nicht so viel gefunden, wie sie gehofft hatten. Nur Spuren von Nadija und ihrer Tochter.»

«Die Fußabdrücke im Blut?»

«Das ist genau der Punkt. Die Größe passt nicht», sagte Viker. «Die Spurensicherung hat bei den Abdrücken am Tatort Größe vierundvierzig gemessen, Kvamme hat vierzig oder einundvierzig, höchstens zweiundvierzig. Ich habe Parisa gefragt, sie irrt sich bei so was nur selten.»

Kommissar Rolf Lykke zog die Schreibtischschublade auf und fand eine halbvolle Packung Kaugummi, drückte eins heraus und steckte es umständlich in den Mund.

«Nichts einfacher, als in zu große Schuhe zu schlüpfen», knurrte er. «Das ist ziemlich üblich, nicht zuletzt hier im Haus. Irgendwas Neues vom Bruder?»

«Der nimmt nicht ab. Ich habe ihm eine Nachricht auf Band gesprochen, Englisch und Deutsch. Nada.»

«Ich wusste gar nicht, dass du Deutsch kannst.»

Viker grinste.

«Kann ich auch nicht.»

Kapitel 25

Erst als der Lift zwischen der zweiten und dritten Etage war, fiel Parisa wieder ein, dass sie in der Nacht von «Haakon, dem Finanzmanager» geträumt hatte. Die genauen Details hatte sie nicht mehr im Kopf, aber es war ein erotischer Traum gewesen. Woran sie sich noch am deutlichsten erinnerte, war ein Mann, nur im Hemd mit aufgekrempelten Ärmeln, der einen riesigen Schrank öffnete und ihr all seine Armbanduhren zeigte.

Ted Eriksen, Lasse Viker und der neue Mann, Bjørn Kuvås, saßen schon um den ovalen Besprechungstisch in der *red zone* und pusteten ungeduldig in ihre ewigen Plastikbecher. Parisa hatte den Automatenkaffee ein einziges Mal probiert und seitdem nie wieder. Das einzig Positive, was sich über das süßliche Gebräu sagen ließ: Es war *brühheiß*.

Sie schlüpfte auf ihren Platz neben Bjørn Kuvås und roch einen schwachen Duft von Rasierwasser. Mann. Sie warf einen Blick auf ihre Armbanduhr. Fünf nach halb zehn. Es passierte nicht oft, dass Lykke verspätet zur morgendlichen Teambesprechung kam, aber sie hatte den Gedanken kaum zu Ende gedacht, als der Kommissar auch schon leicht außer Atem in der Türöffnung auftauchte.

«Tut mir leid, Ida brauchte eine Spritze ...»

Lykke ließ sich auf den Stuhl am Tischende fallen und kramte in seiner abgewetzten Aktentasche.

«Was Ernstes?» Lasse Viker blickte seinen Chef besorgt an.

«Äh ...» Lykke blickte von seiner Tasche auf. «Überhaupt nicht. Nur eine Impfung gegen Zecken.»

«Kann man sich gegen Zecken impfen lassen?» Lasse Viker kippelte mit dem zierlichen Stuhl.

«Ja, oder, besser gesagt, man kann sich gegen eine Krankheit impfen lassen, die durch Zeckenbisse übertragen wird, FSM oder wie das heißt, eine Art Hirnhautentzündung.»

«Aber nicht gegen so was wie Borrelose?» Ted Eriksen sprach jetzt, nachdem Kuvås in die Gruppe gekommen war, mit einer fast noch tieferen Stimme.

«Das heißt Borreliose.» Lykke stapelte einen Papierhaufen vor sich auf und sah Ted Eriksen an. «Nein, das ist richtig, gegen Borreliose kann man sich nicht impfen lassen.»

Viker räusperte sich.

«Gut, dann wissen wir das nun auch.»

Es klopfte, und eine Polizeianwärterin öffnete die Tür. «Polizeistation Risør», sagte sie und reichte ein Mobiltelefon in den Raum.

Lykke erhob sich.

«Danke.»

Eine halbe Minute lang hielt er das Handy ans Ohr gepresst und lauschte stumm, dann gab er es wortlos an die junge Frau zurück, die den anderen einen fragenden Blick zuwarf, ehe sie die Tür eilig hinter sich schloss.

«Was war denn?» Lasse Viker kippelte wieder mit seinem Stuhl.

«Kvamme hat darum gebeten, seiner Tochter an einer Tankstelle kurz hinter Brevik ein Eis kaufen zu dürfen», sagte Lykke. «Und ist abgehauen.»

«Wie bitte?»

«Beide sind spurlos verschwunden.»

Weder der Polizeichef des Polizeidistrikts Agder noch die beiden Beamten, die Kvamme und seine Tochter begleitet hatten, konnten bei der rasch zusammengerufenen Telefonkonferenz um elf Uhr in Lykkes Büro viel zum Hergang des Vorfalls sagen.

Kvamme war um sieben Uhr von einer zivilen Streife abgeholt worden. Zuerst hatte er heftig protestiert. Was dazu geführt hatte, dass er dann doch einlenkte, wurde nicht näher erläutert. Und die Antworten auf die Frage, wie es möglich war, dass ein Mann in Begleitung seiner zehnjährigen Tochter vor den Augen von zwei Polizisten spurlos verschwinden konnte, waren beinahe noch diffuser. Vieles deutete darauf hin, dass er einfach irgendeinen Autofahrer an der Tankstelle um eine Mitfahrgelegenheit gebeten hatte und sich unbeobachtet in ein fremdes Auto retten konnte. «Wir haben nicht damit gerechnet, dass die beiden versuchen würden zu fliehen», hieß es lapidar.

Lykke hatte zweimal tief durchgeatmet und aufgelegt. Nach Kvamme wurde jetzt landesweit gefahndet, alle Flughäfen, Bahnhöfe und Fähranleger wurden überwacht. Ted Eriksen stand in Kontakt mit der Polizei in Dänemark und Schweden. Am meisten beschäftigte Lykke im Moment, dass auch Kvammes Fußballkumpel wie vom Erdboden verschluckt schien. Genauer gesagt: Nach Angaben eines Arbeitskollegen befand er sich auf einem verlängerten Wochenendausflug in London. Lykke hatte versucht, den Mann per Handy zu erreichen, bisher jedoch ohne Erfolg. Wahrscheinlich saß er gerade im Flugzeug. Der größte Teil des Vormittags war dafür draufgegangen, frühere Spuren erneut zu überprüfen und noch einmal die Nachbarn im Haus in der Tøyengata zu befragen. Even Bugge, einer von Kvammes Bridgefreunden aus Belgrad, konnte auch nichts Neues zu dem Fall beitragen. Er hatte sich innerhalb von fünfundvierzig Minuten nach dem Anruf auf dem Polizeipräsidium eingefunden und war die Freundlichkeit in Person. Ein in jeder Hinsicht durchschnittlicher Bürokrat des Außenministeriums, ungefähr Anfang fünfzig, mit hellblauen Augen und wachem Blick. Er trug einen teuren, maßgeschneiderten Anzug, der die überflüssigen Pfunde um die Leibesmitte jedoch nicht verbergen konnte. Bugge beschrieb sein Verhältnis zu Gisle Kvamme und Nadija Hadzic als sehr gut. Ja, sie hatten Bridge gespielt, und tatsächlich nach Gorens Punktesystem. Nach zwölf Minuten mit dem Mann hatte Lykke genug gehört.

Ted Eriksen hatte ein weitreichendes Kontaktnetz auf dem Balkan aufgebaut, außerdem konferierte er wegen der Suche nach Nadija Hadzics Bruder ständig mit Interpol. Bisher ohne Ergebnis.

Kapitel 26

Parisa verlangsamte ihre Schritte vor dem Geschäft von Ferner Jacobsen und betrachtete ihr Spiegelbild in den großen Schaufenstern. Dunkles Kostüm, halbhohe Stiefeletten und brauner Lammfellmantel. Also, wenn das nicht gut aussah, dann wusste sie auch nicht. Sie sah auf die Uhr. 13.35 Uhr. Sie hatte bis sechzehn Uhr dienstfrei, aber sie wusste, dass Lykke am liebsten wollte, dass sie jederzeit verfügbar war.

Sie gab den Mantel an der Garderobe ab, steckte ein Läkerol mit Johannisbeergeschmack in den Mund und steuerte auf den Empfang zu. Das Restaurant war voller Leute in Vorweihnachtsstimmung. Parisa war erst wenige Male im Theatercafé gewesen, meistens zu irgendwelchen Geburtstagsfeiern, und sie merkte schnell, dass ihr dieses dichte Stimmengewirr gefiel. Ein junger Kellner mit südländischen Wurzeln erschien an ihrer Seite.

«Parisa?»

Sie nickte überrascht.

«Bitte folgen Sie mir.»

Er schleuste sie elegant an der Bar vorbei und zeigte diskret auf einen Zweiertisch am Fenster, ehe er taktvoll im Inneren des Lokals verschwand.

«Wie schön, dass du gekommen bist!»

Der Mann in blauem Jackett und Jeans erhob sich höflich und griff galant nach ihrer Hand.

«Bitte, nimm doch Platz.» Er zog den Stuhl hervor und blieb stehen, bis sie sich gesetzt hatte.

«Entschuldige mein Outfit, aber ich will noch in die Berge, nach Geilo.»

«Dieses Mal lasse ich es durchgehen», sagte Parisa lächelnd, während ihr aufging, was es bedeutete, *in der Finanzbranche* zu sein. Sie betrachtete ihren Tischherrn, während er seine weiße Damastserviette aufschlug und sie auf dem Schoß ausbreitete.

Er war etwas älter, als sie gedacht hatte, und nicht ganz so groß, eins achtzig vielleicht, aber er war definitiv auf der Plusseite.

«Entschuldige, falls ich zu offen bin», sagte er und blickte ihr direkt in die Augen, «aber das hier ist absolut neu für mich. Das erste Mal, um ehrlich zu sein.»

«Geht mir auch so.»

«Vielleicht sollten wir uns erst mal bekannt machen.» Er streckte die Hand aus. «Haakon Stang.»

«Parisa Sadegh.»

Sie bemerkte, dass zwei Kellner am Eingang zur Küche ständig zu ihnen herübersahen. Sie warten auf ein Zeichen, dachte sie. Wer um alles in der Welt war Haakon Stang? Die Ermittlerin in ihr gewann langsam, aber sicher die Oberhand.

«Ich habe mir erlaubt, unser Menü auszuwählen. Bachforelle. Filet natürlich, keine Gräten.» Er lächelte mit leicht geöffnetem Mund. Parisa bemerkte, dass seine Backenzähne nicht plombiert waren.

Einer, der es gewohnt ist, zu bestimmen und das zu bekommen, was er will, dachte sie.

«Hört sich wunderbar an.»

«Nicht wahr?» Er hob sein Weinglas und prostete ihr zu, und erst jetzt entdeckte sie das halbgefüllte Glas.

«Zum Wohl.»

Haakon Stang lächelte. Parisa suchte seine Augen, auch sie lächelten.

Wie aus dem Nichts erschien ein Kellner mit den Speisen an ihrem Tisch.

«Was machst du, wenn du dich nicht gerade mit Internet-Bekanntschaften triffst?»

Haakon Stang legte das Besteck beiseite, kaute zu Ende, schluckte und tupfte sich die Lippen diskret mit der Serviette ab.

«Das nenne ich mit der Tür ins Haus fallen», sagte er lächelnd.

«Wenn du so willst.» Parisa ließ ihn nicht aus den Augen.

«Wie ich schon in der Mail schrieb, bin ich in der Finanzbranche. Mir gehört die Hälfte einer recht gut gehenden Maklerfirma.»

«Aber du selbst arbeitest nicht mehr?»

Stang konnte sich ein kurzes Lachen nicht verkneifen.

«Das ist das Problem», sagte er. «In den letzten zehn Jahren habe ich so viel gearbeitet, dass ich völlig vergessen habe, wie es draußen in der normalen Welt zugeht.»

«Und deshalb versuchst du es übers Internet?»

«Möglich. Auf jeden Fall ist es eine zeitsparende Methode, Kontakte zu knüpfen.» Er fingerte an der Serviette. «Und du, was machst du so?»

«Ich bin bei der Polizei.»

«Polizei?»

Parisa beobachtete seine Reaktion aufmerksam. Etwas an seinem Gesichtsausdruck sagte ihr, dass er nicht überrascht war.

«Dann muss ich mein Auto wohl heute Abend stehenlassen?»

Er hob sein Weinglas.

«Ich bin Ermittlerin im Dezernat für Gewalt- und Sittlichkeitsverbrechen. Also keine Panik ...»

Stang drehte sich zum Kellner an der Bar um, und dabei entdeckte Parisa eine breite weiße Narbe, die sich vom Haaransatz bis in den Nacken zog und unter dem blauen Hemdkragen verschwand.

«Was steckt dahinter, wenn man Flugzeuge liebt?», fragte sie plötzlich.

«Ah, endlich!» Haakon Stang entblößte eine Reihe tadelloser Vorderzähne. «Du erinnerst dich daran?»

«Es gibt nicht viele bei *match*, die Flugzeuge als Hauptinteresse angeben.»

«Ja, das ist sicher richtig.»

Er musterte sie mit einer vorher nicht da gewesenen Neugier.

«Ich bin im Platåveien in Bærum groß geworden. Von unserer Terrasse aus konnte ich die Flugzeuge beim Landeanflug beobachten. In dem Jahr, als ich vier wurde, bekam ich zu Weihnachten ein Fernglas geschenkt. Im Sommer darauf kannte ich alle Flugzeugtypen, die Fornebu anflogen, einschließlich der Kleinflugzeuge.»

«Und heute hast du wohl selbst ein paar?»

Parisa nippte an dem staubtrockenen Weißwein.

«Ich bin am liebsten Passagier.»

Sie schenkte sich ein wenig Wasser ein und bohrte ihren Blick in seine Augen.

«Okay. Test.»

«Nur zu.» Stang öffnete sein Jackett und beugte sich eifrig vor. Wie ein Zwölfjähriger, der sich beweisen will, dachte Parisa und spürte widerwillig, dass es ihr gefiel.

«Mit welchem Flugzeugtyp bin ich in meinem Leben bisher am häufigsten geflogen?»

«Hm.» Er überlegte eine Sekunde. «Vermutlich mit der Boeing 737», sagte er. «Die hatte ihren Jungfernflug schon 1967.»

«Stimmt genau.» Parisa ertappte sich dabei, dass sie ihm über den Tisch hinweg zuzwinkerte.

«Nächste Frage.» Haakon Stang strahlte.

«Woher hast du die Narbe im Nacken?»

Sein Strahlen erlosch.

«Du vergeudest keine Zeit mit Nebensächlichkeiten, was?»

«Eigentlich nicht, nein.» Parisa schlug die Beine unter dem Tisch übereinander.

«Und du bist sicher, dass du nicht die Flügelspannweite eines Airbus A320 wissen willst?»

«Ganz sicher.»

«Okay», sein neckisches Augenzwinkern kehrte zurück. «Ich war in den Neunzigern als Blauhelm-Soldat auf dem Balkan.»

«Eine Granate?»

«Ja, tatsächlich.» Er blickte sie verblüfft an.

«Ich war drei Jahre Küstenjäger bei der schwedischen Armee», sagte Parisa. «Das ist dasselbe wie ein Marinejäger bei euch. Ich war Sprengstoffexpertin.»

In ihrer Handtasche auf dem Fußboden brummte es. Parisa warf einen schnellen Blick auf die Uhr. 14.30 Uhr, das war Viker. Sie hatte ihn gebeten, sie nach einer Stunde anzurufen, für den Fall, dass sie eine Entschuldigung brauchte.

«Erzähl mir mehr über dich», bat sie und ließ das Handy in der Tasche.

Kapitel 27

Rolf Lykke erhob sich von seinem Bürostuhl und machte eine kleine Runde durch den Korridor. Der Gedanke daran, dass Kvamme mit seiner zehnjährigen Tochter auf der Flucht war, ließ ihn keine Sekunde los.

Noch bis vor wenigen Stunden hatte er große Zweifel gehabt, dass Kvamme in den Mord verwickelt war, aber jetzt war er sich da nicht mehr so sicher. Dass der Mann etwas zu verbergen hatte, lag auf der Hand, aber dass der penible Jurist imstande sein sollte, einen so grotesken Mord zu begehen ...?

«Tag.»

Lykke erwiderte den Gruß des jungen Beamten, der am Kaffeeautomaten um die Ecke kam, mit einem kurzen Nicken. Auf die Schnelle fiel ihm der Name nicht ein, er wusste nur noch, dass dessen Vater auf der Polizeischule ein Jahrgang unter ihm gewesen war. Für einen Moment dachte er an den Plastikhefter zu Hause auf dem Wohnzimmertisch. War er stur und dumm, wenn er das Angebot ablehnte? Steckte dahinter vielleicht nur sein verbissener Widerwille, denen anzugehören, die er immer als neunmalkluge Schreibtischhengste betrachtet hatte? Polizeioberkommissar. POK. Er kaute auf dem Wort herum. Die beiden POKs im Dezernat für Gewalt- und Sittlichkeitsverbrechen, Molberg und Hermansen, waren verantwortlich für Neueinstellungen, Mitarbeitergespräche ... Lykke hatte seit Jahren keinen der beiden im Außeneinsatz gesehen.

«Brauchst du mich heute Abend?» Parisa kam ihm auf dem Gang entgegen.

«Ich möchte dich hier haben, wenn wir Kvamme festnehmen.»

«Bin immer in der Nähe.»

Parisa schenkte ihm ihr strahlendstes Lächeln. Lykke kannte niemanden, der so lächelte wie Parisa Sadegh, und er konnte es sich nicht verkneifen, ihr hinterherzublicken.

Hatte sie sich in Schale geworfen? Seine Gedanken wurden von anhaltend wütendem Gebell unterbrochen. Als er in sein Büro kam, lag das neue Handy auf dem abgetretenen Fußbodenbelag und vibrierte wie ein Rieseninsekt im Todeskampf.

«Ja!»

«Du hast Idas Handschuhe und ihre Mütze in der Impfklinik vergessen.»

«Ach herrje.»

«Kannst du die Sachen abholen, bevor sie schließen?»

«Wann ist das, um fünf?»

«Ich glaube, samstags schließen sie um halb fünf.»

«Okay, dann bin ich um fünf zu Hause.»

«Kannst du eine Zucchini und ein paar Paprika mitbringen? Rote.»

«Mach ich.»

Lykke legte auf und starrte das dunkelblaue Samsung-Handy einen Moment lang böse an, bevor er es in seiner Jackentasche verschwinden ließ.

Kapitel 28

Genau dreiundzwanzig Minuten hatte er auf der harten Holzbank gesessen, als er sah, wie sie den Ullevålsveien vor dem Gemüseladen überquerte. Sie trug zwei große Einkaufstüten und eine braune Handtasche. Und sie lächelte im kalten Wind. Er senkte die Zeitung, und sein Blick folgte ihr, als sie fünf Meter entfernt an ihm vorbeiging. An den Mülltonnen vor dem Haus Geitmyrsveien 7 blieb sie stehen und warf etwas weg, dann schloss sie die Eingangstür auf und verschwand im Haus. Er schaute auf seine Armbanduhr. 15.59 Uhr. Noch eine Stunde und einundvierzig Minuten, bis die Straßenlaternen angehen würden.

Er sah die graubraune Fassade hinauf und hielt bei den zwei mittleren Fenstern im zweiten Obergeschoss inne. Wartete. Dann sah er sie. Nur als einen Schatten, der vorüberglitt, aber deutlich genug, um sicher zu sein. Er erhob sich und ging auf den Mietwagen zu, den er ein paar Meter weiter die Straße hinunter geparkt hatte. Auf dem Rücksitz lagen ein Wollmantel und eine Thermoskanne mit heißem Kaffee.

Kapitel 29

Lakshmi stellte die beiden Einkaufstüten im Flur ab und setzte sich an den Laptop. Hoffentlich war nichts dazwischengekommen. Sie klickte sich bis zum Mailfach durch. Vier gelbe Briefumschläge. Keiner von Terje. Perfekt.

Sie stieg aus der Jeans, legte Leonard Cohen in den CD-Player und drehte die Lautstärke bis zum Anschlag auf. Dann holte sie zwei Cremedosen aus der kleineren Einkaufstasche. Im Bad stieg sie auf die Waage. 59,3. Sie spürte einen kleinen Stich der Enttäuschung, zog Slip und Socken aus, pinkelte und versuchte es anschließend noch einmal. 59,2. Sie hatte seit dem Frühstück, bestehend aus zwei Scheiben Roggenknäckebrot mit Magerquark und Paprika, nichts mehr gegessen, und trotzdem hatte sie kein Gramm verloren. Sie ließ Wasser in die Wanne ein, nahm ein aufgeschlagenes Buch mit Plastikeinband aus dem Handtuchregal und setzte sich auf den Toilettensitz. Langsam blätterte sie in dem Buch. Sie hatte sich zwei Kapitel angestrichen, die Jagdhunde betrafen. Nach Siris Meinung war es am wahrscheinlichsten, dass Leute mit einer Hütte am See Ustevatn sich Setter hielten. Gordonsetter, notfalls auch English Setter. Lakshmi konnte den Text fast auswendig. Sie griff nach der Nagelfeile und zuckte zusammen, als es an der Tür klingelte. Siri ist aber früh dran, dachte sie und schlüpfte in ihren Bademantel.

Kapitel 30

Nora starrte auf die fremden Vorhänge. Sie waren braun und an den Kanten ausgefranst. Durch einen kleinen Spalt unten am Fensterrahmen fiel ein Streifen Tageslicht herein. «Ich bin in einer halben Stunde wieder da», hatte ihr Vater gesagt. «Mach den Fernseher an oder spiel was am Computer, aber geh nicht nach draußen.» Er hatte sie genau so umarmt, wie er es immer getan hatte, wenn sie zurück zu Mama nach Oslo fuhr. Dann hatte er das Handy mitgenommen und war gegangen.

Nora sah auf die Uhr. Er war schon fast eine Stunde weg. Nach ein bisschen Herumprobieren hatte sie es geschafft, den Fernseher in der Ecke einzuschalten, aber eine Fernbedienung hatte sie nirgends finden können, und die Sprache auf dem eingestellten Kanal kannte sie nicht. Also schaltete sie den PC ein und klickte auf das Internet-Icon oben in der Ecke. Zu ihrem großen Erstaunen begann der Rechner zu arbeiten, und nach wenigen Sekunden war sie drin.

Sie rief die Website *teen.no* auf und scrollte sich zu ihren Freunden durch. Bisher waren es neunzehn, aber sie war ja auch erst seit wenigen Wochen aktives Mitglied. Sie scrollte abwärts und stoppte bei Ernas Bild. Ob sie Erna anrufen konnte? Wenn sie jetzt für immer bei Papa in Risør wohnen musste, würde sie Erna vielleicht nie wiedersehen. Sie dachte an Tassy, den kleinen Dackel, der dem alten Mann im Erdgeschoss gehörte und auf den sie ein paarmal hatte aufpassen dürfen. Ob Tassy sie wohl vermisste? Wenn sie in Risør wohnen musste, wollte sie auf jeden Fall auch einen Dackel haben. Dann ging ihr durch den Kopf, dass die Polizisten im Auto bestimmt sauer waren. Nora merkte, dass sie daran im Moment lieber nicht denken wollte. Sie scrollte weiter. Die drei letzten auf der Freundesliste waren aus Bergen. Jungs. Alex war vierzehn und supersüß. Er hatte halblange dunkle, lockige Haare und große braune Augen. Erna hatte auch ein Foto von ihm. Vor ein paar Tagen hatte Nora die Wimperntusche von Mama stibitzt und ihm ein Foto von sich geschickt, mit dem Hannah-Montana-Poster im Hintergrund. «Liebe Grüße, Nora, 14». Erna hatte gesagt, wenn sie schrieben, dass sie erst zehn waren, würde ihnen garantiert keiner der süßen Typen antworten.

Plötzlich hatte sie wieder Mamas Bild vor Augen. Tränen schnürten ihr die Kehle zu. Mama auf dem Teppich, Mama auf dem Teppich ...

«Geh weg!», schrie sie. «Geh weg!»

Im selben Moment kam ihr Vater zur Tür herein.

«Ruhig, mein Schatz, es ist bald vorbei!»

Er griff nach ihrer Hand.

«Komm, wir fahren.»

Kapitel 31

Er drückte ein wenig an den Tomaten herum, ehe er drei aussuchte und sie vorsichtig in die Tüte legte. Er ließ den Blick an den Regalen entlangwandern. Nahm sich Zeit. Die Auswahl bei «Gutta på Haugen» war reichhaltig, aber das Wichtigste war die Nähe zum Geitmyrsveien. Er spreizte die Finger und rieb seine rechte Hand an der Jackentasche, um wieder ein Gefühl zu bekommen. Er konnte nicht mehr länger im Laden bleiben. Das Risiko, jemandem aufzufallen, war zu groß. Überhaupt war er sehr darauf bedacht, sich an jedem Ort nur kurz aufzuhalten. Im Auto, auf der Bank, an der Bushaltestelle, in der Kaffeebar, im Feinkostladen. Am wichtigsten war, dass er von überall dieselbe Sicht hatte. Er nahm eine Aubergine und legte sie in seinen Einkaufskorb. Die Blonde hatte ihm einen Strich durch die Rechnung gemacht. Aber das zeigte nur, wie wichtig es war, alle möglichen Vorsichtsmaßnahmen zu treffen. Irgendwann würde sie die Wohnung ja wieder verlassen, und dann …

Er blieb stehen. Ein hochgewachsener Mann im grauen Mantel schloss die Ladentür hinter sich und ging eilig an der Käsetheke vorbei. In der linken Hand hielt er eine kleine, weiße Mütze und ein paar rosa Kinderhandschuhe. Offenbar hatte er wenig Zeit, er steuerte direkt auf die Gemüseabteilung zu. Als sie noch einen Meter voneinander entfernt waren, wechselten sie einen Blick, und über das Gesicht des Kommissars huschte ein Ausdruck des Wiedererkennens.

«Ach, hallo», murmelte Lykke und lächelte kurz.

«Hallo», erwiderte er, senkte die Schultern und ging auf die Kasse zu.

Kapitel 32

Parisa klickte auf «Suche».

Es dauerte weniger als drei Sekunden. Einkommen: 0. Vermögen: 107886412. Sie starrte auf die Zahl und ertappte sich dabei, dass sie die Stellen zählte. Haakon Stang war über hundert Millionen Kronen schwer.

Kein Wunder, dass die Kellner so aufmerksam gewesen waren. Aber seltsam, warum hatte sie seinen Namen noch nie vorher gehört? Sie rief Wikipedia auf. Null Treffer. Google: nur Steuern und Vermögen. Nach zwanzig Minuten Suche im Web machte sie Pause, ging die Treppe zur Kantine hinauf und kaufte sich eine Cola light. Die Bachforelle war ziemlich salzig gewesen.

Wieder zurück im Büro, fiel ihr nur noch eine Stelle ein, wo sie suchen konnte.

Zwanzig Minuten später hatte sie ihn. Der junge Mann auf dem Foto war siebenundzwanzig, festgenommen wegen schwerer Körperverletzung.

Parisa las den gesamten Bericht.

Ein feuchtfröhlicher Abend in der Stadt hatte mit einer Schlägerei vor der Disco Baronen & Baronessen geendet. Eine gebrochene Nase, Gehirnerschütterung und vier gebrochene Rippen, dazu beschädigtes Inventar. Unter anderem war ein Wolfsfell zerrissen worden. Parisa musste die Zeile zweimal lesen. Konnte man ein Wolfsfell zerreißen? Sie trank den letzten Schluck ihrer Cola light, druckte sich die Seiten aus dem Strafregister aus und legte sie in ihre Scheibtischschublade.

Das musste noch nichts heißen. So mancher anständige Bürger hatte sich schon im Suff völlig vergessen, nicht zuletzt in dieser Disco. Andererseits war Haakon Stang damals zu dreißig Tagen Haft ohne Bewährung verurteilt worden. Das bedeutete mit ziemlicher Sicherheit, dass er auch vorher kein Unschuldslamm gewesen war. Der Vorfall war von einem Geir Ankerdalen angezeigt worden. Sicher der Mann mit der gebrochenen Nase, dachte Parisa. Sie startete eine neue Suche im Strafsachenregister, ohne irgendetwas über Ankerdalen zu finden. Eine rasche Kontrolle auf Indicia ergab dasselbe negative Resultat.

Blitzartig kam ihr eine Idee, und sie tippte «Boeing 737 Jungfernflug» ein.

9. April 1967. Kein Zweifel, Haakon Stang kannte sich tatsächlich mit Flugzeugen aus.

Parisa zog die Schublade auf und betrachtete das Foto des Siebenundzwanzigjährigen. Sie schlug nach, welcher Kollege den Fall bearbeitet hatte. Morten Polnar, der Name sagte ihr nichts. Kein Wunder, die Anzeige war vom Juni 1997, fast zwei Jahre bevor sie auf der Polizeischule begonnen hatte. Ob sie versuchen sollte, diesen Polnar ausfindig zu machen? Sicher verschwendete Zeit. Wahrscheinlich erinnerte er sich nicht einmal mehr an den Vorgang.

Eine SMS ging auf ihrem Handy ein.

Was für ein nettes Treffen! Würde
das Experiment gern wiederholen.
Was meinst du? Haakon

Experiment? Parisa lächelte ins Halbdunkel. Diesmal keine allerliebsten Grüße. Eindeutig ein Fortschritt.

Ich antworte morgen Nachmittag, dachte sie. Kein Grund, irgendetwas zu überstürzen.

Kapitel 33

«Er kommt nicht. Ich hab's gewusst!»

Lakshmi zündete sich eine Zigarette aus der Schachtel Marlboro an, die sie hinter dem Brotkasten versteckt hatte.

«Das ist wieder typisch für mich. Wenn ich glaube, endlich den Traumprinzen gefunden zu haben, ist es ein Frosch. So ein Mist!»

Sie zog die hochhackigen Schuhe aus und warf sie an die Wand. Tränen standen in ihren dunklen Augen.

«Es ist doch erst Viertel nach, vielleicht hat er sich verspätet.»

Siri gab sich alle Mühe, hörte aber selbst, wie wenig überzeugend das klang.

«Ich habe ein Vermögen ausgegeben für Friseur und Schuhe und Kleid und …» Lakshmi brach in Schluchzen aus. «Warum passiert so was immer mir?»

Siri erhob sich vom Küchenstuhl und strich ihrer Freundin über das rabenschwarze Haar.

«Nicht!» Lakshmi stieß ihre Hand weg. «Du machst meine Frisur kaputt. Vielleicht gibt es ja noch eine winzige Chance.»

Sie rief ihre Profilseite auf und kontrollierte zum vierten Mal in der letzten Viertelstunde ihre Mails.

«Das ist so unglaublich bescheuert. Er wirkte so ehrlich. Irgendwie total anständig. Warum fängt er die ganze Sache erst an und kommt dann nicht? Macht ihm das Spaß, oder was?»

«Es könnte doch was dazwischengekommen sein.» Siri nahm einen Aschenbecher aus dem Küchenschrank.

«Aber warum ruft er dann nicht an oder schickt eine SMS?»

«Hat er denn deine Nummer?»

Lakshmi stöhnte.

«Meine Güte, wenn er es nicht mal schafft, meine Telefonnummer herauszufinden, kann er mir gleich gestohlen bleiben. Er hat ja meinen Namen und meine Adresse.»

Siri lächelte. «Und das, wo du jetzt weißt, dass die Gordonsetter nach Herzog Gordon benannt sind und alles.»

«Und eine Schulterhöhe zwischen zweiundsechzig und sechsundsechzig Zentimetern haben», seufzte Lakshmi.

Sie umarmten sich und krümmten sich vor Lachen, bis das Handy in Siris Handtasche sie unterbrach.

Lakshmi drückte die Zigarette aus. Er kam nicht. Sie war sich ganz sicher.

«Bar Boca?», fragte sie, als Siri das Handy in die Tasche zurücklegte.

Die Freundin seufzte theatralisch.

«Lars ist mit seinen Kumpels verabredet, sie wollen um die Häuser ziehen. Das ist eigentlich mein Wochenende mit den Kindern ... Ich habe versprochen, dass ich Viertel nach sieben wieder zu Hause bin.»

«Kannst du nicht deine Mutter fragen, ob sie babysittet?»

Siri war schon aufgestanden.

«Meine Eltern sind auf der Hütte. Ich muss los ... Zu blöd. Ich hätte echt Lust, jetzt mit dir ins Boca zu gehen.»

«Die besten Mojitos der Stadt», lockte Lakshmi.

Siri schüttelte ihre blonde Mähne.

«Nächste Woche, vielleicht Mittwoch oder Donnerstag. Da habe ich Wohnungsbesichtigung, und Lars hat versprochen, die Kinder zu nehmen.»

«Wie gnädig. Er ist immerhin ihr Vater.»

«Ja, ja, ich weiß ...»

«Okay.»

Lakshmi beobachtete vom Fenster aus, wie Siri sich in ihren Caffè-Latte-farbenen Polo setzte. Sie blickte dem Wagen nach, bis er am Bergstien um die Kurve verschwand. Noch einmal kontrollierte sie ihre Mails, dann ging sie ins Bad, um ihre Wimpern nachzutuschen. Bagheera blinzelte schläfrig und räkelte sich genüsslich auf den warmen Fliesen. Sie dachte nicht daran, den Abend zu Hause zu verbringen. Schließlich hatte sie sich für mehrere tausend Kronen aufgehübscht.

Sie hatte gerade die ersten drei Ziffern des Taxirufs gewählt, als es an der Türsprechanlage klingelte. Lakshmi zuckte zusammen und ging automatisch zum Fenster. Vielleicht hatte Siri etwas vergessen. Sie stellte sich auf die Zehenspitzen, um festzustellen, wer unten klingelte, und konnte eben noch einen Schatten im Hauseingang erkennen. Er war also doch gekommen! Sie blickte sich rasch im Zimmer um, griff nach Zigarettenschachtel und Aschenbecher und warf beides in eine Küchenschublade. Ein schneller Blick auf die Uhr. Halb acht. Vielleicht hat er sich in der Zeit vertan, fuhr es ihr durch den Kopf. Ja, natürlich, so musste es sein. Eigentlich kein Wunder. Gestern Paris, heute Oslo. Sie beschloss, kein Wort darüber zu verlieren. Ihm war bereits verziehen. Sie merkte, wie ihr Herz unter dem neuen Kleid schneller schlug.

«Ja, bitte?» Sie starrte auf die weiße Gegensprechanlage.

«Ich bin's, Terje.»

Seine Stimme klang genau so, wie sie es sich vorgestellt hatte. Dunkel und irgendwie reif. Sie zögerte einen Moment. Sollte sie ihn bitten, unten zu warten? Ihr Blick fiel auf die gerahmten Kohlezeichnungen. Sie konnte ihm ja wohl kaum vorschlagen, sich die Bilder später am Abend anzusehen.

«Komm rauf.»

Sie legte den Zeigefinger mit dem rotlackierten Nagel auf den Türöffner und drückte fest, zwei Mal. Unten im Hausflur hörte sie die Tür hinter ihm zuschlagen. Yes!, dachte Lakshmi und warf einen letzten Blick in den Spiegel. Endlich hatte sie auch einmal Glück. Gordonsetter. Jetzt fehlte nur noch, dass sein Hund ein Gordonsetter war. Sie hörte seine Schritte, die vor ihrer Wohnungstür verstummten. Es klingelte kurz und bestimmt. Lakshmi holte tief Luft, fuhr sich mit der linken Hand über ihr Kleid und ließ sie auf dem Bauch liegen. Sie drehte den Schlüssel um und öffnete die Tür.

Kapitel 34

«Das Essen war lecker.»

Lykke spülte die Teller ab und stellte sie vorsichtig in den Geschirrspüler, hinten in den Korb, von links nach rechts.

«Noch Wein?»

«Ja, bitte, ein halbes Glas.»

Sonja warf einen Blick ins Wohnzimmer, wo Ida völlig gebannt mit einem Computerspiel beschäftigt war.

«Ihre Lehrerin hat angerufen. Sie war etwas besorgt.»

Lykke schloss die Tür des Geschirrspülers mit einem Knall. «Wieso?»

«Ida macht in die Hose.»

«Sie macht in die Hose?»

«Ja.»

Lykke trank einen Schluck Wein und sah sie fragend an.

«Ich kann mich nicht erinnern, dass Ida eingenässt hätte, seit sie aus den Windeln ist.»

«Es ist in den letzten Wochen fünf- oder sechsmal passiert.»

«Sagt wer?»

«Sagt Marit, ihre Lehrerin aus dem Hort.»

Lykke stand auf und nahm eine Schale mit Erdnüssen von der Küchenanrichte.

«Wenn Ida in die Hose macht, hätten wir das doch wohl merken müssen?»

«Ich habe es letzte Woche gemerkt, aber da dachte ich, es wäre nur ein kleines Malheur. Die anderen Male hat sie im Hort die Strumpfhosen gewechselt, ohne dass ich etwas mitbekommen habe. Heute hat Marit zwei stinkende Strumpfhosen unter einer Spielmatte gefunden.» Sonja strich sich die Haare aus der Stirn. «Ich habe mich schon gewundert, wo all die Strumpfhosen abgeblieben sind.»

«Und was sagt Ida?»

«Ich habe noch nicht mit ihr darüber gesprochen. Vielleicht ist es etwas Ernstes ...»

Lykke hörte einen Anflug von Angst in ihrer Stimme.

«Ich denke, es ist nicht ungewöhnlich, dass so etwas passiert.» Er nahm Sonjas Hand. «Ein Junge in meiner Klasse hat bis zum fünften Schuljahr in die Hose gepinkelt. Heute ist er Direktor von Statoil.»

Sonja versuchte ein Lächeln und zwinkerte eine Träne aus dem Augenwinkel.

«Ich weiß, das ist bestimmt dumm von mir», sagte sie. «Ich mache mir nur solche Sorgen, dass es ihr vielleicht nicht gutgeht.»

«Es geht ihr gut. Sieh sie dir an!»

«Ich habe mit einem Psychologen gesprochen», sagte Sonja, ohne in Idas Richtung zu blicken. «Er meinte, es könnte mit einer belastenden Familiensituation zu tun haben.»

«Ein Psychologe?»

«Der Mann meiner Kollegin Lise. Er hat sie von der Arbeit abgeholt, und da ist es mir einfach so herausgerutscht.»

«Der Psychologe stellt eine solche Diagnose, nachdem er ein paar Minuten mit dir gesprochen hat? Während er darauf wartet, seine Frau nach Hause zu fahren?»

«Wie du das sagst, hört es sich an, als ob …»

Lykke drückte ihre Hand.

«Tut mir leid, das war nicht meine Absicht.»

Er beugte sich über den Tisch und küsste sie auf die Stirn.

«Vielleicht könntest du versuchen, in den nächsten Wochen etwas mehr Zeit mit uns zu verbringen. Damit sie die Erfahrung macht, dass wir eine Familie sind.»

«Ich …» Das Telefon unterbrach ihn. Es war Viker.

«Kvamme hat sich gestellt.»

«Einfach so?»

«Sieht ganz so aus.»

«Wo ist er?»

«Im Präsidium.»

«Ruf Sadegh an, ich bin in einer halben Stunde da.»

Er wählte die Nummer des Taxirufs.

«Das ist der Vater des Mädchens», sagte er zu Sonja gewandt. «Ich muss hin.»

«Klar …»

«Lass uns morgen weiter darüber sprechen. Ich verstehe, dass es wichtig ist.»

«Schon gut.»

Kapitel 35

Gisle Kvamme sah unendlich klein aus, wie er da in sich zusammengesunken auf einem Bürostuhl im tristen Vernehmungszimmer saß. Das leise Rauschen der Klimaanlage erinnerte Parisa an die Fähren der Silja Line. Die Luft war warm und roch nach Schweiß.

«Ich will meine Tochter sehen», sagte Kvamme.

«Sie wird ein paar Stockwerke tiefer von der Pädagogin der Jugendfürsorge betreut, die sie neulich auch in Empfang genommen hat. Grøsland?»

Lykke sah fragend zu Parisa Sadegh hinüber, die nickte.

«Eva-Britt Grøsland.»

«Nora soll hier bei mir sein. Sie haben kein Recht, sie alldem auszusetzen!» Gisle Kvamme schlug mit der schmächtigen Faust auf den Tisch.

«Sie werden sie wiedersehen, sobald wir hier fertig sind. Je kooperationsbereiter Sie sich zeigen, desto schneller …»

«Behandeln Sie mich nicht wie einen Schuljungen!», fauchte Kvamme.

«Dann hören Sie auf, sich wie einer zu benehmen», erwiderte Lykke bissig. «Wenn Ihnen Ihre Tochter so am Herzen liegt, müssen Sie verdammt noch mal endlich anfangen, mit uns zusammenzuarbeiten! Sie könnten uns zum Beispiel erzählen, was Sie an dem Abend gemacht haben, an dem Nadija getötet wurde. Wir konnten Ihren angeblichen Freund Barmen bisher nicht erreichen, aber wir wissen, dass Sie das Fußballspiel am Dienstag, den 23. November, nicht mit ihm zusammen gesehen haben können. Ist es nicht so?»

Kvamme hielt den Kopf gesenkt und schwieg eisern. Ein Schweißtropfen fiel von seiner Nase auf die blanke Tischplatte. Seine geröteten Augen starrten auf den nassen Fleck, dann hob er den Kopf und fuhr sich mit der blassen Hand durchs Haar.

«Wir haben das Fußballspiel nicht gesehen.»

Parisa und Lykke wechselten einen Blick.

«Nicht?»

Kvamme schüttelte den Kopf.

«Wenn Sie nicht ferngesehen haben, was haben Sie dann gemacht?»

Etwas, das entfernt an ein Lächeln erinnerte, huschte über Kvammes Gesicht.

«Ich habe Yatzy gespielt.»

Lykke trommelte mit den Fingern gegen die Tischkante.

«Aber doch nicht allein?»

«Haben Sie schon mal versucht, Yatzy allein zu spielen?»

Lykke verzog keine Miene.

«Mit wem haben Sie Yatzy gespielt?»

«Mit dem Menschen, den ich liebe.»

Parisa zog die Stirn in Falten.

«Und wie heißt die Dame?»

Gisle Kvamme strich sich über die Stirn, trocknete den Handrücken an seiner Hemdbrust, räusperte sich und schluckte.

«Sverre Helge Barmen.»

Es wurde still.

«Herrgott noch mal!», entfuhr es Lykke. Er stand auf und ging auf dem roten Linoleumfußboden hin und her. «Warum haben Sie das nicht gleich gesagt?»

Kvamme schloss die Augen und legte den Kopf in den Nacken. Er sieht aus wie eine Ente, dachte Parisa.

«Es fing damit an, dass ich es Nadija nicht erzählen wollte. Ich hatte eine Heidenangst, dass sie mir verweigern würde, Nora zu sehen, wenn sie herausbekäme, dass ich mit einem Mann zusammenlebe.»

Lykke setzte sich wieder auf den Stuhl.

«Und ich wollte natürlich Nora damit verschonen. Es war ein Schock für sie, als ich auszog, ich meine ...»

Kvamme starrte mit gläsernem Blick vor sich hin.

«Wir verstehen», sagte Parisa.

«Also haben wir es so gemacht, dass Sverre ins Hotel gezogen ist, wenn Nora bei mir war. Ich hatte Ihnen ja gesagt, dass er im Hotel Risør arbeitet.»

Lykke nickte.

«Sverre fand das feige von mir und versuchte, mich zu überreden, offen zu unserer Beziehung zu stehen, aber das wollte ich nicht riskieren.» Plötzlich strömten Tränen über sein fahles Gesicht. «Ich hatte solche Angst, mein Kind zu verlieren.»

«Gut.» Lykke räusperte sich verlegen. «Aber warum haben Sie uns das nicht erzählt?»

«Keine Ahnung. Ich dachte wohl, dass es keine Rolle spielt. Mein Gott, ob ich mir nun mit einem Kumpel ein Fußballspiel ansehe oder mit meinem Freund Yatzy spiele ...»

«Warum sind Sie geflohen?»

Parisa löste sich von der Wand und machte einen Schritt in den Raum hinein. Kvamme blinzelte zu ihr hoch.

«Mir war klar geworden, dass ich mich in eine Menge Lügen verstrickt hatte, und ich wollte mit Sverre sprechen, bevor Sie mich vernehmen. Ich habe den Gedanken nicht ausgehalten, dass Sie mir nicht glauben könnten. Dass Nora erfährt …»

«Weiß Nora es inzwischen?», unterbrach Lykke ihn.

«Ich habe es ihr gestern gesagt. Sie hat es eigentlich ganz gut aufgenommen.»

«Konnten Sie inzwischen mit Ihrem … Lebenspartner sprechen? Wir haben den ganzen Tag versucht, ihn zu erreichen.»

«Er ist in London.»

Lykke nickte ungeduldig.

«Das wissen wir, aber er geht nicht an sein Handy.»

«Er wird rangehen, wenn Sie ihn jetzt anrufen.»

Lykke rieb sich die Schläfe mit dem Zeigefinger.

«Hat Nadija geahnt, dass Sie homosexuell sind?»

«Bisexuell», korrigierte Kvamme. «Nein, nicht im Geringsten.»

«Sicher?»

«Absolut.»

Parisa suchte vergeblich nach Anzeichen von Unsicherheit in dem gequälten Gesicht.

«Sie haben einen Anruf von Nadija bekommen, einige Minuten vor sieben an dem Abend, an dem sie ermordet wurde. Worüber haben Sie miteinander gesprochen?»

Kvamme überlegte.

«Wir haben über Nora gesprochen. Nadija machte sich Sorgen wegen irgendwas in der Schule.»

«Nur darüber?»

«Sie war vielleicht ein bisschen gestresst, aber das war sie oft, wenn wir telefoniert haben.»

Parisa drehte sich zu Lykke um.

«Okay. Was bleibt uns jetzt noch?»

«Sehr wenig», murmelte Lykke und erhob sich.

Kapitel 36

Es war genau 21.57 Uhr, als der Streifenwagen Fox 221 per Funk die Anweisung bekam, einer Ruhestörung im Geitmyrsveien 7 auf den Grund zu gehen. Polizeimeisterin Marte Heiersted bestätigte die Meldung, hörte ein übertriebenes Stöhnen vom Fahrersitz und drehte sich fast bittend zu ihrem Kollegen Øystein Halvorsen um.

«Ich musste doch antworten.»

«Ist ja gut.»

Halvorsen wendete am Taxihalteplatz Adamstuen, trat das Gaspedal durch und schaltete das Blaulicht ein.

«Bisschen Spaß wird man ja wohl noch haben dürfen.»

Er grinste. Und zum hundertsten Mal fragte sich Marte Heiersted, warum er nichts gegen seinen blauschwarzen Eckzahn im Oberkiefer unternahm.

Eine Frau Mitte siebzig stand im Pelzmantel auf dem Bürgersteig und winkte hektisch.

«Die Wohnung im zweiten Stock», rief sie aufgeregt, noch ehe Marte Heiersted aus dem Auto gestiegen war. «Da oben!»

Ein knotiger Zeigefinger deutete auf die Fenster in der Mitte der Hausfassade. «Sie ist aus Indien», erklärte die

Frau, und erst jetzt hörte Marte Heiersted die Musik. Leonard Cohen?

«Wie lange geht das schon so mit dem Lärm?»

Øystein Halvorsen war schon auf dem Weg zur Haustür.

«Eine halbe Stunde, mindestens. Ich hatte gerade die Nachrichten eingeschaltet. Ist das nicht schrecklich? Und dann nur dieses eine Lied, immer und immer wieder.» Sie starrte die beiden Streifenpolizisten aufgebracht an.

Halvorsen lächelte müde. Das übliche Höllenspektakel am Wochenende, aber normalerweise kamen die Beschwerden selten vor Mitternacht.

«Wir sehen mal nach», sagte er diplomatisch. «Inderin, sagten Sie?»

«Oder Pakistanerin.» Die alte Frau wurde plötzlich unsicher. «Bei denen sieht man ja kaum einen Unterschied.»

«Wohnt die Frau allein?» Marte Heiersted musterte die Namen am Klingelbrett.

«Soweit ich weiß, ja.»

«Ist es da öfter so laut?»

Die alte Frau packte das Treppengeländer und zog sich die glatten Stufen hinauf.

«Nie.»

Øystein Halvorsen zögerte einen Moment vor der Haustür.

«Heute ist das erste Mal, dass sie so laut Musik spielt?»

«Ja. Sie wohnt schon drei Jahre hier, aber ich habe noch nie einen Mucks von ihr gehört. Ich wohne dort», sie zeigte auf ein Fenster mit Spitzengardinen im Hochparterre. «Ich schaffe die Treppen nicht mehr, wissen Sie. Als mein Mann noch lebte ...»

«Wir gehen mal rauf und sprechen mit ihr», fiel ihr Marte Heiersted ins Wort, die plötzlich genug von alten Witwen hatte.

Als sie ins Treppenhaus kamen, hörte sie, dass es tatsächlich Leonard Cohen war, und es war wirklich laut. «Hallelujah», dröhnte es in einer Lautstärke durch das Treppenhaus, dass die alte Wandfarbe schon Risse bekam.

«Echter Cohen-Hardcore», sagte Halvorsen grinsend.

Vor der Wohnung im zweiten Stock standen ein paar Nachbarn. Jeder schien den anderen beim Fluchen und Hämmern gegen die Eichentür übertreffen zu wollen. Allen gemeinsam war, dass sie wütend waren. Wahnsinnig wütend.

Halvorsen drängte sich entschlossen zu der massiven Eichentür durch und hämmerte mit der Faust hart gegen das Holz.

«Polizei», rief er, ohne selbst recht zu wissen, warum. Die Musik war so laut, dass er die Tür hätte eintreten können, ohne dass es drinnen jemand bemerken würde.

«Wir klingeln schon seit einer halben Stunde», sagte ein älterer Mann, auf dessen Hemd ein Krokodil-Logo prangte. «Bernt Sjøgren, ich bin der Hauswart.»

«Hat mal jemand versucht, anzurufen?», fragte Halvorsen.

«Im Minutenabstand, Festnetz- und Handynummer.» Der Hauswart zog Halvorsen ein Stück beiseite. Offensichtlich gefiel er sich in der Rolle als Ordnungskraft. «Sehr merkwürdig. Sie ist gar nicht der Typ, der so was macht. An den Gemeinschaftsarbeiten beteiligt sie sich immer fleißig. Vor zwei Jahren war sie sogar stellvertretende Vorsitzende des Mieterkomitees ...»

Øystein Halvorsen warf seiner Kollegin einen fragenden Blick zu.

«Gehen wir rein?»

Marte Heiersted zuckte resigniert mit den Schultern.

«Wir können doch nicht einfach die Tür eintreten ...»

«Es könnte ihr ja auch was passiert sein?» So schnell gab Halvorsen sich nicht geschlagen. «Wenn wir vermuten, dass Gefahr für Leib und Leben besteht, dürfen wir uns gewaltsam Zutritt verschaffen.»

Heiersted musterte die stabile Tür mit den Sicherheitsschlössern.

«Ich bin dafür, dass wir einen Schlüsseldienst rufen.»

Halvorsen machte ein skeptisches Gesicht.

«Wenn die Tür nicht abgeschlossen ist, könnte ich es mit dem Dietrich versuchen.»

Er fischte einen Schlüsselbund aus der Hosentasche und wickelte etwas aus, das wie eine faltbare dünne Stricknadel aussah. «Kann ich mal kurz durch?»

Der Streifenbeamte ging in die Knie und begann, vorsichtig in dem alten Schloss herumzustochern. Es machte «Klick», und die Tür sprang auf.

«Was hab ich gesagt?»

Halvorsen grinste, sodass man seinen Eckzahn sah.

«So, jetzt bitte mal alle etwas zurücktreten.»

Marte Heiersted musste nachdrücklich an dem Krokodilhemd des Hauswarts ziehen, bevor der Mann merkte, dass auch er gemeint war.

Sie schloss die Tür vor den neugierigen Blicken und sah sich in dem geräumigen Flur um. Die Musik war so laut, dass sie sich instinktiv die Ohren zuhielt. Für einen Moment dachte sie an ein Konzert von Turboneger in der

Drammenshalle. Das war schon fast zehn Jahre her, aber sie hatte jetzt noch Ohrensausen davon.

Halvorsen zupfte sie am Ärmel und zeigte aufs Wohnzimmer. Auf seinem sonst so sorglosen Gesicht lag ein wachsamer Ausdruck. Plötzlich blieb er abrupt stehen.

«Ach du grüne Scheiße!»

Øystein Halvorsen konnte sich gerade noch umdrehen, als ihm auch schon der Mageninhalt aus dem Mund schoss.

Marte Heiersted stand wie angewurzelt da, ihre Hände öffneten und schlossen sich unablässig in rasendem Tempo. Die Frau auf dem rotbraunen Teppich war nackt und der Länge nach fast komplett in zwei Hälften geteilt. Ihre inneren Organe waren herausgenommen und um sie herum verteilt worden, als wäre es ein groteskes Kunstwerk. Eine dicke graue Katze leckte sich das Maul und starrte die Eindringlinge feindselig an, ehe sie fortfuhr, eine dunkelbraune Masse in sich hineinzuschlingen.

Die Leber, durchzuckte es Marte Heiersted. Sie merkte, wie sie schwankte, und machte einen Schritt zur Seite, um das Gleichgewicht wiederzufinden.

«Weg!»

Die Streifenpolizistin trat nach der Katze, die sich widerwillig zurückzog. Marte Heiersted wischte sich die Tränen aus den Augen. Erst jetzt entdeckte sie, dass ein Organ fehlte. Das Gehirn.

Der tote Körper hatte keinen Kopf.

Mehrere Sekunden lang stand die junge Polizeimeisterin da und betrachtete die geschändete Leiche, eingehüllt in das immer noch dröhnende *Hallelujah* Leonard Cohens, das aus übertrieben großen Lautsprecherboxen in den Zimmerecken drang.

«Kann mal einer die verdammte Musik ausmachen!»

Øystein Halvorsen stand mit dem Rücken zu ihr und wischte sich Erbrochenes von seiner Uniformjacke. Endlich richtete er sich auf und schwankte an der toten Frau vorbei, entdeckte den orangefarbenen iPod, riss ihn aus dem Player-Dock und schmetterte ihn mit aller Kraft gegen die Wand.

Die Stille war überwältigend.

«Fingerabdrücke», stieß Marte Heiersted hastig hervor und zeigte auf den iPod, der halb hinter einem Bücherregal stecken geblieben war. «Du hättest ihn nicht wegwerfen dürfen.»

Øystein Halvorsen hatte weißen Schaum in den Mundwinkeln.

«Ruf die Zentrale!»

«Was ist das?»

Heiersted hob den Kopf.

Die Stille nach der Musik war so ohrenbetäubend gewesen, dass niemand von ihnen das monotone Brummen bemerkt hatte.

Sie bewegten sich langsam auf das Geräusch zu. Es kam aus dem Bad.

«Hört sich an wie eine Waschmaschine», sagte Halvorsen. Seine Gesichtsfarbe erinnerte an Magermilch.

Heiersted stieß die Tür auf und starrte auf die Waschmaschine der Marke Siemens, die offenbar dabei war, einen Spülgang zu beenden.

«Die Frau hat Wäsche gewaschen und wurde dabei überfallen?», murmelte Halvorsen. Es schien fast so, als fände er es beruhigend, seine eigene Stimme zu hören.

«Irgendwas schlägt gegen die Trommel», sagte Heiersted. «Halt sie an.»

Halvorsen drückte eine leuchtende Taste, und die Trommel hörte auf, sich zu drehen. Endlich Ruhe.

«Nicht anfassen, da könnten Spuren drauf sein.»

Die Warnung kam zu spät. Øystein Halvorsen hatte das Bullauge bereits geöffnet. Schäumende Seifenlauge ergoss sich auf die Fliesen.

Der Polizeibeamte sah etwas Dunkles in all dem Schaum, bekam ein paar Fransen zu fassen und zog daran.

Nur eine Sekunde später ging ihm auf, dass das schwarze Zeug ein Haarknäuel war und er einen triefnassen Frauenkopf in den Händen hielt.

Kapitel 37

Parisa traf als Erste aus der Ermittlungsgruppe ein. Der Geitmyrsveien lag nur einen Steinwurf von Bislett entfernt, und als der Anruf um 22.18 Uhr kam, war sie sofort losgelaufen.

Obwohl aus der Meldung ziemlich eindeutig hervorging, dass man eine weibliche Leiche ohne Kopf aufgefunden hatte, konnte man sich auf diesen Anblick nur schwer vorbereiten.

Parisa schlug unwillkürlich die Hand vor den Mund. Nadija, fuhr es ihr durch den Kopf. Sie wandte sich für einen Moment ab. Konzentrier dich auf die Details, dachte sie. Benutz deine Augen. Sie ließ den Blick durch das kleine Zimmer schweifen. In der Ecke ein Sofa, vermutlich gebraucht gekauft, zwei Lederstühle, ein runder Couchtisch mit Glasplatte. An der Wand ein halbvolles Bücherregal, ein Flachbildfernseher, eine iPod-Anlage und zwei riesige

Lautsprecherboxen. Abgesehen von dem Erbrochenen auf dem Fußboden und dem blutigen Teppich war die Wohnung penibel aufgeräumt. Keine herumstehenden Kaffeetassen, keine Zeitungen oder Zeitschriften auf dem Tisch oder im Regal. Ob sie Besuch erwartet hat?, dachte Parisa. Sie deutete mit einem Kopfnicken auf das Erbrochene an der Schwelle zum Flur.

«Ist das von ...?»

Sie blickte fragend zu der Streifenpolizistin, die sich bemühte, Haltung zu bewahren.

«Von meinem Kollegen», murmelte die Frau.

«Wo ist Ihr Kollege jetzt?»

«Draußen ... ihm geht's nicht so gut.» Es zuckte leicht unter ihrem rechten Auge.

«Der Kopf?»

Marte Heiersted zeigte auf die offene Badezimmertür.

«War in der Waschmaschine.»

Parisa Sadegh musterte die junge Polizistin. Ihre Lippen waren starr und bleich.

«Nichts anfassen», sagte sie streng, bereute es aber sofort, als sie das erschrockene Gesicht sah. «Die Kriminaltechniker sind jeden Moment hier», fügte sie in milderem Ton hinzu, dann ging sie die wenigen Schritte zur Badezimmertür, holte tief Luft und schaute hinein.

Der nasse Frauenkopf war hinter die Toilettenschüssel gerollt. Ein braunes Auge starrte blicklos zum Badezimmerspiegel empor. Asiatin, dachte Parisa. Um die dreißig, vielleicht etwas jünger. Eine graue Katze saß hinter dem Schmutzwäschekorb und leckte sich die Pfoten. Parisa blickte vorsichtig zur Waschmaschine, und obwohl sie darauf gefasst war, spürte sie, wie ihr Herz klopfte. Wie eine deutliche Signatur, fast wie eine Krönung des Ganzen, stand sie da in strahlendem Weiß. Eine Großpackung Blenda.

Kapitel 38

Die Uhr über der Tür zeigte 01.32 Uhr.

«Okay, was haben wir?»

Rolf Lykke legte das Foto des abgetrennten Kopfes vorsichtig in die Plastikmappe und blickte in die Runde. Sie saßen zu fünft an dem ovalen Besprechungstisch, Viker, Sadegh, Eriksen, Kuvås und er. Ich brauche mehr Leute, dachte Lykke. Wo zum Teufel blieb Darre? Er massierte sich mit der rechten Hand den Nacken. Seine Schultern waren verspannt.

«Zwei Frauen wurden getötet. Beide aufgeschlitzt und beide mit Blenda ‹gewaschen›», sagte Ted Eriksen mit sonorer Stimme. «Wenn du mich fragst, sind zwei Dinge sonnenklar.» Er machte eine Kunstpause.

«Weiter», sagte Lykke kurz.

«Es ist derselbe Täter.» Eriksen warf einen schnellen Seitenblick zu Kuvås, ehe er fortfuhr: «Und wie ich bereits vor einigen Tagen ausgeführt habe, sind die Morde rassistisch motiviert.»

Es wurde still.

Viker kratzte sich im Schritt.

Rolf Lykke erhob sich von seinem Stuhl am Kopfende des Tisches und ging zum Whiteboard.

«Erstens», sagte er und betonte jede Silbe, «ist überhaupt nicht sicher, dass es derselbe Täter ist. Es könnte genauso gut eine nationalistische Sekte sein, die im Auftrag von Gott handelt.»

«Oder von Lilleborg», konnte Lasse Viker sich nicht verkneifen.

Kuvås grinste unter seinem Walrossbart.

«Zweitens», sagte Lykke und fixierte Ted Eriksen mit seinem Blick, «sieht es allenfalls danach aus, als ob ein rassistisches Motiv zugrunde läge, aber sicher ist das keineswegs. War das sonnenklar?»

«Ja, aber ...»

«Alles, was du sagst, könnte sich durchaus als richtig herausstellen, Ted, aber hör endlich auf, dir ständig so verdammt sicher zu sein.»

Ted Eriksen war vom hellblauen Hemdkragen bis zu den Haarwurzeln knallrot angelaufen.

«Es scheint doch ziemlich eindeutig ...», begann er, wurde aber wieder von Lykke unterbrochen.

«Unglaublich vieles scheint eindeutig zu sein und stellt sich später als doch nicht so eindeutig heraus.» Lykke merkte, dass er unnötig laut sprach, und senkte die Stimme. «Weitere Vorschläge?»

Stille.

«Es könnte sein, dass sie Besuch erwartet hat», sagte Parisa schließlich. «Die Wohnung war perfekt aufgeräumt. Im Abfalleimer lagen zwei Kassenzettel von Max Mara, außerdem waren ihre Nägel frisch lackiert, die Beine enthaart sowie Achselhöhlen und Intimzone sauber rasiert. Ich glaube, sie hat einen Mann erwartet.»

«Auf den sie Eindruck machen wollte? Einen, den sie nicht so gut kannte?» Bjørn Kuvås zupfte an seinem Schnauzbart.

«Absolut eine Möglichkeit», sagte Lykke. «Du und Ted, ihr nehmt euch die Wohnung vor. Durchsucht sie von oben bis unten. Dachboden, Keller, Schubladen und Schränke. Heute Nacht.»

Kuvås nickte.

«Okay.»

«Wir suchen vor allem nach Berührungspunkten zwischen den Frauen», fuhr Lykke fort. «Warum hat es gerade die beiden getroffen, abgesehen davon, dass sie Einwanderinnen sind. Gemeinsame Bekannte, Interessen ...»

«Mädchen, erzähl mir ein Märchen», sagte Kuvås und breitete die Arme aus.

Lykke hob die Augenbrauen.

«Bitte?»

«Ein Lied von Jens Bokk Jenssen.»

«Aha.»

Kuvås lächelte.

«Fiel mir nur gerade ein.»

Rolf Lykke strich sich über die Nasenwurzel.

«Schön. Hat sich noch etwas in Sachen Waschpulver ergeben?»

«Nichts.»

Ted Eriksens Gesichtsfarbe hatte sich mittlerweile wieder normalisiert, aber es war offensichtlich, dass Lykkes Zurechtweisung ihre Spuren hinterlassen hatte.

Lykke zog die Kappe von einem dicken Filzstift.

«Wir wissen Folgendes: Kvamme hat ein Alibi für den ersten Mord und definitiv eins für den zweiten, denn da war er hier. Außerdem ist bisher kein Motiv zu erkennen, warum er darin verwickelt sein sollte. Sind wir uns darüber einig?»

Alle am Tisch nickten.

«Bleiben uns also Gusev, der Mann mit dem Billardqueue, Fadil, der Bruder von Nadija, ein seltsamer Nachbar namens ...»

«Pay», sagte Parisa. «Da haben wir wohl auch kein Motiv, jedenfalls nicht im Fall Lakshmi Singh.»

«Irgendwo müssen wir ja anfangen», erwiderte Lykke. «Was noch?»

«Die Chefin der Werbeagentur wirkt auch nicht ganz astrein, und dann ist da noch das Flugticket nach Berlin.»

«Richtig, sieh zu, was du in der Sache herausfinden kannst. Und dann brauchen wir eine Übersicht über alle Organisationen und Personen mit rassistischer Einstellung.» Rolf Lykke notierte den Punkt an der Tafel.

«Damit hätten wir am Ende wohl ein paar Millionen Norweger zusammen.» Lasse Viker sah seinen Chef skeptisch an.

«Ich glaube nicht, dass wir jemanden suchen, der sich vor Ausländern fürchtet», sagte Lykke geduldig. «Ich denke, wir suchen jemanden, der sie hasst oder will, dass wir genau das glauben. Was haben wir über Lakshmi Singh?»

«Nicht viel», sagte Viker. Er knüllte ein Blatt aus seinem Notizblock zusammen und warf es Richtung Papierkorb. «Indische Eltern. Der Vater ist vor ein paar Jahren gestorben. Alleinstehend, arbeitete am Buchungsschalter der Color Line. Ein Bruder, den wir bis jetzt noch nicht überprüft haben ... Er wohnt wohl noch bei der Mutter in Ammerud.»

«Ich will morgen vor dem Frühstück einen vollständigen Bericht.» Lykke ging zum Fenster. «Abgelegte Liebhaber, was hat sie nach Feierabend gemacht, wovon hat sie geträumt, die übliche Palette. Viker und Sadegh?»

Die beiden Ermittler nickten.

«Haben die Nachbarn irgendwas gehört?»

«Nur Leonard Cohen.» Viker hörte auf zu grinsen, als er den Gesichtsausdruck seines Chefs sah. «Nicht das Geringste.»

«In der Wohnung waren weder Handy noch PC», sagte Parisa Sadegh. «Genau die Sachen, die auch bei Nadija Hadzic fehlten.»

«Was bedeuten könnte, dass der Mann Datenspuren hinterlassen hat.» Lasse Viker setzte sich aufrecht hin. «Falls es ein Kerl ist, der Frauen im Internet aufreißt und sich mit ihnen verabredet, muss er ja eine elektronische Adresse haben.»

«Hotmail?», schlug Eriksen vor.

«Zum Beispiel.»

«Was sagt Økokrim über die Internetnutzung von Nadija?» Lykke sah Viker fragend an.

«Nicht viel. Der IT-Spezialist bei denen ist auf einer Dienstreise. Auf den Cayman-Inseln. Kommt am Wochenende zurück.»

«Telenor», warf Parisa ein. «Die müssten doch Leute haben, die sich mit so was auskennen?»

«Bestimmt.» Lykke legte den Filzstift weg. «Finde es heraus.»

«Arendal», sagte Kuvås.

«Was heißt das?» Lykke hatte nicht besonders viel übrig für Leute, die in Rätseln sprachen.

«In Arendal ist das Sicherheitszentrum von Telenor. Mit denen müssen wir sprechen. Das sind so zwölf, fünfzehn Leute. Ingenieure», fügte er hinzu.

«Du treibst morgen früh einen auf.» Lykke hatte seinen

Platz am Fenster wieder eingenommen. «Nach Möglichkeit den besten.»

«Morgen ist Sonntag...?» Bjørn Kuvås warf Lykke einen fragenden Blick zu.

«Dann haben sie ja nicht viel anderes zu tun», erwiderte Lykke trocken.

«Stimmt auch wieder.»

«Noch was», sagte Lasse Viker. «Warum *Hallelujah* als Endlosschleife in voller Lautstärke?»

Rolf Lykke stand mit dem Rücken zum Tisch und blickte in die Novembernacht.

«Vielleicht wollte er, dass wir sie schnell finden. Vielleicht sollen wir glauben, dass er verrückt ist. Vielleicht *ist* er verrückt. Hoffen wir, dass es nicht so ist.»

Kapitel 39

Das Thermometer neben der VG-Reklame in der Stortingsgata zeigte minus sieben Grad. Vor dem Ica-Supermarkt in der Thereses gate trieb der steife Nordwind ein paar leere Pappbecher vor sich her. Ein verspäteter Zeitungsbote eilte mit einer vollen Aftenposten-Karre und klimperndem Schlüsselbund die Pilestredet entlang. Die Uhr am Uhrmacherladen von Bislett zeigte drei Minuten nach halb sieben.

Parisa gähnte und kniff die Augen gegen den Wind zusammen. Acht Minuten zuvor war sie von Lasse Vikers Anruf geweckt worden. Eine Freundin von Lakshmi Singh hatte sich gemeldet.

Sie steuerte auf die fast leere Kaffeebar oberhalb des Verkehrskreisels zu. Konnte diese Zeugin ihnen endlich eine Spur liefern? Sie bestellte einen doppelten Espresso und einen Caffè Latte mit fettarmer Milch. Sekunden später hielt Viker in einem zivilen Passat am Straßenrand.

«Gut geschlafen?» Viker grinste und nahm den heißen Pappbecher in Empfang.

«Und wie.» Parisa ließ den Sicherheitsgurt einrasten. «Wo müssen wir hin?»

«Lambertseter. Siri Røymark, ihre beste Freundin. Sie war gestern Abend bis Viertel nach sieben mit Lakshmi zusammen.»

Parisa setzte den Becher ab und wischte sich den Milchschaum von der Oberlippe.

«Was sagt sie?»

«Lakshmi hatte gestern ihre erste Verabredung mit einer Internetbekanntschaft. Siri Røymark sollte in der Wohnung dabei sein, sozusagen als Anstandsdame, aber der Typ ist nicht gekommen. Jedenfalls nicht, solange Siri dort war. Sie hat gestern den ganzen Abend und die halbe Nacht vergeblich bei Lakshmi angerufen.»

«Internetdating ...», murmelte Parisa.

«Japp. Jede Menge notgeile Kerle da draußen. Und auch viele, die nicht ganz sauber ticken.»

Viker schaltete die Blaulichter am Kühlergrill an, trat das Gaspedal durch und steuerte auf Adamstuen zu.

«Hast du es mal versucht?», fragte Parisa und lächelte.

«Seh ich so aus?»

«Wie wer?»

«Wie einer, der Frauen im Internet aufreißen muss?»

Parisa stellte ihren Kaffeebecher auf die Mittelkonsole.

«Ich glaube nicht, dass es einen großen Unterschied

macht», sagte sie. «Da sind alle möglichen Typen unterwegs.»

«Der Punkt ist wohl eher, dass die Typen im Internet nicht immer die sind, für die sie sich ausgeben. Stimmt doch, oder?» Viker warf ihr einen fragenden Blick zu.

«Gilt das nicht sonst auch?»

«Schon ...»

Am Ullevål-Stadion fuhren sie auf die Ringautobahn Richtung Ryen. Parisa dachte an Haakon Stang. Sie hatte seine SMS noch nicht beantwortet. Er wollte sie schon Dienstag wiedersehen. War das gut oder schlecht? Sie konnte sich nicht recht entscheiden. Natürlich konnte sie es als Kompliment nehmen. Andererseits konnte es auch bedeuten, dass Haakon glaubte, er hätte sie fest am Haken. Und das ist nicht gut, dachte Parisa. Er soll sich ruhig ein bisschen anstrengen.

«Hier muss es irgendwo sein.»

Sie nahmen die Ausfahrt Lambertseterveien, und Viker verrenkte sich den Hals, um die Hausnummern an den weißen OBOS-Blocks zu lesen.

«Die erste Trabantenstadt Norwegens. Wusstest du das?»

Parisa schüttelte den Kopf und fuhr sich mit den Fingern durch die Kurzhaarfrisur.

«Nein, aber ich habe zwölf Jahre in einer Siedlung gewohnt, die ganz ähnlich aussah.»

«Ich war öfter mit meinem Jungen hier», fuhr Viker fort. «Die haben ganz ordentliche Jugendmannschaften.»

«Er spielt also Fußball, dein Sohnemann?» Parisa konnte es sich nicht verkneifen.

Viker blickte sie überrascht an.

«Hab ich das nicht erzählt? Na klar, bei Strømsgodset. Sie haben ihn sogar in die Kreismannschaft aufgenommen. Mittelfeld. Jonas spielt eigentlich Sturmspitze, aber …» Er unterbrach sich selbst. «Du nimmst mich auf den Arm, oder?»

Parisa gluckste vor Vergnügen.

«Scheiße, was ist daran verkehrt, wenn man auf seine Zwerge stolz ist?»

«Gar nichts, Lasse. Ich wollte nur sehen, wie ein echter Kerl aussieht, wenn er über seine Kinder spricht.»

«Bloß keine Schmeicheleien. Da ist es!»

Viker zeigte auf einen vierstöckigen Betonklotz und parkte vor einer langen Reihe Mülltonnen. Gerade kam eine kleine Schar Kinder mit Rucksäcken, die ihnen bis unter die Ohren reichten, aus der Tür. Ein junger, hagerer Mann in Wetterjacke und mit einer Art Sturmkocher unter dem Arm bildete das Schlusslicht. Er nickte und grüßte freundlich. Lasse Viker sah der kleinen Truppe hinterher.

«Ausrücken zum Waldmarsch an einem Sonntag um sieben? Kein Wunder, dass sie gute Mannschaften haben.»

Siri Røymark wohnte in der dritten Etage. Man konnte sehen, dass sie geweint hatte.

«Ich habe frischen Kaffee gemacht.»

«Danke, gern.»

Parisa blickte sich in der schlichten Wohnung um. Sie erinnerte sie an Märsta. Ein kleiner Flur, von dem die Türen zu Bad und Schlafzimmer abgingen, das Wohnzimmer mit offener Küche, ein Balkon von der Größe eines Nistkastens. Nur bis nach unten war es nicht so weit. In Märsta hatten sie in der neunten Etage gewohnt.

«Die Kinder sind bei Lars. Er wohnt ein Stück weiter die Straße hinunter.»

«Aha.» Parisa nickte. «Wie alt sind sie?»

«Drei und fünf. Zwei Jungs. Halten mich ganz schön auf Trab.»

Siri Røymark versuchte ein Lächeln, aber es wurde nicht mehr daraus als eine müde Grimasse.

Sie goss Kaffee in große Becher.

Parisa lehnte sich in dem weichen Ohrensessel zurück und ließ den Blick durch das kleine Wohnzimmer schweifen. Sitzgruppe aus braunem Leder, ziemlich sicher von Bohus oder Skeidar. Esstisch aus lackierter Kiefer. Flachbildfernseher, vierzig Zoll, am Fenster ein alter Kaffeetisch, vermutlich ein Erbstück. Zwei Stehlampen von Ikea, keine Gardinen. Auf der Küchenanrichte ein Goldfischglas mit zwei roten Fischen darin. Einen Moment lang dachte Parisa an Egil Pay. Vier Druckgraphiken mit bunten Vögeln hingen in einer Reihe einen halben Meter über dem Sofarücken. Keine davon signiert. Siri Røymark war ihrem Blick gefolgt.

«Ich habe auch eine Zeichnung von Lakshmi, dort drüben. Sie kann so ... konnte so unglaublich gut ...»

Ihre geröteten Augen füllten sich mit Tränen.

Parisa strich ihr sanft über den Oberarm und nickte unmerklich zu Viker hinüber, der aufstand und zum Küchentisch hinüberging.

«Ein sehr schönes Bild», sagte er und studierte die gerahmte Aktzeichnung. «Sind Sie das?»

Siri nickte und wischte sich mit dem Blusenärmel die Tränen ab.

«Da war ich zweiundzwanzig. Ich habe dort drüben im

Küchenfenster gesessen. Wir fanden das richtig cool.» Die Andeutung eines Lächelns erschien auf ihrem blassen Gesicht. «Ich muss es wohl irgendwann wegpacken, bevor die Jungs merken, dass es ihre Mutter ist.»

«Ja, ähm, ich denke wohl auch …» Lasse Viker wirkte fast ein wenig verlegen.

Parisa nippte am Kaffee. Er war erstaunlich gut.

«Wie ist sie gestorben?» Siri Røymark versuchte, Parisas Blick aufzufangen.

«Sie wurde mit einer Stichwaffe getötet», erwiderte Parisa.

«Hat er sie vergewaltigt?»

«Das wissen wir noch nicht genau, aber es deutet nichts darauf hin.»

Lakshmis Freundin holte tief Luft.

«Ist es schnell gegangen?»

Parisa zögerte.

«Wir können im Moment noch nicht mehr sagen, aus ermittlungstaktischen Gründen», murmelte sie.

Stille kehrte ein. Von draußen hörte man, wie ein Auto angelassen wurde.

«Wollen Sie renovieren?» Parisa nickte zu einer Literdose Farbe auf der Küchenanrichte hinüber.

«Nur die Fensterrahmen von innen. Ich habe mir eine Wohnung im Erdgeschoss gekauft. Die Treppen sind so anstrengend, wenn man zwei kleine Kinder hat und allein ist …» Sie versuchte zu lächeln. «Nächste Woche ist die Wohnungsbesichtigung, also falls Sie Interesse haben?»

«Das ist doch sicher kein Problem, hier oben eine Wohnung loszuwerden?» Lasse Viker fuhr sich durch seine struppigen Haare.

«Das will ich hoffen.»

«Erzählen Sie uns, was gestern passiert ist», sagte Parisa und legte die schwarze Umhängetasche auf ihren Schoß.

Siri Røymark räusperte sich zweimal und begann zu sprechen. Es war deutlich, dass sie den gestrigen Tag in Gedanken schon unzählige Male durchgegangen war. Ab und zu unterbrach sie sich, um die Nase zu putzen oder zu überlegen. Die Kaffeetasse vor sich hatte sie noch nicht angerührt.

«Haben Sie draußen jemanden bemerkt, als Sie gingen?»

Parisa hatte längst den Notizblock herausgeholt.

Siri Røymark blickte die beiden Ermittler unglücklich an und rang die Hände vor der Brust.

«Das ist ja das Schreckliche. Ich habe die ganze Nacht wach gelegen und immer wieder versucht, mich zu erinnern, wer da draußen war, als ich in mein Auto gestiegen bin.»

«Es war also jemand da?»

Lasse Viker, der inzwischen wieder Platz genommen hatte, beugte sich interessiert vor.

«Ja, das heißt ... Es standen wohl mehrere Leute am Taxihalteplatz, aber da war einer, und ich bin mir ziemlich sicher, dass es ein Mann war, der neben einem Auto stand.»

«Groß, klein, hell- oder dunkelhaarig?» Viker war jetzt hochkonzentriert.

«Ich habe mir schon den Kopf zermartert, aber ich kann mich wirklich nicht erinnern, wie er ausgesehen hat. Nur dass er ganz sicher nicht wie Terje aussah.»

«Beschreiben Sie diesen Terje doch mal», bat Parisa und blätterte eine neue Seite im Notizblock auf.

«Lakshmi hat mir ein Foto von ihm gemailt.»

Parisa und Lasse Viker wechselten einen Blick.

«Sie haben ein Foto von Terje?»

Siri stand auf.

«Ja, aber das ist er nicht. Er hat ihr bestimmt kein echtes Foto von sich geschickt.»

Parisa nickte.

«Wohl nicht, aber wir würden es trotzdem gern sehen. Sie wissen nicht zufällig das Passwort oder den Nutzernamen oder etwas anderes, das uns helfen könnte, Zugang zu Lakshmis Profilseite zu bekommen?»

«Leider nein, nur, dass sie bei *match* war.»

Siri Røymark verschwand in der Küche und kam mit einem altmodischen Laptop zurück.

«Hier.»

Sie blickten direkt in zwei leuchtend blaue Augen unter einer blonden Haartolle.

«Das ist Terje?» Viker beugte sich näher an den Bildschirm, um einen optimalen Blickwinkel zu finden.

«Keine Ahnung, wie er wirklich heißt, aber jedenfalls hat Lakshmi das geglaubt.»

Auf Parisa Sadeghs Stirn erschien eine tiefe Falte.

«Dieser Mann heißt nicht Terje», sagte sie an Lasse Viker gerichtet. «Er heißt Clas Eriksson.»

Viker starrte sie verblüfft an.

«Du kennst ihn?»

«Nur aus dem Fernsehen und aus Zeitungen. Er wurde vor mindestens zehn Jahren von Neonazis ermordet.»

Kapitel 40

«Das heißt also, alles könnte gelöscht sein?»

Der große Mann mit dem markanten Adamsapfel schluckte und lächelte nachsichtig.

«Gelöscht bedeutet nicht unbedingt gelöscht», erklärte er.

Polizeikommissar Rolf Gordon Lykke merkte, wie ihm langsam der Geduldsfaden riss.

«Aber wenn wir wissen, auf welchen Internetseiten sie sich eingeloggt hat, muss es doch wohl verdammt noch mal möglich sein, so eine Adresse zurückzuverfolgen?»

Der Adamsapfel setzte sich in Bewegung.

«Sie meinen, eine IP-Adresse?»

«Ja, meinetwegen! Es muss doch wohl möglich sein, so eine verdammte IP-Adresse aufzuspüren?»

Lykke blickte auf die Uhr. Halb zwölf. Er hatte schon fast eine ganze Stunde vergeudet.

«Die Sache ist die», begann der Mann auf dem Besucherstuhl in belehrendem Tonfall, «dass IP-Adressen nicht dauerhaft sind.»

«Was heißt das?»

«Sie verändern sich.»

Lykke knallte den Plastikhefter auf den Tisch und erhob sich abrupt.

«Was zum Teufel heißt das, sie verändern sich? Wir reden hier doch nicht von Quallen, oder was?»

Auf dem hageren Gesicht des Telenor-Ingenieurs erschien ein mitleidiger Ausdruck.

«Das heißt, dass die Kundin seit dem Sommer fünf, sechs oder zehn IP-Adressen gehabt haben kann.»

«Sagen Sie das doch gleich.»

Lykke zog die Schublade auf, nahm fünf Kaugummi aus der Packung und steckte drei Stück auf einmal in den Mund.

«Und jetzt bitte Klartext: Lässt sich feststellen, welche IP-Adresse sie in den letzten zwei Tagen hatte?»

Der Ingenieur fuhr sich mit der Hand über zwei dünne Haarbüschel und blickte an die Decke.

«Das dürfte kein Problem sein.»

«Und wenn wir die Betreiber der Internetseite kontaktieren und ihnen genau diese IP-Adresse nennen, haben wir dann eine gute Chance, ihren Nutzernamen herauszufinden?»

«Vermutlich schon. Das hängt ein bisschen von den Gepflogenheiten des Seitenbetreibers ab ...»

«Und dann können wir auch den Mann ermitteln, zu dem sie Kontakt hatte?»

«Sie haben dann einen Nutzernamen und Zugriff auf die Kommunikation zwischen den beiden, aber es ist nicht sehr wahrscheinlich, dass er seine echte Mail-Adresse angegeben hat, ich meine ...»

«Ja? Was meinen Sie?» Lykke gab sich große Mühe, einen freundlicheren Ton anzuschlagen.

«Wenn er geplant hat, die Frau umzubringen, hat er sicher eine Hotmail-Adresse angegeben oder einen PC benutzt, der sich nicht zurückverfolgen lässt. In einem Internetcafé, zum Beispiel. Die einzige Chance, ihn in einem solchen Fall ausfindig zu machen, bestünde darin, dass er vielleicht unvorsichtig war und mit Kreditkarte bezahlt hat, aber selbst dann wäre es schwierig. An einem solchen Ort sind jeden Tag Hunderte von Usern.»

Lykke stand auf und streckte die Hand aus, zum Zeichen, dass das Gespräch beendet war.

«Das gehört leider zu unserem Alltagsgeschäft», sagte er und lächelte etwas steifer als beabsichtigt. «Vielen Dank, dass Sie den langen Weg hierher gemacht haben.»

Der Kommissar sank auf seinen Stuhl zurück und sah zu, wie sich die Tür hinter dem Ingenieur langsam schloss. Er war müde, verärgert und merkte, wie sich hinter seinen Schläfen langsam ein quälender Kopfschmerz zusammenbraute. Ein rasches Überfliegen von VG und Dagbladet verbesserte seine Laune keineswegs. Beide Zeitungen hatten Tipps zum Waschpulver bekommen und walzten die Sache auf mehreren Seiten breit aus. Dagbladet brachte Interviews mit den Vorsitzenden der Einwandererorganisationen und zielte mit seiner Berichterstattung vorwiegend auf Rassismus ab. Der Slogan «Blenda wäscht weißer» wurde selbstverständlich bis zum Erbrechen zitiert. Der arme Marketingchef von Lilleborg wurde sogar zu der Aussage genötigt, dass die ganze Sache sich vermutlich negativ auf den Verkauf auswirken werde. VG war wie üblich noch dreister und sprach nur noch vom «Blenda-Mann».

Lykke stöhnte leise. Er wusste genau, wohin diese Art Berichterstattung führen würde, und ihm grauste schon vor dem Anpfiff der Polizeidirektorin. Warum mussten immer irgendwelche Idioten sensible Informationen an die Presse weitergeben? In den letzten dreißig Jahren hatte er keinen einzigen größeren Mordfall gehabt, bei dem nicht irgendwas an die Medien durchgesickert war. Er spuckte seinen Kaugummi in den Papierkorb. Nicht einen einzigen!

Fast eine Viertelstunde saß er an seinem Schreibtisch und blätterte in den Unterlagen zu den beiden Fällen. Ab und zu hielt er bei einer Information inne oder studierte ein Foto. Kurz nach zwölf erhob er sich, nahm eine Packung Kaugummi aus der Schublade mit und steuerte den großen Besprechungsraum am Ende des Flurs an.

Parisa saß auf ihrem Stammplatz, dem Stuhl, der am weitesten von der Tür entfernt war, und blätterte in einer VG. Eriksen und Kuvås sahen sich Fotos auf Eriksens Handy an. Lykke zog den Stuhl am Kopfende des Tisches hervor, setzte sich und beobachtete die beiden Polizisten. Es war offensichtlich, dass Eriksen den neuen Mann von Kripos ins Herz geschlossen hatte.

Er räusperte sich.

«Viker?»

«Musste noch kurz für kleine Jungs», grinste Kuvås.

«Aha.»

Lykkes Blick verweilte einen Moment bei dem kräftigen Schnauzbart. Etwas an der Ausdrucksweise dieses Mannes ging ihm gegen den Strich.

«Wir fangen an», sagte er und nickte Parisa zu.

«Siri Røymark, eine enge Freundin, glaubt, dass Lakshmi von einem Mann getötet wurde, den sie vor wenigen Tagen im Internet kennengelernt hat. Vermutlich hat Røymark ihn gesehen. Sie erinnert sich vage an einen Mann, der vor dem Eingang neben einem Auto stand, als sie von Lakshmi wegfuhr, aber sie ist nicht imstande, ihn zu beschreiben.»

Lykke hob die Augenbrauen.

«Das kann sich noch ändern.»

«Wahrscheinlich. Wir haben auch nicht weiter gebohrt.» Parisa Sadegh blätterte in ihren Unterlagen. «Er nannte sich Terje», sie hielt ein Foto hoch, «aber der Mann auf diesem Bild heißt in Wirklichkeit Clas Eriksson. Oder, besser gesagt, er hieß. Er war Leiter eines Zentrums gegen Rassismus und wurde am 9. Dezember 1997 in Göteborg von zwei Neonazis auf offener Straße ermordet. Der Vorfall hat in Schweden wochenlang für Schlagzeilen gesorgt.»

Lykke griff nach dem Computerausdruck. Er hatte schon vor ein paar Stunden am Telefon einen kurzen Bericht bekommen.

«Sitzen die Täter noch?»

Sadegh legte zwei neue Ausdrucke auf den Tisch.

«Henrik Persson und Aleksander Mazowiecki.»

Eriksen und Kuvås reckten den Hals, um besser sehen zu können.

«Beide wurden zu achtzehn Jahren verurteilt. Und beide sind entlassen worden, nachdem sie zwei Drittel der Strafe verbüßt hatten.»

«Was bedeutet?» Lykke war ungeduldig.

«Dass sie seit dem 16. November letzten Jahres wieder auf freiem Fuß sind.»

Rolf Lykke stand auf und betrachtete die jungen Gesichter. «Mazowiecki, wo kommt der her?»

«Polen. Ist als Achtjähriger nach Schweden gekommen.» Parisa blickte von ihren Papieren auf. «Und noch vor seinem siebzehnten Geburtstag sechsmal wegen schwerer Körperverletzung verurteilt worden.»

Lykke rieb sich den Nasenrücken.

«Wurden sie überprüft?»

«Vieles deutet darauf hin, dass zumindest Henrik Persson sich während der letzten Wochen in einer Pension in Skåne aufgehalten hat. Lasse wartet auf den Anruf des Bewährungshelfers.»

«Warum Clas Eriksson?»

«Keine Ahnung. Vielleicht ein Fingerzeig. Es hat offenbar etwas mit Rassismus oder Fremdenfeindlichkeit zu tun.»

«Nehmt Kontakt mit den Kollegen in Malmö auf», sagte Lykke. «Sprecht mit den Ermittlern, die den Fall des ‹neuen Lasermanns› bearbeitet haben, vielleicht können sie uns ein paar Tipps geben.»

«Zum Täter?» Eriksen sah den Chef skeptisch an.

«Zu den Ermittlungen», erwiderte Lykke geduldig. «Sie haben Erfahrung mit rassistisch motivierten Serienmorden, wir nicht.»

«Okay.» Ted Eriksen machte sich Notizen.

«Ich habe mit einem Mann vom Telenor-Sicherheitszentrum gesprochen.» Lykke schwieg einen Moment, ehe er fortfuhr: «Er meinte, wir könnten die Kommunikation zwischen Lakshmi Singh und ihrem Internet-Bekannten mit Hilfe der IP-Adressen zurückverfolgen. Aber das dauert sicher einige Zeit. Wir müssen uns ihr Passwort besorgen.»

«Katze oder Hund.»

«Bitte?» Lykke sah Kuvås an.

«Achtzig Prozent aller Passwörter sind Namen von Haustieren. Die Leute sind nicht besonders clever.»

Lykke zuckte resigniert mit den Schultern.

«Sadegh?»

Parisa nickte.

«Okay.» Er setzte sich wieder auf den harten Plastikstuhl. «Was haben wir sonst noch?»

Parisa räusperte sich.

«Wir lassen Egil Pay rund um die Uhr überwachen, aber seit unserem Besuch hat der Mann erst dreimal die Wohnung verlassen. Zweimal, um Zigaretten zu kaufen, und einmal, um Bingo zu spielen. Scheint so, als ob er in die Kategorie ‹kauziger Nachbar› fällt.»

Lykke steckte sich ein Kaugummi in den Mund.

«Der Besitzer des Billardsalons?»

«Ted überprüft seine Vergangenheit.»

Parisa legte die Papiere hin.

«Ted?»

«Ich habe Kontakt mit der örtlichen Polizei aufgenommen, mit Interpol, Baltic Sea Task Force und BSRBCC. Sie wollen sich heute Nachmittag wieder melden.»

Lykke holte tief Luft.

«Was ist das?»

Eriksen sah ihn fragend an.

«Was ist was?»

«Was du als Letztes genannt hast. Die Abkürzung.»

«Baltic Sea Region Border Control Corporation. Ich hatte Kontakt mit ihnen, als wir den alten Høyner in der Ausstopfersache ...»

«Okay, weiter», fiel Lykke ihm ins Wort.

Auf Eriksens Wangen zeigte sich wieder eine gewisse Röte. «Wenn schon Überprüfung, dann gründlich», sagte er gekränkt. «Falls Gusev auch nur einen Kugelschreiber geklaut hat, kriegen wir Bescheid.»

«Daran zweifle ich keine Sekunde.» Lykke lächelte steif. «Zufrieden?» Er sah zu Parisa. Sie nickte.

«Ich würde ihn mir gern etwas genauer vornehmen», sagte sie. «Irgendwas stimmt nicht mit ihm, obwohl ich mir nicht recht vorstellen kann, dass er als Ukrainer einen Hass gegen Ausländer hegt. Er ist ja selbst ein Einwanderer.»

Lykke stand auf, nahm seinen Platz am großen Whiteboard ein und begann zu schreiben.

«Bisher besteht kein Zusammenhang zwischen den beiden Morden, abgesehen von der Tatausführung, dem Waschpulver und der Tatsache, dass beide Opfer Frauen und Einwanderinnen waren. Haben wir schon was über Lakshmis Bruder?»

Eriksen nickte. «Manmohan Singh. Er studiert Jura, jobbt aber am Wochenende als DJ. Die großen Lautsprecherboxen bei seiner Schwester sind Teil seiner Musikanlage. Wir suchen ihn heute Nachmittag auf.»

«Gut. Habt ihr was in der Wohnung oder auf dem ...»

In diesem Moment ging die Tür auf, und Lasse Viker stand auf der Schwelle. Lykke drehte sich ungeduldig zu ihm um.

«Na endlich, wir haben schon ...»

«Darre», sagte Viker leise.

«Ist er wieder da?»

Lasse Viker holte tief Luft und blickte dem Kommissar fest in die Augen.

«Er ist tot.»

Kapitel 41

Die Kopfschmerzen hatten sich endgültig festgesetzt, als Lykke fünf nach sechs die Eingangstür des Reihenhauses in Manglerud aufschloss. Die Nachricht von Darres Tod war für alle ein Schock gewesen. Lykke hatte die Kollegen zu einer kurzen Gedenkzeremonie in der Kantine zusammengerufen. Anschließend hatte er in seinem Büro gesessen, den Kopf auf die Hände gestützt, und an die Wand gestarrt, nur unterbrochen von Polizeidirektorin Breiby, die durch alle Räume ging und kondolierte. Er hatte ein kurzes Telefonat mit einem Oberarzt der Klinik Volvat geführt und danach Rigmor in der Rechtsmedizin angerufen, um für den nächsten Tag einen Termin zu vereinbaren.

«Hallo, ich dachte, du kommst heute spät?»

Lykke legte den Mantel übers Geländer und blieb in der Tür stehen. Das Puzzle mit neuntausend Teilen von Clementoni, das er im Internet bestellt hatte, stand immer noch in braunes Papier eingepackt auf der obersten Stufe der kleinen Treppe.

«Wo ist Ida?»

«Bei Jenny. Ich hole sie um sieben ab.»

Lykke stand immer noch reglos da. «Die Kleine ohne Vorderzähne aus dem Skuronnveien?»

«Ja.»

«Hast du mit ihr über das Einnässen gesprochen?» Er massierte sich die Schläfen mit den Fingerspitzen.

«Ich möchte, dass wir das zusammen machen.»

Er nickte. «Ich habe heute ein bisschen im Internet gesucht, das ist nicht so ungewöhnlich ...»

«Wir müssen es ernst nehmen.»

«Natürlich.»

Sonja küsste ihn leicht auf den Mund.

«Du siehst müde aus.»

«Ist sie direkt von der Schule mit zu Jenny gegangen?»

«Heute ist Sonntag.»

«Ach ja, richtig.»

«Bist du kaputt?»

«Darre ist heute gestorben.»

Sonja zog die Augenbrauen hoch.

«Wer?»

«Darre.»

«Dein Kollege?»

Lykke nickte.

«Herzschlag. Als die Krankenschwester ihn heute Morgen wecken wollte, war er tot.»

«War er krank?»

«Hypochonder. Sein Vater und seine Schwester sind wohl an Lymphdrüsenkrebs gestorben, und deshalb hat er sich dauernd auf alle möglichen Krankheiten hin untersuchen lassen. Ich habe mit der Klinik gesprochen. Das Einzige, was sie nie untersucht haben, war das Herz. Er war erst dreiundvierzig.»

«Mein Gott. Hatte er Kinder?»

«Nicht, dass ich wüsste.» Lykke steuerte auf die Küche zu. «Ich habe fast acht Jahre mit dem Mann zusammengearbeitet und weiß nicht mal, wo er wohnt.»

«Du darfst jetzt nicht anfangen, dir Vorwürfe zu machen ...»

Lykke ließ sich schwer am Küchentisch nieder.

«Ich mache niemandem Vorwürfe. Es ist einfach so, wie es ist. Wir kennen den anderen nicht mehr.»

«Unsinn.» Sonja setzte sich ihm gegenüber hin und nahm seine Hand. «Du kennst doch Lasse, er war sogar schon hier und hat mit uns gegessen.»

Lykke lächelte matt.

«Das ist vier Jahre her.»

Sonja erhob sich, öffnete den Kühlschrank und goss sich ein Glas Orangensaft ein.

«Willst du auch?»

«Nein danke.» Lykke massierte wieder seine Schläfen. «Sie haben mir den Posten eines Oberkommissars angeboten.»

Sonja betrachtete sein mageres Gesicht.

«Du hast doch gesagt, du würdest am liebsten aufhören?»

«Ich weiß sehr gut, was ich gesagt habe ...»

«Ist es dieser neue Mordfall, der dich so quält?»

Lykke unterbrach die Schläfenmassage für einen Moment.

«Ich weiß nicht.» Er fingerte am Salzstreuer herum. «Wir kommen einfach nicht weiter.»

«Das ist nicht deine Schuld.»

Lykke lächelte.

«Lieb von dir.»

Sonja strich ihm rasch über die Wange.

«Ich wünschte, du würdest ... Du musst das Angebot ja nicht ...» Sie unterbrach sich. «Ich habe Nudelsalat gemacht, isst du mit uns?»

Lykke ließ den Salzstreuer los und betrachtete seine rechte Hand. Kleine braune Leberflecken zogen sich wie Sommersprossen über den blassen Handrücken. Sie wird mich verlassen, dachte er.

Kapitel 42

Parisa starrte auf den hellen Bildschirm. Das Foto war fast fünf Jahre alt, es zeigte eine junge dunkelhaarige Frau und einen Mann im Trainingsanzug mit schütterem Haar. Im Hintergrund konnte man gerade noch eine Leine und ein Stück Tuch von einem Wanderzelt erkennen. Die Personen auf dem Foto blickten direkt in die Kamera und lächelten. Parisa Sadegh und Frode Darre. Sie waren eine Clique gewesen, mindestens sechs Kollegen auf Wochenendtour in der Nordmarka. Das Foto von ihr und Darre, aufgenommen mit Darres Handy, war ihres Wissens das einzige Erinnerungsstück, das es von dem Ausflug gab. Sie wusste noch, dass sie kurz gestutzt hatte, als das Bild geknipst wurde. Darre hatte auf eine Art, die ihr ganz untypisch für ihn erschienen war, darauf bestanden, dass nur sie beide auf dem Foto sein sollten. Karin Lund, ihre beste Freundin auf der Polizeischule, hatte Fotografin gespielt. Sie hatten während der seltsamen Situation wie kleine Mädchen gekichert. Darre mit seinem runden, fast kahlen Kopf und den leicht vorstehenden Schneidezähnen war alles andere als ein Frauentyp. Zwei Tage später hatte sie das Foto per Mail bekommen, mit einem netten Gruß. Sie hatten nie viel miteinander gesprochen, weder vor der Wochenendtour noch danach, aber ihr war nicht entgangen, dass Darre sich bei den Teambesprechungen oft neben sie setzte. Immer freundlich, immer aufmerksam.

Parisa klappte den Laptop mit einem Knall zu.

«Scheiße, Scheiße, Scheiße!»

Sie legte sich flach auf den warmen Küchenfußboden. War sie ihm aus dem Weg gegangen? Sie spürte das schlechte Gewissen wie einen Stein im Magen. Reiß dich zusammen, Mensch. Sie stemmte die Arme auf den Boden und fühlte sich ein wenig besser, als sie sich achtundneunzig Sekunden und fünfzig Liegestütze später das durchgeschwitzte T-Shirt vor dem Badezimmerspiegel auszog. Darre rückte in ihrem Bewusstsein nach hinten, während ein anderes Gesicht sich in den Vordergrund schob. Sie kniff die Augen zusammen. Begannen ihre Brüste zu hängen? Sie nahm die Schultern zurück und musterte die kleinen Wölbungen. Kaum. Vorsichtig fasste sie unter die linke Brust und spannte die Muskeln an. Sie lächelte ihrem Spiegelbild zu. Eitle Göre, dachte sie. Gleichzeitig durchlief sie ein leichtes Kribbeln, das sie schon lange nicht mehr gespürt hatte. Wann war sie das letzte Mal mit einem Mann im Bett gewesen? Parisa überlegte einen Moment, bis ihr klar wurde, dass sie es sehr gut wusste. Ziemlich genau vor zehneinhalb Monaten. Das war lange her, aber davor hatte es ohne Probleme auch längere Unterbrechungen gegeben. Es war, als würde die Lust auf Sex verschwinden, wenn ihre Gedanken auf etwas anderes fixiert waren, vor allem beruflich. Es kam vor, dass sie daran dachte, aber es quälte sie nicht. Bis vor kurzem. Ob es die biologische Uhr war, die tickte, oder weil sie schon lange keinen Sex mehr gehabt hatte – egal. Sie wollte einen Mann.

Haakon war attraktiv, das musste man ihm lassen, und charmant und … gepflegt. Sie musste selbst über ihre Aufzählung lächeln. Ich treibe mich schon zu lange in Singlebörsen herum, dachte sie.

Sie zog den Slip aus, drehte die Dusche auf und griff zu einer Flasche unparfümiertem Duschgel auf dem Wannenrand. Im selben Moment hörte sie ihr Handy im Wohnzimmer klingeln.

Kapitel 43

«Jannik's Pub, Billard, Restaurant, Fußballpub» war fast halb voll, als Parisa Sadegh kurz nach acht eintrat. Lasse Viker hatte sich an einem Tisch in der hintersten Ecke niedergelassen. Die Cola vor ihm war bereits zur Hälfte geleert.

«Nicht der schlechteste Ort, um einen Sonntagabend zu verbringen.» Er zeigte auf einen Großbildfernseher, der ein paar Meter entfernt hing. «WM-Finale 78. Argentinien – Niederlande. Erinnerst du dich an Kempes?»

Parisa seufzte.

«Da war ich fünf.»

Viker versetzte ihr einen gutmütigen Knuff gegen die Schulter, dass sie fast vom Stuhl gefallen wäre.

«Ich könnte dein Vater sein. Pizza?»

«Bloß nicht. Was ich letztes Mal hier gesehen habe, hatte nur entfernt Ähnlichkeit damit.»

Sie winkte dem Kellner, einem schlaksigen Jüngling mit kurzgeschorenen roten Haaren und Pickeln auf der Stirn.

«Cola light, ohne Eis.»

«Wir haben nur Pepsi Max.»

«Meinetwegen. Ohne Eis.»

Der Rotschopf wischte mit einem stinkenden Lappen ein paar Krümel vom Tisch. Viker hängte seinen dicken Anorak über den Stuhlrücken.

«Schrecklich, das mit Darre.»

«Ganz furchtbar.»

Das hatten sie schon vor Stunden gesagt, viele Male, aber sie mussten es immer wiederholen.

«Wo ist unser Mann?» Lasse Viker wandte den Blick vom Fußballspiel ab und sah sich suchend im Lokal um.

«Am Billardtisch. Der in der engen Jeans, er spielt mit

den beiden Typen, die wie polnische Handwerker aussehen.»

Er musterte Gusev diskret über den Rand seines Cola-Glases. «Schönling.»

Parisa hob die rechte Augenbraue.

«Absolut.»

Viker fuhr sich mit den Fingern durch das volle Haar.

«Lass noch mal hören, was Eriksen herausgefunden hat.»

Parisa kramte in ihrer Umhängetasche und zog den Notizblock heraus.

«Sergej Gusev, neununddreißig, aufgewachsen in Uschhorod, einem Kaff in der Ukraine an der Grenze zu Ungarn und Slowakien. Ist Mitte der Neunziger nach Litauen gezogen.»

«Hat er als Türsteher gearbeitet?»

«Ted war sich nicht sicher, aber sein Kontakt in Riga meinte, dass er auf jeden Fall im Milieu gearbeitet hat.»

«Und dann ist er in den Bau gewandert?»

«Er hat achtzehn Monate gesessen, nachdem er zwei Zigeuner auf einer Autofähre halb totgeschlagen hatte. Einer der beiden, ein einundsiebzigjähriger Mann, ist seitdem blind und auf einem Ohr taub.»

«Was war der Grund?»

«Laut Teds Kontaktmann stand im Polizeiprotokoll, dass er auf sie losgegangen ist, weil sie Zigeuner waren ... Anscheinend gibt es viele Ukrainer, die ziemlich nationalistisch sind.»

Lasse Viker kippelte mit dem gebrechlichen Holzstuhl.

«Mag keine Zigeuner. Kannte Nadija Hadzic. Das ist doch schon mal was.»

«Das Beste, was wir bisher haben.»

Parisa steckte ihren Notizblock in die Tasche zurück.

Ein Glas Pepsi Max wurde unsanft auf den Tisch gestellt. «Bitte.»

Parisa griff rasch nach der schmutzigen Kellnerschürze. Wie durch Zauberei tauchte plötzlich ihr Dienstausweis in ihrer Hand auf.

«Haben Sie diese Frau schon mal gesehen?» Sie zeigte ihm ein Bild von Nadija.

Der junge Mann warf einen Blick auf das Foto, dann schüttelte er seinen Bürstenhaarschnitt.

«Njet.»

Er wollte gehen, aber Parisa hielt ihn an der Schürze fest.

«Sehen Sie noch mal hin.»

Der Typ sah sich das Foto etwas genauer an, schüttelte aber wieder den Kopf.

«Ich jobbe hier nur als Aushilfe am Wochenende», sagte er mit einem Unterton, der Parisa verriet, dass dies nicht sein erster Kontakt mit der Polizei war. «Die war nie hier, wenn ich Schicht hatte.»

«Und die?»

Nadija Hadzic wurde durch eine lächelnde Lakshmi Singh ersetzt.

«Die auch nicht.»

Parisa musterte sein trotziges Gesicht.

«Haben Sie einen Löffel dort drüben hinter der Theke?»

«Klar.»

«Gut. Dann schlage ich vor, dass Sie das Glas wieder mitnehmen und den Löffel benutzen, um all die Eiswürfel herauszuholen, die ich nicht bestellt habe.»

Wortlos nahm der Jüngling das Glas vom Tisch und steuerte auf den Tresen zu.

«Nettes Bürschchen.» Viker sah zum Billardraum hinüber. «Sollen wir warten, bis sie fertig sind?»

Parisa erhob sich.

«Auf keinen Fall.»

Gusev schien nicht erfreut darüber, sie wiederzusehen.

«Was wollen Sie denn hier?»

Er musterte sie von Kopf bis Fuß, ehe er demonstrativ seinen Queue kreidete und ihr den Rücken zudrehte.

«Ich will mit Ihnen über eine alte Bekannte sprechen», log Parisa.

Gusev wandte den Blick nicht von den bunten Kugeln.

«Wir haben nichts mehr zu besprechen. Stören Sie mich nicht.»

Parisa musterte die anderen Spieler, beide etwa Mitte dreißig. Die Situation behagte ihnen offenbar nicht.

Sie knallte Lakshmis Foto auf den grünen Filz.

«Und zwar über diese Frau hier.»

Gusev hob den Blick, und Parisa bemerkte die Unsicherheit in seinen dunklen Augen.

«Nie gesehen.» Er zielte auf die schwarze Kugel und verfehlte sie. «Scheiße, da haben Sie's!»

«Ich will jetzt mit Ihnen sprechen. Entweder hier oder auf dem Präsidium.»

Gusev warf den Queue auf den Tisch und wandte sich den beiden anderen zu.

«Merkt ihr, wie die mich unter Druck setzt? Merkt ihr das?»

Die beiden Männer nickten stumm. Sie hatten offensichtlich wenig Lust, in die Sache hineingezogen zu werden.

«Wollen Sie mich verhaften, weil ich um Geld spiele? Sind Sie darauf aus? Herrgott noch mal, warum könnt ihr Bullen nicht Diebe und Mörder festnehmen? Ist das so schlimm, wenn meine Kumpels und ich ein paar lumpige Kröten setzen? Hä?»

Parisa verzog keine Miene.

«Da!» Gusev zog zwei zusammengeknüllte Zweihundertkronenscheine aus der Hosentasche und warf sie auf den Tisch. «Soll keiner sagen, dass ich nicht dafür geradestehe. Habe ich das nicht immer getan?» Er sah den jüngeren der beiden scharf an. Ein kurzhaariger Typ in weißen Malerhosen.

«Immer», murmelte der Typ, schnappte sich einen der beiden Zweihunderter und stopfte ihn in die Hosentasche.

«Jetzt können Sie mich verhaften.» Gusevs Augen funkelten, als er ihr beide Hände entgegenstreckte. «Was für ein tüchtiges Bullenmädchen. Hat einen geschnappt, der um Kleingeld spielt.»

Mehrere im Lokal hatten inzwischen mitbekommen, was vor sich ging, und Gusev lächelte selbstsicher ins Publikum.

«Kommen Sie einfach mit, hier herüber.» Parisa berührte Gusev leicht am Arm.

«Fassen Sie mich nicht an!», brüllte er und baute sich breitbeinig vor Parisa auf.

Es war plötzlich still in dem großen Lokal. Ein Poltern in der Nähe des Tresens durchbrach die Stille. Lasse Viker blickte von seinem umgekippten Stuhl hoch.

«Kommen Sie her», sagte er ruhig und stand auf.

Gusev warf einen Blick auf den großen Polizisten. Plötzlich schien eine Veränderung in ihm vorzugehen.

«Immer mit der Ruhe, Verehrteste, ich bin nicht gefährlich», sagte er und lächelte Parisa an.

«Das wäre mir auch nie in den Sinn gekommen», erwiderte Parisa trocken und lockerte den Griff um den Schlüsselbund in ihrer Jackentasche. Nadija Hadzic konnte unmöglich die beiden Gesichter dieses Mannes gekannt haben. Jedenfalls nicht, bevor es zu spät war.

Lasse Viker lehnte sich auf dem Stuhl zurück und betrachtete Gusev auf der anderen Seite des Tisches. Eine Stunde war vergangen, und sie waren noch keinen Schritt weiter. Gusev bestritt jede Bekanntschaft mit Lakshmi und konnte sich immer noch nicht erklären, was mit Nadija passiert war.

Viker beschloss, seine Taktik zu ändern.

«Es macht Ihnen also Spaß, Zigeuner zusammenzuschlagen?»

Gusev ließ sich nicht aus der Ruhe bringen.

«Ich bin aus der Ukraine», sagte er und zog die Augenbrauen hoch. «Zeigen Sie mir einen Ukrainer, der keinen Zigeuner verprügeln will. Die stehlen. Verstehen Sie? Die klauen wie die Raben!»

«So wie alle Einwanderer?» Parisa nagelte Gusev mit ihrem Blick fest.

«Was meinen Sie damit? Ich hab nichts gegen Ausländer. Sehen Sie sich doch um!» Er deutete mit ausholender Geste auf den Billardraum. «Glauben Sie, ich bin Rassist? Glauben Sie das? Ich bin doch selbst Ausländer.»

Parisa blätterte in ihrem Notizblock.

«Wo waren Sie gestern Abend zwischen neunzehn und zweiundzwanzig Uhr?»

Gusev seufzte theatralisch.

«Das habe ich bereits gesagt.»

«Dann sagen Sie es noch mal.»

Sergej Gusev schlug die Beine übereinander und blickte von Parisa zu Lasse Viker.

«Bis um halb acht war ich hier und danach beim Fitness.»

«Wo?»

«Elixia in der Sannergata.»

«Und wer kann das bestätigen?»

«Igor, er ist Trainer dort. Aus Kiew. Ich habe so gegen neun mit ihm gesprochen.»

«Und zwischen halb acht und neun?»

Die grauen Augen wurden schmal.

«Da war ich zu Hause und habe meine Trainingssachen geholt. Ist das verboten, oder was? Antworten Sie mir, ist das verboten?»

Viker warf Parisa einen blitzschnellen Blick zu. Sie nickte.

«Belassen wir es vorläufig dabei. Aber wir werden Ihre Angaben überprüfen. Wenn Ihre Geschichte nicht wasserdicht ist, haben Sie ein echtes Problem.»

Sie blickte Gusev fragend an. «Gibt es noch etwas, was Sie korrigieren möchten?»

«Korrigieren, was ist das?»

«Ändern, verändern. Möchten Sie noch etwas an Ihrer Aussage ändern?»

«Ich habe die Wahrheit gesagt, verstehen Sie?» Mit einem dramatischen Gesichtsausdruck blickte er die beiden Ermittler an. «Man kann die Wahrheit nicht ändern, verstehen Sie?»

Parisa ließ den Notizblock in ihre Umhängetasche gleiten.

«Sie können gehen.»

Gusev stand auf.

«Sie sind eine schöne Frau», sagte er und lächelte.

«Sparen Sie sich das.» Parisa machte keine Anstalten, die ausgestreckte Hand zu ergreifen.

Gusev zuckte mit den breiten Schultern und verschwand hinter der Theke.

«Ich wette einen Tausender, dass er sich in diesem Moment ein Alibi verschafft», murmelte Viker.

«Wir müssen herausfinden, wer gestern Abend zwischen sieben und zehn im Elixia in der Sannergata war. Wir brauchen mehr Zeugen. Igor dürfte uns wohl kaum mit neuen Informationen überraschen.»

«Kaum.»

Lasse Viker blickte auf den Großbildschirm, während er an einer abgegriffenen Plastik-Speisekarte herumfingerte. «BBB» stand mit großen, verblassten Buchstaben quer über der Vorderseite.

Parisa griff danach.

«Sie behaupten, sie hätten das beste Steak der Stadt, für einhundertsechsundzwanzig Kronen inklusive Kaffee. Das ist zumindest billig.»

Im selben Moment kam Gusev hinter dem Tresen hervor und schenkte ihnen ein strahlend weißes Lächeln, als er an ihnen vorbeiging.

«Die Zähne hat er bestimmt bei eBay ...»

Viker wurde von seinem Handy auf dem Tisch unterbrochen. Das kleine Nokia verschwand in seiner Pranke.

«Der Chef», sagte er, stand auf und ging Richtung Ausgang.

Parisa blieb sitzen und beobachtete Gusev, der sich weit über den Billardtisch beugte. Ein schmaler Streifen nackter Rücken kam zwischen T-Shirt und der engen Jeans zum Vorschein.

Seine Haut ist schneeweiß, fuhr ihr durch den Kopf.

Eine plötzliche Idee ließ sie zu ihrem Handy greifen. Eine neue Nachricht: «Sitze im Dr. Holms an der Bar. Denke an dich. Haakon».

Ein bisschen zu viel, ein bisschen zu früh, dachte Parisa.

«Gute Neuigkeiten!» Lasse Viker zwängte sich auf seinen Stuhl und hatte plötzlich keine Augen mehr für das, was sich auf dem Fernsehschirm abspielte.

«Und?»

«Grünes Licht vom Ermittlungsrichter. Wir können die Wohnung durchsuchen.»

«Gusevs?»

«Japp.»

Sie erhoben sich gleichzeitig.

Kapitel 44

Es schneite heftig, als die beiden Ermittler, dicht gefolgt von einem unwilligen Sergej Gusev, im Aufgang des Hauses Sars' gate 52 verschwanden.

Gusev schloss die Wohnungstür auf und drehte sich mit ausdruckslosem Gesicht zu Parisa Sadegh und Lasse Viker um.

«Sie machen einen großen Fehler.»

«Das Risiko nehmen wir auf uns», sagte Viker und machte eine ungeduldige Handbewegung in Richtung Tür.

Es war stockdunkel in dem kleinen Flur. Gusev schaltete Licht ein.

«Kann ich mein Handy jetzt wiederhaben?»

«Nein.» Lasse Viker hatte es zu eilig, um die Ablehnung zu begründen. «Sie setzen sich da hin.» Er zeigte auf einen schlichten Hocker neben der Tür. «Und ich will keinen Ton hören, es sei denn, wir fragen Sie etwas. Verstanden?»

Gusev nickte, aber seine Augen waren schwarz.

Es war eine typische Zweizimmerwohnung, erbaut Anfang des letzten Jahrhunderts. Vermutlich zwischen vierzig und fünfzig Quadratmeter groß. Parisa blieb am Eingang stehen und versuchte, sich einen Eindruck zu verschaffen. Sie atmete ruhig und blickte in das kleine Wohnzimmer. Das Licht der billigen Deckenlampe wurde von der Wandtäfelung aus imitiertem Palisander verschluckt.

Das Erste, was ihr auffiel, war der neutrale Geruch. Fast alle Wohnungen hatten einen eigenen Geruch. Nach Zigarettenrauch, Essen, Staub, ungewaschenen Menschen, Parfüm, Topfpflanzen, feuchten Wänden, alten Möbeln, was auch immer. Aber hier roch es nach nichts, nach absolut gar nichts. Als wäre die Wohnung abgeseift und anschließend mit klarem Wasser ausgespült worden. Sie zog sich blaue Überschuhe über die Stiefeletten und machte ein paar vorsichtige Schritte über den grünen Teppichboden, der nach der Abnutzung zu urteilen vermutlich noch aus den Siebzigern oder Achtzigern stammte.

Die beiden Fenster waren hinter den Jalousien und den braunen Plüschvorhängen nur zu erahnen. An der Stirnwand standen ein Sofa im, wie Parisa annahm, Rokokostil und ein Couchtisch mit geschwungenen Beinen. Ein Stressless-Sessel aus schwarzem Leder stand vor einem Vierzig-Zoll-Flachbildfernseher mit dazugehörigem Festplattenrecorder und DVD-Player. Etwas, das aussah wie eine Gebrauchsanweisung, lag aufgeschlagen auf der Fensterbank, ansonsten war das Zimmer kahl. Keine Bilder, Blumenvasen, Dekoschalen, DVDs, Kerzenhalter, Andenken ... nichts.

«Sieht aus wie das billigste Zimmer in einem Zweisternehotel», murmelte Lasse Viker. Er wandte sich in Richtung Flur. «Sind Sie sicher, dass Sie hier wohnen?»

«Sie finden hier nichts», erwiderte Gusev mit flacher Stimme. «Ich habe Ihnen gesagt, dass Sie einen großen Fehler machen.»

Viker nahm die Polster hoch und kippte das Sofa um, kniete sich auf alle viere und untersuchte Teppichränder und Scheuerleisten, schüttelte den Festplattenrecorder und den DVD-Player, schraubte die Rückwand des Flachbildfernsehers ab. Nichts.

«Verdammt!»

Parisa betrat die Küche. Kühlschrank mit Gefrierfach. Abgeschrägte Hängeschränke mit Schiebetüren, wie sie in den Sechzigern modern gewesen waren. Herd mit Ceranfeld und am Fenster ein einzelner Stuhl. Keine Pflanzen, kein Brotbehälter, kein Gewürzregal, keine Kaffeemaschine, nicht mal ein kleiner Küchentisch. In Teds Bericht stand, dass Gusev seit fast vier Jahren unter dieser Adresse gemeldet war. Frühstückte er im Stehen? Parisa öffnete den Kühlschrank. Leer, abgesehen von einer Dose Bier, einem Glas mit verschrumpelten Gewürzgurken und drei Zitronen, die auch schon bessere Tage gesehen hatten.

«Essen Sie nie zu Hause?»

«Ich esse in meinem Restaurant. Ist ja nur zweihundert Meter entfernt. Wann begreifen Sie endlich, dass Sie sich irren?»

Das Gefrierfach enthielt zwei Flaschen Wodka und eine Plastikform mit Eiswürfeln.

«Scheiße.»

Parisa drehte sich zum Flur um und entdeckte einen eingebauten Kleiderschrank. Sie öffnete die Tür. Das eine Scharnier war kaputt, deshalb musste sie sie gleichzeitig anheben und daran ziehen. Auf den Kleiderbügeln hingen zwei Jacketts und ein Anzug. Darunter war ein Stapel Drahtkörbe mit Unterhosen, Socken und T-Shirts. Sie wollte die Schranktür gerade vor lauter Frust zuknallen, als sie hinter den Drahtkörben etwas aufleuchten sah. Sie stutzte und starrte auf die Stelle. Da war es wieder. Plötzlich begriff sie, was sie entdeckt hatte. Mit klopfendem Herzen bückte sie sich und zog den kleinen Laptop hervor. Die blinkende grüne Lampe zeigte an, dass der Akku geladen war.

«Lasse!»

Zwei Sekunden später beugte Viker sich über ihre Schulter.

«Verdammt komischer Platz, um einen Laptop aufzubewahren, nicht?» Er grinste den Mann auf dem Hocker an.

«Da ist nichts drauf, nur private Sachen.» Gusevs Stimme war unverändert trotzig.

«Wir müssen ihn vorläufig beschlagnahmen.»

Parisa umklammerte den kleinen Computer wie eine Kostbarkeit. «Falls wir nichts finden, bekommen Sie ihn in ein paar Tagen zurück.»

«Was denn finden? Warum sagen Sie mir nicht, was Sie suchen? Ich verstehe das nicht. Können wir jetzt gehen? Ich muss zurück in mein Lokal.»

«Wir sind gleich fertig, aber ich glaube nicht, dass Sie in irgendein Lokal gehen.»

«Wie meinen Sie das?»

Parisa ignorierte Gusevs Frage und steuerte auf das Schlafzimmer zu. «Nur noch einen Blick hier hinein.»

Sie öffnete die Tür und wich unwillkürlich einen Schritt zurück. «Was zum ...»

Das, was einmal ein Schlafzimmer gewesen sein musste, war von der Decke bis zum Fußboden mit durchsichtiger Plastikfolie ausgekleidet. Das Fenster war mit Brettern vernagelt. An großen Haken in den Zimmerecken hingen unzählige Beile und Messer in verschiedenen Größen. Mitten im Raum stand ein Metalltisch, fast zwei Meter lang und mit einem feingezackten Sägeblatt an einem Ende.

«Was zum Teufel ist das?» Parisa drehte sich zu ihrem Kollegen um.

«Eine Schlachtbank», erwiderte Lasse Viker.

Kapitel 45

Die Autoschlange auf dem Ring 3 kroch im Schneckentempo durch das dichte Schneetreiben. Kommissar Rolf Lykke gähnte. Er ärgerte sich, dass er die Fahrt zur Rechtsmedizin nicht ein paar Stunden verschoben hatte. Bei den Stichworten Rushhour, Schneetreiben und Autobahnring hätten bei ihm alle Alarmglocken schrillen müssen. Er schaltete das Radio ein, wechselte von P2 zum Nachrichtenkanal, verstellte die Rückenlehne und bewegte die steifen Schultern. Trotz der Schmerzen im Kreuz fühlte er sich heute weniger verspannt als in den letzten Tagen. Endlich kam Bewegung in die Ermittlung. Zwar war er sich noch nicht im Klaren, welche Rolle Gusev in der Sache spielte, aber dass der Kerl keine weiße Weste hatte, daran bestand kein Zweifel. Wer hatte schon eine Schlachtbank im Schlafzimmer? Aber war das schon die Lösung?

Ihm ging nicht aus dem Kopf, dass Nadija Hadzic kurz vor ihrer Ermordung zweimal bei ihrem Bruder angerufen hatte. Hierin liegt der Schlüssel, dachte er, nur, wo ist die Verbindung zu Gusev? Zusammen mit Sadegh und Viker hatte er den Abend und die halbe Nacht damit verbracht, Gusev zum Reden zu bringen, aber der Mann war plötzlich stumm wie eine Auster. «Ich will einen Anwalt» war der einzige Satz, den sie aus ihm herausbekommen hatten.

Lykke warf einen Blick auf die Uhr am Armaturenbrett. Fünf vor acht. Seine Finger schlugen Trommelwirbel auf dem Lenkrad. Er würde zu spät zu seinem Termin bei Rigmor kommen, was bedeutete, dass er sie zur Eile drängen musste, um rechtzeitig zur morgendlichen Teambesprechung zurück zu sein. Und er kannte niemanden, der es weniger ausstehen konnte, gedrängt zu werden, als Rigmor Haugen.

Drei Kriminaltechniker hatten die Nacht damit zugebracht, mit Staubsaugern auf der Plastikplane in Gusevs Wohnung herumzukriechen. Parisa Sadegh und ein Computerspezialist von Økokrim waren unter Hochdruck damit beschäftigt, den Laptop zu untersuchen, um zur

Teambesprechung einen vorläufigen Bericht abliefern zu können.

Das Auto vor ihm stoppte. Lykke stieg auf die Bremse und schaltete den Scheibenwischer eine Stufe höher. In der Nacht waren mindestens fünfzehn Zentimeter Schnee gefallen, und der aschgraue Himmel hatte offensichtlich noch mehr auf Lager. Plötzlich drang die Stimme des Nachrichtensprechers in sein Bewusstsein. «Die Schlagzeilen. In der sogenannten ‹Blenda-Sache› hat die Polizei einen Mann ausländischer Herkunft festgenommen. Unklar ist bisher, ob der Mann im Verdacht steht, die beiden Morde begangen zu haben. Polizeidirektorin Anne Breiby sagte gegenüber NRK, dass wichtige Spuren gesichert worden seien und man mit einer raschen Aufklärung rechne. Zum Sport. Das amerikanische Energiegetränk Red ...»

Lykke drückte auf den Ausschaltknopf. Was zum Teufel meinte Breiby mit «rascher Aufklärung»? Hatte sie das aus purer Unwissenheit gesagt? Sicher nicht. Wahrscheinlich hatte sie sich unter Druck gefühlt, etwas sagen zu müssen. Den Medien zu zeigen, dass die Polizei hart am Ball war. Dass sie, Breiby, die Dinge unter Kontrolle hatte. Scheiße. Er fluchte laut, griff nach dem Blaulicht unter dem Fahrersitz, ließ die Scheibe herunter und knallte den Magneten auf das verschneite Dach. Die Alarmsirene versetzte die Schlange vor ihm in Panik.

Das ist nicht gut, und erlaubt ist es erst recht nicht, dachte Lykke und ertappte sich bei einem Lächeln, während er das Gaspedal durchtrat und sich im Slalom zwischen den Fahrbahnen durchschlängelte.

Lykke drückte die Glastür auf und klopfte sich den Schnee vom Mantel. Er kam zwanzig Minuten zu spät, und das hasste er. Rigmor Haugen saß ausnahmsweise nicht über ein Mikroskop gebeugt. Sie stand am langen Tisch mitten im Raum und diskutierte mit einer kleinen Gruppe Pathologen. Ihre grauen Haare waren mit stabilen Spangen im Nacken zusammengefasst, und die dicke Brille pendelte an einer Schnur um den Hals.

«Ich habe drei Leichen, die auf mich warten», sagte sie, als sie Lykke bemerkte.

«Tut mir leid. Der Verkehr ...»

Lykke nickte den Weißkitteln verhalten zu; die Gesichter waren ihm bekannt, aber nur Tove Ruud, die bald in Rente gehen würde, und den kleinen, freundlichen Schweden Mihajlo Djogo kannte er dem Namen nach. Er bevorzugte Rigmor, wie schon in den vergangenen einundzwanzig Jahren.

«Ist es dasselbe ...», begann er, besann sich jedoch, als er ihren Gesichtsausdruck sah.

Rigmor Haugen rieb die Brillengläser an ihrem Kittel sauber.

«Hast du sie gesehen?»

«Nur die Fotos.»

«Die Tat wurde mit enormer Kraft ausgeführt. Der Täter hat den Kopf mit einem einzigen Schlag vom Rumpf getrennt.»

«Dann war er wohl sehr kräftig?»

«Und vermutlich sehr zornig.»

Rigmor Haugen wischte ein paar Wassertropfen von Lykkes Schulter. «Ich glaube, er hat eine ungeheure Wut im Bauch», sagte sie ruhig.

«Lässt sich feststellen, ob es derselbe Täter ist?»

Lykke suchte in seinen Taschen nach dem Notizblock, aber dann fiel ihm ein, dass er ihn im Auto gelassen hatte.

«Ja, das ist möglich, aber wir sind uns nicht einig. Mihajlo ist anderer Meinung.»

«Und was ist Mihajlos Theorie?» Lykke wandte sich an den kleinen Mann in Weiß.

«Die Person, die Lakshmi Singh getötet hat, war vermutlich stärker als derjenige, der den ersten Mord verübt hat.»

«Woran sehen Sie das?»

«Daran, mit welcher Kraft die Schnitte ausgeführt wurden. Der Körper von Lakshmi Singh wurde mit deutlich weniger und längeren Schnitten geöffnet als der des ersten Opfers. Außerdem deuten einige kleinere Details darauf hin, dass Lakshmi von einem Linkshänder getötet wurde.»

Lykke drehte sich zu Rigmor um.

«Passiert es öfter, dass ihr euch uneinig seid?»

«Eigentlich nicht, aber es kommt vor. Uneinig wäre wohl auch übertrieben, es geht eher um teils unterschiedliche Interpretationen von Schnitten und Wundrändern.»

«Und was vermuten Sie?» Lykke richtete den Blick wieder auf Mihajlo Djogo. «Ein Nachahmungstäter?»

Auf dem runden Gesicht des untersetzten Pathologen erschien ein Lächeln.

«Das glaube ich eher nicht, aber vielleicht eine Sekte?»

Lykke fluchte in sich hinein.

«Schon wieder Rassismus?»

Rigmor Haugen nickte.

«Möglich.»

«Zum Teufel, ich hasse diese Rassismus-Spur.» Er lehnte sich gegen die Tischkante. «Was ist mit dem Waschpulver?»

Haugen zuckte mit den Schultern.

«Ich bin Pathologin.»

«Eine Botschaft? Irreführung? Jux?»

«Ich habe keine Ahnung, Rolf.»

«Das ist das Schlimmste, was uns passieren kann, weißt du das?» Lykke suchte ihren Blick hinter den Brillengläsern. «Wenn sich jemand einen Scherz erlaubt hat, sehen wir alt aus. In den letzten Tagen sind wir wie kopflose Hühner herumgerannt und haben die Verkäufe von Waschpulver verfolgt. Und dabei bedeutet es vielleicht überhaupt nichts. Vielleicht ist das nur so eine Idee, die dem Täter im letzten Moment eingefallen ist, um uns das Leben schwerzumachen. Und es hätten genauso gut Cornflakes sein können.»

Lykke atmete hörbar aus.

«Könnt ihr sagen, ob es dieselbe Waffe war?»

Rigmor Haugen sah ihn irritiert an.

«Habe ich dir den Schnitt bei der ersten Leiche gezeigt?»

«Nadija Hadzic, ja.»

«Das Tatwerkzeug, Säbel oder Messer, ist dasselbe. Die Art des Einstechens und Schneidens auch. Laienhaft ausgeführt, aber mit großer Kraft. Und wie Mihajlo schon sagte, beim zweiten Mal mit noch größerer Kraft als beim ersten.»

Lykke überlegte.

«Du hast gesagt, dass die Waffe eine schadhafte oder schartige Klinge gehabt hat. Keines der Messer in Gusevs Wohnung war beschädigt.»

Haugen stöhnte leise auf.

«Der hat doch sicher noch mehr Messer. Im Auto, zum Beispiel.»

Lykke schlug mit der Hand auf die Tischplatte. Gusevs Auto hatten sie nicht untersucht. Natürlich hat der Mann ein Auto, dachte er.

«Das Mädchen hat ihn gesehen», sagte er mehr zu sich selbst. «Sie ist sicher, dass sie gesehen hat, wie er neben einem Auto stand.»

«Komm.» Rigmor Haugen war bereits auf dem Weg zum anderen Ende des Raums. «Die hier habe ich vor einer Stunde hereinbekommen.» Sie legte einige große Farbabzüge auf einen Arbeitstisch. Lykke starrte auf den abgeschnittenen Kopf. Rigmor Haugen nahm eines der Fotos hoch und zeigte auf eine Stelle. «Siehst du den Schnitt am Nabel?»

Lykke betrachtete den Abzug.

«Ja», sagte er.

«Erkennst du was?»

«Nein.»

«Sieh genau hin. Siehst du die Einrisse am Wundrand?»

Lykke beugte sich über das Foto.

«Du meinst, das ist eindeutig?»

Rigmor Haugen rieb die Brillengläser am Kittel.

«Ja.» Sie setzte die Brille auf. «Dieselbe Waffe. Es würde mich nicht wundern, wenn wir DNA von Nadija Hadzic im Körper von Lakshmi Singh finden.»

Kapitel 46

05.47 Uhr. Eine Möwe glitt träge über die Reihe verschneiter Autos am Kai. Der Skipper des Krabbenkutters steckte den Kopf aus dem Steuerhaus, spuckte einen braunen Strahl in den Wind und fluchte gotterbärmlich. Schon der dritte Tag an Land.

Nora packte den Lederhandschuh fester.

«Sie können heute wieder nicht hinausfahren.»

Gisle Kvamme drückte ihre kleine Hand. In vier Stunden würden sie in der ersten Reihe der Friedhofskapelle von Vestre Gravlund sitzen. Er hatte die ganze Nacht kein Auge zugetan.

«Die machen es sich bestimmt an Bord gemütlich.»

«Vielleicht spielen sie Karten?»

«Vielleicht.»

Er blickte hinunter auf die rote Nasenspitze, die zwischen Mütze und Schal kaum zu sehen war. Es ging jetzt schon besser. Wenigstens ein bisschen. Am Abend zuvor hatten sie zusammen ferngesehen. Nora hatte vier Würstchen im Pfannkuchen gegessen. Er war beinahe überrascht, dass sie so normal wirkte, aber der Psychologe in Arendal hatte ihm klar gesagt, dass genau das eintreten könnte. «Erwachsene finden es unnormal, wenn Kinder scheinbar nicht trauern, aber das ist eine Art Abwehrreaktion und durchaus normal.»

Er wandte sein Gesicht dem Meer zu und spürte, wie der eiskalte Wind ihm in die Wangen biss. Der Psychologe hatte ihm nahegelegt, dass es das Beste für Nora sei, so normal wie möglich zu leben, und gerade das machte ihm zu schaffen. Sollten sie nach Oslo ziehen? In Nadijas Wohnung leben, damit Nora ihr Zimmer und ihre Freundinnen wiederhatte?

Bisher hatte Nora nichts in der Art angedeutet. Sie schien die Wohnung oder die Schule nicht zu vermissen. Der einzige wunde Punkt war Erna, ihre isländische Freundin. Sie chatteten mehrmals pro Tag miteinander. Die enorme Fixierung auf das Internet machte ihm ein bisschen Sorgen. Nora chattete manchmal bis zu fünf Stunden ohne Unterbrechung. Der Psychologe hatte betont, wie wichtig es war, dass sie sich nicht abkapselte. Sie muss andere Kinder in Risør kennenlernen, dachte Kvamme. Am besten, sie geht hier zur Schule. Je eher, desto besser. Aber erst einmal die Beisetzung.

Nora blieb stehen und schob die Mütze ein wenig zurück.

«Wann lerne ich denn eigentlich Sverre Helge kennen?», fragte sie und sah ihn mit altkluger Miene an.

Kapitel 47

Parisa war noch nicht da, trotzdem merkte er es sofort, als er die Tür öffnete: Es lag eine neue Energie im Raum. Rolf Lykke hatte das schon oft erlebt. Es war, als hätten Viker, Eriksen und Kuvås vergessen, dass sie seit einer Woche kaum geschlafen hatten. Ihre Blicke waren wach, und die Finger trommelten auf der Tischkante. Sie brannten darauf, endlich weiterzukommen. Der Augenblick der Wahrheit für eine Ermittlungsgruppe.

«Wir haben einen möglichen Durchbruch», sagte Lykke vom Kopfende des Tisches.

Ein unmerkliches Stöhnen ging durch den Raum.

«Einen *möglichen* Durchbruch?» Ted Eriksen breitete resigniert die Arme aus. «Es ist in Ordnung, dass wir nicht voreilig sein sollen, aber wenn wir in der Wohnung des Hauptverdächtigen eine Schlachtbank finden und ein ganzes Arsenal von Fleischmessern und Beilen, finde ich, dass wir allen Grund haben, von einem Durchbruch zu sprechen.»

Er starrte Lykke trotzig an.

«Vorläufig nennen wir es einen möglichen Durchbruch», wiederholte Lykke. Der scharfe Unterton war nicht misszuverstehen.

Vielleicht war es der Schlafmangel und das Gefühl, die anderen im Rücken zu haben, was den Ausschlag gab, denn urplötzlich rastete der junge Ermittler vollkommen aus.

«Okay, du hast jede Menge Erfolge auf deiner Liste», schrie er, «aber das gibt dir nicht das Recht, deine eigenen Theorien bis zum Gehtnichtmehr durchzudrücken, nur damit andere nicht recht bekommen. Die Morde sind rassistisch motiviert, das habe ich von Anfang an gesagt. Jetzt haben wir einen Kerl eingebuchtet, der mit Vorliebe Zigeuner verprügelt, der Nadija Hadzic kannte und genug Werkzeug in seiner Wohnung hat, um die ganze Sars' gate abzuschlachten, und dann kommst du und redest von einem *möglichen* Durchbruch!»

Bei den letzten Worten schnappte seine Stimme beinahe über.

Lykke erhob sich und trat ans Fenster. Alle Augen waren auf seinen schmalen Rücken gerichtet. Die Sekunden fühlten sich an wie Minuten. Ted Eriksen saß regungslos auf seinem Stuhl, nur seine Brust hob und senkte sich schnell. Der Kommissar wandte sich zum Konferenztisch um und begegnete dem starren Blick seines jungen Kollegen.

«Ich hoffe, du hast recht, Ted», sagte er schließlich.

Lasse Viker atmete langsam durch die Nase aus.

Ted Eriksen setzte zu einer Antwort an, aber ein Blick von Kuvås brachte ihn zum Schweigen.

«Wir bekommen die Analyse der DNA-Proben morgen Nachmittag, wenn wir Glück haben», fuhr Lykke im selben ruhigen Ton fort. «Gusevs Vernehmung beginnt, sobald sein Anwalt hier eintrifft, wahrscheinlich gegen Mittag.»

Er warf einen Blick auf die Uhr an der Wand. Sadegh und der Computerspezialist von Økokrim hätten längst da sein müssen.

«Falls wir DNA-Übereinstimmungen an seiner Messersammlung finden, ist das Ding für ihn wohl gelaufen», sagte Lasse Viker und versuchte, seiner Stimme einen versöhnlichen Klang zu geben.

«Zumindest hätte Gusev dann ein Erklärungsproblem», erwiderte Lykke kurz. «Aber das Motiv will mir nicht in den Kopf. Der Mann ist selbst Einwanderer, und er lebt mehr oder weniger von Gästen, die Einwanderer sind. Warum sollte er plötzlich zwei Frauen umbringen, nur weil sie Einwanderinnen sind?»

«Weil er ein nationalistischer Ukrainer ist, der sein ganzes Leben lang rassistisches Gedankengut gepflegt hat», sagte Eriksen. «Jeder, der die Entwicklung im ehemaligen Ostblock verfolgt, weiß, dass der Nazismus dort am stärksten ausgeprägt ist. Und was kennzeichnet den Nazismus?» Er ließ die Frage eine Weile im Raum stehen, ehe er sie selbst beantwortete. «Ethnische Säuberung.»

Lykke betrachtete die Tafel, die mit Namen, Gedanken und halbgaren Theorien vollgeschrieben war. Keine Schlussfolgerungen, nicht einmal ansatzweise.

«Wenn er kein Rassist ist und ein Motiv hat, die eine Frau zu töten, warum tötet er dann die andere?» Er blieb mitten im Raum stehen und wippte auf den Zehenspitzen. «Ich glaube, dass es vielleicht derselbe Mann ist, aber nicht dieselbe Sache.»

«Gusev genießt es, im Mittelpunkt zu stehen», sagte Viker nachdenklich. «Aus jeder Bagatelle macht er eine Riesenshow. Es könnte doch sein, dass der Mann ein irrsinniges Bedürfnis nach Aufmerksamkeit und gleichzeitig ein schlechtes Verhältnis zu Einwanderern hat. In den letzten Tagen war er ständig in den Schlagzeilen, das kann solchen Leuten einen richtigen Kick geben. Wie nennt man das noch, narzitistisch ...»

«Narzisstisch. Tja ...», Lykke zögerte, «möglich wär's.»

Die Tür ging auf, und Parisa Sadegh kam herein, gefolgt von einem kleinen blassen Jüngling mit unreiner Haut und einer gelbbraunen Strubbelmähne, die seit ewigen Zeiten nicht mehr geschnitten worden war. Lykke starrte ihn an. Der Mann oder, besser gesagt, der Junge konnte nicht älter als zwanzig sein.

«Tut mir leid, wir waren bis jetzt damit zugange.» Parisa lächelte, doch der Schlafmangel war ihr deutlich anzumerken.

«Das ist Robert Bø von Økokrim.» Robert Bø nickte nach rechts und links, und Parisa fuhr fort: «Wir haben uns die ganze Nacht mit Gusevs Laptop beschäftigt.» Sie sah Lykke entschuldigend an. «Ich bin noch nicht dazu gekommen, einen Bericht zu schreiben. Die Festplatte war randvoll mit allem möglichen Zeug, und es kann gut sein, dass da noch mehr ist.»

Lykke nickte.

«Schon gut, beschränkt euch auf das Wichtigste.»

Robert Bø legte die Hände auf den Stuhlrücken.

«Zuallererst: Ich bin von Datakrim, nicht Økokrim», sagte er in unverkennbarem Nordnorwegisch. «Wir wurden vor kurzem von Økokrim ausgegliedert und sitzen jetzt in der Brynsalleen ...»

Parisa räusperte sich vorsichtig.

«Gut ...»

Bø verstand den Wink.

«Als Erstes haben wir die Ordner auf seinem Desktop sortiert. Anschließend haben wir sie geöffnet und die Dateien systematisch ...»

«Nur das Wichtigste», wiederholte Lykke. «Schlussfolgerungen?»

«Aha. Ja.» Robert Bø sah verunsichert aus.

«Das kann ich übernehmen», sagte Parisa und ging zur Tafel. «Wir haben zwei Hauptfunde gemacht. Erstens, Gusev hat im großen Stil Fleisch geschmuggelt, und zweitens, Nadija Hadzic war eine seiner treuesten Kundinnen.» Parisa notierte die Stichpunkte am Whiteboard. «Gusev importierte illegal Fleisch, wahrscheinlich aus der Ukraine oder Polen, und verkaufte es an ein Dutzend feste Kunden in Oslo. Außerdem behielt er einen Teil selbst und verbrauchte es in seinem Restaurant.»

«Kein Wunder, dass seine Steaks so billig waren.» Lasse Viker kaute nachdenklich auf seinem Kugelschreiber.

«Nadija Hadzic, alleinerziehende Mutter mit wenig Geld, bereitete an fünf Tagen in der Woche das Mittagessen für hundert Leute zu und war deshalb eine perfekte Beute für Gusev. Wir haben über sechzig Bestellungen von

Nadija über große Partien Rind- und Schweinefleisch gefunden. Die älteste ist sechzehn Monate alt.»

«Sechzehn Monate, ohne dass jemand was gemerkt hat?» Ted Eriksen sah skeptisch aus.

Parisa schrieb mit Rot ‹Catrine Wennersten› an die Tafel.

«Die Geschäftsführerin der Werbeagentur. Sie wird nur zweimal erwähnt, aber es besteht kein Zweifel. Ich habe die ganze Zeit gewusst, dass da was ist. Sie hat ein bisschen zu auffällig den Eindruck zu vermitteln versucht, dass sie keine Ahnung hätte, wozu Nadija den Mac brauchte.»

«Sie war eingeweiht?» Viker nickte beeindruckt. «Auf den Kopf gefallen war sie nicht, die gute Nadija.»

«Nadija hat die Bestellungen per Internet bei Gusev aufgegeben, bekam vermutlich im Gegenzug gefälschte Rechnungen, und Wennersten hat dafür gesorgt, dass es in der Buchführung nicht auffiel. Wahrscheinlich haben die beiden Damen jeden Monat eine hübsche Summe unter sich aufgeteilt.»

«Keine Spuren von Internetdating?» Lykke saß mit halbgeschlossenen Augen auf seinem Stuhl.

«Sie hatte ein Profil bei *sukker.no* eingestellt, war aber seit mehreren Wochen nicht mehr aktiv. Wir haben uns auf etwas konzentriert, das uns mehr überrascht hat.» Parisa gab dem Jüngling von Datakrim ein Zeichen, woraufhin er einen Laptop auf den Tisch stellte und rasch ein paar Tasten drückte. «Unter fast siebenhundert Fotos fanden wir das hier.»

Eine Aufnahme von mehreren Leuten in Partystimmung erschien auf dem Bildschirm.

«Vermutlich die Feier von Gusevs siebenunddreißigstem Geburtstag vor etwas mehr als zwei Jahren, aufgenommen in seinem Restaurant. Gusev ist der hier.» Parisa Sadegh deutete auf einen Mann im grauen Anzug. «Der Typ neben ihm jobbt im Pub, scheint ein ziemlicher Volltrottel zu sein. Aber die Frau im Hintergrund, die mit der Kellnerschürze, ist interessant. Erkennt ihr sie wieder?»

«Lakshmi Singh!»

Viker schlug mit seiner großen Faust auf den Tisch. «Jetzt haben wir den Scheißkerl!»

«Ich hab's gewusst!» Ted Eriksen reckte die Arme wie zur Siegergeste hoch.

«Sie hat für Gusev gearbeitet?», fragte Lykke ruhig vom Kopfende des Tisches.

«Mit ziemlicher Sicherheit. Auf der Gehaltsliste von 2007 taucht ihr Name auf, aber das müssen wir noch prüfen.»

Lykke nickte leicht. Die Puzzleteile begannen sich ineinanderzufügen. Die Indizien gegen den guten Gusev wurden immer erdrückender.

«Gusev kannte Nadija und Lakshmi», fasste er zusammen, «aber das gilt auch für sehr viele andere, die in seinem Billardlokal gearbeitet haben oder dort Gäste waren. Es ist zu früh, den Blick darauf zu beschränken. Haltet die Augen in alle Richtungen offen.»

«Was ist mit Fadil, Nadijas Bruder?»

«Eben.»

Lykke betrachtete Kuvås mit so etwas wie aufkeimendem Respekt. «Warum hat Nadija zweimal versucht, ihren Bruder anzurufen, den sie nach Angaben von Kvamme seit fünfzehn Jahren nicht mehr gesehen hatte? Unmittelbar bevor sie getötet wurde? Denkt nach!» Lykke sprach ungewohnt laut. «Sie hat nicht mehr mit ihrem Bruder gesprochen, seit sie Mitte zwanzig war. Warum jetzt? Beantwortet mir das!»

«Sie könnte etwas gesehen haben, das mit ihrem Bruder zusammenhing», kam es von Ted Eriksen.

«Wie zum Teufel kommst du denn auf die Idee?» Lykke gab sich keine Mühe, den beißenden Spott zu kaschieren.

Sein Blick schweifte über den Tisch. «Wir betreiben die Suche nach Fadil in Bosnien weiter.» Bei Kuvås hielt er inne. «Vielleicht kannst du deine Freunde bei Kripos einspannen?»

«Sicher.»

«Was Neues über die beiden Neonazis aus Göteborg?»

Lasse Viker fuhr sich durch die wirre Haartolle.

«Haben beide ein wasserdichtes Alibi. Der eine war in Brasilien, der andere zusammen mit einem Dutzend Zeugen bei einer Theatervorstellung in Malmö.»

«Dann brauchen wir auf die wenigstens keine Energie mehr zu verschwenden. Hast du ein paar gute Tipps von den ‹Lasermann›-Fahndern in Malmö erhalten?»

Viker schüttelte den Kopf.

«Keine besonders originellen. Sie haben gesagt: ‹Haltet die Augen in alle Richtungen offen.›»

Lykke stand auf.

«Vielleicht sind die Schweden doch nicht so dumm.» Er zwinkerte Parisa zu. «Also dann, an die Arbeit. Kuvås übernimmt Lakshmis Bruder, Sadegh die Geschäftsführerin, Viker und ich kümmern uns um Gusev. Wir werden Siri Røymark Fotos zeigen, vielleicht erkennt sie ihn wieder. Eriksen, du gehst noch einmal alle Videos aus den

Geschäften durch. Jetzt weißt du ja, nach wem du Ausschau halten musst.»

Lykke überhörte das Aufstöhnen des jungen Ermittlers und drehte sich zu Parisa um.

«Noch irgendwas über Pay?»

Sie schüttelte den Kopf.

«Ruf die Bewacher zurück. Wir müssen jetzt los.»

Parisa Sadegh sah ihn fragend an.

«Wohin?»

«Zur Beisetzung von Nadija Hadzic.»

Kapitel 48

Lykke nahm das Faltblatt des Bestatters entgegen, zeigte seinen Dienstausweis vor und wandte sich der Treppe zu, die zur abgesperrten Galerie hinaufführte.

«Bessere Übersicht von da oben», murmelte er und zupfte Parisa diskret am Ärmel.

Sie ließen sich vorsichtig in der ersten Bankreihe nieder und blickten über die Brüstung. Die große Kapelle war knapp halb voll.

«Ich dachte, Nadija war Muslimin», flüsterte Parisa.

«Konvertiert, vielleicht?» Lykke spähte konzentriert hinunter auf die dünnbesetzten Bankreihen.

«Muslime konvertieren eher selten ...» Parisa wurde von der Orgel unterbrochen, die plötzlich hinter ihnen zum Leben erwachte.

Lykke entdeckte den silbergrauen Hinterkopf von Gisle Kvamme vorn in der ersten Reihe. Neben ihm saß Nora, ganz in sich zusammengesunken. Selbst aus dieser Entfernung konnte Lykke sehen, wie der kleine Körper geschüttelt wurde. Er musste an Ida denken und spürte einen Druck in der Brust.

Langsam ließ er den Blick durch die Kapelle schweifen. Er wusste nicht, wonach er Ausschau hielt, aber er rechnete damit, dass er es erkennen würde, wenn er es sah.

Die Orgel spielte die letzten Töne des *Air* von Bach, und eine Pastorin trat an den Sarg. Lykke erhob sich, gab Parisa ein Zeichen, dass sie sitzen bleiben sollte, und bewegte sich langsam auf den linken Flügel der u-förmigen Galerie hinaus. Die meisten Trauergäste waren junge Norweger. Vermutlich Mitarbeiter der Werbeagentur.

Lykke blieb stehen und starrte hinunter auf den weißen Sarg. In zwei Tagen muss ich zur Beisetzung von Darre, dachte er. Am Vortag hatte er eine Anfrage von Breiby auf dem Tisch gehabt. Ob er als Darres direkter Vorgesetzter eine kurze Rede halten könne. Lykke hatte keine Ahnung, was er sagen sollte.

Er erkannte den Barkeeper aus Gusevs Pub in der letzten Bank. Wie hatte Parisa ihn noch genannt? Einen ziemlichen Volltrottel?

Die Pastorin beendete ihre Zusammenfassung eines wechselvollen Lebenswegs. Lykke sah auf die Uhr. Es hatte zwölf Minuten gedauert. Die Trauergemeinde erhob sich für das Vaterunser.

«Erlöse uns von dem Bösen», betete die Pastorin.

Zu spät für Nadija Hadzic, dachte Lykke und faltete die Hände.

Die Zeremonie näherte sich dem Ende. Lykke winkte Parisa zu sich heran.

«Sollten wir mit jemandem sprechen?»

Sie warf einen kurzen Blick auf ihren Notizblock.

«Catrine Wennersten. Da vorn.» Parisa zeigte auf die zweite Bank. «Die mit dem engen Oberteil. Ich nehme an, alle in der Reihe hinter ihr sind aus der Agentur. Ansonsten erkenne ich noch einen in der hintersten Reihe, neben dem Barkeeper. Er spielt Billard bei Gusev und der Dicke neben der Säule dort auch.»

«Gut, fang sie draußen ab.» Lykke wirkte nicht sehr interessiert.

Parisa war gerade im Begriff aufzustehen, als Lykke sie packte und zurück auf die Bank zog. «Da!»

Parisa folgte seinem Blick.

Ein dunkelhaariger Mann Anfang dreißig war nahezu unbemerkt hereingekommen und hatte sich einen Meter neben dem Bestatter an die Wand gestellt.

«Der Bruder?» Parisa ertappte sich dabei, dass sie flüsterte, während *Gabriels Oboe* erklang.

«Ja.»

«Sicher?»

«Ja», wiederholte Lykke, ohne den Blick von dem Neuankömmling abzuwenden.

Die Orgel verstummte, und die Pastorin ging zu den Familienangehörigen in der ersten Bank. Außer Kvamme und Nora saß dort noch ein älteres Paar, vermutlich die Großeltern. Lykke hielt Ausschau nach jemandem, auf den die Beschreibung von Kvammes neuem Lebensgefährten passte, aber ohne Erfolg.

Die Pastorin beugte sich zu Nora hinunter und sagte ihr etwas ins Ohr. Das kleine Mädchen stand auf, griff nach der Hand des Vaters und machte einige zögernde Schritte auf den Sarg zu. Lykke blickte zu dem Mann am

Eingang. Er trug Jeans und eine helle Windjacke, halb geöffnet über einem schwarzen Rollkragenpullover. Lykke ahnte die Konturen einer Zigarettenschachtel in der linken Brusttasche.

Der Mann hatte einen guten Überblick über alle, die sich in dem großen Raum befanden, einschließlich Lykke und Parisa auf der Galerie, und würde sie sofort bemerken, falls sie sich bewegten. Lykke bereute zutiefst, dass sie sich so weit in die Kapelle vorgewagt hatten.

Er spähte zum Mittelgang. An der Hand ihres Vaters legte Nora unendlich langsam eine rote Rose auf den weißen Sarg. Ihr bitterliches Weinen hallte durch die Kapelle. Lykke schluckte hart. Er hatte schon mit Kindern zu tun gehabt, die ihre Eltern verloren hatten, und fühlte sich plötzlich unsagbar erleichtert, dass Kvamme nicht ihr Mann war.

«Die Welt ist verdammt noch mal nicht gerecht», schniefte Parisa in ihr Taschentuch.

«Das ist der Punkt, an dem wir ins Spiel kommen», murmelte Lykke und starrte wieder zum Eingang. «Scheiße!»

Er sprang auf und hastete durch die Bankreihen.

«Scheiße, Scheiße, Scheiße!»

Ohne das schockierte Gesicht des Organisten zu beachten, polterte er die enge Treppe hinunter. Draußen blieb er stehen und rang nach Atem, während er den Vorplatz fieberhaft absuchte. Zwei Reporter der Boulevardpresse standen in dicken Wintermänteln neben dem Leichenwagen und rauchten.

«Haben Sie einen Mann ...»

Im selben Moment entdeckte er fünfzig Meter weiter eine helle Windjacke hinter einigen geparkten Autos und begann zu laufen.

«Ich bin direkt hinter dir», rief Parisa und tauchte eine Sekunde später neben ihm auf.

«Er ist da runter.» Lykke zeigte zum Parkplatz.

«Dann kriegen wir ihn!» Parisa flog geradezu über den schneebedeckten Boden.

«Ich komme», keuchte Lykke, merkte, dass er keine Luft bekam, und musste das Tempo reduzieren.

Parisa sprang über eine Absperrkette und spurtete auf den Parkplatz.

Wo zum Teufel war der Kerl abgeblieben? Sie verlangsamte ihre Schritte und starrte auf die Reihen der Autos. Er muss hier irgendwo sein, dachte sie. Er kann es nicht bis zur Straße geschafft haben, dann hätte ich ihn sehen müssen. Plötzlich hörte sie das Knallen einer Autotür. Sie blieb abrupt stehen. Ein schwarzer Golf schoss rückwärts aus der Parklücke. Parisa rannte, so schnell sie konnte, um ihm den Weg abzuschneiden. Das Auto fuhr mit durchdrehenden Reifen an, schrammte den rechten Pfeiler der Einfahrt und bog mit Vollgas auf die Straße. Parisa lief zum Passat, zerrte den Autoschlüssel aus der Tasche und riss die Tür auf. Sie ließ den Motor an, legte den Rückwärtsgang ein, gab Gas und trat abrupt auf die Bremse.

«Verdammte Scheiße!»

Sie griff zum Handy und schrie Befehle ins Telefon, als Lykke endlich die Beifahrertür öffnete.

«Hast du Kennzeichen und Beschreibung durchgegeben?»

Sie nickte. Ihr Blick war schwarz.

«Ich habe ihn aus den Augen verloren. Er muss sich geduckt ...»

«Der Mann ist ein professioneller Geldeintreiber», fiel Lykke ihr ins Wort. «Vielleicht gut, dass du nicht ...»

«Quatsch.» Parisa schlug mit der Handfläche aufs Lenkrad. «Falls das unser Mann war, hätte ich ...» Sie verstummte und starrte Lykke an. «Du blutest.»

Er blickte hinunter auf sein blutbeflecktes Hosenknie.

«Bin ausgerutscht.»

Parisa beugte sich aus der halboffenen Autotür und betrachtete den zerstochenen Vorderreifen.

«Hat er alle vier platt gemacht?»

Lykke nickte.

«Er muss uns beobachtet haben, als wir angekommen sind», sagte er und musterte seine aufgeschrammten Hände. «Er ist clever.»

Kapitel 49

«Wo waren Sie am Samstag, den 27. November, zwischen 19.30 und 21.00 Uhr?»

Rechtsanwalt Snorre Berg lächelte steif.

«Ich denke, mein Mandant hat die Frage bereits beantwortet», sagte er mit butterweicher Stimme.

«Wenn er keine bessere Antwort parat hat, hat er eventuell ein Problem», erwiderte Lykke und umrundete den Tisch in dem kargen Vernehmungsraum.

«Ich gebe zu, dass ich ab und zu Fleisch verkauft habe.» Gusev sah fragend zu Berg, bevor er fortfuhr: «Aber ich habe Lakshmi seit zwei Jahren nicht mehr gesehen. Warum sollte ich ihr was antun?»

«Warum haben Sie nicht gesagt, dass Sie Lakshmi Singh kannten, als wir Sie danach gefragt haben?»

«Ich habe sie auf dem Foto nicht erkannt, das sagte ich doch schon.» Gusev sah wieder zu seinem Anwalt. «Können Sie denen das nicht klarmachen? Die hören mir nicht zu. Weil ich Ausländer bin? Warum hören Sie mir nicht zu?» Gusev versuchte aufzustehen, aber ein strenger Blick von Lasse Viker zwang ihn zurück auf den Plastikstuhl.

Der Anwalt seufzte tief und trommelte demonstrativ auf seiner schwarzen Ledertasche.

«Weitere Fragen?»

Rolf Lykke zögerte.

«Wo wohnen Sie?»

Gusev verdrehte die Augen.

«Ich habe Ihnen gesagt, dass ich im Hinterzimmer des Restaurants wohne», sagte er langsam. «Manchmal wohne ich in der Sars' gate, aber meistens im Lokal.»

«Und Ihr Auto?»

«Was ist damit? Wollen Sie meine Bremsen kontrollieren? Wollen Sie die Quittung der EU-Kontrolle sehen?»

«Wo ist es?» Lykke ließ den Ukrainer nicht aus den Augen.

«Ich habe gesagt, dass ich es nicht weiß. Hier!» Gusev drehte demonstrativ seine Jackentaschen um. «Kein Schlüssel. Das ist nicht mein Auto. Es gehört dem Restaurant. Alle, die dort arbeiten, fahren damit. Wenn ich mein Handy benutzen dürfte, könnte ich es herausfinden.»

«Ist es auf Sie zugelassen?»

«Ja.»

«Und das Kennzeichen ist …?»

Der Anwalt wollte protestieren, aber Gusev stoppte ihn

mit einer Handbewegung. Als wäre er ein ungezogenes Kind, dachte Lykke.

«DL 98976. Was ist los mit Ihnen, Herr Kommissar? Können Sie sich keine Zahlen merken?»

Lykke blickte verstohlen auf seine Notizen und nickte Viker zu.

«Gib eine Fahndung nach dem Wagen raus.»

Lasse Viker verschwand hinaus auf den Flur, ließ die schalldichte Tür jedoch angelehnt.

«Polizeihauptmeister Lasse Viker verlässt den Vernehmungsraum, um ein Telefonat zu führen.» Lykke blickte beim Sprechen auf das Tischmikrophon.

«War's das?» Berg sah ihn fragend an.

«Wir werden eine zweiwöchige Untersuchungshaft beantragen.»

Der Anwalt lächelte und entblößte dabei seine blendend weißen Zähne. Die solariumgebräunte Haut unter dem halboffenen Hemd und die blondierten Haare erinnerten Lykke an eine amerikanische Krimiserie aus den Siebzigern.

«Sie haben nicht genug in der Hand, um ihn festzuhalten, und das wissen Sie.»

Das Lächeln war verschwunden.

«Abwarten. Auf jeden Fall bleibt er bis morgen hier.»

Gusev wand sich auf seinem Stuhl.

«Wieso denn? Ich kann euch helfen, das Auto zu finden. Ich habe nichts gemacht, nur ein bisschen Fleisch verkauft. Vor ein paar Tagen wurde in mein Restaurant eingebrochen. Was tun Sie dagegen?»

«Haben Sie Anzeige erstattet?» Lykke wirkte nur mäßig interessiert.

«Warum sollte ich? Ihr helft Ausländern ja doch nicht. Hab ich recht?»

Lasse Viker kam herein und setzte sich auf den Stuhl gegenüber von Gusev.

«Polizeihauptmeister Lasse Viker ist zurück», sagte Lykke in das Aufnahmegerät. Dann blickte er an die Decke, ehe er sich schließlich zu Gusev vorbeugte.

«Vermissen Sie Messer oder Beile aus Ihrer Sammlung?»

Sergej Gusevs dunkle Augen blitzten wachsam auf. Nur für eine Zehntelsekunde, aber Lykke genügte es.

«Ich bin kein Sammler. Für mich sind das Arbeitsgeräte, klar? Werkzeug. Wissen Sie denn, wie viele Schraubenzieher Sie in Ihrer Wohnung haben? Verstehen Sie, was ich sage?»

Lykke rutschte nach vorn an die Stuhlkante.

«Ich verstehe Sie ausgezeichnet. Aber bei mir hängen sie nicht an der Wand. Denken Sie noch einmal genau nach.»

«Ich weiß nicht, wie viele Messer ich habe. Manchmal nehme ich sie mit ins Restaurant, und manchmal nehme ich welche aus dem Restaurant mit nach Hause.»

«Zwei Wandhaken waren leer. Wie erklären Sie das?»

Lykke kniff die Augen zusammen und suchte nach Lücken in der ukrainischen Abwehr.

Gusev wechselte einen Blick mit dem Anwalt, der den Kopf schüttelte.

«Keine Ahnung. Ich erinnere mich nicht.» Zum zweiten Mal innerhalb der letzten vierundzwanzig Stunden streckte Gusev die Arme nach vorn und drehte die Handflächen nach oben. «Sperren Sie mich ein. Tun Sie es einfach.»

Lasse Viker stöhnte und sah demonstrativ zu Boden.

«Wir machen hier Schluss», sagte Lykke kurz und erhob sich.

Kapitel 50

Rolf Lykke bog von der Esso-Tankstelle in Ryen auf die Straße. Es schneite immer noch, wenn auch nicht mehr so stark wie vor einigen Stunden. Er hatte getankt und ein Wiener Würstchen mit Senf verschlungen. Die Uhr am Armaturenbrett zeigte 19.22 Uhr. Er würde es gerade noch nach Hause schaffen, bevor Ida ins Bett ging. Ein Lichtblick in der Dunkelheit. Der Tag war völlig anders gelaufen als erwartet. Nach dem ergebnislosen Verhör von Gusev hatten sie seine «Wohnung» hinter der Küche des Restaurants durchsucht. Dort war es genauso schmutzig und trist wie erwartet. Pornomagazine, dreckige Klamotten und alte Programmhefte von Trabrennen. Kein einziges Messer, nicht mal ein Taschenmesser. Er hatte Parisa angewiesen, den Leuten von Telenor Dampf zu machen. Sie arbeiteten mit dem Dating-Portal zusammen und hofften, in Kürze einen Treffer zu erzielen, was immer das heißen mochte.

Er rutschte auf dem Sitz zurecht. Die Rückenschmerzen waren mit voller Wucht zurückgekehrt. Er blinkte, bog nach links in den Enebakkveien und passierte die Kirche von Manglerud. Was zum Teufel sollte er auf der Beerdigung von Darre bloß sagen? Er hatte acht Jahre mit seinem Kollegen zusammengearbeitet, und trotzdem wollte ihm ums Verrecken nichts Persönliches einfallen, um drei

Minuten Redezeit zu füllen. Das Erste, woran er bei Darre dachte, war, dass er sich langsam bewegt hatte. Genau darüber hatte er sich oft geärgert. Ganz gleich, wie stressig eine Situation war, hatte es immer so gewirkt, als ginge Darre das alles nichts an. Er war durch die Korridore geschlendert wie zur besten Sommerurlaubszeit. Konnte er das erwähnen? Wenn er hinzufügte, dass so manch einer vielleicht gut daran täte, sich eine Scheibe von Darres zuweilen gemächlichem Lebensrhythmus abzuschneiden? Vielleicht?

Aber meinte er das auch so?

Lykke fuhr an der Polizeistation Manglerud vorbei. Ob ich hier meine Laufbahn beende?, dachte er. Abschnittsbeamter in Manglerud. Nicht, dass daran etwas auszusetzen war. Es war nur nichts für ihn. Er hatte nie begriffen, dass diese kleine Station für so viele Vororte verantwortlich war. Manglerud, Lambertseter, Bøler, Oppsal, Skullerud, Tveita ... Allein in Manglerud lebten mehr Menschen als in einer mittelgroßen norwegischen Stadt.

In den sechziger Jahren hatten die Leute Schlange gestanden, um hier eine Wohnung zu bekommen. Auch Familie Lykke. Seine Mutter war seit 1956 Mitglied in der Wohnungsbaugenossenschaft OBOS gewesen, aber selbst das reichte nicht. Er erinnerte sich, wie sie davon gesprochen hatte, aus der engen Mietwohnung auszuziehen, wie sie von frischer Luft, grünem Gras, eigenem Bad und Balkon geschwärmt hatte. Besonders Letzteres fand sie unendlich verlockend. Einen Balkon. Er dagegen war heilfroh gewesen, als nichts daraus wurde. Lieber das Klo im Treppenhaus und ein bisschen Abgasgestank aus dem Åkebergveien, als raus aufs Land zu ziehen.

Lykke hielt vor dem grauen Garagentor und stellte den Motor aus. In der Küche brannte Licht, er konnte sehen, wie Sonja sich nach etwas im Hängeschrank streckte. Plötzlich hielt sie in der Bewegung inne und lächelte. Fuhr sich mit dem Unterarm über die Stirn. Idas Haarschopf sauste vorbei wie ein Pfeil. Sonja lachte und drehte sich um. Sie verschwanden im Wohnzimmer.

Er blieb im Dunkeln sitzen. Sollte er den Posten des Oberkommissars doch annehmen? Arbeitszeit von neun bis vier und gelegentlich ein paar Überstunden. Genau das Gegenteil von dem, wie er jetzt arbeitete. Lykke zog den Zündschlüssel ab und suchte in seinen Taschen nach einem Kaugummi.

Im selben Moment, als er die Haustür öffnete, hörte er Fußgetrappel aus dem Wohnzimmer.

«Papa!»

Ida flog ihm um den Hals.

Lykke zog den kleinen, warmen Körper an sich.

«Hallo, Spätzchen», sagte er und trug sie auf dem Arm in die Stube.

«Schau mal, was ich auf der Treppe gefunden habe. Ein Menschenkind.»

Sonja lächelte und schob die Lesebrille auf die Stirn.

«Du Glückspilz!»

Sie stellte sich auf die Zehenspitzen, kuschelte sich zwischen die beiden und gab ihm einen Kuss auf den Mund.

Womit habe ich das verdient, dachte Lykke.

Trotz heftiger Proteste setzte er Ida vorsichtig ab und legte den Mantel übers Treppengeländer.

«Willst du Nudeln mit Pesto? Steht im Kühlschrank, ich brauche es nur aufzuwärmen.»

«Danke, nicht nötig. Ich habe vorhin eine Kleinigkeit gegessen.»

Sonja ging zum Fernsehsessel.

«Gleich gibt's Fußball. Bringst du Ida ins Bett?»

«Okay.»

Ida hüpfte vor ihm auf und ab.

«Können wir nicht das Leiterspiel spielen? Bitte, nur *ein* Mal!»

Lykke blickte zu Sonja.

«Es ist schon ...»

«Nur ein einziges Mal. Ich verspreche, nicht zu quengeln, wenn wir nur ein Mal spielen.»

«Na gut. Aber dann schnell.»

«Au ja!»

Ida war schon auf der Treppe, um das Spiel zu holen.

Sonja drehte sich zu ihm um. Lykke wusste, was jetzt kam und dass er keine Chance hatte.

«Es geht nicht, dass ich immer die Strenge bin, während du sofort nachgibst, wenn sie bettelt.»

«Tut mir leid, ich dachte nur, weil ich sie doch so selten sehe ...» Er blieb unschlüssig stehen. «Ich habe daran gedacht, anzunehmen», sagte er.

«Was anzunehmen?»

«Den Posten als Oberkommissar.»

«Ich finde ganz und gar nicht, dass du das tun solltest.»

«Warum nicht?»

Ihre kristallklare Antwort überraschte ihn.

«Weil du deinen Job liebst.»

«Aber du sagst doch selbst, dass ich mich kaputtmache, dass ich weniger arbeiten soll, öfter mit Ida zusammen sein ...»

«Und das meine ich auch so», fiel Sonja ihm ins Wort. «Aber das heißt nicht, dass du deinen Job wechseln sollst. Du musst lernen, in deinem jetzigen Job Grenzen zu setzen.»

«Das sagt sich so leicht», begann Lykke, aber wieder unterbrach Sonja ihn.

«Die Friedhöfe sind voller Leute, die sich für unersetzlich hielten.»

Er wartete, dass sie weitersprach, aber sie schwieg.

«Und was heißt das?»

«Dass der Rechtsstaat weiter besteht, auch wenn du vorübergehend mal zwanzig Prozent weniger arbeitest», antwortete Sonja mit der Andeutung eines Lächelns.

«Jetzt komm!» Ida hatte sich auf den Fußboden gesetzt und das Brettspiel ausgepackt.

«Wollen wir uns nicht lieber an den Küchentisch setzen?»

«Auf dem Fußboden kann man besser würfeln.»

«Na gut.»

Er ließ sich auf den Kieferndielen nieder und versuchte, eine bequeme Position für den steifen Rücken zu finden.

«Rot!», rief Ida.

«Dann nehme ich Gelb.»

Lykke nahm die gelbe Spielfigur aus der kleinen Plastiktüte.

Wütendes Gebell aus der Hosentasche zwang ihn auf die Knie. Blöder Klingelton, da hätte er sich ja ebenso gut einen Hund anschaffen können.

Es war Parisa.

«Wir haben hier etwas, das du dir ansehen solltest.»

«Und was?»

«Ted hat heute ein Video von einem kleinen Laden in Grønland bekommen. Ein Mann mit einem Paket Blenda Sensitive an der Kasse.»

«Aha.» Lykke war nicht sehr beeindruckt. «Und warum muss ich mir das ansehen?»

«Der Mann ist Egil Pay.»

«Verdammt ...»

«Sollen wir ihn festnehmen?»

Lykke zögerte, er spürte Sonjas Blick im Nacken. Ida schüttelte den Würfelbecher und starrte ihn ungeduldig an.

«Vorläufig nicht. Ich bin in einer Stunde bei euch.»

Ida würfelte eine Sechs und lächelte breit.

«Meinst du, du kannst ganz schnell spielen?», fragte er.

Lykke bog auf den Parkplatz des Polizeipräsidiums ein, stellte den Motor ab und griff nach der abgenutzten Tasche auf dem Beifahrersitz. Warum hatte Nadija an ihrem Todestag zweimal versucht, ihren Bruder anzurufen? Die Frage ließ ihn nicht los. Konnte Pay ihnen die Antwort liefern?

Sadegh und Eriksen hatten sich mit Monitor und Videoplayer in den Besprechungsraum der Bibliothek im sechsten Stock zurückgezogen. Lykke nickte ihnen kurz zu und kam wie üblich gleich zur Sache.

«Lass sehen.»

«Sekunde ...»

Noch im Mantel, stand er da und starrte auf die unscharfen Bilder.

«Hier.» Parisa zeigte auf einen Mann mit Pudelmütze und dunkler Daunenjacke, der links von der Kasse ins Bild kam. In der Hand hielt er einen Einkaufskorb. Das unscharfe Bild ruckte, dann sah man, wie der Mann die Waren aufs Band legte. Lykke kniff die Augen zusammen. Zwei Liter fettarme Milch, sechs, sieben Tüten Tomatensuppe oder Ähnliches, ein Karton Eier … und ein Paket Blenda.

«Stopp», sagte Lykke. «Ist das genau dieselbe Sorte und Größe?» Er zeigte auf den Bildschirm.

Parisa nickte.

«Und dieselbe Aktionswerbung auf der Vorderseite.»

«Warum kriegen wir das erst jetzt rein?»

Ted Eriksen fingerte nervös an der Fernbedienung.

«Irgendwer hat da was missverstanden. Das ist kein Supermarkt, eher eine Art großer Kiosk.»

«Aber sie verkaufen Waschpulver.»

«Wir hätten die kleinen Läden natürlich gleich zusammen mit den Supermärkten überprüfen müssen, aber das ist erst heute passiert …»

«Der 7-Eleven-Laden ist dreißig Meter vom Haus Tøyengata 21 entfernt, und die Aufnahme wurde um 18.55 Uhr gemacht, neun Minuten bevor Nadija die Auskunft anrief und darum bat, mit der Polizei verbunden zu werden.» Parisa erhob sich. «Sollen wir ihn herbringen?»

Lykke schaute an die Decke.

«Nein», sagte er schließlich. «Besorg einen Durchsuchungsbeschluss für Pays Wohnung, ich denke, es ist besser, wenn wir ihn uns dort vorknöpfen.»

Egil Pay sah fast noch ungewaschener aus als beim letzten Mal. Er saß auf dem Sofa und rauchte, während seine kleinen Augen den Kommissar auf dem Stuhl gegenüber anblinzelten.

«Die Fische rührt ihr mir nicht an.»

«Nicht, wenn Sie uns sagen, was wir wissen wollen.» Lykke legte den Notizblock auf den Schoß. «Haben Sie am Dienstag, den 23. November, im 7-Eleven eingekauft?»

Pay hielt den Zigarettenstummel zwischen Daumen und Zeigefinger und sog daran, dass der Filter glühte.

«Kann gut sein.»

«Was haben Sie dort gekauft?»

Pay blickte Lykke misstrauisch an.

«Kippen, Zeitung, was zu essen ... alles Mögliche.»

«Auch Waschpulver?»

«Das auch.»

Lykke und Parisa wechselten einen Blick. Der Mann wirkte nicht sonderlich nervös.

«Wir haben Videoaufnahmen aus dem Laden, die zeigen, dass Sie am Dienstag voriger Woche um fünf vor sieben abends ein Paket Blenda Sensitive gekauft haben. Stimmt das?»

Ein Anflug von Unruhe war in den schmalen Augen zu sehen. «Hat euch der Kanake an der Kasse geschickt?»

«Sollte er das?»

Lykke schlug abwartend das linke Bein über das rechte.

«Ich hab ihn beleidigt.»

«Warum?»

Pay drückte den Filterstummel im Aschenbecher aus, der anscheinend wochenlang nicht geleert worden war.

«Weil er mich beschissen hat.»

«Inwiefern?»

«Ich weiß genau, dass ich das Waschpulver bezahlt hab, aber als ich nach Hause kam, war es nicht in der Tüte.»

«Sie haben es im Laden vergessen?»

«Ja, aber der Blödmann hat es abgestritten.»

«Kein Blenda hier. Das Einzige, was wir gefunden haben, ist das.» Ted Eriksen stand in der Tür, er hatte Gummihandschuhe an und hielt ein Paket Biotex hoch.

«Das war letztes Mal auch schon da», sagte Parisa.

Lykke stand auf und streckte den Rücken.

«Die Videoaufnahmen bestätigen, dass der Pakistaner an der Kasse recht hat», sagte er. «Sie verstauen das Waschpulver in der Einkaufstüte und gehen aus dem Laden.»

«Scheiße, nein!»

Pay schlug mit der Faust auf den Tisch, sodass sich die Pyramide im Aschenbecher als grauer Staubschleier auf die heruntergekommenen Möbel verteilte. «Ich weiß doch, dass es nicht drin war, als ich nach Hause gekommen bin und die Tüte ausgepackt hab. Scheiße, Mann, aber so oft kaufe ich ja nun auch kein Waschpulver.»

«Das glauben wir Ihnen sofort», murmelte Parisa. «Gab es einen besonderen Grund, warum Sie Blenda Sensitive gekauft haben? Sind Sie vielleicht allergisch gegen ...»

«Ich hab verdammt noch mal nicht alle Waschpulvernamen im Kopf! Ich kauf das, was im Angebot ist! Ist doch sowieso alles dieselbe Scheiße. Bloß Seife, also was wollt ihr?»

Pay holte tief Luft und kramte in seinen Taschen, bis er schließlich eine zerdrückte Packung Prince fand. «Macht ihr einen solchen Aufstand, bloß weil der Typ gepetzt hat? Ich hab nur zu ihm gesagt, dass er mich am Arsch lecken kann und sich wieder nach Pakistan verpissen soll, oder wo er her...»

«Sind Sie direkt vom Geschäft aus nach Hause gegangen?», fiel ihm Lykke ins Wort.

«Wo zum Teufel sollte ich wohl sonst hingehen, mit der vollen Einkaufstüte?»

«Und Sie haben sie nicht abgestellt, bevor Sie wieder in Ihrer Wohnung waren?»

Pay hob ein Feuerzeug vom Fußboden auf und steckte sich die Zigarette an.

«Ich weiß noch genau, dass ich mit der Tüte in der Hand ins Treppenhaus bin und ...» Er wurde plötzlich unsicher.

«Und?»

«Ich wollte einen Sack Sand aus dem Keller holen. Hätte mich vor dem Eingang fast auf den Arsch gesetzt, so glatt war's. Gefrorener Regen, saugefährlich. Die streuen hier ja nicht mehr. Und Schnee schippen tut auch keiner.»

«Wo war die Einkaufstüte, als Sie im Keller waren?»

Egil Pay blickte abwechselnd Sadegh und Lykke an.

«Scheiße, weiß ich nicht mehr.»

«Wäre es denkbar, dass Sie die Tüte im Treppenhaus abgestellt haben, bevor Sie in den Keller gegangen sind?»

«Kann schon sein. Mein Gott», Pay wedelte mit der Zigarette, «der soll sich nicht ins Hemd machen. Wenn ich dem Paki zu nahe getreten bin, geh ich morgen hin und entschuldige mich.»

«Ich denke, das sollten Sie tun.» Lykke klappte den Notizblock zu.

«Sind wir fertig?» Ted Eriksen starrte Lykke aus dem Flur fragend an.

«Nadijas Mörder hatte wenig Zeit», sagte Lykke. «Er hat die Einkaufstüte im Treppenhaus stehen sehen und sich im Vorbeigehen das Waschpulver geschnappt.»

«Du meinst, das war nicht geplant?» Ted Eriksen machte ein skeptisches Gesicht.

«Alles deutet auf einen spontanen Einfall hin. Er musste Nadija rasch töten, und er musste es nach etwas anderem aussehen lassen. Dass daraus die Rassismus-Spur entstand, ist vermutlich reiner Zufall.»

«Ich glaube, du irrst dich», sagte Ted Eriksen. «Ich halte die Tat nach wie vor für rassistisch motiviert, nur dass das Blenda-Paket dem Ganzen noch die Krone aufgesetzt hat.»

Lykke verstaute den Notizblock in seiner Manteltasche.

«Vorläufig halten wir uns alle Möglichkeiten offen», sagte er. «Überprüf die Geschichte mit dem Pakistaner in dem Laden.»

Eriksen nickte kurz.

«Warum haben Sie Nadija als Hure bezeichnet?» Parisa hatte Pay den Rücken zugedreht und betrachtete den großen Jack-Dempsey-Cichliden.

«Ich hab sie nie als Hure bezeichnet.»

Parisa drehte sich um.

«Doch, das haben Sie. Als wir das letzte Mal hier waren. Warum?»

Pays Blick wurde unsicher.

«Sie war mal hier und hat sich die Fische angesehen. Hat gesagt, dass sie sie schön findet und auch gern so eins hätte», er zeigte mit der Zigarette auf die Aquarien an der Wand, «aber als ich am nächsten Tag mit 'nem Aquarium und allem zu ihr rauf bin, wollte sie auf einmal doch keins.» Pay blinzelte durch den Rauch. «Muss doch möglich sein, sich zu entscheiden. Oder nicht?»

«Auf jeden Fall.» Parisa wandte sich zur Tür.

«Seid ihr fertig?» Pay ließ den Blick durchs Zimmer schweifen. «Und wer räumt das ganze Chaos jetzt auf, das ihr angerichtet habt?»

«Das müssen Sie mit ...» Sie wurde vom Klingeln ihres Handys unterbrochen. Parisa hörte sekundenlang zu, dann legte sie auf.

«Man hat Gusevs Auto gefunden. Es steht im Parkverbot, hundert Meter von seinem Billardlokal entfernt.» Sie grinste. «Endlich passiert hier mal was.»

Die hohe Schneeräumkante um den schwarzen Toyota Land Cruiser herum machte deutlich, dass er eine Weile nicht bewegt worden war. Lykke ließ sich die Taschenlampe von einem der Kriminaltechniker geben, die in der Kälte von einem Fuß auf den anderen traten, und leuchtete ins Wageninnere hinein.

«Okay, dann machen wir auf. Ihr zuerst.»

Nach weniger als zehn Sekunden war das Schloss geknackt. Die beiden Kriminaltechniker zogen sich die Handschuhe bis über die Ärmel ihrer Nylonschutzanzüge und untersuchten vorsichtig den Innenraum.

Lykke kamen plötzlich Zweifel, ob seine Anwesenheit wirklich so wichtig war. Warum hatte er nicht einfach zu Hause auf den Bericht von Parisa gewartet? War es tatsächlich notwendig, dass er hier fröstelnd auf einem Schneewall stand?

Tief in seinem Polizistenhirn kannte er die Antwort. Wenn sie hier etwas fanden, war das extrem wichtig für die weiteren Ermittlungen. Er musste es selbst sehen, musste dabei sein. Lykke hatte viele Male erlebt, dass wichtige Details übersehen oder im Bericht einfach weggelassen wurden. Letzteres war beinahe noch schlimmer.

Er ließ sich auf alle viere nieder und kontrollierte die Schneehöhe unter dem Auto, versuchte sich zu erinnern, wie das Wetter in den letzten Tagen gewesen war. Alles deutete darauf hin, dass das Auto seit ungefähr zwei Tagen hier parkte, vielleicht länger. Er richtete sich mühsam wieder auf und wandte sich an Parisa.

«Ruf den Wetterdienst an, ich will wissen, wie viel Millimeter Schnee im Zentrum von Oslo seit Samstag, zwanzig Uhr, gefallen sind. Und die Temperaturen für jede Stunde», fügte er hinzu.

Parisa hatte das Handy schon am Ohr.

«Da ist nicht viel.» Der ältere der beiden Techniker kam rückwärts von der Beifahrerseite gekrochen. «Wir haben ein paar Kleinigkeiten eingesammelt, für alle Fälle.» Er hielt einige kleine Plastikbeutel hoch, mit Schokoladenpapier, einem Feuerzeug und etwas, das wie eine benutzte Papierserviette aussah.

«Sichert ihr die Fingerabdrücke?»

«Schon erledigt.»

Lykke nickte. Ihm war der Name des Kriminaltechnikers entfallen, und das ärgerte ihn. Sie waren sich in den letzten Jahren schon einige Male begegnet. Ich muss mich zusammenreißen, dachte er.

Er sah zu, wie der Mann den Kofferraum öffnete und ins Dunkel hineinleuchtete.

«Na bitte, wer sagt's denn!»

Lykke verfolgte den Lichtkegel der Taschenlampe, der über drei große, durchsichtige Plastiksäcke voll gefrorenem Fleisch glitt. Aus dem untersten war etwas Blut ausgelaufen, und ein brauner Fleck von der Größe eines Fünfkronenstücks hatte sich auf dem grauen Teppichbelag gebildet.

Der Techniker hatte schon nach einem neuen Plastikbeutel gegriffen und kratzte vorsichtig an dem Blutfleck.

«Kann nicht tiefgefroren gewesen sein, als es eingeladen wurde», murmelte er. «Mal sehen, was in der Reserveradmulde ist.»

Er hob den Teppichbelag an und öffnete die Abdeckung über dem eingelassenen Hohlraum.

Sie starrten auf ein Warndreieck, neben dem ein fast fünfzig Zentimeter langes Fleischmesser mit schwarzem Griff lag. «Fiskars, stainless steel».

Lykke nahm dem Techniker die Taschenlampe aus der Hand, beugte sich tief hinunter und musterte die Klinge. Er sah es sofort. Auf halber Länge der braunroten Schneide war eine Kerbe. Er legte die Taschenlampe weg und steckte die Hände in die Manteltaschen.

«Ich brauche die DNA, so schnell es irgend geht.» Er drehte sich zu Parisa um. «Und wir müssen Siri Røymark so schnell wie möglich die Fotos zeigen.»

Kapitel 51

Die Wanduhr im Vernehmungszimmer zeigte Datum und Uhrzeit. 30. November, 07.30 Uhr.

Rolf Lykke erhob sich, als Siri Røymark den Raum betrat. Parisa schloss leise die Tür hinter ihr.

«Tut mir leid, dass wir Sie so früh belästigen müssen.» Lykke stellte sich vor und gab ihr die Hand. «Aber es eilt.»

«Kein Problem, ich bin ja froh, wenn ich helfen kann.»

«Wie Sie sehen, haben wir dort oben an der Wand eine Kamera», sagte Lykke und zeigte schräg über die Tür, «und eine zweite hier in der Ecke ...»

«Das ist ja wie beim Casting.» Siri Røymark lächelte nervös. «Komme ich etwa ins Fernsehen?»

«Wir möchten nur Ihre Reaktion festhalten, wenn Sie sich die Fotos ansehen», sagte Parisa beruhigend. «Am besten, Sie vergessen die Kameras gleich wieder. Seien Sie einfach ganz Sie selbst.»

Siri Røymark setzte sich.

«Ich habe nur Angst, dass ich Ihre Zeit verschwende. Ich habe tausendmal versucht, ihn vor mir zu sehen, aber er ist und bleibt völlig undeutlich.»

«Wir werden Ihnen jetzt zehn Fotos zeigen», sagte Lykke. «Alle haben die gleiche Größe, und alle Gesichter sind aus derselben Perspektive aufgenommen. Sie werden außerdem feststellen, dass sie sich ähnlich sehen ...»

«Ach du liebe Güte, ich fürchte, in so was bin ich gar nicht gut.» Ihre blassen Hände strichen unablässig über den beigen Hosenanzug.

Sie hat sich in Schale geworfen, dachte Lykke.

«Keine Sorge», sagte er. «Hier wird niemand rausgewählt.»

Parisa lächelte und berührte sie leicht an der Schulter.

«Alles, was wir von Ihnen möchten, ist, dass Sie sich die Fotos ansehen und deutlich nein sagen, wenn es nicht die richtige Person ist, und ja, wenn es der Mann ist, nach dem wir suchen.»

Parisa beugte sich vor und nahm aus einem Schrank in der Ecke einen Stapel laminierte Fotos im A4-Format heraus.

«Sind Sie bereit?»

Siri Røymark nickte. Lykke sah, dass ihre Lippen zitterten.

«Nummer eins», sagte Parisa und vergewisserte sich, dass der Winkel zur Wandkamera stimmte.

Die junge Frau schüttelte nachdrücklich den Kopf.

«Es wäre schön, wenn Sie deutlich ja oder nein sagen könnten», sagte Parisa und lächelte aufmunternd.

Parisa ist gut, dachte Lykke wieder einmal.

«Entschuldigung. Nein.»

«Nummer zwei», fuhr Parisa fort.

«Nein.»

«Nummer drei.»

«Nein.»

«Nummer ...»

«Moment, kann ich Nummer drei noch mal sehen?»

Parisa wechselte einen Blick mit Lykke, der leicht den Kopf schüttelte.

«Tut mir leid, aber die Vorschriften besagen, dass Sie nicht noch einmal zurückgehen können. Sonst wäre das bei Gericht nicht verwertbar.»

«Okay, entschuldigen Sie bitte. Ich habe gewusst, dass ich in so was nicht gut bin.»

«Nummer vier», fuhr Parisa fort.

«Nein.»

Lykke beobachtete konzentriert das Gesicht der jungen Frau. Obwohl er sie im Nachhinein aus zwei verschiedenen Aufnahmewinkeln und in der Nahaufnahme würde studieren können, war ihm der reale Eindruck am wichtigsten. Bisher hatte sie die Fotos ohne nennenswerte Unsicherheit betrachtet.

«Nummer acht.»

«Nein.»

«Nummer neun.»

«Nein.»

«Nummer zehn.»

Stille. Siri Røymark rutschte unruhig auf ihrem Stuhl herum.

«Ich weiß nicht, irgendwas ist da ...»

«Ja oder nein?», fragte Parisa.

«Ja, vielleicht, aber ...»

Parisa senkte die Stimme.

«Ja oder nein?»

Siri Røymark begann zu zittern.

«Ich weiß nicht!», schluchzte sie. «Ich möchte Ihnen so gern helfen, aber ich kann mich einfach nicht erinnern!»

Tränen und Wimperntusche liefen ihr die Wangen hinab.

Lykke erhob sich.

«Könnten wir bitte ein Glas Wasser und Papiertaschentücher bekommen?», sagte er in die Kamera.

Er blickte auf Bild Nummer zehn. Ein fünf Jahre jüngerer Bjørn Kuvås ohne Bart.

Kapitel 52

«Sie hat ihn nicht wiedererkannt. Na und? Wenn das Messer im Kofferraum Gusevs Fingerabdrücke und die DNA von Lakshmi Singh trägt, ist er geliefert. Oder?» Lasse Viker blickte fragend in die übernächtigten Gesichter am Tisch.

«Geliefert ist er jetzt schon, wenn du mich fragst.» Ted Eriksen blickte herausfordernd zu seinem Chef hinüber.

Lykke atmete tief durch. Breiby hatte angerufen, ihm

gratuliert und eine Pressekonferenz für elf Uhr vorgeschlagen. Er hatte sie gebeten, damit zu warten. Die Indizien gegen Sergej Gusev häuften sich mittlerweile. Trotzdem, irgendetwas stimmte da nicht. Irgendetwas wollte nicht passen. Er fand kein Motiv. Fange ich langsam an, die Dinge nicht mehr im Griff zu haben?, dachte er. Ist vielleicht doch was dran an dem, was Ted sagt? Dass ich immer recht haben *muss*?

«Was ist das Motiv?», hörte er sich sagen.

«Herrgott noch mal …»

«Das Motiv», wiederholte Lykke.

«Der Mann ist Rassist, vielleicht auch Neonazi, was weiß ich. Er wollte ein Exempel statuieren. Irgendwas in der Art.» Ted Eriksen nahm einen Schluck aus seiner halbleeren Cola-Flasche. «Es haben schon Leute aus weniger überzeugenden Motiven gemordet», fuhr er fort. «Der Lasermann in Stockholm oder der Typ in Malmö, der auf alles geschossen hat, was nach Ausländer aussah. Und das einzige Motiv war Ausländerhass.»

«Gut.» Lykke stand auf unf ging zur Tafel. Er zog die Kappe von einem roten Filzstift und begann zu schreiben. «Gusev ist ein Spieler, und er liebt Geld.»

«Wer tut das nicht?», grinste Viker.

«Warum tötet er dann eine seiner wichtigsten Kundinnen? Eine Frau, an der er fast hunderttausend Kronen pro Jahr verdient?»

«Er hat doch wohl noch genug andere Kunden, oder?» Eriksen war jetzt forscher. Er spürt den wachsenden Rückhalt in der Gruppe, dachte Lykke.

«Möglich», sagte er. «Aber warum tötet er zwei Frauen mit demselben Schlachtermesser? Dem einzigen Messer in seiner Sammlung, das beschädigt ist und das sich deshalb anhand der Wundränder der Opfer identifizieren lässt? Und außerdem ...», Lykke unterbrach sich, um die Worte ans Whiteboard zu schreiben, «außerdem versteckt er die Waffe, anstatt sich von ihr zu trennen, und er versteckt sie an der naheliegendsten Stelle, die man sich denken kann.»

Lykke steckte die Kappe wieder auf den Rotstift und tauschte ihn gegen einen blauen. «Selbst ein Familienvater auf Einkaufstour in Strömstad hätte mehr Phantasie aufgebracht.»

Niemand am Tisch sagte etwas.

«Dann haben wir Fadil», fuhr Lykke fort und schrieb in der neuen Farbe weiter. «Warum hat Nadija kurz vor ihrem Tod zweimal bei ihrem Bruder angerufen, den sie seit fünfzehn Jahren nicht mehr gesehen hat? Warum ist er Hals über Kopf geflohen, als wir ihn bei der Trauerfeier entdeckten? Gibt es eine Verbindung zwischen Gusev und Fadil? Und noch etwas: Falls Gusev der große Rassist ist, für den Ted ihn hält, warum hat er dann Lakshmi vor drei Jahren in seinem Restaurant eingestellt? Weil er Inder hasst?»

Es wurde totenstill. Ein Geruch von Schweiß und Testosteron legte sich wie ein unsichtbarer Schleier über den Raum.

Rolf Lykke setzte die Kappe auf den Stift.

«Vieles spricht dafür, dass Gusev zumindest eine der beiden Frauen getötet haben könnte», sagte er und blickte in die Runde, «aber vorläufig spricht auch eine Menge dagegen. Ich will mehr wissen.»

Zehn Sekunden verstrichen, bevor Ted Eriksen die Stille brach. «Ich bin mir sicher. Er *ist* es.»

Kapitel 53

Nora wachte auf und starrte an die Decke. Zum ersten Mal seit dem Tod ihrer Mutter spürte sie nicht den Drang zu weinen. Die Beerdigung hatte ein wenig geholfen. Ihr Vater hatte die Matratze zurück in sein Bett im Schlafzimmer gebracht, aber die Tür stand weit offen. Nora konnte seinen regelmäßigen Atem hören. Sie setzte sich auf, steckte die Füße in die Hello-Kitty-Pantoffeln und ging leise in die Küche. Es schneite immer noch, aber der Wind hatte sich gelegt. Vielleicht können die Männer auf dem Kutter jetzt endlich zum Fischen hinausfahren, dachte sie, während sie den Laptop öffnete. Sie loggte sich bei *teen.no* ein und scrollte abwärts. Zwei neue Freunde. Die Fotos waren am interessantesten. Am Vorabend hatte sie Kontakt mit einem Jungen aus Risør gehabt. Er hieß Erik, war dreizehn und hatte große braune Augen und halblanges, braungelocktes Haar. Sie hatten mehrere Stunden lang gechattet. Er war vor ein paar Wochen nach Risør gezogen und wohnte direkt neben dem weißen Fleck, dem Seezeichen an der Felswand, das nur ein paar hundert Meter entfernt war. Nora hatte erzählt, dass ihre Mutter tot war. Dass sie bei ihrem Vater wohnte, aber nicht wusste, ob sie hierbleiben würden. Erik und sie hatten verabredet, dass alles, worüber sie sprachen, geheim bleiben sollte. Kurz bevor sie gestern Abend zu Bett ging, hatte Erik geschrieben, dass er seinen Vater vor einem halben Jahr verloren hatte.

Nora kam es vor, als würde zwischen ihnen ein unsichtbares Band entstehen. Sie öffnete ihr Mailfach. Zwei Mails, die neuere von Erik. Sie klickte auf den gelben Umschlag und spürte, wie ihr die Tränen über die Wangen liefen.

«Was ist denn, mein Spatz?»

Nora hatte nicht gemerkt, dass der Vater aufgewacht war. Sie wischte sich mit dem Handrücken die Tränen ab.

«Nichts», schluchzte sie.

«Weißt du noch, wie wir darüber gesprochen haben, dass Mama ganz sicher gewollt hätte, dass du wieder ein fröhliches Mädchen bist?»

Kvamme strich ihr behutsam übers Haar. Nora drehte sich um und sah zu ihm auf.

«Das ist nicht der Grund, warum ich weine», sagte sie. «Ich habe einen Jungen von hier kennengelernt, er heißt Erik. Sein Papa ist erst vor einem halben Jahr gestorben, und er war unheimlich traurig. Jetzt ist sein Hund auch noch weggelaufen. Er fragt, ob ich ihm helfen kann.»

«Das ist ja eine schlimme Geschichte», sagte er und drückte sie an sich. «Natürlich kannst du ihm suchen helfen.» Er spürte eine ungeheure Erleichterung. «Was ist das denn für ein Hund?»

«Das weiß ich nicht. Er heißt Max.»

Kapitel 54

Parisa Sadegh studierte die zehn Porträtfotos, die ausgebreitet auf dem Tisch lagen. Siri Røymark war sich bei Nummer drei und Nummer zehn unsicher gewesen. Gusev war Nummer neun, und für ihn hatte Siri nicht das geringste Interesse aufgebracht.

Sie griff wieder nach Nummer drei und musterte das Gesicht. Der Mann hieß Harald Motrøen und war ein Cousin von Lasse Viker. Freundliche Augen, dachte sie.

Sie hatten die halbe Nacht gebraucht, um zehn Porträts

zusammenzustellen, die sich so ähnelten, dass sie gerichtlich verwertbar waren.

Parisa hatte Siri Røymark gefragt, ob ihr der Name Sergej Gusev etwas sagte. Sie hatte den Kopf geschüttelt. Aber als der Name «Jannik's Pub» fiel, konnte sie sich gut erinnern, dass ihre Freundin dort vor ein paar Jahren für einige Monate gearbeitet hatte. Aus welchem Grund Lakshmi dort aufhörte, wusste Siri nicht mehr. Ungefähr dasselbe hatte Lakshmis kleiner DJ-Bruder bei einer früheren Vernehmung gesagt. Beide erinnerten sich an die Kneipe, verbanden aber nichts mit dem Namen Sergej Gusev.

Es klopfte an der Tür.

«Herein!»

«Das hat eben ein Bote gebracht.»

Der junge Polizeianwärter legte einen großen braunen Umschlag auf den überfüllten Schreibtisch, nickte kurz und schloss die Tür hinter sich.

Parisa sah das Telenor-Logo in der Ecke und riss den Umschlag auf. Er enthielt einen Stapel engbedruckter Seiten mit einem gelben Post-it-Zettel obendrauf.

«Das ist alles, was an Kommunikation zwischen Lakshmi Singh und ‹Terje› bei *match.no* stattgefunden hat. Die Identifizierung von ‹Terje› ist schwierig, weil seine Mails, wie bereits vermutet, von drei verschiedenen Internetcafés in Oslo abgeschickt wurden. Viel Spaß beim Lesen!» Dann eine Unterschrift, die Parisa nicht entziffern konnte.

Sie blätterte rasch durch den dünnen Stapel, überflog den Text und blätterte zurück. Die Initiative war von «Terje» ausgegangen.

«Hübsches Mädchen mit einem tollen Namen.» Er hatte

ein paar Worte auf Hindi hinzugefügt, die nicht übersetzt worden waren. Faule Säcke. Parisa suchte nach der Uhrzeit. Lakshmi hatte nach sieben Minuten geantwortet. Viel zu schnell, dachte Parisa.

Während sie las, drängte sich ihr immer mehr der Gedanke auf, dass sie selbst dieses Mädchen hätte sein können. Alles schien normal: Single, sympathischer Mann, trifft Single, sympathische Frau.

Lakshmi hatte keine Chance gehabt, vorherzusehen, was sie erwartete. Keine. «Terje» wirkte stark und maskulin, ließ aber gleichzeitig durchblicken, dass er auch empfindsam war. Jedes Wort war sorgfältig abgewägt. Jeder Satz zynisch kalkuliert. «Terje» wusste genau, welche Knöpfe er drücken musste, und er tat es mit einem Einfühlungsvermögen, das Parisa anekelte. Ein Verdacht keimte in ihr auf und wurde immer stärker.

Die ganze nächste Stunde suchte sie nach Spuren in den engbeschriebenen Papieren. Um 13.07 Uhr steckte sie den Stapel wieder in den Umschlag, mit einer maschinengeschriebenen Notiz für Lykke.

Ihre Schlussfolgerung war kurz und bündig: «Ich bezweifle, dass Gusev über die Menschenkenntnis verfügt und nicht zuletzt ein so elaboriertes Norwegisch beherrscht, dass er das geschrieben haben kann.»

Was für ein Fall. Sie stützte den Kopf in die Hände. Wenn Gusev es nicht gewesen war, wo standen sie dann? Die Antwort war unangenehm eindeutig: vor dem Nichts.

Sie nahm den Hörer des Festnetztelefons ab und wählte die Nummer der Werbeagentur Pepper & Salt. Sie hatte einige Fragen an die gute Frau Wennersten.

Kapitel 55

Lykke ließ die Rückenlehne des alten Bürostuhls auf der untersten Stufe einrasten, legte sich zurück und schloss die Augen. Für einen kurzen Moment fühlte es sich gut an, bis der Stuhl nach hinten kippte und er sich nach vorn werfen und am Schreibtisch festklammern musste, um nicht auf den Boden zu knallen.

«Himmel, Arsch und Zwirn!»

«Störe ich?»

Polizeidirektorin Breiby stand plötzlich in der Tür und blickte von Lykke zu dem umgekippten Stuhl.

«Ich brauche dringend einen neuen», knurrte er.

Breiby schlängelte sich an ihm vorbei und ging zum Fenster.

Sie hat gute Laune, dachte Lykke. Sie glaubt, der Fall ist gelöst. Sie *will*, dass der Fall gelöst ist. Jetzt wird sie die Pressekonferenz ansprechen und danach wieder wegen der Beförderung zum Oberkommissar nerven.

«Wir müssen am Nachmittag eine Pressekonferenz geben», sagte Breiby lächelnd. «Ich möchte, dass Sie sie leiten. Sie sind schließlich unser Held!»

«Wir sind noch nicht am Ziel.» Lykke bückte sich und stellte den kaputten Stuhl hin. «Wir haben einen Verdächtigen, aber kein Motiv.»

«Ich habe mir erlaubt, Kontakt mit Kripos aufzunehmen. Morgen Nachmittag bekommen wir Bescheid wegen der DNA. Das ist der Vorbehalt, den Sie brauchen.»

Lykke wand sich. Der Gedanke an die Pressekonferenz behagte ihm überhaupt nicht.

«Ganz gleich, ob wir uns absichern oder nicht, die Medien werden es so darstellen, dass der Täter, oder der Blenda-Mann, wenn Sie so wollen, gefasst ist...»

Lykkes Protest schien sie nicht sonderlich zu beeindrucken.

«Egal», sagte sie. «Um siebzehn Uhr bitten wir die Meute in den Presseraum.»

Lykke starrte trotzig aus dem Fenster.

«Ach, noch etwas», fuhr die Polizeidirektorin fort. «Der Posten des Oberkommissars. Haben Sie sich das noch mal durch den Kopf gehen lassen?»

«Ich habe mich noch nicht entschieden.»

«Sie denken also darüber nach?» Breiby konnte nicht verhehlen, dass sie überrascht war.

«Können Sie mir noch ein paar Tage geben?»

«Aber sicher!»

Zum zweiten Mal innerhalb einer Woche legte die Polizeidirektorin die Hand auf Lykkes Oberarm und drückte ihn vorsichtig. Lykke ließ sie gewähren.

«Wer würde meinen Posten übernehmen, falls ich zustimme?»

Breiby zog die Hand zurück.

«Tja, so aus dem Stegreif kann ich Ihnen das nicht sagen. Sie haben ja viele tüchtige Leute ...»

«Lasse Viker?»

«Er könnte sicher ein hervorragender Kommissar werden ...»

«Sadegh?»

Breiby lächelte entwaffnend.

«Sie auch.»

Lykke spürte, dass seine Vorgesetzte sich zunehmend unwohler fühlte.

«Ted Eriksen?»

«Rolf, wir haben darüber noch keine Entscheidung

getroffen. Ich denke, das werden Sie verstehen. Zuerst einmal müssen Sie sich entscheiden.»

Sie werden Ted befördern, dachte Lykke.

«Alles klar für die Beerdigung morgen?»

Er spürte einen leichten Druck hinter den Augen.

«Das wird schon klappen», erwiderte er ausweichend.

«Das wird es sicher. Wir sehen uns um fünf.»

Er nahm einen schwachen Hauch von Parfüm wahr, als die Tür hinter ihr zufiel. Er brachte die Rückenlehne wieder in Normalstellung und setzte sich vorsichtig.

War Gusev ihr Mann? Lykke war sich unsicher. Involviert, ja, aber der Haupttäter? Versuchte vielleicht jemand, Gusev die Morde anzuhängen?

Lykke fuhr sich mit der Hand über das borstige kurze Haar. Und wenn es so war – wer? Er hatte das mulmige Gefühl, dass der Mann, den sie jagten, in nächster Nähe, viel zu nahe war. Aber warum dachte er das?

Er suchte in der Schublade nach Kaugummi, fand jedoch nur zwei leere Packungen. Das Problem ist, dass ich eine erschöpfte, unmotivierte Ermittlergruppe habe, dachte er, stand auf und nahm seine gewohnte Position am Fenster ein.

Der Himmel war milchweiß, der Wind hatte in westliche Richtung gedreht, aber die Böen hatten immer noch Kraft. Das Telefon auf dem Schreibtisch gab ein kurzes Klingeln von sich.

«Kommissar Rolf Lykke?»

«Am Apparat.»

«Arne Eggen, Polizeiwache Grenland.»

«Ja ...?» Lykke war bereits ungeduldig.

«Wir haben den Fahrer des DL 43092 hier.»

«Aha?»

«Er war kurz auf der Unfallstation, nichts Ernstes.»

Der Kerl muss sich verwählt haben, dachte Lykke.

«Sollen wir ihn zu euch bringen, oder wollt ihr ihn hier vernehmen?»

Plötzlich ging Lykke auf, wovon der Mann sprach. Sein Herz klopfte schneller.

«Warum war er auf der Unfallstation?»

Am anderen Ende blieb es sekundenlang still. Lykke hörte, wie eine Hand über die Sprechmuschel gelegt wurde, und leise Stimmen im Hintergrund.

«Wir hatten eine Verkehrskontrolle auf der E 18, direkt vor dem Abzweig Sandefjord. Er wurde rausgewinkt und hat versucht abzuhauen. Wir brauchten drei Autos, um ihn zu stoppen.»

«Warum Unfallstation, war meine Frage.»

«Drei Autos. Das kann schon mal eng werden, nicht wahr?»

«Verstehe.»

Lykke sah zur Uhr. Viertel nach eins.

«Okay. Bringt ihn her ... oder nein, Moment.» Verdammte Pressekonferenz, dachte er. «Nein, bringt ihn zu Kripos.»

«Äh ...»

«Brynsalleen 6.»

«Ja, äh, richtig. In zwei Stunden?»

«In einer», sagte Lykke scharf. «Mit Blaulicht.»

Er legte auf und ging auf den Flur. Ted Eriksen, Bjørn Kuvås und ein neuer Kollege von der Sitte kamen gerade vom Kaffeeautomaten, jeder mit einem dampfenden Kaffeebecher in der Hand.

«Kuvås!», rief Lykke. «Wir brauchen einen Dolmetscher, sofort!»

Kapitel 56

Rolf Lykke nickte der Frau hinter dem hohen, dunklen Empfangstresen kurz zu.

Ted Eriksen, Lasse Viker und Parisa Sadegh saßen bereits auf den schwarzen Ledersofas links neben der Glastür und warteten.

«Alles bereit?»

«Mich darfst du nicht fragen. Kuvås ist hier der Chef.»

Viker schien sich in der fremden Umgebung nicht recht wohl zu fühlen.

«Sie haben Fadil vor zehn Minuten aus dem Untergeschoss heraufgeholt», sagte Eriksen. «Er sitzt in einer Wartezelle im Vernehmungstrakt.»

«Hört sich nach einer richtigen Foltereinrichtung an», grinste Viker.

Im selben Moment kam Bjørn Kuvås eilig zur Tür herein, zusammen mit einer kleinen dunkelhaarigen Frau Mitte vierzig.

«Tadina, unsere Dolmetscherin», stellte er sie vor.

Sie begrüßten sich.

Lykke musterte die kleine, mollige Frau.

«Sie haben hier schon gedolmetscht?»

Sie lächelte breit.

«Ziemlich oft. Es gibt nicht so viele, die BSK sprechen.»

«Die was sprechen?» Viker sah sie begriffsstutzig an.

«Bosnisch / Serbisch / Kroatisch», erklärte Kuvås. «Tadina gehört zu denen, auf die BIV meistens zurückgreift.»

«BIV?» Viker hob die Augenbrauen.

«Die Abteilung, in der ich arbeite, wenn ich nicht gerade bei euch aushelfe. Besondere Internationale Verbrechen.» Kuvås starrte unschlüssig auf die dunkelgrauen Steinfliesen, bevor ihm einfiel, dass er ja hier das Sagen hatte. «Wollen wir anfangen?»

Er gab einen Code ein und führte sie in einen weißen Korridor mit blauem Bodenbelag. Es hätte ein Korridor in einem beliebigen öffentlichen Gebäude sein können. Kuvås stoppte vor einer blauen Tür, an der ein Schild verkündete: «1040 A, Verhörraum 6».

«Die Folterkammer», murmelte Viker.

«Dadrinnen ist Platz für drei Leute plus Fadil und Dolmetscherin, die anderen können von einem Nebenraum mit Einwegspiegel und Monitoren aus zusehen.» Kuvås blickte Lykke fragend an.

«Sadegh und Kuvås gehen mit rein. Ihr», er sah zu Viker und Eriksen, «gebt uns ein Zeichen, falls wir bei irgendwas stärker nachhaken sollen. Okay?»

«Okay, aber ...» Viker zuckte leicht mit den breiten Schultern, «wäre es vielleicht möglich, in diesem Laden irgendwo einen Kaffee zu kriegen?»

«Sorry. Die Teeküche ist gleich dort hinter der Tür.» Kuvås zeigte zum Ende des Korridors. «Mit Duo-Moccamaster», fügte er hinzu. «Nirgendwo auf der Welt wird mehr Filterkaffee getrunken als bei Kripos», sagte er lächelnd. «Wir haben in all unseren Teeküchen Duo-Moccamaster.»

«Ich habe mich schon immer gefragt, wieso ihr so verdammt lange für eure popeligen kleinen Fälle braucht», konterte Viker mit breitem Grinsen.

Lykke sah sich rasch in dem weiß gestrichenen Raum um. Er war schon oft bei Kripos gewesen, aber noch nie im Zusammenhang mit einem Verhör. Der Raum war nicht viel anders als die im Präsidium, nur ungefähr einen Quadratmeter größer. Zwei Stühle an der Stirnwand, dort ging ein Fenster auf einen quadratischen Lichthof hinaus, zu dem aus Sicherheitsgründen niemand Zugang hatte. Des Weiteren ein Schreibtisch mit stationärem PC und passendem Bürostuhl sowie zwei weitere Stühle direkt hinter der Tür. Ein Einwegspiegel erstreckte sich über die gesamte Längswand. Videokameras über der Tür und an der Decke. Die obligatorische Uhr rechts neben dem Schreibtisch.

Lykkes Blick hielt bei einem gerahmten Bild inne. Es war nicht sehr groß und wirkte an der nackten Wand ziemlich fehlplatziert. Er trat einen Schritt näher und betrachtete die zarte, non-figurative Reproduktion. Am unteren Bildrand, gerade eben noch zu erkennen, stand «Carol Sharp: Honesty».

«Das hängt in allen Vernehmungsräumen», sagte Kuvås lächelnd. «Bin mir nicht sicher, ob es hilft.»

Auf solche Ideen kommt man, wenn man in der Führungsetage sitzt, dachte Lykke. Nichts lag ihm in diesem Moment ferner als die Vorstellung, Oberkommissar zu werden.

«Es wäre gut, wenn Tadina dort sitzt.» Kuvås zeigte auf die Stühle an der Tür. «Es ist wichtig, dass der Dolmetscher ständig Augenkontakt mit dem zu Vernehmenden hat.»

«Kein Problem.»

Lykke nahm unter dem Fenster Platz und warf einen Blick auf die Uhr an der Wand. 14.32 Uhr. Die dritte Vernehmung in weniger als vierundzwanzig Stunden.

Es piepste in Parisas Jackentasche.

«Sorry.» Sie zog das Handy hervor, warf einen Blick aufs Display und stöhnte leise.

«Schlechte Nachrichten?», fragte Lykke.

«Nur ein ungeduldiger Verehrer. Haakon Stang, Finanzbranche», sagte sie lächelnd mit gekünsteltem Oberschicht-Akzent.

«Haakon Stang?» Lykke stutzte. «Den Namen habe ich irgendwo ...»

Im selben Moment ging die Tür auf.

Fadil Hadzic trug einen weißen Verband um den dunklen Haarschopf, ein großes Pflaster auf der Stirn und eins über der Nase, die blaurot angeschwollen war.

Haben ihm die Jungs von der Verkehrspolizei die Nase gebrochen?, dachte Lykke verwundert und erhob sich.

Fadil machte keine Anstalten, die ausgestreckte Hand zu ergreifen, sondern setzte sich widerstandslos auf den freien Stuhl. Aus der Nähe wirkte er größer, als Lykke ihn in Erinnerung hatte. Der durchtrainierte Körper musste um die fünfundneunzig Kilo wiegen, verteilt auf etwa doppelt so viele Zentimeter. Fadil Hadzic trug eine kurze schwarze Lederjacke und ein dunkelblaues Hemd mit offenem Kragen. Seine braunen Augen starrten trotzig geradeaus. Er hat die gleichen Augen wie seine Schwester, dachte Lykke.

Kuvås hielt für die Videokameras fest, wer anwesend war, und gab Lykke das Zeichen anzufangen.

«Wie heißen Sie?», begann Lykke.

Die Dolmetscherin übersetzte sofort, und Fadils Blick richtete sich auf sie.

«Fadil Hadzic.»

Lykke übersprang die restlichen Formalitäten.

«Ihre Schwester Nadija Hadzic hat zweimal bei Ihnen angerufen, unmittelbar bevor sie am Abend des 23. November getötet wurde. Warum?»

Tadina übersetzte.

«Weiß ich nicht.»

Lykke spürte einen Stich von Enttäuschung.

«Haben Sie eine Vorstellung, wer Ihre Schwester getötet haben könnte?»

Fadil schüttelte den Kopf.

«Können Sie sich vorstellen, warum sie an ihrem Todestag versucht hat, Sie anzurufen?»

«Nein. Vielleicht wollte sie Hilfe.»

«Hilfe wobei?» Lykke fixierte den jungen Mann.

Fadil machte eine ärgerliche Kopfbewegung.

«Woher soll ich das wissen? Ich habe seit fast fünfzehn Jahren nicht mehr mit ihr gesprochen.»

«Warum nicht?»

Tadina übersetzte, dann wurde es still.

Lykke wechselte einen Blick mit der Dolmetscherin.

«Was ist?»

Tadina sagte etwas zu Fadil und bekam eine lange Tirade zu hören.

«Er will nicht antworten.»

«Warum nicht?»

Fadil blickte zu Tadina und sagte hitzig etwas auf Bosnisch.

Lykke sah sie fragend an. «Was sagt er?»

«Er meint, dass ich Belgrader Dialekt spreche.»

«Ach ja?»

Fadil feuerte eine neue Salve ab. Und die kleine Frau antwortete weiterhin in beherrschtem Ton, aber Lykke sah ihr an, dass sie nervös wurde.

«Was ist los?»

«Ich habe ihm gesagt, dass ich in Belgrad aufgewachsen bin, aber dass meine Mutter Norwegerin ist und ich mein ganzes erwachsenes Leben in Norwegen verbracht habe.»

«Aber ...?»

«Mein Vater war Serbe. Fast alle Belgrader sind das.»

«Himmel!» Lykke platzte der Kragen. «Und jetzt?»

Die Dolmetscherin sah ihn unglücklich an.

«Er weigert sich, mit einer Serbin zu sprechen», kam es schließlich.

Lykke erhob sich ärgerlich.

«Das ist doch zum Haareraufen!»

Er drehte sich zu Fadil um und wollte gerade etwas sagen, überlegte es sich aber anders und starrte auf den bandagierten Kopf hinab. Das schwarze Haar war feucht im Nacken. Plötzlich ging ihm auf, dass der Mann Angst hatte. «Können Sie ihm klarmachen, dass wir nicht mehr von ihm wollen als einen Namen? Er kann ihn mir sagen. Ich habe keinen Tropfen serbisches Blut in den Adern.»

«Ich will es versuchen ...» Die Dolmetscherin machte ein ernstes Gesicht und wandte sich an Fadil.

«Nun?» Lykke versuchte vergeblich, etwas aus der Antwort herauszuhören.

Die Frau blickte gequält zu Kuvås hinüber.

«Wortwörtlich, bitte», sagte Kuvås.

«Er sagt, ich soll mir in den Kopf schießen und dass der

Bulle», sie nickte zu Lykke, «nach Hause gehen und seine Mutter ficken soll.»

«Na wunderbar.» Lykke drehte sich zu Kuvås um. «Wie lange dauert es, einen anderen Dolmetscher zu besorgen?»

Kapitel 57

«Absagen, jetzt? Um fünf vor fünf? Kommt überhaupt nicht in Frage.»

Polizeidirektorin Breiby erhob sich ungehalten.

«Ich glaube nicht, dass Gusev unser Mann ist», sagte Lykke und versuchte, auf dem weichen Besucherstuhl eine bequeme Position zu finden. «Zumindest nicht der Haupttäter.»

«Ich nehme Ihre Worte zur Kenntnis, aber Sie können doch immer noch die DNA-Ergebnisse ...»

«Ich sitze hier nicht zum Spaß», fiel Lykke ihr ins Wort. «Wenn Sie eine Pressekonferenz abhalten wollen, auf der wir bekanntgeben, dass der Fall gelöst ist, dann müssen Sie das selbst tun. Ich mache mich da oben nicht zum Clown.»

«Wollen Sie damit sagen, ich benehme mich wie ein Clown?»

Breiby trat hinter dem dunklen Schreibtisch hervor und baute sich breitbeinig vor Lykke auf. An ihrem Hals zeigten sich hektische rote Flecken.

«Manchmal können Sie ein richtig sturer Bock sein, Rolf, und entschuldigen Sie, wenn ich das sage, aber ich glaube, jetzt reiten Sie Ihr Steckenpferd.»

«Steckenpferd?» Lykke schob den Stuhl zurück, um nicht dazusitzen und auf ihren Schritt zu starren. «Wer sagt das, Eriksen?» Er sah ihr in die Augen. «Wenn Sie Ted Eriksens Einschätzung mehr vertrauen als meiner, sollten Sie gleich ihm den Posten des Oberkommissars anbieten, nicht mir.»

Breiby zog sich wieder hinter ihren Schreibtisch zurück.

«Ich habe selbstverständlich nicht mit Eriksen gesprochen, aber ich bekomme sehr wohl mit, was passiert und worüber gesprochen wird. Das ist ein wichtiger Teil meiner Arbeit.»

Sie setzte sich auf ihren Stuhl. Das Plakat an der Wand hinter ihr bildete eine Art Rahmen um ihren Kopf. «Im Dienst für eine sichere Hauptstadt».

«Ein wichtiger Teil meiner Arbeit ist es, Mordfälle aufzuklären», erwiderte Lykke, «und ich bin absolut überzeugt, dass dieser Fall noch nicht aufgeklärt ist.»

«Überzeugen Sie mich.»

Lykke sah Breiby überrascht an.

«Wir haben Nadijas Bruder heute vernommen», sagte er zögernd. «Fadil Hadzic hatte seit fünfzehn Jahren keinen Kontakt mehr zu seiner Schwester.» Er machte eine Kunstpause. «Kurz bevor sie getötet wurde, hat sie zweimal versucht, ihn anzurufen.»

«Ja, das sagten Sie schon.»

«Ich bin sicher, dass sie etwas aus ihrer Vergangenheit miteinander verbindet.»

«Ach ja?»

«Logisch gesehen deutet alles darauf hin. Nadija hat etwas erlebt, was sie ängstigte und was mit ihrer eigenen Vergangenheit und der ihres Bruders zusammenhängt.»

«Das schließt Gusev aber doch nicht aus?»

«Nein ... Ich glaube nur nicht, dass er es war.»

«Sie glauben?»

«Ich finde auch kein Motiv. Das passt nicht zusammen.»

Breiby studierte ihre Fingernägel.

«Was sagt der Bruder?»

Lykke wappnete sich.

«Das wissen wir erst morgen.»

«Wie bitte?» Breiby sah ihn ungläubig an.

«Er weigert sich, seine Aussage von einer Frau dolmetschen zu lassen, die einen serbischen Vater hat. Wir mussten die Vernehmung abbrechen. Morgen Vormittag kommt ein bosnischer Dolmetscher aus Kopenhagen.»

«Morgen? Es gibt doch wohl Leute in Oslo, die Bosnisch sprechen?»

«Das hilft uns nicht. Wir brauchen einen vereidigten Dolmetscher, und der nächste sitzt in Kopenhagen. Kripos», fügte er hinzu.

Breiby saß regungslos da und sah ihn an.

Lykke erwiderte ihren Blick, ohne mit der Wimper zu zucken.

«Wie sicher sind Sie sich, Rolf?»

Er spürte, wie ihre Gedanken eine andere Richtung nahmen.

«Es würde mich absolut überraschen, wenn Gusev unser Mann wäre.»

Breiby erhob sich wieder und trat ans Fenster. Ihre Uniformbluse bewegte sich im Luftstrom der Klimaanlage.

«Dieser Fall beschäftigt die Polizeiführung und die politischen Entscheidungsträger im Justizministerium. Sie sind sehr ungeduldig.»

Sie drehte sich zu ihm um.

«Wenn ich den Kopf für Sie hinhalte und sich herausstellt, dass Sie sich geirrt haben, gerate ich in eine … äußerst unglückliche Situation. Wenn man eine Pressekonferenz wenige Minuten vorher absagt, wird das aufmerksam registriert.»

«Ich mache nur meinen Job.» Lykke fiel selbst auf, wie trotzig er klang. «Mit Fehlern ist niemandem gedient», fügte er in einem Ton hinzu, der versöhnlich klingen sollte.

Breibys Gesicht straffte sich.

«Besonders jetzt nicht», sagte sie und verschränkte die Arme vor der Brust. «Sie sollten umgehend liefern, um es mal so zu sagen.»

Kapitel 58

Ein proppenvoller Gliederbus schlich im dichten Schneetreiben den Ullevålsveien hinauf, hielt am Knud Knudsens plass und sammelte Kraft, bevor er die Fahrt nach Adamstuen fortsetzte. Parisa beobachtete die Menschen, die an der Haltestelle ausstiegen und davoneilten. Aus ihren Mündern dampfte der Atem. Ein junger Mann versuchte, ein Auto unter einem halben Meter Schnee freizuschaufeln. Sie dachte an Fadil. Hatte er etwas zu erzählen, oder war er nur der letzte Ausweg für eine verzweifelte Nadija in Not gewesen?

«Hallo!»

Parisa drehte sich zu der Stimme um. Vor zwei Stunden hatte sie sich entschlossen. Café Pascal. Gute Küche, angemessen zwanglos und kurzer Heimweg.

«Tut mir leid, dass ich so spät dran bin», sagte Haakon Stang, warf einen Blick auf seine Armbanduhr und fegte sich den Schnee vom Mantelkragen. «Mein Chauffeur hat heute seinen freien Abend.» Er zwinkerte neckisch. Und Parisa wusste sofort, dass Dutzende von Frauen bei genau diesem Zwinkern schwachwerden würden. Was macht dieser Mann bei *match*?, dachte sie zum wiederholten Mal.

«Draußen sind zehn Grad minus», sagte Parisa. Erst jetzt bemerkte sie, dass er außer Atem war. «Bist du den ganzen Weg vom Zentrum gelaufen?»

«Nur vom Parkplatz», erwiderte er lächelnd und rieb sich die roten Ohren.

Selbstbewusst, dachte sie.

«Schön, dass du mich wiedersehen wolltest.»

«Findest du?» Parisa sah ihn schräg an.

«Natürlich.»

Er legte den Mantel über einen freien Stuhl. Sie erhaschte einen Blick auf das Etikett am Kragen. Corneliani.

«Die Garderobenfrau ist heute Abend mit deinem Chauffeur unterwegs.»

«Haha, du bist schlagfertig.» Er lachte so laut, wie er sprach.

Sie bestellten, und danach verschwand Stang hinter der Weinkarte. Nach einer Weile tauchte er wieder auf und sah Parisa fragend an.

«Burgunder oder Elsässer?»

«Mir egal, solange es ein spanischer ist.»

Stang grinste.

«Burgunder?»

«Hervorragend.»

Parisa wartete, bis der schwedische Kellner mit dem Essen kam, Räucherlachs für ihn, Caesar's Salad für sie, dann räusperte sie sich diskret und beugte sich vor.

«Wer hat angefangen im Baronen», fragte sie, ohne ihn aus den Augen zu lassen, «du oder Ankerdalen?»

Ein kurzes, hartes Aufblitzen, dann war das Lächeln in den Augen wieder da.

«Fragt da die Ermittlerin?»

«Die hat sich nie mit Kleinkriminellen abgegeben.»

«Haha!» Haakon Stangs Lachen dröhnte durch das kleine Lokal. «Hast du dir das ausgedacht?»

«Ich bin schlagfertig, ist es nicht so? Also, wie war's?»

Stang legte das Besteck weg.

«Er hat meine Schwester geschlagen.»

«Darüber stand aber nichts im Polizeibericht.»

«Sie wollte nicht in die Sache hineingezogen werden. Ich habe dreißig Tage Bau gekriegt, und das war's. Hab es nicht eine Sekunde bereut.»

Parisa spießte ein Hähnchenstück auf die Gabel. Es war lauwarm und salzig.

Sie fegte ein paar unsichtbare Krümel von der Tischkante.

«Kann ich dich mal was Persönliches fragen?»

Stang trank einen Schluck Wein und ließ ihn im Mund kreisen, bevor er hinunterschluckte.

«Als wäre das was Neues», sagte er lächelnd. «Schieß los.»

«Du hast gesagt, dass du mit der Truppe auf dem Balkan warst.»

Haakon Stang befeuchtete die Lippen und sah sie fragend an.

«Das stimmt.»

«Würdest du mir erzählen, was ihr dort gemacht habt? Was *du* dort gemacht hast?»

«Du willst wissen, was ich als UN-Soldat dort gemacht habe?»

«Ja.»

«Ich habe niemanden getötet, falls es das ist, was dich interessiert. Ich war bei den Sanitätern.»

«Du hast Leben gerettet?»

«Ist vorgekommen, ja.»

«Ich hatte daran gedacht, mich zu melden», sagte Parisa. «Aber der Krieg war in dem Jahr vorbei, als ich meine Küstenjäger-Ausbildung anfing.»

«Du hast nichts verpasst.»

Stang winkte dem Kellner, der Wein nachschenkte.

«Was ist mit dir?»

«Was meinst du?»

«Irgendwelche spannenden Fälle im ... wie heißt das noch gleich?»

«Dezernat für Gewalt- und Sittlichkeitsverbrechen.»

«Genau.»

Parisa nippte an ihrem Wein.

«Dachtest du an etwas Spezielles?»

Stang tupfte sich den Mund diskret mit der Serviette ab.

«Überhaupt nicht, aber es ist doch interessant und ... ich meine, eine Frau wie du ... Musst du dich manchmal prügeln?»

«Andauernd.» Parisa lächelte.

«Erzähl», sagte er. «Was machst du im Moment?»

Parisa musterte ihn über den Tisch hinweg.

«Wir haben zurzeit einen ziemlich schwierigen Fall. Du hast sicher davon gelesen, der ‹Blenda-Mann›.»

«Ich habe die Schlagzeilen gesehen. Der Typ, der Ausländerinnen schlachtet und sie mit Waschpulver füllt?»

«Eine ganz üble Angewohnheit.»

«Habt ihr eine heiße Spur?»

«Tja, was soll ich sagen?» Sie stocherte in ihrem Salat. «Wir haben schon den einen oder anderen Verdacht, ja ...»

«Und du fühlst dich sicher?»

«Inwiefern?»

«Du fällst ja absolut in sein Beuteschema.»

Parisa zögerte.

«Ich komme schon klar», sagte sie mit einem Lächeln, das ihr auf einmal seltsam steif vorkam.

«Du bist Iranerin?»

«Perserin», erwiderte sie spontan. «Wir haben die Zivilisation erfunden. Hast du jemals ...»

Sie wurde vom Handy in ihrer Tasche unterbrochen und sah auf die Uhr. Das war Lasse, sie hatten dasselbe verabredet wie beim letzten Mal. Sie beschloss abzunehmen.

Kapitel 59

Rolf Lykke konnte nicht schlafen. Er drehte sich zu Sonja um und roch Knoblauch in ihrem gleichmäßigen Atem. Sonjas Mutter war zu Besuch gewesen. Sie hatten Lammbraten gegessen.

Ihm war merkwürdig zumute. Eine Ermittlung kreiste in der Warteschleife, und alles wegen einer Dolmetscherin mit dem falschen Dialekt. Oder war da noch etwas anderes?

Er knipste die Leselampe an und griff nach Per Olov Enquists Autobiographie, die aufgeschlagen neben dem Bett auf dem Fußboden lag. Seit er als junger Mann eher zufällig

Auszug der Musikanten gelesen hatte, war er von dem schwedischen Schriftsteller begeistert, aber jetzt konnte er sich nicht konzentrieren. Die Textzeilen tanzten auf den Seiten, und die Worte wollten keinen Sinn ergeben.

Er klappte das Buch zu und starrte an die Decke. Irgendetwas bekam er nicht zu fassen. Etwas, das darum kämpfte, an die Oberfläche seines Bewusstseins zu steigen. Ein flüchtiger Blick, ein Satz, ein Bruchstück eines Zeichens ...

Er versuchte, sich auf den vergangenen Tag zu konzentrieren. Warum hatte Fadil Hadzic Angst? Und wer war in der Lage, den jungen Geldeintreiber in solche Panik zu versetzen?

Lykke spürte einen beginnenden Krampf im linken Bein. Er atmete tief ein, versuchte sich zu entspannen. Nach zwei Minuten setzte er sich auf und griff nach dem Notizblock auf dem Nachttisch.

«Darre» stand da, sonst nichts.

Was zum Teufel sollte er über Darre sagen?

Kapitel 60

Parisa Sadegh wurde von der Müllabfuhr geweckt und wusste sofort, dass Mittwoch war. Sie machte das Fenster, das immer einen Spalt offen stand, weit auf und sah gerade noch zwei orangefarbene Overalls mit je einem Mülleimer im Schlepptau um die Ecke verschwinden.

Sie füllte Wasser in die Kaffeemaschine und holte Milch aus dem Kühlschrank. Caffè Latte am Morgen – ein Muss. Anschließend zog sie das T-Shirt aus, legte sich nackt auf die warmen Badezimmerfliesen und machte fünfzig Liegestütze, gefolgt von siebzig Sit-ups. Schwer atmend goss sie den Kaffee in eine große weiße Tasse und machte es sich auf der Fensterbank bequem. Ich muss mehr trainieren, dachte sie.

Es war erst sechs Uhr, und die Stadt lag immer noch still und dunkel unter ihr. Es schneite nicht mehr so stark, nur ein paar zarte Flocken verirrten sich noch in die Lichtkegel der Straßenlaternen. Parisa warf einen Blick aufs Thermometer. Elf Grad unter null. Sie zog den Morgenmantel fester um den Körper und trank vorsichtig einen Schluck von dem brühheißen Kaffee. Ein Morgen mit Kaffee auf der Fensterbank war das Beste. Sechs Etagen über einer Stadt, die zum Leben erwachte. Die Geräusche einer weit entfernten Straßenbahn, die neueste Ausgabe der Tageszeitung, die auf die Fußmatte poltert …

Einen Moment lang dachte sie an Haakon Stang. Sie hatte beschlossen, ihm eine letzte Chance zu geben, wenn er denn interessiert war. Sie hatten sich die Hand gegeben und höflich gute Nacht gesagt. Keine Umarmung, kein Küsschen auf die Wange. Der Mann hatte etwas, das sie nicht einordnen konnte. Er war nicht überrascht gewesen, dass sie Polizistin war, warum nicht? Er kannte doch weder ihre Adresse noch ihren Nachnamen.

Sie nahm ihren Laptop und rief Google auf. Schrieb zwei Wörter ins Suchfeld: «Parisa» und «Polizei». Klickte auf Suche. Eine Sekunde später hatte sie drei Verweise auf Ermittlerin Parisa Sadegh vom Dezernat für Gewalt- und Sittlicheitsverbrechen. Eine der Fundstellen mit Foto. Sie versuchte es wieder, diesmal ohne «Polizei». 147 000 Treffer. Anscheinend hatte er gezielt danach gesucht, ob sie bei der Polizei war. Warum?

Sie stellte die Tasse auf der Fensterbank ab, ging barfuß hinüber ins Schlafzimmer, öffnete den Kleiderschrank und nahm die frisch gebügelte Uniform heraus, «Dienstuniform 1, feierlich», wie es im Uniformsreglement hieß. Darres Beerdigung war um zehn Uhr. Um zehn nach drei war sie von ihrem Handy geweckt worden, hatte aber nur ein leises Rauschen am anderen Ende gehört, bevor aufgelegt wurde. Sie hatte die Nummer zurückverfolgt, war aber danach auch nicht viel klüger. Ein Anruf aus der Lobby des Hotels Bristol. Hoffentlich schlafe ich in der Kirche nicht ein, dachte Parisa und merkte, wie ihr graute.

Kapitel 61

«Du bist ganz heiß.»

Gisle Kvamme zog die Hand zurück und sah seine Tochter besorgt an.

«Nur ein bisschen schlapp», sagte Nora heiser.

Er erhob sich vom Küchentisch und trat ans Fenster.

«Draußen sind vier Grad Frost, und du hast Fieber. Kommt nicht in Frage.»

«Aber ich muss Erik doch helfen, seinen Hund zu suchen. Wir sind um vier verabredet.»

Er zögerte.

«Du gehst jetzt wieder ins Bett und bleibst da die nächsten Stunden. Dann sehen wir mal, ob es dir nachher bessergeht.»

Nora seufzte.

«Jetzt könnte ich endlich einen Freund finden, und dann darf ich ihn nicht treffen.» Sie beugte sich über den

Küchentisch und stützte den Kopf in die Hände. «Das ist sooo gemein.»

«Wir können eine DVD gucken. *Shrek 2.*»

«Die hab ich schon tausendmal gesehen.»

Er blickte sich ratlos in der Küche um, als erwartete er, dort eine Lösung zu finden.

«Du kannst einen Brief an deine Klasse schreiben und dich für die schönen Zeichnungen bedanken», schlug er schließlich vor.

Nora starrte gleichgültig auf die große braune Rolle mit den aufgeklebten Zeichnungen und den ausgeschnittenen Popstars, die ihr Vater von der Post abgeholt hatte. «Wir vermissen dich, Nora! Liebe Grüße, deine 5b.»

«Mach ich morgen.»

«Also gut.» Er lächelte. «Wenn du um vier unter achtunddreißig Fieber hast, darfst du gehen, wenn nicht, sehen wir uns *Shrek* an. Okay?»

«Okay ...»

«Du kannst ja mit Erik chatten, auch wenn du krank bist.»

Nora blickte zur Uhr am Herd. Es war sieben Minuten nach neun.

«Er ist in der Schule.»

«Falls es dir heute Nachmittag bessergeht, kannst du ihn doch zu uns einladen, dann lerne ich ihn auch gleich kennen.»

«Mann, Papa ...»

«Okay, aber unsere Abmachung gilt?»

«Ist gut.»

Er ging in den Flur, zog sich einen grauen Dufflecoat an und setzte die Kapuze auf.

«Ich gehe einkaufen. Soll ich dir was mitbringen?»

Nora schüttelte erst den Kopf, überlegte es sich dann aber anders.

«Hühnersuppe. Die hat Mama mir immer gemacht, wenn ich krank war.»

«Hühnersuppe, alles klar.»

Er drehte sich um und öffnete die Haustür. In seinen Augen standen Tränen.

Kapitel 62

Er bezahlte, steckte den Fahrschein ein und packte die schwarze Tasche fester. Sie war schwer, dabei enthielt sie nur das, von dem er mit Sicherheit wusste, dass er es brauchen würde.

Ein Blick auf die elektronische Anzeigetafel sagte ihm, was er bereits wusste. Abfahrt 10.05 Uhr. Keine Verspätung. Er ließ automatisch den Blick durch die Abfahrtshalle schweifen. In der Menge verschwinden, dachte er. Unsichtbar werden.

Am Narvesen-Kiosk kaufte er drei Zeitungen und einen Apfel. Der Fall war von den Titelseiten verschwunden. Bisher war alles nach Plan gelaufen. Nicht ohne Fehler, aber die kleinen Schnitzer hatte er ausbügeln können. Jetzt musste er nur noch eine Sache erledigen. Die einfachste.

Er setzte sich auf eine Bank und blätterte rasch die VG durch. Drei Seiten. Ein altes Foto von Lakshmi und einer Freundin unter der Überschrift: «Warum musste sie sterben?» Er las den Artikel aufmerksam und studierte die Frau auf dem Foto.

Eine Mutter mit einem Jungen von fünf, sechs Jahren setzte sich auf die Nachbarbank. Der Junge musterte die schwarze Tasche und lächelte ihn an. Seine Nase lief. Er lächelte zurück. Er mochte Jungs lieber als Mädchen. Schon immer.

Einige Minuten später stand er auf und ging mit festen Schritten auf den gerade angekommenen Überlandbus zu. Bussteig neunzehn. Der Sørlands-Express.

Kapitel 63

«Frode Darre war ein guter Kollege», fuhr Lykke fort, «einer, der immer zuverlässig war und seine eigenen Interessen stets hinter die Erfordernisse des Polizeidienstes zurückstellte.»

Er hob den Blick von seinen wenigen Stichworten und richtete ihn auf die spärlich besetzten Reihen. «Und der die meiste Zeit seines Lebens damit verbracht hat, die Hauptstadt sicherer zu machen.»

Er hielt inne und bemerkte, dass Breiby in der zweiten Reihe leicht nickte. Lykke wandte sich dem weißen Sarg zu.

«Danke für deinen Einsatz. Wir werden dein Andenken in Ehren halten.»

Er war sich nicht sicher, ob er salutierten sollte, aber dann fiel ihm ein, dass er seine Uniformmütze auf dem Stuhl zurückgelassen hatte. Also entschied er sich für eine schnelle Verbeugung, ehe er hinunterging und seinen Platz neben Breiby einnahm.

Eine frühe Aufnahme von *Blueberry Hill* erfüllte den Kirchensaal.

Außer den zwölf Kollegen in Uniform saßen nur noch die Mutter, ein älterer Bruder und etwa acht bis zehn Männer in Darres Alter in der halbdunklen Kirche. Vermutlich Nachbarn oder alte Schulkameraden. Oder vielleicht Cousins? Es war beinahe auffallend, wie wenig Frauen anwesend waren. Nicht einmal eine alte Tante. War Darre schwul gewesen?

Lykke blickte verstohlen zu einem Mann Anfang dreißig, der zwei Reihen hinter ihm saß. Andererseits, dachte er, wie viele Freundinnen hat ein alleinstehender Polizist?

«Otis Redding?», flüsterte ihm Breiby ins Ohr.

«Fats Domino.»

«Richtig.» Sie nickte und legte ihm leicht die Hand auf den Arm. «Schön.»

Billige Publikumsfängerei, dachte Lykke und fühlte sich immer noch unbehaglich nach seiner steifen Rede.

An seinem strammen Uniformkoppel vibrierte es. Er zog den weißen Handschuh aus, holte das Handy hervor und ließ es diskret auf den Schoß gleiten. SMS von Kuvås. Der Dolmetscher war unterwegs von Gardermoen in die City.

Lykke steckte das Handy zurück und ignorierte den fragenden Blick der Polizeidirektorin. Er starrte auf den Sarg. Nicht mehr lange, dann bin ich an der Reihe, dachte er. Ob Breiby dann die Rede hält? Zum tausendsten Mal stellte er sich vor, wie Ida um einen Papa trauern würde, den sie über alles auf der Welt geliebt und doch kaum gekannt hatte. Würde Sonja in der ersten Reihe sitzen, oder hätte sie dann bereits einen anderen Mann? Sie wird mich verlassen, dachte er wieder. Manchmal war der Gedanke so stark, dass er fast hoffte, es würde bald passieren. «Denk daran, was dir alles entgeht», hatte er ihr als letzte Warnung ein paar Wochen vor der Hochzeit gesagt.

«Das Leben besteht ja überwiegend aus Dingen, die einem entgehen», hatte sie mit schiefem Lächeln erwidert.

Lykke beugte sich vor und bemerkte, dass Parisa, die drei Plätze weiter saß, Uniformrock und Schuhe mit halbhohen Absätzen trug. Er konnte sich nicht erinnern, sie je in etwas anderem als Hosen gesehen zu haben. Neben ihr Lasse Viker, breit und behäbig, wenig überraschend im hellblauen Oberhemd statt in dem weißen, das bei feierlichen Anlässen vorgeschrieben war, und wiederum zwei Plätze weiter: Ted Eriksen, mit messerscharfer Bügelfalte und wie immer in tadelloser Haltung.

Ich darf nicht so hart zu Ted sein, dachte er.

Kapitel 64

Man hatte Fadil Hadzic den dicken Verband um den Kopf entfernt, und die gebrochene Nase war etwas abgeschwollen. Sein Blick dagegen war noch genauso finster.

Lykke zeigte auf einen Stuhl in der Ecke.

«Sind wir so weit?»

Parisa Sadegh und Bjørn Kuvås nickten. Lykke sah den neuen Dolmetscher fragend an.

«Ich bin bereit.»

Der große Däne mit dem dunklen Teint zog die Winterjacke aus und putzte seine Brillengläser mit dem Futter der Jackentasche, ehe er sich vorsichtig auf dem unbequemen Plastikstuhl niederließ.

«Wollen wir unserem Freund hier nicht ein Glas Wasser hinstellen?» Er lächelte Fadil an und strich sich über den grauhaarigen Kopf.

«Wasser.» Lykke nickte Kuvås zu, der hinaus auf den Flur verschwand.

«Sie sprechen Norwegisch?», wandte er sich an den Dolmetscher.

«Na ja, ein bisschen Norwegisch, ein bisschen Schwedisch, ein bisschen Bosnisch, aber vor allem Dänisch.»

«Es wird schon gehen.» Lykke räusperte sich und beugte sich ein wenig vor. «Polizeipräsidium, Mittwoch, 1. Dezember. Zweite Vernehmung von Fadil Hadzic. Anwesende: Rolf Lykke, Parisa Sadegh, Bjørn Kuvås und als Dolmetscher Osman Dizar.»

Lykke versuchte, nicht aufs Mikrophon zu starren, während er sprach. «Uhrzeit: 11.34 Uhr.»

Er hörte Kuvås' Schritte auf dem Flur und wartete, bis der lange Trønder das Wasserglas abgestellt und sich hingesetzt hatte.

«Sagen Sie ihm, wer Sie sind und woher Sie kommen», forderte er den Dolmetscher auf.

«Okay.»

Fast fünf Minuten sprach Dizar mit Fadil Hadzic, ohne ein einziges Wort zu übersetzen.

«Alles in Ordnung?» Lykke war langsam mit seiner Geduld am Ende.

«Das wird alles prima klappen.»

Kommissar Rolf Lykke wollte kein Risiko eingehen.

«Was glauben Sie, warum hat Ihre Schwester Nadija am Tag, an dem sie starb, zweimal versucht, bei Ihnen anzurufen?», fragte er und blickte vom Dolmetscher zu Fadil.

Fadil Hadzic zuckte mit den breiten Schultern.

Dizar übersetzte auch das.

«Keine Ahnung.»

«Haben Sie versucht, sie zurückzurufen?»

«Spät am Abend, zu spät.»

«Warum haben Sie so lange damit gewartet?»

«Ich rufe nie von meinem Handy aus an. Ich habe aus einem Hotelzimmer in München angerufen.»

«Warum nicht vom Handy aus?»

«So ist das eben in meinem Job.»

Lykke zog die Augenbrauen hoch.

«Und was ist das für ein Job?»

«Ich arbeite mit Menschen.»

Lykke blickte auf seine Notizen.

«Wie haben Sie erfahren, dass Ihre Schwester tot ist?»

«In Norwegen leben viele Bosnier. Man hat mir Bescheid gesagt.»

«Sind Sie hier, um Ihre Schwester zu rächen?»

Es gab ein kleines Hin und Her, ehe der Dolmetscher übersetzte.

«Ich bin zur Beerdigung gekommen. Nur deswegen.»

«Ich möchte, dass Sie seine Antwort direkt übersetzen, ganz egal, ob sie vollständig ist.»

«In Ordnung», erwiderte Dizar. «Tut mir leid.»

Ich muss ihn dazu bringen, über die Vergangenheit zu sprechen, dachte Lykke.

«Haben Sie Sport getrieben?»

«Als ich ein Junge war, habe ich Fußball gespielt, bei Željezničar.»

Lykke sah Dizar fragend an.

«Ein großer Verein in Sarajevo», erklärte der Dolmetscher.

«Waren Sie gut?»

Dizar übersetzte.

«Ich habe drei Spiele in der Juniormannschaft des Vereins mitgespielt.»

Lykke dachte nach.

«Warum haben Sie aufgehört?»

Zum ersten Mal seit Beginn der Vernehmung wandte Fadil Hadzic den Blick Lykke zu.

«Weil der Krieg ausbrach, Blödmann.»

Lykke holte Luft.

«Wohnte Nadija während der Belagerung auch in Sarajevo?»

«Wir haben alle da gewohnt, die ganze Familie.»

Hörte er ein leichtes Zittern in der Stimme?

«Und während der Belagerung wurde kein Fußball gespielt?»

Lykke hörte, wie Kuvås sich im Hintergrund räusperte, beschloss jedoch, ihn zu ignorieren.

«Da waren Heckenschützen ...»

«Die haben auf Fußballer geschossen?»

Auf Fadils Stirn glänzte es feucht. Er rutschte unablässig auf dem blauen Stuhl herum.

«Die haben auf alles geschossen.»

«Aber Ihre Familie hat überlebt?»

Fadil richtete die Augen wieder auf den Dolmetscher.

«Nadija und ich haben überlebt.»

Lykke spürte, dass er an einen entscheidenden Punkt gekommen war. Jetzt oder nie, dachte er.

«Was ist mit den anderen in Ihrer Familie passiert?»

Der Dolmetscher wandte sich Fadil zu und übersetzte. Der junge Mann starrte mit leerem Blick an die Wand.

«Fragen Sie ihn noch mal», sagte Lykke.

Dizar wiederholte die Frage, doch Fadil machte keine Anstalten zu antworten.

«Verdammt!» Lykke stand auf.

«Sollen wir eine Pause machen?» Der Dolmetscher nahm die Brille ab und fuhr sich mit dem Handrücken über die Augen. «Sieht so aus, als hätte er dichtgemacht.»

«Da liegt die Lösung.» Lykke drehte sich zu Parisa um. «Was wird ihm vorgeworfen?»

«Keine Ahnung, soll ich mich erkundigen?»

«Tu das. Jetzt gleich!»

Parisa verschwand hinaus auf den Flur, das Handy am Ohr.

Lykke betrachtete Fadil, der die Fäuste auf dem Schoß geballt hatte und ins Leere starrte. Der blaurote Bluterguss an der Nasenwurzel bildete einen scharfen Kontrast zu seiner grauen Gesichtsfarbe.

«Überschreitung der zulässigen Höchstgeschwindigkeit und Widerstand gegen die Staatsgewalt», sagte Parisa, als sie zur Tür hereinkam.

«Danke.» Lykke setzte sich wieder. «Wir machen weiter.»

Der Dolmetscher sah ihn abwartend an.

«Sagen Sie ihm, dass er wegen tätlichen Angriffs gegen Polizeibeamte festgenommen wurde und dass das in Norwegen ein schweres Vergehen ist.»

Fadil hörte sich die Erklärung des Dolmetschers an, ohne eine Miene zu verziehen.

«Dass wir aber alle Anklagepunkte gegen ihn fallenlassen, wenn er uns erzählt, was ihm und Nadija während der Belagerung von Sarajevo widerfahren ist.»

«Ich glaube nicht ...», begann Kuvås und blickte zu den Kameras an der Decke, «dass es ...»

«Ich übernehme die Verantwortung», fiel Lykke ihm scharf ins Wort. «Übersetzen Sie.» Er nickte dem Dänen zu.

Endlich kam eine Reaktion von dem Bosnier. Er richtete sich auf und sah Lykke fest an. Dann sprach er.

«Er will es schriftlich», sagte der Dolmetscher.

«Das war alles?»

«Das war der Inhalt seiner Worte, ja.»

«Ich will genau wissen, was er gesagt hat.»

Der Dolmetscher zuckte die Schultern.

«Er hat gesagt: ‹Woher soll ich wissen, dass der alte Sack nicht lügt. Ich habe nicht mal einen Anwalt. Sag denen, dass ich das schriftlich haben will.›»

«Er wollte keinen Anwalt», sagte Lykke, riss ein Blatt aus seinem Notizblock und begann zu schreiben.

Kuvås räusperte sich wieder.

«Das ist völlig gegen die Vorschriften», sagte er, «es ist ja nicht mal gesagt, dass uns das weiterhilft ...»

«Das ist die einzige Chance, die wir haben», erwiderte Lykke, unterschrieb den Zettel und reichte ihn Fadil. Der Bosnier hielt ihn dem Dolmetscher hin, der ihn las und zustimmend nickte.

«Okay?» Auf Lykkes Schläfen lag ein Schweißfilm.

«Okay.» Osman Dizar blickte ihn abwartend an.

«Jetzt erzählen Sie uns, was passiert ist!»

Erst sah es so aus, als hätte Hadzic es sich anders überlegt. Er hatte das Gesicht zur Wand gedreht und zeigte keinen Willen zur Zusammenarbeit.

Dann plötzlich, als hätte jemand ein Uhrwerk in seinem Rücken aufgezogen, begann der junge Bosnier in langen Sätzen stakkatohaft zu sprechen, fast drei Minuten lang, bis der Dolmetscher ihn unterbrach.

«Das wurde zu viel. Ich werde es so genau wiedergeben, wie ich kann.»

«Tun Sie das», sagte Lykke.

«Wir sind am 11. Juli 1995 aus unserem Haus in Srebrenica geflohen. Mutter, Vater, Nadija, meine kleine neunjährige Schwester und ich. Am selben Abend kamen wir im Dorf Potočari an. Dort waren schon Tausende von Flüchtlingen. Es war heiß, es gab nur wenig Wasser und fast nichts zu essen. Gleich in der ersten Nacht kamen serbische Soldaten und griffen sich Flüchtlinge heraus. Um halb fünf Uhr morgens holten sie meine Mutter und meine kleine Schwester. Zwei Tage später fand man meine Schwester mit durchgeschnittener Kehle hinter einem Lagerhaus. Meine Mutter haben wir nie wiedergesehen. Am Nachmittag des 12. Juli, an seinem neunundvierzigsten Geburtstag, verschleppten sie meinen Vater. Ohne Erklärung, die serbischen Soldaten nahmen ihn einfach mit, und am Abend hörten wir, dass man ihn hinter dem ‹weißen Haus› erschossen hatte. Nadija und ich versuchten, zusammenzuhalten. Sie war einundzwanzig und ich sechzehn.

In der Nacht zum 13. Juli kam eine Gruppe von fünf serbischen Soldaten, die zu den ‹Skorpionen› gehörten, einer Abteilung unter Führung von General Mladic, zu dem Zelt, das wir mit zehn oder elf anderen Bosniern teilten.

Sie vergewaltigten Nadija der Reihe nach, und wir mussten dabei zusehen. Zwei der Männer taten es sogar mehrmals. Anschließend pissten die Kerle auf sie. Dann zwangen sie eine der Frauen im Zelt, ihre Tochter zu holen, die sich bei anderen Leuten versteckt hatte. Sie drohten, uns alle umzubringen, falls die Frau sich weigerte. Drei der Männer vergewaltigten das Mädchen nacheinander. Sie war zehn.»

Der Dolmetscher lehnte sich zurück. Es war still im Raum.

Lykke und Parisa wechselten einen Blick. Ein Kriegsverbrecher. Natürlich.

«Kennen Sie die Namen der Männer?»

Dizar übersetzte.

«Nur den des Anführers.»

«Und wie heißt er?»

Lykke saß auf der Stuhlkante. Sein Mund war trocken.

«Dragan Bogdaic.»

Er versuchte, Augenkontakt zu dem jungen Mann herzustellen, aber Fadil Hadzic starrte mit leerem Blick an die Wand. Ein Schweißtropfen lief langsam seinen Nasenrücken hinunter. Plötzlich sprach er weiter. Alle Augen richteten sich auf Dizar.

«Dragan Bogdaic war einer von denen, die sowohl Nadija als auch das kleine Mädchen vergewaltigt haben.»

«So ein Schwein!» Parisa konnte sich nicht länger beherrschen. «Wie seid ihr da rausgekommen?»

Dizar übersetzte. Nach langen Sekunden kam die Antwort.

«Wir haben es geschafft. Das genügt.»

Die Luft war stickig, und man konnte kaum atmen. Lykke erhob sich und öffnete die Tür zum Flur.

«Aber die UN-Soldaten, die da waren, um auf euch aufzupassen», fuhr Parisa fort, «haben die denn nichts unternommen?»

Dizar unterhielt sich leise mit Fadil.

«Es waren nicht genug, und außerdem waren das auch keine Unschuldsengel.»

«Haben sie denn nicht wenigstens versucht zu helfen?»

«Die UN hat viel falsch gemacht ...»

«Fragen Sie ihn, ob Nadija Dragan Bogdaic wiedererkannt hätte», sagte Lykke.

Der Däne wandte sich an Fadil.

«Möglich, falls er sein Äußeres nicht verändert hat.»

«Hätte Bogdaic sie wiedererkannt?»

Fadil blickte zu Boden und murmelte etwas.

«Will er nichts mehr sagen?»

Osman Dizar schüttelte den Kopf.

«Nur eine Sache noch.»

Lykke fasste in die Innentasche seiner Jacke und zog ein Foto von Sergej Gusev heraus. «Fragen Sie ihn, ob er diesen Mann kennt.»

Der Bosnier warf einen kurzen Blick auf das Foto und schüttelte entschieden den Kopf.

Kommissar Rolf Lykke zog den Mantel an, der nachlässig hingeworfen über der Stuhllehne lag.

«Wir beenden das Verhör an dieser Stelle. Kein Wort darf nach außen dringen. Kein Wort zu Kollegen, zu Vorgesetzten, zu niemandem. Verstanden?»

Parisa nickte knapp.

«Sie auch?»

Lykke nagelte den Dolmetscher mit seinen grauen Augen fest.

«No problem.»

«Gut.» Auf halbem Weg aus der Tür blieb er stehen und drehte sich zu dem Dänen um. «Sagen Sie ihm, dass er die Stadt in den nächsten Tagen nicht verlassen darf. Wir brauchen seine Heimatadresse und seine Telefonnummer.»

«Bist du sicher, dass wir ihn laufenlassen sollen?»

Die Frage kam von Kuvås.

Lykke überlegte einen Moment.

«Er nützt uns nur etwas, wenn er kooperiert. Lasst ihn gehen.»

Kapitel 65

«Hier, euer Essen.»

«Danke, stell es einfach da hin.»

Der Beamte stellte die Pizzaschachteln mit dem Aufdruck «Dolly Dimple's» auf dem Konferenztisch ab und verließ den Raum.

Viker riss die oberste Schachtel auf. Die Pizza war lauwarm, und Servietten fehlten auch.

«Ich hole eine Rolle Klopapier», sagte er und stand auf.

Lykke musterte den überfüllten Tisch.

«Die nächsten vierundzwanzig Stunden konzentrieren wir uns auf die Suche nach Dragan Bogdaic. Der Mann könnte bei Zybase zu finden sein oder beim ICTY, aber darauf haben wir wohl keinen Zugriff?» Er sah Kuvås an.

«Wir müssen die Suche vor Ort durchführen.»

«Heißt das, wir müssen nach Den Haag?»

«Genau.» Kuvås zuckte resigniert mit den Schultern.

«Wofür steht die Abkürzung?», fragte Parisa.

Kuvås wollte gerade antworten, aber Ted Eriksen kam ihm zuvor.

«International Criminal Tribunal for the former Yugoslavia, in den Medien oft auch kurz Haager Kriegsverbrechertribunal genannt, ein von der UN geschaffener Strafgerichtshof zur Verfolgung schwerer Verbrechen während des Krieges in Jugoslawien. Die geben ihre Akten nicht außer Haus, sofern nicht besondere Gründe dafür vorliegen.»

«Du warst dort?» Lykke blickte wieder fragend zu Kuvås.

«Nein, mein Arbeitsgebiet ist Ruanda. Das dafür zuständige ICTR hat seinen Sitz in Tansania.»

«Aber auf Zybase haben wir Zugriff?»

«Ja.»

Lykke stand eine Weile da und dachte nach, dann fragte er: «Wie groß ist die Wahrscheinlichkeit, dass Bogdaic überhaupt in irgendwelchen Registern auftaucht?»

«Weiß nicht. Dass er es nach Norwegen geschafft hat, muss überhaupt nichts heißen. Wir sind *der* Zufluchtsort für Kriegsverbrecher. Jahrelang haben wir verdächtige Personen überhaupt nicht mit den Registern abgeglichen. Vermutlich beherbergen wir mindestens hundert Kriegsverbrecher allein aus Ruanda. Aus dem früheren Jugoslawien noch wesentlich mehr. Maximal einer von fünf Fällen wird untersucht.»

«Ich glaube nicht, dass wir ihn in den Archiven finden», sagte Lykke. Die anderen blickten ihn überrascht an. «Wer ist bei Kripos für den Balkan zuständig?»

«Preben Bakke. Sehr guter Mann.»

«Gib ihm den Namen und bitte ihn, sich mal umzuhören. Er hat sicher viele Kontakte zum Milieu?»

«Auf jeden Fall.» Kuvås machte sich Notizen.

«Also, wo fangen wir an?» Lykke richtete den Blick fragend auf den Kripos-Kollegen.

«Zybase.»

«Dann machen wir das.»

Ein Handy klingelte. Lykke runzelte die Augenbrauen. Er hatte schon vor mehreren Jahren ein Handyverbot für alle Besprechungsräume verhängt.

Kuvås fischte das Telefon aus der Tasche.

«Sorry, das ist das Labor. Ich hatte sie gebeten, sofort anzurufen, wenn sie was haben», sagte er und verschwand hinaus auf den Flur.

Kurz darauf war er zurück.

«Sie haben DNA sowohl von Lakshmi als auch von Nadija am Messer gefunden», sagte er kurz.

«Gusev?» Ted Eriksen nestelte am Kragen seines Uniformhemds.

«Mehrere Fingerabdrücke und ein einzelnes Haar.»

Eriksen drehte sich zu Lykke um.

«Warum sollte dieser Kriegsverbrecher ein indisches Mädchen umbringen? Und warum können wir Gusev beim Verhör nicht mehr unter Druck setzen? Er hat beide Opfer gekannt, sein Messer war die Tatwaffe, und wir wissen, dass er ein – milde ausgedrückt – angespanntes Verhältnis zu anderen Volksgruppen hat. Was brauchen wir mehr?»

Lykke nahm einen trockenen Schwamm und wischte das Gekritzel an der Tafel ab. Als sie sauber war, zog er die Kappe von einem Filzstift und schrieb in Großbuchstaben ein einziges Wort hin: «MOTIV».

«Gusev sitzt sowieso noch einige Tage», sagte er. «Wir konzentrieren uns auf Bogdaic.»

Parisa hörte ein Piepsen aus der Tasche und öffnete die SMS. Sie war von Haakon: «Was machst du heute Abend?»

Sie warf einen Blick zur Uhr über der Tür. 12.22 Uhr. «Arbeiten», schrieb sie und drückte auf Senden.

Es klopfte an der Tür.

«Ja bitte!»

Øyvind Leiner steckte den Kopf herein. Sein Blick hielt bei Lykke inne.

«Breiby will dich in ihrem Büro sprechen. Jetzt gleich.»

Lykke stieß einen unterdrückten Fluch aus. Was war jetzt schon wieder?

«Durchsucht Zybase und alle anderen relevanten Datenbanken, und zwar gründlich», sagte er. «Wir treffen uns um siebzehn Uhr wieder hier.»

«Geht klar, Chef!»

Parisa lächelte aufmunternd.

Polizeidirektorin Anne Breiby war ausnahmsweise in Zivil. Sie erhob sich nicht, als er hereinkam, sondern bat ihn, in einem der drei Besuchersessel Platz zu nehmen. Lykke entschied sich für den, der am weitesten vom Schreibtisch entfernt stand.

«Ich muss sagen, ich bin enttäuscht von Ihnen, Rolf. Und ziemlich verärgert.»

«So, aha.»

«Dass ausgerechnet Sie sich auf einen solchen Kuhhandel einlassen, ohne dass ein Anwalt dabei ist, überrascht mich nicht nur, das schockiert mich. Sehen Sie sich das an.»

Sie drückte auf eine Fernbedienung, und eine Aufnahme aus dem Vernehmungsraum zwei im fünften Stock erschien auf dem Bildschirm.

Breiby hatte sich vorbereitet. Das Video war bis zur fraglichen Stelle vorgespult. «Sehen Sie», wiederholte sie.

Lykke starrte auf den Bildschirm und spürte, wie seine Wangen heiß wurden.

«Sie bieten einem kriminellen Geldeintreiber aus Bosnien die Freilassung an, wenn er uns dafür den Namen eines Kriegsverbrechers nennt, der *vielleicht* etwas mit den rassistischen Morden zu tun haben könnte.»

«Das ist richtig», sagte Lykke und versuchte, seine eigene Stimme im Video auszublenden.

«Und das Schlimmste ist», sagte Breiby und stand auf, «Sie wussten, dass der Mann beschuldigt wird, Ihre Kollegen tätlich angegriffen zu haben.» Sie holte tief Luft, bevor sie weitersprach. «Sie wissen, dass wir im zurückliegenden Jahr intensive Lobbyarbeit betrieben haben, um das Justizministerium zu überzeugen, dass das Strafmaß für Gewalt gegen Beamte verschärft wird? Sie sind sich auch darüber im Klaren, dass etliche Polizisten Jahr für Jahr aus dem Dienst ausscheiden, weil sie bedroht und angegriffen worden sind?»

Die Polizeidirektorin schlug so heftig mit der Faust auf den Tisch, dass eine leere Kaffeetasse auf dem Unterteller hüpfte.

«Also, was zum Kuckuck haben Sie sich dabei gedacht, Rolf?»

Lykke setzte zu einer Antwort an, wurde aber durch eine neue Salve gestoppt.

«Und das ist noch nicht alles. Kommen Sie her.»

Er erhob sich langsam und umrundete den großen Tisch. Breiby zeigte auf ihren PC-Monitor, auf dem die Top-Schlagzeile der Internetausgabe des Dagbladet mit fetten Lettern prangte: «Rassistische Polizei!» Lykke beugte sich vor und las den Anlesetext:

«Ist es Zufall, dass die Polizei nur die Hälfte ihrer verfügbaren Kräfte bei der Aufklärung der ‹Rassismusmorde› einsetzt? Innerhalb der Polizei wurden mehrfach Mutmaßungen laut, dass bewusst an finanziellen und personellen Ressourcen gespart wird, wenn es sich bei den Opfern um Menschen mit Migrationshintergrund handelt. Musharraf Butt, stellvertretender Vorsitzender des Integrationsausschusses der Arbeiderpartiet, äußerte Kritik an der Vorgehensweise der Polizei. ‹Wenn das stimmt, ist das eine sehr ernste Sache›, sagte der AP-Politiker besorgt. Der Justizminister war bisher nicht zu einer Stellungnahme bereit.»

«Verdammte Schmierfinken», murmelte Lykke.

«Habe ich Sie nicht gewarnt? Genau das wollten wir vermeiden. Erinnern Sie sich?»

«Ich erinnere mich.»

«Und warum, glauben Sie, kommt das gerade jetzt?»

Lykke versuchte gar nicht erst zu antworten.

«Weil die Journalisten stinksauer waren, als wir die Pressekonferenz abgesagt haben. Sie hatten sensationelle Neuigkeiten erwartet und wurden mit nichts wieder nach Hause geschickt. Und was machen sie in so einem Fall?» Breiby faltete die schlanken Hände unter dem Kinn. «Das kann ich Ihnen sagen: Sie machen sich ihre Nachrichten selbst. Begreifen Sie?» Sie starrte Lykke an. «Genau das darf nicht passieren.»

«Verdammt noch mal, wir können doch nicht den Falschen zum Täter machen, nur um die Presse zufriedenzustellen!» Er konnte sich nur mit Mühe beherrschen.

«Der Punkt ist, dass diese Sache falsch gehandhabt wurde, Rolf, und dafür sind Sie mitverantwortlich.»

«So nicht, nicht mit mir!» Lykke drehte sich um und ging auf die Tür zu.

«Setzen Sie sich!»

Er zögerte.

«Das ist ein Befehl.»

Lykke drehte sich langsam zu seiner Vorgesetzten um.

«Gusev war es nicht», sagte er. «Wir fahnden nach einem Kriegsverbrecher. Und noch etwas.» Er sah Breiby fest in die Augen. «Fadil Hadzic war derjenige, der Prügel bezogen hat, nicht die Kollegen von der Verkehrspolizei.»

Breiby sah ihm noch nach, als die Tür längst hinter ihm ins Schloss gefallen war, dann griff sie zum Telefonhörer und bat darum, mit der Polizeipräsidentin verbunden zu werden.

Kapitel 66

Lykke schluckte den letzten Bissen des lauwarmen Wiener Würstchens hinunter und warf die Pappe in den Abfallkorb.

Er fühlte sich leer.

Es war nicht das erste Mal, dass Breiby ihm eine Abreibung verpasst hatte, aber diesmal ärgerte er sich mehr als sonst. Darüber, dass Politik und Taktik anscheinend wichtiger waren als gute Polizeiarbeit. Es war nämlich nicht der Kuhhandel mit Fadil, der die Polizeidirektorin aus der Fassung gebracht hatte, solche Absprachen wurden andauernd gemacht. Es war der Artikel im Dagbladet.

Er merkte plötzlich, dass er fror, und blickte auf seine Schuhe hinunter. Schwarze Halbschuhe mit dünner Ledersohle, alles andere als geeignet für vereiste Bürgersteige und minus neun Grad. Warum hatte er nicht das Auto genommen?

«Was zu trinken? Wenn Sie einen Big Bite kaufen, bekommen Sie einen halben Liter Pepsi Max gratis dazu.» Das Mädchen hinter dem Tresen des winzigen Kiosks am Geitmyrsveien blickte ihn fragend über einen Zeitschriftenstapel hinweg an.

«Nein danke.» Lykke knöpfte den Mantel zu, schlug den Kragen hoch und ging.

Die Versiegelung hatte sich gelöst und hing lose an der Tür im zweiten Stock. Lykke zog den Schlüssel aus der Hosentasche und schloss auf. Die Wohnung war kalt und erfüllt von einem schwachen, muffig-süßlichen Geruch. Er tastete nach dem Schalter und machte Licht im Flur.

Ein kleines Schild markierte einen Blutfleck mitten auf dem hellen Parkett.

Hier ist sie zusammengebrochen, nachdem sie ihn hereingelassen hat, dachte er und musterte das halbdunkle Wohnzimmer. War sie nur ein zufälliges Opfer? Er zog die Schuhe aus und ging langsam durchs Zimmer. Alles wirkte unberührt. Alles war penibel aufgeräumt, nicht einmal eine Zeitschrift lag herum. Er bemerkte einen Lichtstreifen aus der Küche, ging die wenigen Schritte hinüber und öffnete die Tür. Hier war der Geruch stärker. Lykke öffnete den Schrank unter der Spüle, fand aber nichts als eine leere Abfalltüte. Sie hatte sich offensichtlich auf einen wichtigen Besuch vorbereitet. Sein Blick glitt langsam über Küchenschränke und Regale. Nicht ein Salzstreuer am falschen Platz. Auf dem Fußboden vor dem Kühlschrank stand ein roter Plastiknapf, und plötzlich wurde ihm klar, woher der Geruch kam. Der Napf war halb gefüllt mit etwas, das einmal leckeres Katzenfutter gewesen war. Er kippte die eingetrocknete Masse in den Abfall und spülte den Napf aus. Hatte Gusev seine Finger im Spiel?

Er ging zurück ins Wohnzimmer und betrachtete die Kreidestriche, die die Lage des Opfers auf dem Fußboden markierten. Ob Gusev früher einmal in dieser Wohnung gewesen war? Hatte er vielleicht ein Verhältnis mit Lakshmi gehabt?

Wieder ließ er den Blick durch das Zimmer schweifen. Er war in den vergangenen dreißig Jahren an unzähligen Tatorten gewesen, und was sie fast immer kennzeichnete, war Unordnung. Die meisten Tötungsdelikte wurden im Affekt begangen, und das war den Tatorten auch anzusehen. Was war in dieser Wohnung vorgefallen? Vermutlich war Lakshmi im selben Moment überwältigt worden, als sie die Tür öffnete. Wahrscheinlich hatte sie nicht mitbekommen, wer sie tötete und warum. Gab es eine sinnlosere Art zu sterben?

Er trat ans Fenster und schaute hinunter auf den Kiosk und den Gemüseladen an der Kreuzung Ullevålsveien. Für den Bruchteil eines Moments war da etwas in seinem Bewusstsein, was an die Oberfläche drängte. Was, zum Teufel, war das nur …

Das Handy in seiner Innentasche klingelte. Er warf einen Blick aufs Display. Unbekannte Nummer.

«Lykke.»

«Oberkommissar Preben Bakke hier.»

Für einen Moment herrschte Leere in seinem Kopf, dann fiel es ihm wieder ein.

«Ach, Kripos. Der Kollege von Kuvås.»

«Genau. Ich habe mich mal ein bisschen umgehört, das wolltet ihr doch.»

«Und?»

«Es könnte sein, dass ich was für euch habe.»

«Das wäre ...?» Lykke wurde ungeduldig.

«Ein Mann, den ich kenne, Bosnier, hat sein eigenes kleines Archiv.»

«Kann ich ihn treffen?»

Er spürte, wie ihn ein angespanntes Zittern durchlief. Am anderen Ende blieb es still.

«Hallo?»

«Er lässt niemanden in seine Wohnung.»

«Okay ...»

«Aber er ist bereit, sich um 13.30 Uhr im Jordal Amfi mit euch zu treffen.»

«Die Eishockeyhalle?»

«Er arbeitet dort. Fährt die Eismaschine.»

Lykke zog hastig Notizblock und einen Bleistiftstummel aus der Manteltasche.

«Wie heißt der Mann?»

«Wenn das den falschen Leuten zu Ohren kommt, ist er erledigt.»

«Schon klar», entgegnete Lykke. «Wir halten dicht.»

«Rascic, Alija Rascic.»

Lykke notierte sich den Namen, bedankte sich und drückte die Kurzwahltaste für Parisa Sadeghs Nummer. Es war nie verkehrt, Parisa dabeizuhaben, wenn man etwas aus Leuten herausbekommen wollte.

Kapitel 67

Um 13.23 Uhr stellte Lykke den Wagen auf dem leeren Parkplatz vor dem Jordal Amfi ab. Parisa war schon dort. Sie war die wenigen hundert Meter vom Präsidium zu Fuß gegangen und wartete fröstelnd vor einer schweren Metalltür.

«Das letzte Mal, dass ich einen Fuß hier hineingesetzt habe, war Ende der Sechziger», sagte Lykke.

«Ein Hockeyspiel?»

«Mein Vater und ich haben uns das Spiel Kampørn gegen Gruner / Hugin angesehen, aber damals gab es noch keine Überdachung.»

«Ich vergesse immer, wie alt du bist.» Parisa lächelte.

«Ich glaube, das war das einzige Mal, dass ich bei einer Sportveranstaltung war, abgesehen vom Holmenkollen-Springen. Gibt's was Neues?»

Sie schüttelte den Kopf.

«Keine Spur von einem Bogdaic, weder bei Zybase noch im Strafsachenregister. Von Gusev auch nicht», fügte sie hinzu.

«Ted gibt nicht auf?»

«Sieht nicht so aus ...»

Lykke zog an der schweren Tür.

«Nur eine Sache», sagte Parisa. «Snorre Berg, der Anwalt, hat angerufen. Er wollte ein Missverständnis aufklären. Gusev hat angeblich die Frage nicht verstanden, als wir ihn wegen des Flugtickets nach Berlin fragten. Jetzt sagt er, dass Nadija und er nach Deutschland wollten, um einen gebrauchten Mercedes abzuholen.»

«Warum eine neue Erklärung?»

«Ich tippe darauf, dass Berg ihm geraten hat, so nah wie möglich bei der Wahrheit zu bleiben. Vielleicht hat er Muffensausen, weil ihm zwei Mordanklagen drohen? Könnte doch sein?»

Lykke nickte.

«Hast du seine Angaben überprüft?»

«Leiner ist noch dabei, aber vorläufig deutet alles darauf hin, dass es stimmt.»

«Deshalb kein Rückflugticket», murmelte er.

«Sie wollten das Auto bestimmt mit Fleisch vollpacken.»

«Möglich.»

In der Halle war es dämmrig. Lykke wäre beinahe über eine schwarze Gummimatte gestolpert, die sich von den Umkleidekabinen bis in die Arena erstreckte. Ein Teenager mit Eishockeyschläger und einer Sporttasche, die ebenso groß war wie er, lief vorbei und hinterließ eine Duftwolke von Shampoo und Männerdeo.

Ein leises Brummen erfüllte die kühle Luft. Parisa blickte die steilen Tribünen hinauf.

«Wie viele passen hier rein?»

«Keine Ahnung. Sechs-, siebentausend vielleicht?»

Plötzlich bemerkten sie, wie die mehrere Meter hohe Wand aus Plexiglas, die den Großteil der Eishockeyarena umgab, Licht reflektierte.

Eine Eismaschine bewegte sich langsam auf der spiegelglatten Fläche.

Hinten auf dem seltsamen Fahrzeug saß ein kleiner dunkler Mann im blauen Thermoanzug und zog perfekte Kreise.

«Ziemlich ungewöhnlicher Job für einen Bosnier, oder?»

Parisa kletterte ein paar Stufen die Tribüne hinauf, um einen besseren Überblick zu haben.

«Und das sagt eine Perserin, die in Norwegen Mörder jagt.»

Der Mann auf der Eismaschine hatte sie offenbar bemerkt. Er verlangsamte die Fahrt und hielt genau auf dem roten Strich, der das Spielfeld in zwei Hälften teilte.

«Will er da sitzen bleiben?», wunderte sich Parisa.

Sie starrten auf den blau gekleideten Mann, der unbeweglich dasaß, ohne auch nur einen Finger zu rühren.

«Vielleicht will er uns aufs Glatteis führen?»

Lykke ging probehalber ein paar Schritte an der Bande entlang, ehe er vorsichtig Kurs auf die Spielfeldmitte nahm. Parisa folgte ihm dicht auf den Fersen. Das Eis war nass nach dem Wässern, und Lykke musste sich an Parisas Schulter festhalten, um nicht das Gleichgewicht zu verlieren.

«Alija Rascic?»

Der Mann nickte kaum wahrnehmbar.

«Sie haben Informationen über Dragan Bogdaic?»

Erneutes Nicken. Aber immer noch machte er keine Anstalten, etwas zu sagen oder von der Maschine zu klettern.

«Wir würden uns gern anhören, was Sie zu sagen haben.» Lykke konnte den Eifer in seiner Stimme kaum verbergen.

«Wir sind uns nie begegnet, Sie und ich.» Der Mann sah Lykke scharf an.

«Nein, niemals», erwiderte Lykke, ohne mit der Wimper zu zucken.

«Falls Bogdaic Wind davon kriegt, bin ich tot und meine Familie auch.»

«Wir haben Sie nie getroffen», versicherte Lykke. «Wissen Sie, wo er sich aufhält?»

Rascic schüttelte den Kopf.

«Dragan Bogdaic hat 1995 meinen Bruder und meinen Onkel umgebracht», sagte er kurz. «Ich habe nur das hier.»

Er zog einen vergilbten Umschlag aus der Tasche und gab ihn Lykke.

«Ich muss arbeiten», sagte er und setzte die Eismaschine in Bewegung.

Lykke riss den Umschlag auf. Er enthielt die Kopie eines Fotos.

Es war ein wenig unscharf, schwarzweiß und zeigte einen Mann in Militäruniform, der unter einem Baum stand und rauchte. Er hatte die Mütze abgenommen, und über seiner rechten Schulter hing ein Maschinengewehr. Er lächelte in die Kamera.

«Das darf nicht wahr sein ...» Lykke starrte auf das Foto. Obwohl die Aufnahme mindestens fünfzehn Jahre alt und von ziemlich schlechter Qualität war, zweifelte er keine Sekunde.

«Dragan Bogdaic?», fragte Parisa.

«Jetzt nicht mehr», sagte er geistesabwesend.

«Was?» Parisa sah ihn verblüfft an.

«Er heißt heute anders.»

Plötzlich schlug er sich die Hand vor die Stirn.

«Ich bin ihm begegnet. Habe ihn sogar gegrüßt.»

«Wen?» Parisa machte eine abrupte Bewegung und wäre beinahe gefallen.

«Der Mann auf dem Foto nennt sich jetzt Mihajlo Djogo und ist Pathologe im Rechtsmedizinischen Institut.» Lykke richtete den Blick auf die Eismaschine, die ihre monotone Rundreise wieder aufgenommen hatte.

«Ich habe ihn Samstagnachmittag im Gemüseladen

am St. Hanshaugen getroffen, wenige Stunden bevor Lakshmi Singh hundert Meter entfernt ermordet wurde. Verflucht!»

Kapitel 68

Lasse Viker gab den beiden uniformierten Polizisten ein Zeichen, dass sie am Empfang warten sollten, und folgte Lykke eilig Richtung Labor.

«Ist Rigmor Haugen informiert?»

«Nein, ich wollte nichts riskieren.»

Lykke blieb stehen und atmete einige Male tief durch, ehe er die Hand auf die Türklinke legte.

«Bereit?»

Viker lächelte.

«Japp.»

Wie üblich herrschte völlige Stille in dem großen Labor. Zwei weißgekleidete Frauen saßen in der Teeküche beim Kaffee und unterhielten sich leise. Eine kleine Gruppe Männer stand über den langen Arbeitstisch gebeugt. Rigmor Haugen saß mit dem Rücken zur Tür und starrte wie immer in ihr Mikroskop.

Aber daran verschwendete Lykke jetzt keinen Gedanken. Seine Augen suchten hastig den Raum ab. Eine Person fehlte.

«Hallo.»

Rigmor Haugen stöhnte und richtete sich mit einem Ruck auf, setzte die Brille auf die etwas zu große Nase und sah ihn streng an.

«Ich hoffe, es ist wichtig.»

«Wir haben einen neuen Verdächtigen», sagte Lykke nachdenklich. «Du musst mir noch einmal erklären, warum du meinst, dass es sich in beiden Fällen um denselben Täter handelt.»

Sie schob eine graue Haarsträhne zurück, die ihr ins Gesicht gefallen war.

«Platzt ihr mit zwei Mann unangemeldet hier rein, um euch von mir noch einmal dasselbe anzuhören?»

«Ihr wart euch doch nicht einig. Vieles deutet darauf hin, dass dein Kollege recht hatte. Dass es verschiedene Täter waren.»

«Ach ja?», sagte sie, nahm die Brille wieder ab und ließ sie an der Schnur baumeln. «Das sollte mich wundern.»

«Wo ist er übrigens, dein Kollege Mihajlo?»

Ihr Blick wanderte von Lykke zu Viker und blieb an der deutlichen Ausbuchtung unter Vikers Revers hängen.

«Was wird das hier?»

Lykke zuckte hilflos mit den Schultern und stöhnte halbherzig. Er hörte, dass es unecht klang.

«Wir möchten mit Mihajlo sprechen», sagte er leise.

Rigmor Haugen starrte ihn regungslos an. Sie hat es kapiert, dachte er.

«Ein Freund von ihm zieht um. Mihajlo hilft ihm.»

«Hat er den ganzen Tag freigenommen?» Lykke spürte, wie ihm die Angst unter die Haut kroch.

«Soweit ich gehört habe, ja.»

«Weißt du, wer dieser Freund ist?»

«Nein.»

Lykke wechselte einen Blick mit Viker.

«Weiß es vielleicht sonst jemand hier?»

Rigmor Haugen erhob sich. Ihr weißer Laborkittel stand wie immer offen.

«Kommt mit», sagte sie nur und steuerte auf den gläsernen Besprechungsraum rechts neben dem Eingang zu. «So, und jetzt erzählt mir, worum es geht», sagte sie, nachdem Viker die Tür hinter sich geschlossen hatte.

Lykke begegnete dem strengen Blick ihrer grünen Augen. Sie kannten sich seit fast dreißig Jahren, trafen sich privat zum Bridge mit ihren jeweiligen Ehepartnern. Seit dem letzten Mal war mindestens ein halbes Jahr vergangen.

«Wir glauben, dass Mihajlo Djogo der Mann ist, den wir suchen», sagte er und sah ihr fest in die Augen.

«Ach.» Sie schluckte. «Wie kann ich euch helfen?»

Lykke musterte ihr scharfgeschnittenes Gesicht. Vor zwanzig Jahren hatte er einmal gedacht, dass aus ihnen vielleicht etwas werden könnte.

«Du scheinst nicht sehr überrascht zu sein.»

Rigmor Haugen löste den strammen Knoten im Nacken und ließ das Haar offen über die Schultern fallen. Plötzlich sah sie zehn Jahre jünger aus.

«Ich weiß nicht, überrascht? Doch, natürlich.» Ein Schatten glitt über ihr Gesicht. «Wir arbeiten seit fast sechs Jahren zusammen, aber ...»

«Aber?»

«Jetzt werden mir so einige Details klar.»

«Welche Details?» Lykke hatte sich auf den kleinen Besprechungstisch gesetzt.

«Er hat sich andauernd nach dem Fall erkundigt. Ob ich was Neues gehört hätte. So außergewöhnlich ist das ja nicht, aber es war überhaupt nicht seine Art. Ich erinnere mich, dass ich vor ein paar Tagen noch darüber nachgedacht habe, ebenso wie über seine Theorie, dass es zwei Täter gibt. Es sah Mihajlo nicht ähnlich, mit so einem Unsinn anzukommen. Ich war von Anfang an überzeugt, dass es ein und derselbe Täter war.»

«Er ist vor sechs Jahren aus Schweden gekommen?»

«Ja. Der beste Pathologe, mit dem ich je gearbeitet habe.»

Lykke glitt vom Tisch herunter und ging ein paar Schritte über den grauen Fußbodenbelag.

«Was weißt du über ihn?»

Sie machte die Brille am Laborkittel sauber und hielt sie prüfend gegen das kalte Deckenlicht.

«Schwedischer Staatsbürger. Ursprünglich aus Bosnien. Pathologe und Psychiater. Keine Familienangehörigen in Norwegen.»

Lykke stutzte.

«Psychiater?»

«Er ist hochintelligent. Soweit ich verstanden habe, hat er fünf oder sechs Jahre als Psychiater praktiziert, bevor er sich auf Rechtsmedizin spezialisierte.» Sie dachte nach. «Er spricht mehrere Sprachen, hat ein unglaubliches Ohr dafür. Sein Norwegisch war, ein Jahr nachdem er bei uns angefangen hatte, schon beinahe fehlerfrei.»

«Aha.» Lykke fuhr sich mit der Hand über die Stirn. «Ist das alles?»

«Er wohnt irgendwo in Rødtvet, und ich glaube, er spielt gern Bowling.»

«Bowling?» Lasse Viker blickte von seinem Notizblock auf.

«Er sprach öfter davon, dass er abends mit den Jungs zum Bowlen wollte.»

«Und wer sind die Jungs?» Lykke wippte ungeduldig auf den Zehenspitzen.

«Ich habe nie gehört, dass er irgendwelche Freunde mit Namen erwähnt hätte.»

«Vielleicht hat er keine», murmelte Viker im Hintergrund.

«War er außer mit dir noch mit anderen Kollegen intimer bekannt?» Ihm fiel auf, dass die Frage missverstanden werden konnte.

«Keinen.»

«Wieso bist du dir so sicher?»

«Wir sind nicht viele hier. Mihajlo betrachtete mich als seine engste Kollegin, das weiß ich genau.»

«Weil du die Beste bist?»

«Keine Ahnung, vielleicht ...»

Rigmor verstummte, und wieder glitt ein Schatten über ihr Gesicht. Trauer und Enttäuschung, dachte Lykke.

«Kriegsverbrecher?», fragte sie plötzlich.

«Ja.»

«Was hat er getan?»

«So genau wissen wir das noch nicht, aber es reichte aus, um Nadija Hadzic zu töten, als sie ihn wiedererkannte.» Er durchsuchte seine Taschen nach einem Kaugummi. «Hast du seine Adresse?»

Sie erhob sich abrupt.

«Nein, frag am Empfang. Ich muss jetzt erst mal eine Weile allein sein.»

Lykke blickte ihr nach, wie sie mit wehendem Kittel davonging. «Keine erfreuliche Nachricht.»

Viker steckte den Notizblock in die Manteltasche.

«Was jetzt?»

«Wir fahren zu seiner Wohnung und warten. Was bleibt uns anderes übrig?»

Er war schon halb aus der Tür.

Kapitel 69

Der Himmel war dunkel, und kleine, leichte Schneeflocken verirrten sich immer wieder durch das halboffene Autofenster.

Die braun gebeizten Reihenhäuser lagen auf einem kleinen Hügel am Ende des Sølve Solfengs vei, direkt am Wald von Rødtvet. Sie hatten fünfzig Meter weiter unten geparkt, halb verdeckt hinter einer Garage, und beobachteten das Haus seit einer knappen halben Stunde. Nicht eine Lampe ging an oder aus, keine Gardine bewegte sich. Auf dem schmalen Stichweg von den Briefkästen zu den Häusern lag eine dünne Schicht Neuschnee. Keine Fußspuren.

«Er kommt heute Abend wohl erst spät nach Hause», murmelte Lasse Viker und starrte missmutig auf die Uhr am Armaturenbrett. 15.09 Uhr. «Und wenn er doch noch ins Labor gefahren ist? Vielleicht hat Haugen mit den anderen gesprochen.»

«Rigmor ist nicht dumm.»

«Sicher nicht, nein.»

Eine Frau Anfang dreißig kam vorbei und schaute neugierig in den Wagen. Sie zog einen Knirps im blauen Steppoverall auf einem großen Schlitten hinter sich her. Der Junge lachte die beiden Männer an. Viker winkte und lächelte zurück.

«Falls er nicht ...»

Lykke wurde vom Handy unterbrochen. Es war Rigmor Haugen. «Ja ...»

Er hörte kurz zu, dann legte er auf und drehte sich zu Viker um. Auf seiner Stirn stand eine tiefe Falte.

«Gib Gas, als wäre der Teufel hinter dir her», sagte er und griff nach dem Sicherheitsgurt.

Kapitel 70

Nora hakte vorsichtig die Tür zu und öffnete den Schrank unter dem Badezimmerspiegel. Sie erkannte die Schachtel sofort wieder. Paracetamol. An den Namen erinnerte sie sich auch. Mama hatte ihr das oft gegeben, wenn sie Fieber hatte. Leise nahm sie die Packung und drückte eine große weiße Tablette heraus, dann drehte sie den Wasserhahn auf und füllte ihr rotes Zahnputzglas.

«Nora!»

Sie erstarrte und ließ die Tablette vor Schreck auf den Boden fallen.

«Ich bin auf dem Klo!»

«Soll ich noch Suppe heiß machen?»

«Nein, brauchst du nicht!»

Sie sammelte die Tablette auf und schluckte sie rasch mit einem Mundvoll Wasser hinunter. Als sie gerade ins Wohnzimmer zurückgehen wollte, hörte sie es an der Tür klingeln. Sie stutzte und beschloss, noch eine Weile im Bad zu bleiben.

Kapitel 71

Es wurde schon dunkel, als sie das Auto parkten.

Ein silbergrauer Volvo mit blinkenden Blaulichtern am Kühlergrill scherte hinter ihnen ein. Parisa sprang aus dem Wagen, noch ehe er richtig zum Stehen gekommen war.

«Wir sind so schnell gekommen, wie es ging.»

«Handy immer noch besetzt?» Lykke verlor wie immer kein Wort zu viel.

«Ja. Das Telefonat dauert schon fast eine Viertelstunde.»

«Wenn es denn ein Telefonat ist.»

Er sprach schnell und leise, während er sich auf die Treppe zubewegte.

«Kein Festnetzanschluss?»

Parisa schüttelte energisch den Kopf.

«Hab bei Telenor nachgefragt. Nur mobil.»

«Und du hast es oft versucht?»

«Ja.»

«Er könnte drinnen sein», sagte Lykke.

«Ja», sagte Parisa wieder.

«Also dann ...»

Lykke spürte das Gewicht der Dienstpistole in der Manteltasche, drehte sich um und ging auf die braune Tür zu. Sie hörten das Geräusch schon aus mehreren Metern Abstand. Ein Kinderlachen.

«Gott sei Dank», entfuhr es Viker.

Lykke senkte die Schultern, drückte auf die Klingel, und die Tür ging auf.

«Oh, hallo.» Siri Røymark starrte überrascht auf das Polizeiaufgebot. Sie hielt ein Mobiltelefon in der Hand.

«Hatten Sie Besuch?» Lykke blickte sie forschend an.

«Nein, sollte ich?» Ihre Unterlippe begann zu zittern.

«Können wir einen Moment hereinkommen?» Lykke war schon im Flur.

«Natürlich. Was ist denn passiert?» Sie hob das Handy ans Ohr. «Ich ruf dich später noch mal an.»

Ihr schmächtiger Körper zitterte wie Espenlaub. Ein kleiner Junge kam aus dem Wohnzimmer gelaufen und zog sie am Ärmel. «Wer ist das?»

«Das sind Bekannte von Mama», sagte sie.

Lykke räumte ein paar Zierkissen beiseite und setzte sich aufs Sofa.

«Tut mir leid, dass wir Sie erschreckt haben», sagte er kurz. «Wir wissen jetzt, wer ...» Er blickte auf den Jungen.

«Moment.» Siri Røymark versuchte zu lächeln. «Lauf und hol dir ein Eis aus dem Gefrierschrank, Thomas.»

«Eis!»

Der Junge verschwand Richtung Küche. Lykke setzte sich auf dem Sofa zurecht.

«Ich habe neulich zu einer Pathologin in der Rechtsmedizin gesagt, dass Sie den Täter gesehen haben. Das hat der Täter vermutlich gehört.»

«Was?»

Lykke wiederholte die beiden Sätze und machte ein niedergeschlagenes Gesicht.

Siri Røymark sah ihn verständnislos an.

«Aber ich könnte doch gar nicht sagen, ob er es war?»

«Wir wissen das, aber er nicht.»

«Was wollen Sie damit sagen?»

«Dass der Mörder glaubt, Sie würden ihn wiedererkennen.»

Sie sah ihn immer noch an.

«Ja, es war ein schreckliches Missverständnis ...»

Siri Røymark saß wie erstarrt da. Die Bedeutung der Worte ging ihr langsam auf.

«Ich habe zwei kleine Kinder …», murmelte sie, und ihre blauen Augen füllten sich mit Tränen.

Lykke stand auf und legte ihr die Hand auf die Schulter.

«Wir werden einen Polizisten vor Ihrem Haus postieren. Innerhalb der nächsten vierundzwanzig Stunden haben wir ihn.» Er drückte ihre zitternde Schulter. «Ganz sicher.»

Siri Røymark starrte apathisch zu ihrem Jungen hinüber, der auf dem Küchenfußboden saß und sich mit dem Eispapier abmühte.

«Heute Abend ist hier Wohnungsbesichtigung», murmelte sie.

«Wollen Sie die Wohnung verkaufen?»

Sie nickte.

«Keine Sorge. Unser Mann wird die ganze Zeit hier sein. Er kommt in Zivil, damit er die Interessenten nicht verschreckt.»

Lykke zwinkerte ihr zu und sah auf die Uhr. Viertel vor vier.

«Wir fahren zurück nach Rødtvet. Aller Wahrscheinlichkeit nach wird er im Laufe des späten Nachmittags dort auftauchen.»

Parisa flüsterte Siri Røymark ein paar beruhigende Worte ins Ohr. Die junge Mutter lächelte tapfer und drückte ihre Hand.

Draußen war ein Umzugswagen dabei, rückwärts vor den Aufgang zu manövrieren. Lykke blieb stehen und warf einen langen Blick auf die beiden Männer im Führerhaus, ehe er zu seinem Passat ging.

Kapitel 72

Nora spürte das Thermometer im Ohr kitzeln und blickte konzentriert zu den Blumen auf dem Tisch. Das war der dritte Strauß seit der Beerdigung, der vor ihrer Tür abgelegt worden war. Insgeheim wünschte sie, die Sträuße wären nicht gekommen. Sie erinnerten sie an all das Traurige.

«38,2. Ich denke, es wird bei *Shrek* bleiben, Nora.»

Gisle Kvamme strich seiner Tochter über die Stirn.

«Ich will Erik treffen!» Sie schlug seine Hand weg und stieß das Glas Orangenbrause um.

«Nora!» Er hielt ihren Arm fest.

«Au, du tust mir weh!» Sie riss sich los. «Wenn ich nicht nach draußen darf, bist du der blödeste Scheißvater auf der ganzen Welt», rief sie wütend, lief in ihr Zimmer und knallte die Tür zu, dass die Wände wackelten.

Gisle Kvamme blickte ihr verstört nach.

«Nora, Liebling. Es ist nicht gut, bei diesem Wetter nach draußen zu gehen, wenn man Fieber hat.»

Die Tür öffnete sich wenige Zentimeter.

«Scheißvater! Ich hasse dich! Mama war nie so streng!»

Gisle Kvamme dachte an den Psychologen. Er hatte ihn gewarnt, dass solche Anfälle auftreten würden. Ich muss sie gehen lassen, dachte er. Jetzt ist nicht die Zeit für Erziehungsmaßnahmen.

Er klopfte leicht an ihre Tür.

«Hau ab, Scheißvater!»

«Also gut. Du darfst gehen, aber nur für eine Stunde.»

Minutenlang blieb es still. Dann ging die Tür auf, und Nora rauschte an ihm vorbei, riss wortlos Daunenjacke und Mütze von der Garderobe im Flur und knallte die Wohnungstür hinter sich zu.

Immerhin gut, dass sie Freundschaften knüpft, dachte er und beschloss, sie mit frisch gebackenen Hefebrötchen und heißer Schokolade zu überraschen, wenn sie nach Hause kam. Die liebte sie über alles.

Kapitel 73

Nora stiefelte mit raschen Schritten durch den Neuschnee und bereute schon, dass sie ihn einen Scheißvater genannt hatte. Sie blieb stehen und suchte in den Taschen nach ihrem Handy. Mist, sie hatte es in ihrem Zimmer vergessen. Armer Papa, dachte sie und war kurz davor, zurückzulaufen und ihn fest zu umarmen und sich tausendmal zu entschuldigen. Aber sie wollte auch Erik gerne treffen. Man konnte toll mit ihm chatten, es kam ihr fast vor, als würden sie sich schon lange kennen.

Sie bog in die Carstensens gate ein und warf einen ängstlichen Blick auf die Uhr am Juwelierladen. Schon fünf Minuten zu spät. Nora begann zu laufen. Sie hatten verabredet, sich im Fredsparken von Tjenna zu treffen, außerhalb des Zentrums. In dem Park war ihm sein Hund weggelaufen.

Vom Meer her wehte ein eisiger Wind. Sie steckte die Hände in die Taschen ihrer Daunenjacke. Ihre Handschuhe hatte sie auch vergessen. Echt blöd, dass sie mit Papa gestritten hatte. Aber dahinten war schon der Park. Sie war ein paarmal mit Papa dort gewesen. Auf der großen blanken Weltkugel, die zwischen den weißen Bänken thronte, hatte er ihr gezeigt, wo er schon überall gewesen war.

Sie hielt Ausschau nach jemandem, der Erik sein könnte, aber der Park war menschenleer. Ob er wieder gegangen war? Sie sah auf ihre Armbanduhr. Gleich zehn nach. Scheiße!

Nora trat zwischen die kahlen Laubbäume. Weit und breit war kein Mensch zu sehen. Die weißen Häuser am Berghang über der Straße schienen unendlich weit weg zu sein.

«Hallo.»

Sie zuckte zusammen. Auf der Bank neben der Weltkugel saß jemand.

Nora ging zögernd näher. Das war nicht Erik, das erkannte sie sofort, sondern ein erwachsener Mann im dicken Wintermantel und mit einer Ledermütze auf dem Kopf.

«Hallo», erwiderte sie kurz.

«Bist du allein unterwegs bei diesem ungemütlichen Wetter?»

Er lächelte. Sah nett aus.

«Ich suche jemanden», sagte Nora und blieb in zehn Meter Abstand stehen. «Haben Sie vielleicht gerade eben einen Jungen hier gesehen?»

Der Mann schien nachzudenken.

«Ja, hier war ein Junge, vielleicht ein bisschen älter als du, erst vor ein paar Minuten. Er ist in die Richtung gegangen.» Er zeigte zum Stadtzentrum.

«War das dein Bruder?»

Er lächelte wieder.

«Nein, nur ein Freund, mit dem ich mich treffen wollte.»

Der Mann nahm die Mütze ab und strich sich über die Stirn.

«Ich warte auch auf jemanden», sagte er ein wenig betrübt. «Wir sind schon zum zweiten Mal hier verabredet, aber er kommt wohl wieder nicht.»

«Wer denn?» In Nora erwachte die Neugier.

«Mein Sohn. Seine Mutter und ich sind geschieden, ich habe ihn schon seit drei Jahren nicht mehr gesehen. Er würde sich gern mit mir treffen, aber seine Mutter sperrt ihn in seinem Zimmer ein.»

«Das ist ja gemein. Können Sie das nicht der Polizei melden?»

Der Mann schüttelte bekümmert den Kopf.

«Das habe ich versucht, aber die sagen, dass wir das unter uns ausmachen müssen.»

Er senkte den Kopf und starrte auf seine schwarzen Winterschuhe.

Nora trat ein paar Schritte näher.

«Sind Sie aus Italien?»

Der Mann lächelte wieder. Er gefiel Nora gut, wenn er lächelte.

«Mir ist kalt», sagte er plötzlich. «Ich glaube, ich mache mich mal auf den Weg. Wollen wir zusammen zurück in die Stadt gehen?»

Nora überlegte einen Moment. Eine Frau mit einem frierenden Pudel an der Leine eilte vorbei, ansonsten war kein Mensch zu sehen. Sie blickte zu den hell erleuchteten Straßen hinüber.

«Können wir machen», sagte sie.

Er stand auf und nahm eine schwarze Tasche von der Bank.

«Schön», sagte er und lächelte wieder.

Kapitel 74

Im Auto sprach kaum jemand ein Wort. Parisa hatte sich nach hinten gesetzt, Viker fuhr. Bei Teisen wurde der Verkehr dichter.

Erst als sie sich am Sinsenkrysset auf die Autobahn einfädelten, durchbrach Parisa die Stille.

«So ein elendes Schwein», sagte sie mit Nachdruck.

«Wohl wahr ...» Lykke war mit seinen Gedanken woanders.

«Er hat Nadija Hadzic vergewaltigt und ein zehnjähriges Mädchen, vor den Augen der Mutter.»

«Es ist unglaublich, wozu Menschen im Krieg fähig sind. Zivilisierte Menschen offenbaren Seiten an sich, die man nach der Judenvernichtung nicht mehr für möglich gehalten hätte.»

«Ich bin mir nicht ganz sicher», fuhr Parisa fort, «aber ich glaube, es war Mihajlo Djogo, den ich in Gusevs Billardkneipe gesehen habe.»

Lykke drehte sich nach hinten um.

«Wirklich?»

«Ja. Ich bin nicht oft im Rechtsmedizinischen Institut, aber ich habe ihn bestimmt schon dort gesehen.»

«Er hat Nadijas Mac», sagte Lykke. «Sicher hat er schnell entdeckt, was sie und Gusev getrieben haben. Vielleicht war er im Lokal, um auszukundschaften, ob Gusev als Sündenbock herhalten kann. Dass der gerade von der Polizei befragt wurde, machte ihn ja nicht weniger geeignet dafür.»

«Und dann sucht er weiter, bis er ein Opfer mit ausländischem Hintergrund findet, das auch Verbindungen zu Gusev hatte?» Parisa sah Lykke fragend im Rückspiegel an.

«Zum Beispiel. Er beschafft sich ein Messer mit Gusevs Fingerabdrücken und ein paar Haare vom Kopfkissen ...»

«Natürlich, der Einbruch ins Lokal, von dem Gusev gesprochen hat!»

«Und dann sorgt er dafür, dass ...»

Lykkes Handy klingelte.

«Ja?»

«Rigmor hier.»

«Es war falscher Alarm», sagte Lykke trocken.

Am anderen Ende kehrte für einen Moment Stille ein.

«Was meinst du?»

«Djogo war nicht da, auch vorher nicht. Vielleicht hat er doch nicht gehört, was ich gesagt habe.»

«Und du bist sicher, dass du dich auf die örtliche Polizei verlassen kannst?»

Lykke musste lächeln.

«Lambertseter gehört zu Oslo.»

Erneut Stille. Länger diesmal.

«Ich dachte, die Tochter wohnt bei ihrem Vater in Risør?»

«Was?» Lykke hob die Schultern an und richtete sich auf.

«Hast du nicht von ihr gesprochen?»

«Ich habe von Siri Røymark gesprochen, der Freundin von Lakshmi. Wenn mich nicht alles täuscht, habe ich gesagt, dass sie den Täter gesehen hat.»

«Nein, Rolf, das hast du nicht gesagt. Ich erinnere mich genau. Du hast gesagt: Das Mädchen hat ihn gesehen, neben einem Auto.»

«Ja und?»

«Begreifst du nicht? Als du ‹Mädchen› sagtest, war ich überzeugt, dass du von Kvammes Tochter sprichst. Und Mihajlo stand dabei und hat es gehört!»

Endlich ging Lykke das fatale Missverständnis auf.

«Verdammt! Verdammt! Verdammt!»

Er warf einen Blick auf die Uhr am Armaturenbrett. 16.11 Uhr, und es war bitterkalt geworden. «Gib mir die Nummer von Kvamme und von der Polizei in Risør.» Er überlegte kurz und drehte sich zu Parisa um. «Ruf Majorstua an, sie sollen einen Streifenwagen schicken, der dich am Smedstadkrysset aufliest. Schnapp dir Eriksen und Kuvås, und dann nehmt ihr sein Haus auseinander. Mihajlo Djogo ist hinter Kvammes Tochter her.» Er sah Viker an. «Wie lange brauchen wir?»

Lasse Viker hatte das Blaulicht schon in der Hand.

«Höchstens zwei Stunden», sagte er und zwang den Wagen auf die linke Spur.

Kapitel 75

Gisle Kvamme legte ein Geschirrtuch über die weiße Plastikschüssel und stellte sie unter die Arbeitslampe. Er warf einen Blick auf die Uhr am Herd. 16.14 Uhr. Dreißig Minuten gehen lassen, das musste genügen.

Er wollte gerade die Kochschokolade aus dem Kühlschrank nehmen, als das Handy im Wohnzimmer klingelte.

«Kvamme?»

Er erkannte Kommissar Lykke sofort an seinem barschen Ton. Er ließ sich auf einen Stuhl sinken. Eine Minute später zitterte das Mobiltelefon in seiner Hand.

«Sie hat nicht genau gesagt, wo, aber er wohnt gleich neben dem weißen Fleck, dem Seezeichen, nur ein paar Minuten von hier entfernt.»

«Adresse?»

«Die weiß ich nicht, nur dass er Erik heißt und direkt neben ...» Kvammes Stimme versagte. Er starrte durch die offene Tür ins Kinderzimmer. «Sie hat ihr Handy vergessen», sagte er tonlos vor sich hin.

Im selben Moment klingelte es an der Wohnungstür. Kvamme sprang auf, lief in den Flur und riss die Tür auf.

Draußen standen drei Polizisten in Uniform.

«Dürfen wir hereinkommen?», fragte der älteste von ihnen. Kvamme erkannte ihn von der Autofahrt nach Brevik wieder.

«Sprechen Sie mit Ihrem Kollegen», sagte er und übergab dem Polizisten das Handy, dann trat er mechanisch einen Schritt zur Seite, ging wie ein Schlafwandler zum Kühlschrank und nahm eine große Tafel Kochschokolade heraus.

«Ich mache meiner Tochter eine heiße Schokolade.»

Die Polizisten wechselten einen Blick.

«Sie ist nur kurz draußen. Kommt um fünf zurück. Ich hab ihr gesagt, dass sie in einer Stunde wieder hier sein muss.»

Er nahm einen Topf aus dem Schrank über der Spüle und riss das Schokoladenpapier auf. «Nora kommt nie zu spät, wenn wir eine Abmachung haben.»

Tränen rannen über sein hageres Gesicht. «Nie zu spät», wiederholte er. «Nie ...» Die Stirn unter seinen grauen Locken war bleich. «Wir haben uns gestritten, bevor sie ging ...»

Der jüngste Beamte, ein muskulöser Hüne mit dichtem Bartwuchs, machte einen großen Schritt auf Kvamme zu und fing ihn im selben Moment auf, als die zitternden Knie ihren Dienst versagten und die magere Gestalt zusammenbrach.

Kapitel 76

Rolf Lykke legte das Handy in den Schoß und warf einen schnellen Blick auf den Tacho. Der grüne Zeiger stand unverändert bei einhundertsechzig. Es war wenig Verkehr, aber es war glatt. Wahrscheinlich lagen sie weit über der zugelassenen Geschwindigkeit. Hinter ihnen verschwanden die Lichter von Drammen. Lykke starrte auf das Schneetreiben im Lichtkegel der Frontscheinwerfer. Die Vorstellung, dass sich das Mädchen in den Händen von Mihajlo Djogo befand, war mehr, als er ertragen konnte. Es konnte natürlich sein, dass sie sich wirklich mit einem halbwüchsigen Jungen verabredet hatte, aber insgeheim wusste er, dass die Chance verschwindend gering war. Er sah zu Viker hinüber, der sich mit versteinertem Gesicht auf die Straße konzentrierte.

«Wir kommen ohnehin zu spät.»

«Ja, ich weiß», antwortete Viker und trat am Eingang des Holmestrandtunnels das Gaspedal durch.

Kapitel 77

Ein kurzes Klicken, dann glitt die schwere Eichentür auf. Ted Eriksen ließ den Dietrich zurück in die Jackentasche gleiten und ging zögernd ein paar Schritte in den dunklen Flur hinein. Sie hatten als Erstes die Rückseite des Hauses überprüft. Kein Licht, keine Spuren im Schnee.

«Zuerst das Wohnzimmer», sagte Parisa und schaltete das Licht an.

Eine Zivilstreife parkte einige hundert Meter weiter, für den Fall, dass Djogo auftauchen sollte.

«Geschmack hat er», sagte Parisa und sah sich in dem

geräumigen Wohnzimmer um. Eine Sitzgruppe in hellem Wollstoff, der Couchtisch vermutlich aus Eiche. Eine Geneva-MP3-Anlage aus Nussbaum und eine Hi-Fi-Anlage von Bang & Olufsen mit passendem CD-Rack. Flachbildfernseher und zwei niedrige Regale voller DVDs. In einer Ecke ein Lehnsessel mit Fußhocker und Leselampe. An den Wänden zeitgenössische Ölbilder, Aquarelle und Graphiken.

Parisa Sadegh war keine Expertin für Inneneinrichtung, aber es war offensichtlich, dass Mihajlo Djogo Ahnung hatte und Geld. Das Zimmer sah aus wie aus einem exklusiven Hochglanzmagazin für neues Wohnen.

Ihr Blick fiel auf eine Kommode hinter der Tür, das einzige Möbelstück in dem minimalistisch eingerichteten Raum, in dem man etwas verstecken konnte.

Parisa zog die oberste Schublade auf. Leer. Die beiden nächsten auch. Nicht mal ein Blatt Papier. Sie blickte sich um. Auf absurde Weise erinnerte die Situation sie an die Hausdurchsuchung bei Gusev; obwohl zwischen dem Standard und der Einrichtung Welten lagen, hatten die Wohnungen etwas gemeinsam: Beide machten den Eindruck, als würde nicht wirklich jemand darin leben.

Mit einem mulmigen Gefühl lief sie zurück in den Flur, öffnete hastig die Tür des Garderobenschranks und atmete erleichtert auf. Der Schrank war voller Schuhe, Stiefel und Winterjacken. Er wohnt hier, dachte sie, aber wer hat so wenig Persönliches in seiner Wohnung? Die Antwort lag auf der Hand: jemand, der darauf bedacht war, nichts von sich preiszugeben.

Oder jemand, der hier nicht mehr wohnte?

Ihr lief es kalt über den Rücken.

Sie bückte sich und griff nach einem Paar Sommerschuhe aus handschuhweichem Leder. Drehte sie um und musterte die Sohlen. Größe vierundvierzig.

«Wir sehen uns oben um.» Ted und Kuvås gingen die Treppe hinauf.

Parisa betrat die Küche. Auch sie aufgeräumt, geschmackvoll und unpersönlich. Automatisch begann sie, Schubladen aufzuziehen und Schränke auszuräumen. Der Inhalt landete auf dem Fußboden. Kühlschrank, Gefrierschrank. Parisa hörte erst auf, als alles geleert und durchsucht war.

Nichts.

Sie holte ihr kleines Werkzeugset aus der Umhängetasche und nahm die Kaffeemaschine auseinander. Anschließend schraubte sie die Abdeckung an der Rückseite des Kühlschranks ab, dann die Deckplatte des Geschirrspülers. Nichts.

Sie ging zurück ins Wohnzimmer. Blieb in der Tür stehen und musterte das Zimmer. Irgendetwas passte nicht ins Bild. Plötzlich wurde ihr klar, was es war. Zwei Musikanlagen? Sie starrte auf die große Geneva-Box. Die meisten, die sich MP3-Anlagen kauften, übertrugen ihre Musik auf den iPod und motteten die CDs auf dem Dachboden ein. Warum hatte Djogo beide Anlagen behalten? Möglich, dass es von einer Art Leidenschaft zeugte. Die nicht ins Muster passte.

Sie beugte sich über den iPod und drückte auf Play. Keine Reaktion. Nachdem sie die Stecker überprüft hatte, starrte sie auf das Display, als wartete sie auf ein Wunder. Nichts. Das Einzige, was die Stille durchbrach, waren Ted Eriksens leise Flüche in der oberen Etage.

Parisa zog wieder das Werkzeugset hervor, schraubte die Geneva-Box auf – und ihre Augen weiteten sich. Ihr Herz begann, schneller zu schlagen.

«Jungs, ich hab was!»

Kapitel 78

Rolf Lykke erkannte rechter Hand die Abfahrt nach Tønsberg und warf einen Blick auf die Uhr. 16.58 Uhr. Die Polizei in Risør hatte im Grunde keine Chance. Vier Mann im Dienst und zwei weitere abrufbereit auf der Wache in Gjerstad, eine halbe Stunde von Risør entfernt. Sie sollten die Stadt nach Nora und einem Mann absuchen, der dort nicht wohnte. Lykke hatte ihnen Djogos Beschreibung durchgegeben, was nur wenig hilfreich war, solange sie nicht wussten, welche Kleidung er trug.

Es ist zu spät, dachte er. Nichts an den beiden anderen Morden deutete darauf hin, dass Djogo auch nur eine Sekunde gezögert hatte. Er war ein eiskalter Schweinehund, der mit militärischer Präzision und Entschlossenheit mordete.

Das Handy auf seinem Schoß klingelte. Auf dem Display erschien die Nummer des Polizeikommissars in Risør.

«Ja», meldete Lykke sich mit einer Stimme, der man anhörte, dass er auf das Schlimmste gefasst war. «Was Neues von dem Mädchen?»

«Das kann man wohl sagen», erwiderte der Anrufer.

Lykke umklammerte das Telefon.

«Und?»

«Hier sind vielleicht Sachen passiert, du glaubst es nicht.»

«Jetzt spuck es schon aus, verdammt noch mal!» Lykke brüllte so laut, dass Viker neben ihm zusammenzuckte.

«Schon gut, schon gut ... Sie ist gerade vor zwei Minuten zur Tür hereingekommen.»

«Was?» Lykke richtete sich kerzengerade auf.

«Sie ist wohlbehalten nach Hause gekommen. Jetzt sitzt sie bei ihrem Vater auf dem Schoß und weint, aber ich glaube, es ist nichts Ernstes. Er heult auch.»

«Hat sie erzählt, was passiert ist?»

«Viel hat sie nicht gesagt, nur dass der Junge, mit dem sie sich treffen wollte, nicht dort war und dass sie von Tjenna nach Hause gelaufen ist.»

«Von wo?»

«Tjenna, das ist da, wo der Park liegt.»

«Ja, leck mich am Arsch, das ist ja wunderbar!»

«Was hast du gesagt?»

Er grinste.

«Ich rede mit mir selbst.»

«Ist sie okay?» Lasse Viker sah ihn unsicher an.

Lykke nickte und lächelte ins Telefon, spürte, dass er plötzlich wieder Luft bekam.

«Frag sie nur eine Sache», sagte er, «alles andere hat Zeit, bis wir da sind.»

«Gut.»

«Hat sie jemanden getroffen?»

«Moment.»

Er hörte Stimmen im Hintergrund. Gleich darauf war der Kollege wieder dran.

«Sie wiederholt nur, dass der Junge, den sie treffen wollte, nicht da war.»

«Danke.» Lykke starrte gedankenverloren vor sich hin.

«Hallo ...?»

Er riss sich zusammen.

«Wartet mit der Vernehmung und verlasst unter keinen Umständen das Haus. Wir sind bei euch in ...» Er blickte fragend zu Viker.

«Etwas mehr als einer Stunde», sagte Viker.

«Etwas weniger als einer Stunde», sagte Lykke.

Kapitel 79

«Bingo!» Bjørn Kuvås betrachtete die Laptops und die beiden Mobiltelefone, holte eine Kamera heraus und machte Bilder von dem Fund.

«Wie bist du darauf gekommen?»

Parisa lächelte schief.

«Die Anlage hat keinen Ton von sich gegeben.»

Sie hob das iPhone vom Fußboden auf. Die Akkuanzeige stand immer noch auf Grün. Sie zog sich dünne Gummihandschuhe an und tippte vorsichtig aufs Display.

«Solltest du damit nicht warten, bis die Spurensicherung eintrifft?» Eriksens Tonfall war scharf.

«Und wann wird das sein?»

Sie tippte weiter bis zum Icon «Letzte Anrufe». Zwei Telefonnummern leuchteten ihr entgegen. Die Nummer der Auskunft und ein «Anruf in Abwesenheit» aus dem Ausland. Beide vom 23. November.

«Nadija hat ihre Gespräche gelöscht.»

Parisa hielt das Handy hoch. «Sicher auf Anweisung von Gusev. Das Einzige, was sie nicht mehr löschen konnte, war der Anruf bei der Auskunft. Der unbeantwortete

Anruf später am Abend kam aus einem deutschen Hotel. Fadil hat nicht sein Handy benutzt, als er endlich zurückrief.»

«Warum ist das jetzt so wichtig, wir wissen ja, was passiert ist.»

Ted Eriksen hatte sich noch nicht mit dem Gedanken versöhnt, dass Gusev aus dem Spiel war.

«Weil es bedeutet, dass Mihajlo Djogo nichts von den Informationen weiß, die wir von Fadil Hadzic erhalten haben. Er hat keine Ahnung, dass wir ihm dicht auf den Fersen sind.»

Kapitel 80

Lykke saß Nora direkt gegenüber auf einem wackligen Holzstuhl, den die Polizisten eilig aus der Küche geholt hatten. Sie sah ihn neugierig, fast ein wenig erstaunt an.

«Es ist sehr wichtig, dass du mir genau erzählst, was passiert ist, nachdem du aus dem Haus gegangen bist», sagte er und lehnte die angebotene heiße Schokolade mit einer Handbewegung ab.

Nora drückte sich auf dem Sofa noch enger an ihren Vater, blickte Lykke aber weiterhin interessiert an.

«Zuerst bin ich die Strandgata hinuntergegangen, und dann tat es mir leid, dass ich so hässlich zu Papa gewesen war, und dann wollte ich anrufen und mich entschuldigen, aber ich hatte mein Handy vergessen.»

«Aha. Und dann?»

Lykke merkte, dass Parisa fehlte; er fühlte sich oft so

steif im Umgang mit Kindern. Und dieses Mädchen erinnerte ihn stärker an Ida, als ihm lieb war.

«Ich hab auf die Uhr gesehen und gemerkt, dass ich fünf Minuten zu spät war, und bin zum Fredsparken gelaufen.»

«Hast du jemanden getroffen?»

«Nein, er ist nicht gekommen.»

«Wer ist nicht gekommen?»

«Erik. Ich sollte ihm helfen, Max zu suchen.»

«Max?»

«Das ist sein Hund.»

«Aber Erik ist nicht gekommen.»

«Nein.»

«Warst du traurig?»

«Ja.»

«Und du hast auch sonst niemanden gesehen?»

«Nein.»

Sie sah ihren Vater an, und Lykke sah Nora an. Sie murmelte: «Da war ein Mann.»

«Ein Mann?»

«Ja, er durfte seinen Sohn nicht besuchen, und das finde ich gemein.»

Lykke wechselte einen Blick mit Viker.

«Und wie sah der Mann aus?»

«Er saß auf einer Bank und hat hallo zu mir gesagt. Er war nicht klein, aber auch nicht so groß, und richtig norwegisch sah er auch nicht aus. Ich hab ihn gefragt, ob er aus Italien ist.»

«Was hat er gesagt?»

Nora dachte nach.

«Nichts.»

«Hat er erzählt, warum er dort auf der Bank saß?»

«Das hab ich doch schon gesagt, weil er auf seinen Sohn gewartet hat, aber der Sohn durfte nicht kommen, weil seine Mutter das nicht will. Und dann hab ich gefragt, ob er einen Jungen gesehen hat, der Erik sein könnte, und da hat er ja gesagt.»

«Hat der Mann noch was anderes gemacht, als auf der Bank zu sitzen, während ihr euch unterhalten habt?»

«Nein ... er hat nur seine Mütze abgenommen.»

«Die Mütze?»

«Ja, nicht lange, aber er hat sie abgenommen und sich den Kopf gekratzt, und er hatte eine schwarze Tasche auf dem Schoß.»

Lykke blickte nachdenklich auf den Tisch.

«Und das war alles?»

«Ja. Eigentlich schon.»

«Hat er dich nach Hause gebracht?»

«Nein, ich glaube, er wollte noch irgendwohin. Jedenfalls ist er weggegangen, als wir wieder an der Straße waren. Er war nett.»

Sie trank einen Schluck von ihrer heißen Schokolade. «Warum kann die Polizei nicht bestimmen, dass er seinen Sohn sehen darf? Ich finde es total ungerecht, dass die Mutter alles bestimmen kann.»

Lykke nickte.

«Das finde ich auch. Wir werden sehen, was wir da tun können, aber dafür müssen wir den Mann erst mal finden. Wie war er denn angezogen?»

«Er hatte schwarze Winterschuhe an und eine braune Hose, fast so eine, wie Papa hat, und einen schwarzen Mantel mit so 'nem Pelz hier.»

Sie strich sich mit der Hand über den Brustkorb.

«Und unter dem Mantel, konntest du das auch sehen?»

«Ja, einen Pullover, der war grau, glaub ich. Und Handschuhe und Mütze.»

«Welche Farbe hatte die Mütze?»

«Schwarz. Oder blau.»

Lasse Viker blickte von seinem Notizblock auf.

«Hatte er ein Auto?»

Nora sah ihren Vater unsicher an.

«Weiß nicht. Wir sind bloß ein Stück zusammen gegangen.»

Viker sah Lykke fragend an.

«Könnten wir uns kurz in die Küche zurückziehen?», fragte Lykke.

«Natürlich.»

Es war das erste Mal, dass Gisle Kvamme etwas sagte. Seine Wangen waren eingefallen, und das Gesicht hatte eine Farbe, die an frischen Fensterkitt erinnerte. Lykke tat der Mann aufrichtig leid.

«Was meinst du?» Viker schloss die Tür, setzte sich an den Küchentisch und blickte Lykke fragend an.

«Das war Mihajlo Djogo, da bin ich mir sicher», sagte Lykke.

«Wieso?»

«Keine Ahnung.»

«Vielleicht hat ihn irgendwas erschreckt?», schlug Viker vor. «Oder vielleicht hat er es einfach nicht übers Herz gebracht?»

Lykke spielte zerstreut mit einem Eierschneider.

«Wenn du fähig bist, auf diese Art zu töten, hast du kein normal entwickeltes Gefühlsleben.»

«Aber er fährt doch nicht zweihundert Kilometer, nur um mit dem Mädchen zu *reden*?»

«Nein ...»

Lykke dachte über Noras Aussage nach. Irgendetwas passte nicht zusammen.

«Vielleicht ist was dazwischengekommen? Vielleicht wurde er gestört und versucht es morgen wieder. Djogo ahnt ja nicht, dass wir ihm auf der Spur sind.» Lasse Viker erhob sich, drehte den Kaltwasserhahn auf und nahm ein Glas aus dem Schrank. «Oder er hat Panik gekriegt. Ist schon was anderes, Kinder zu töten.»

«Er hat die Mütze abgenommen», sagte Lykke plötzlich. «Warum um alles in der Welt hat er das getan?»

«Hat vielleicht 'ne heiße Birne gehabt ...»

«Draußen sind zehn Grad Frost, und es ist windig.»

Viker trank das Glas in einem Zug aus und stellte es mit einem Knall auf den Tisch.

«Natürlich!» Lykke sprang so plötzlich auf, dass Viker vor Schreck das leere Glas umstieß. «Er hat dafür gesorgt, dass das Mädchen sein Gesicht deutlich sehen konnte.»

Viker starrte seinen Chef verständnislos an.

«Ja und?»

«Begreifst du nicht?»

Lykke ging hastig auf und ab.

«Er brauchte Nora nicht zu töten, wenn sie ihn nicht wiedererkannte.»

Viker blickte ihn immer noch an.

«Wenn sie ihn nicht wiedererkannte, war sie auch keine Gefahr für ihn. Schlauer Fuchs.»

«Deshalb musste er sie treffen.»

Lykke unterbrach seine Wanderung.

«Es war ein Test.»

Kapitel 81

Kurz vor neunzehn Uhr. Parisa beobachtete den Kriminaltechniker, der über Lakshmis iPhone gebeugt saß.

«Bald fertig?»

«Geben Sie mir noch zehn Minuten.»

Sie unterdrückte ein Stöhnen und lächelte matt zu Kuvås hinüber, der am Küchenfenster stand und auf die beleuchtete Straße hinaussah.

An der Einmündung des Sølve Solfengs vei saßen sechs bewaffnete Männer in einem alten Lieferwagen. Fünfzig Meter weiter oben stand ein ziviler Passat mit laufendem Motor, am Steuer Ted Eriksen. Weitere drei schwerbewaffnete Beamte und eine Hundeführerin hatten sich in der Garage des Nachbarhauses verschanzt. Alle Flughäfen, die Fährschiffe und die Grenzübergänge waren informiert. Mihajlo Djogo hatte keine Chance. Dead Duck, dachte Parisa. Am Telefon hatte Lykke besonders auf die schwarze Tasche hingewiesen. «Er ist ein erfahrener Soldat.» Aber er ist nicht James Bond, dachte Parisa. Der entkommt uns nicht, dieser Satan.

«Hier, aber vorsichtig.»

Der Kriminaltechniker übergab ihr das Handy und zog die Handschuhe aus.

Rasch klickte sie sich zur SMS-Korrespondenz durch.

Besonders die Nachrichten zwischen Lakshmi und Siri Røymark interessierten sie. Wie erwartet, gab es eine ganze Menge. Sie griff zum Notizblock und begann zu schreiben.

Kapitel 82

Er sah sie kurz am Küchenfenster und kurz darauf noch einmal, als sie sich zur Fensterbank im Wohnzimmer, wie er vermutete, hinunterbeugte und eine Kerze ausblies.

Ein junger Mann im Anzug kam aus dem Haus, entfernte das Schild mit dem Hinweis auf die Wohnungsbesichtigung und warf es in einen kleinen Peugeot mit der Aufschrift «DnB NOR Eiendom», ließ den Motor an und fuhr Richtung Zentrum. Weit entfernt waren die Sirenen eines Einsatzfahrzeugs zu hören, ansonsten war alles still. Es schneite nicht, und es wehte auch kein Wind, aber es war immer noch hundekalt. Das Thermometer am Armaturenbrett zeigte minus zwölf Grad.

Er musste es jetzt tun, eine bessere Gelegenheit würde sich nicht mehr bieten. Er streckte sich nach der Tasche aus, zögerte kurz und nahm die schwarze Mütze ab. Dann öffnete er die Tür des unscheinbaren Toyota, den er sich in Risør gemietet hatte, und stieg hinaus in den Schnee.

Er fand ihren Namen auf dem Klingelbrett und drückte den Knopf.

«Ja bitte?»

«Ist hier die Wohnungsbesichtigung?»

Es blieb einen Moment still.

«Die Besichtigung ist eigentlich vorbei ...»

«Oh, dann entschuldigen Sie. Es wäre nicht vielleicht möglich, noch einen ganz schnellen Blick in die Wohnung zu werfen?»

«Der Makler ist schon weg ...»

«Ich habe das Exposé dabei, und ich bin sehr interessiert. Nur eine Minute?»

«Na gut. Kommen Sie meinetwegen rauf.»

Der Türöffner summte.

Bei einer Wohnung im Hochparterre stand die Tür einen Spalt offen. Er hörte Stimmen und Geräusche in der Wohnung. Rasch lief er die Treppe hinauf. Das war der riskanteste Teil, er durfte dabei nicht gesehen werden. Nicht noch einmal.

Er blieb vor einer hellbraunen Tür stehen, stellte fest, dass sie keinen Spion hatte, zog sich Handschuhe an und lächelte. Alles würde laufen wie geplant. Was für ein naives Land. Was für Idioten.

Kapitel 83

«Oslo 35 km».

Lykke blinzelte das Schild mit zusammengekniffenen Augen an, stellte die Rücklehne ein wenig mehr nach vorn und versuchte, das leise Pfeifen von Lasse Viker zu ignorieren. Er blickte zur Uhr.

«Falls Djogo direkt nach Hause gefahren ist, sollte Parisa jetzt besser wachsam sein.»

Das Pfeifen hörte auf.

«Japp.»

Kommissar Rolf Lykke versank in Schweigen.

Wohin sollte Djogo sonst fahren? Es gab keine Zeugen. Er konnte sich sicher fühlen. Oder ...?

Er ließ sich noch einmal die letzten Tage durch den Kopf gehen. War es möglich, dass der Mann Lunte gerochen hatte? Kaum. Vermutlich saß er in diesem Moment in irgendeiner Raststätte beim Abendessen, oder spielte er vielleicht Bowling? Lykke holte sein Handy heraus. Mihajlo Djogo hatte so enge Verbindungen zur Polizei, dass jeglicher Funkverkehr untersagt worden war. Er begann, die Nummer der Einsatzzentrale zu wählen, überlegte es sich dann aber anders. Es war besser, ihn zu Hause zu erwarten.

Der zivile Passat beschleunigte und fuhr auf die Drammensbrua.

«Da bin ich groß geworden», sagte Viker und zeigte auf eine dunkle Kontur am Ende der Brücke.

Lykke nickte abwesend und warf einen Blick in den Seitenspiegel.

«Sieh dir das an.»

«Was?»

«Im Spiegel.»

«Der hängt schon eine ganze Weile hinter uns.»

«Seit der Abzweigung nach Larvik. Er ist mir bereits aufgefallen, als wir durch Tønsberg gefahren sind. Fährt ganz schön schnell. Was ist das für einer?»

Viker brauchte nicht hinzusehen.

«Audi A6. Sollen wir ihn stoppen?»

Lykke schüttelte den Kopf.

«Wir haben Wichtigeres zu tun. Kannst du die Nummer erkennen?»

«Keine Chance.»

«Falls Djogo nicht bis Mitternacht gefasst ist, will ich rund um die Uhr Personenschutz vor Kvammes Haus. Zwei Mann.»

«Ist notiert», sagte Viker. «Ich hatte noch nie mit Mördern zu tun, die nach der Eliminierungsmethode arbeiten. Was für ein Glück, dass Nora ihn in der Tøyengata nicht gesehen hat.»

«Ja.»

«Aber warum geht er das Risiko ein, sich offen zu zeigen? Jetzt erkennt sie ihn doch wieder?»

«Die Chance ist minimal. In drei Tagen hat sie ihn vergessen. Der Kerl ist Psychiater, der weiß so etwas. Außerdem setzt er darauf, dass wir immer noch an der Rassismus-Spur arbeiten. Wenn er Nora getötet hätte, würden die Ermittlungen in eine neue Richtung gehen.» Er kramte ein Kaugummi hervor. «Er weiß nicht, dass wir ihm auf der Spur sind, deshalb verhält er sich so.»

Lykke registrierte das leuchtende Osram-Schild kaum, als sie daran vorbeirasten. Sein Vater hatte einmal erzählt, dass die Glühbirnenfabrik einen Geschäftsführer hatte, der Lampe hieß. Seitdem war er nie mehr über die Drammensbrua gefahren, ohne daran zu denken, an seinen Vater und an Lampe ...

Plötzlich hatte er das Gefühl, als hätte jemand eine Mauer in seinem Hinterkopf niedergerissen.

«Was hast du gerade gesagt?» Lykkes Miene gefror.

«Warum er das Risiko eingeht ...»

«Das meine ich nicht.» Er tippte blitzschnell eine Nummer auf dem Handy ein. «Die Eliminierungsmethode.»

Lasse Viker konnte nicht ganz folgen. «Mörder, die nach der Eliminierungsmethode arbeiten?»

Lykke atmete tief durch.

«Djogo hat dasselbe begriffen wie wir. Wenn *das Mädchen* nicht Nora war, gibt es nur noch eine Alternative.»

«Welche?»

«Begreifst du nicht?»

«Siri Røymark?»

«Ja.»

«Er hat gehört, dass du gesagt hast, ‹das Mädchen hat ihn gesehen›. Er weiß, dass es nur zwei Kandidatinnen gibt. Nora und Siri.»

«Ja.»

«Scheiße!»

Rolf Lykke hörte Parisas Stimme am anderen Ende.

«Sind Leiner und Heltne noch bei Røymark?», fragte er.

«Nein, sie sind hier.»

«Wer ist in Lambertseter?»

«Keiner. Sie war ja nicht in Gefahr ...» Ihre Stimme wurde plötzlich unsicher. «Ich habe den Einsatz abgeblasen und ihnen gesagt, dass es ein Missverständnis war!»

«Verdammt!» Lykke schlug mit der Faust auf das Armaturenbrett. Er überlegte kurz. «Ruf Siri an, sie soll niemandem die Tür aufmachen, und sag den Kollegen in Manglerud Bescheid, sie müssen einen Wagen hinschicken, aber dalli!»

«Sollen wir weiter hier warten?»

Lykke brauchte erneut drei Sekunden Bedenkzeit.

«Nimm Ted mit. Die anderen bleiben da. Wir wissen ja nicht, wo er auftaucht.»

Er sah auf seine Armbanduhr. 20.16 Uhr.

Am Telefon blieb es einen Moment still, dann war Parisa zurück.

«Djogo weiß, dass Siri heute Wohnungsbesichtigung hat, dass die Kinder bei ihrem Ex sind, dass sie allein in …»

«Wie kann er das wissen?», fiel Lykke ihr ins Wort.

«Das steht alles in den SMS, die in Lakshmis Handy gespeichert sind. Es liegt vor mir.»

«Scheiße!»

Kapitel 84

Er hörte das Geräusch leichter Schritte. Die Tür ging auf, und Siri Røymark musterte ihn.

«Bitte, treten Sie ein.»

Er nickte lächelnd. Lag da etwas in ihrem Blick? Er wurde unsicher.

«Herzlichen Dank, ich möchte nicht stören, aber ich habe extra den weiten Weg gemacht …» Er gestikulierte mit dem Verkaufsprospekt, den er sich aus dem Internet ausgedruckt hatte.

«Sie können sich gern umsehen.»

Er versuchte, ihren Blick aufzufangen, aber sie drehte den Kopf zur Seite und kramte eine Schachtel Streichhölzer aus der Hosentasche. War das Schüchternheit oder – Angst?

«Meinetwegen brauchen Sie die Kerzen nicht anzuzünden», sagte er lächelnd.

«Das macht mir nichts aus …»

Sie drehte ihm den Rücken zu und verschwand Richtung Wohnzimmer. Es lief nicht nach Plan.

«Möchten Sie nicht hereinkommen?»

Hörte er da die Andeutung eines Zitterns in der Stimme?

«Danke, natürlich.»

Er behielt die Schuhe an und sah sich in dem kleinen Zimmer um.

«Die Küche ist dort», sagte sie und zeigte auf eine offene Tür.

Vom Esstisch kam ein Klingeln. Siri Røymark griff nach dem Handy.

Er beobachtete sie wachsam.

«Ja, Siri hier.»

Ihre Stimme wirkte entspannt.

Sie lehnte sich gegen die Tischkante, das Gesicht halb abgewandt, und lauschte.

«Ja, ja, extra groß mit Schinken und Champignons, wie ich gesagt habe.»

Er atmete langsam durch die Nase aus.

«Dann kommt eben, so schnell ihr könnt.» Sie legte auf und zuckte resigniert mit den Schultern.

«Echt unglaublich. Ich habe schon hundertmal bei denen eine Pizza bestellt, aber sie schaffen es jedes Mal, sich zu verfahren.» Sie legte das Handy auf den Tisch. «Sehen Sie sich ruhig um. Sie können alle Schränke öffnen. Ich hole die Liste, dann können Sie sich eintragen, falls Sie interessiert sind.»

«Gut.»

Er machte pflichtschuldig ein paar Schubladen auf und zu, zog an der Lüftungsklappe über dem Herd, öffnete den Schrank unter der Spüle ... Erst da bemerkte er den bittersüßen Geruch, der in der Luft hing, und im selben Moment war er sich sicher. Der Geruch von Furcht. Der Gestank. Sie hatte Angst. Er fühlte, wie die Wut durch seinen Körper jagte, und war schon auf dem Weg in den Flur, als er das Geräusch eines Schnappschlosses hörte, das geöffnet wurde. Mit einem unterdrückten Brüllen sprang er auf die halboffene Tür zu.

Vom Esstisch ertönte wieder ein Klingeln.

Kapitel 85

«Jetzt geh doch ran, Mädchen!»

Parisa hatte das Handy auf Lautsprecher gestellt, während sie auf den Zivilwagen zulief. «Lambertseter. Fahr los!», rief sie, als sie die Beifahrertür öffnete.

Ted Eriksen sagte nichts, bis sie auf den Trondheimsveien hinausschleuderten.

«Røymark?»

Parisa nickte und umklammerte das Mobiltelefon mit der rechten Hand.

«Djogo ist dort?», fragte er.

«Ja, sie hat uns gebeten, so schnell wie möglich zu kommen.»

Eriksen warf ihr einen ungläubigen Blick zu.

«Das hat sie gesagt? Während der Kerl zuhört?»

«Ich hatte ihr eingeschärft, sie soll Pizza bestellen», erwiderte Parisa.

«Was?»

«Ich hab ihr gesagt, sie soll Pizza bestellen, falls jemand in der Wohnung ist. Und das hat sie getan. Kann die Karre nicht schneller fahren?»

Ted Eriksen öffnete das Fenster, knallte das Blaulicht aufs Dach und trat das Gaspedal durch, nachdem er sich auf die Ringautobahn eingefädelt hatte. Als sie durch den

Brynstunnel jagten, stand der Tacho bei 175 km / h. Die vor ihnen fahrenden Autos stoben auseinander wie aufgeschreckte Hühner. An der Abfahrt Lambertseterveien entdeckten sie wenige hundert Meter vor ihnen den Streifenwagen aus Manglerud.

«Was zum Henker haben die so lange gemacht?», sagte Eriksen. «Karten gespielt?»

Parisa nahm die Pistole aus dem Schließfach in der Mittelkonsole, überprüfte sie rasch und steckte sie in die rechte Jackentasche. Ted ging an der letzten Steigung in den dritten Gang.

«Feltspatveien rein, hinter Bunnpris links ab. Antenneveien, dann die nächste rechts.»

«Kinderspiel.»

Parisa starrte durch die Windschutzscheibe. Ein Mann auf einem Fahrrad ohne Licht brachte Ted aus dem Konzept. «Was ist das denn für ein Idiot!»

Im Spiegel sah sie das Rad im Straßengraben. Der Mann rappelte sich auf und klopfte sich den Schnee von der Hose.

«Ich habe ihnen gesagt, sie sollen hundert Meter vorher anhalten. Er darf sie auf keinen Fall als Geisel nehmen.»

Eriksen holte das Blaulicht vom Dach, stellte die Alarmsirene ab und nahm den Fuß vom Gas. Er ließ den Wagen neben der Streife ausrollen, die an der Kreuzung Antenneveien auf sie wartete. Parisa ließ die Scheibe herunter.

«Wir parken oben hinten den Garagen. Waffen bereit?»

Die Streifenwagenbesatzung nickte.

«Amateure», murmelte Eriksen.

«Fahr endlich!», rief Parisa, der das Herz bis zum Hals schlug. Das hier hatte sie zu verantworten. Es war ihre Schuld – hätte sie Heltne und Leiner nicht zurückbeordert …

Ted stellte den Wagen ab, sie stiegen aus und gingen die letzten Meter zu Fuß. Parisa spürte den kalten Stahl der Pistole in der Jackentasche, eine neue Heckler & Koch 300, noch etwas fremd in der Hand, aber sie vermisste die Smith & Wesson keine Sekunde. Früher musste sie nach sechs Schüssen das Magazin wechseln, jetzt hatte sie fünfzehn.

«Scheiße, was ist das denn!»

Ted Eriksen hatte den Trockenständer umrundet und entdeckte eine zusammengesunkene Gestalt, die zu dem weißen Wohnblock hinaufstarrte.

«Das ist ...»

Parisa begann zu laufen. Im Hintergrund kam ein Mann aus dem Hauseingang, der einen schwarzen Plastiksack hinter sich herschleifte.

«Stehen bleiben, Polizei!», rief Eriksen. Er hielt die Pistole im Anschlag. «Lassen Sie den Sack fallen und legen Sie sich flach auf den Boden!»

Der Mann gehorchte augenblicklich. Parisa rannte weiter.

«Siri Røymark!» Die junge Frau saß wie betäubt im Schnee. «Siri!»

Parisa war bei ihr angekommen und nahm sie in die Arme.

«Er ist ...»

Sie zitterte vor Kälte, starrte Parisa mit gläsernem Blick an und murmelte etwas Unverständliches.

«Wo ist er!?», rief Parisa und schüttelte sie an ihren schmalen Schultern. «Sie müssen mir sagen, wo er ist!»

«Da oben.»

«Was?»

«Da oben», sagte Siri und zeigte hinauf. «Ich habe ihn eingesperrt.»

Parisa starrte sie ungläubig an.

«Sie haben ihn in Ihrer Wohnung eingesperrt?»

Auf dem kreideweißen Gesicht erschien ein zaghaftes Lächeln.

«Hier ist der Schlüssel», sagte sie und hielt ihn hoch. «Ein Sicherheitsschloss.»

Parisa erhob sich und blickte zu den Fenstern im dritten Stock hinauf. Sie waren dunkel. Er hat uns gesehen, dachte sie. Natürlich.

Ted Eriksen war damit beschäftigt, den Mann mit dem Plastiksack zu durchsuchen.

«Er ist in der Wohnung», rief sie ihm zu. «Sie hat ihn eingesperrt!»

Ted drehte sich um und sah sie ungläubig an.

«Machst du Witze?»

Sie schüttelte den Kopf.

«Cleveres Mädchen.»

Eriksen stand mit leicht gespreizten Beinen vor dem Mann, die Pistole im Anschlag. Parisa zog sich rasch den Mantel aus, legte ihn der zitternden Siri um die Schultern und wandte sich an den jüngeren der Streifenbeamten, die inzwischen herbeigeeilt waren.

«Bringen Sie die Frau ins Auto und rufen Sie einen Rettungswagen.»

«Geht klar.»

«Was ist mit der Verstärkung?», fragte Ted.

«Der Chef und Viker sind jeden Moment hier. Wir warten.»

«Warum gehen wir nicht einfach rein?»

«Weil das eine große Dummheit wäre», erwiderte sie.

Eriksen senkte die Pistole und bedeutete dem Mann im Schnee, dass er aufstehen sollte.

«Sie können gehen.»

«Ich wohne da.» Der Mann nickte zum Aufgang hinüber.

«Da kann jetzt keiner rein. Setzen Sie sich ins Auto.»

Der Mann schüttelte den Kopf und schlurfte zum Streifenwagen hinüber.

«Wir evakuieren den Block», sagte Parisa.

«Bist du jetzt hier der Chef, oder was?» Ted Eriksen starrte sie herausfordernd an.

«Ich bin nicht der Chef, aber ich leite diesen Einsatz.»

Parisa blickte wieder die Fassade hinauf. Immer noch dunkel. Keine einzige Bewegung. Saß er einfach dadrinnen und wartete? Ein Elitesoldat der Spezialeinheit von General Mladic.

Der Beamte vom Revier Manglerud sah unsicher vom einen zum anderen.

«Und was wird nun aus ...»

Im selben Moment raste Lykkes Passat auf den Platz und hielt in einer aufwirbelnden Schneewolke. Die Türen wurden aufgerissen, noch ehe der Wagen zum Stehen kam.

«Wie ist die Lage?»

Lykke hörte sich an, als wäre er die letzten Kilometer gerannt.

«Djogo ist in der Wohnung», sagte Parisa und nickte zum Streifenwagen hinüber, in dem man die Konturen von Siri Røymark auf dem Rücksitz erkennen konnte. «Sie hat ihn eingesperrt. Ich habe den Schlüssel.»

«Da ist er!» Der jüngere Streifenbeamte beugte sich über den Wagen und zeigte die Fassade hinauf. «Er hängt an der Dachrinne!»

Halb verborgen von einer Balkonbrüstung zeichnete sich eine dunkle Gestalt vor der hellen Wand ab.

Ted Eriksen hob die Pistole.

«Nicht schießen!» Lykke starrte auf den schwarzen Schatten.

«Er versucht, auf den anderen Balkon zu kommen», sagte Parisa.

«Schickt jemanden rauf in die Wohnung», sagte Lykke und formte die Hände vor dem Mund zu einem Trichter. «Hier spricht Kommissar Lykke! Sie haben keine Chance, Djogo! Kommen Sie runter, bevor Sie abstürzen!»

Sie konnten sehen, dass der Mann zögerte. Für einen Moment hing er dort, eine schwarze Gestalt mit gespreizten Armen, und warf lange Schatten auf die weiße Fassade.

«Sieht beinahe aus, als hinge er am Kreuz», murmelte Viker.

Djogo hangelte sich weiter. Der Abstand zwischen den beiden Balkonen betrug etwa sechs Meter. Die Hälfte hatte er beinahe geschafft.

Lykke bemerkte eine Frau mit einem Baby auf dem Arm, die vom Wohnzimmerfenster der Nachbarwohnung neugierig zu ihnen hinunterstarrte. Er warf einen Blick zum Eingang. Ted Eriksen war immer noch nicht im Haus.

«Beeil dich, Ted!»

«Ich versuch's ja, aber da macht keiner auf!»

«Verdammt!»

Offensichtlich verfolgte Djogo genau, was sie sagten, denn plötzlich arbeiteten seine Arme mit erhöhtem Tempo.

Die Frau mit dem Baby trat auf den Balkon.

«Halt! Gehen Sie wieder rein!», rief Lykke.

Die Frau hatte offenbar nicht begriffen, dass die Warnung ihr galt. Statt zurückzugehen, trat sie näher ans Geländer heran und blickte auf die Leute vier Etagen unter ihr. Sie muss doch sehen, dass das ein Polizeieinsatz ist, dachte Lykke. Djogo hatte für einen Moment innegehalten, offenbar, um sie nicht zu erschrecken, aber jetzt holte er mit den Armen weit aus und war nur noch wenige Meter von ihrem Balkon entfernt. Nun hatte die Frau ihn entdeckt und ging augenblicklich zurück in die Wohnung, blieb aber an der offenen Balkontür stehen, anstatt sie zu verriegeln.

Lykke griff in seinen Mantel und zog die Pistole aus dem Schulterholster.

Djogo war nur noch einen guten Meter entfernt, gleich hatte er mit den Beinen das Geländer erreicht. Lykke hob die Pistole mit beiden Händen und zielte.

«Halt, oder ich schieße!»

Die Drohung zeigte keine Wirkung. Djogo war nur noch eine Armlänge vom Balkon entfernt.

«Schieß!», brüllte Eriksen. «Knall die verdammte Sau ab!»

Lykke spürte ein Pfeifen in seinen Ohren. Er zielte auf Djogos linke Schulter, hielt inne, zögerte. Das Zielobjekt war mindestens zwanzig Meter entfernt. Der Abstand zwischen Djogo und der Frau mit dem Kind betrug weniger als einen Meter.

Plötzlich ein scharfer Knall. Die schwarze Gestalt zuckte.

«Verdammt, was war das?»

Djogo war getroffen. Lykke richtete einen fragenden Blick auf seine Waffe, aber er wusste, dass er nicht geschossen hatte.

«Er ist am Arm getroffen!»

Parisa lief auf die Hauswand zu, die Pistole im Anschlag.

Mihajlo Djogo strampelte verzweifelt, zehn Meter über dem Erdboden mit nur einem Arm an der Dachrinne hängend. Der andere Arm hing schlaff herunter. Er machte einen verzweifelten Versuch, sich mit den Füßen von der Hauswand abzustoßen, um die Beine über das Balkongeländer zu bekommen. Da zerriss ein weiterer Knall die Stille, und Djogos unverletzter Arm zuckte. Ein kurzer Schrei, dann ließ er los. Der dunkle Körper drehte sich wie in stummer Zeitlupe halb um sich selbst und fiel. Eine halbe Sekunde später hörte man einen dumpfen Aufprall, als er auf einem schneebedeckten Dreirad landete, das ein Kind auf dem Hof vergessen hatte.

«Verdammt!», brüllte Lykke. «Welcher Idiot hat da geschossen?!»

Sie liefen auf die Stelle zu, an der Djogo aufgekommen war.

Er lag auf dem Rücken, unnatürlich verkrümmt und das Gesicht himmelwärts gewandt. Etwas, das an ein Rentiergeweih erinnerte, hatte sich durch seine Bauchdecke gebohrt. Es dauerte ein paar Sekunden, bis Lykke begriff, dass es der Lenker des Dreirads war. Viker wischte sich mit dem Handrücken die Nase ab.

«Das nenne ich einen rasanten Abstieg ...»

Parisa legte zwei Finger an Djogos Hals.

«Er lebt.»

«Einen Rettungswagen!»

Rolf Lykke hatte das Telefon in der Hand.

«Schon unterwegs», sagte der Beamte der Revierwache Manglerud, beugte sich vor und griff nach dem Vorderreifen des Dreirads.

«Nichts anfassen. Solange er Luft kriegt ...»

Lykke bemerkte, dass aus Mihajlo Djogos linkem Ohr Blut lief.

Sein Körper reagierte noch vor dem Gehirn, das Aufheulen eines Motors brachte ihn blitzschnell auf die Beine. Er warf den Kopf herum, in dem hilflosen Versuch, das Geräusch zu orten.

«Da!», rief Parisa.

Ein Auto ohne Licht raste vom Vorplatz auf den Feltspatveien.

«Audi», sagte Lasse Viker. «Jede Wette.»

«Fahndung nach einem silbergrauen Audi A6!» Lykke drehte sich zu Viker um. «Sechsundneunziger Baujahr?»

«Achtundneunziger», sagte Viker.

Eriksen hatte das Handy schon am Ohr.

Lykke betrachtete das Einschussloch in Djogos rechter Hand. Er bückte sich, zog vorsichtig am Mantel und musterte die linke Hand. Einschuss an genau der gleichen Stelle.

«Fadil», murmelte er. «Das kann nur er gewesen sein. Er hat uns die ganze Zeit verfolgt.»

Aus dem unförmigen Bündel am Boden drang ein hohles Stöhnen. Dann ein Winseln und ein grauenvolles Röcheln. Der Elitesoldat. Ratko Mladics ergebener Diener.

Kapitel 86

Polizeidirektorin Anne Breiby fingerte nervös an einem Brieföffner.

«Schönen Gruß übrigens von der Polizeipräsidentin», sagte sie und entblößte eine Reihe blendend weißer Zähne. «Sie ist sehr zufrieden mit Ihrer Leistung.»

Lykke rutschte auf dem weichen Besucherstuhl hin und her. «Diesmal hatte ich mehr Glück als Verstand.»

«Ach ja?»

«Ich habe diese blöde Bemerkung gemacht und damit zwei Menschenleben aufs Spiel gesetzt.»

«Aber doch nicht mit Absicht.»

Lykke blickte ihr in die Augen.

«Was ist schlimmer: Vorsatz oder Dummheit?»

Breiby zuckte die Schultern in ihrer tadellos gebügelten Uniformbluse.

«Jetzt sind Sie zu streng mit sich, Rolf.»

«Das habe ich wohl auch nicht anders verdient.»

Breiby lächelte.

«Schauen Sie mal, was ich hier habe.» Sie zog die Schreibtischschublade auf und holte eine kleine Schachtel heraus. «Belgische Schokolade. Bitte, greifen Sie zu!»

«Danke.» Lykke nahm pflichtschuldig ein kleines, silbern eingewickeltes Stück heraus. «Wird er seine Strafe in Norwegen absitzen?»

Anne Breiby stand auf und zog einen Ordner aus dem Regal neben dem Fenster.

«Falls er überlebt, und das wollen wir doch trotz allem hoffen, gehe ich davon aus, dass er viele Jahre in einem norwegischen Gefängnis verbringen wird. Oder in einem Krankenhaus», fügte sie hinzu. «Und ich weiß nicht, was schlimmer ist.»

«Viele Jahre? Der müsste den Rest seines Lebens hinter Gittern sitzen.»

«Wir hatten jetzt drei oder vier Fälle mit Kriegsverbrechern vom Balkan, ich glaube, die sind alle ziemlich billig davongekommen.»

«Warum?»

«Was vor mehr als fünfzehn Jahren geschehen ist, lässt sich schwer beweisen.» Breiby beugte sich vor. «Erinnern Sie sich an die Sache mit der Ärztin, die vor einigen Jahren in Oslo einen Kriegsverbrecher auf der Straße wiedererkannte? Er war Chef eines Gefangenenlagers gewesen, in dem sie über dreißig Mal vergewaltigt worden war. Ich glaube, er hat fünf Jahre gekriegt.»

«Er war Serbe?»

«Nein, bosnischer Muslim. Die Frau war Serbin.»

Lykke schüttelte den Kopf.

«Laut Kuvås ist Norwegen das reinste Ferienparadies für Kriegsverbrecher.»

«Das *war* mal.»

«Was hat sich geändert?»

«Die Regierung hat vor einigen Jahren ein neues Gesetz verabschiedet ...» Sie unterbrach sich. «Ich glaube nicht, dass wir diese Diskussion jetzt führen sollten, Rolf.»

Lykke stand auf.

«Mit diesem Rechtssystem kann etwas nicht stimmen, wenn Kriegsverbrecher nicht härter bestraft werden als Jugendliche, die Hasch schmuggeln.»

«Wie auch immer, Djogo wird jedenfalls eine harte Strafe bekommen. Er hat in Oslo zwei Frauen getötet, das wiegt schwerer als die Verbrechen, die er in Bosnien begangen hat.»

Lykke trat an eins der vier Fenster, die auf den Fjord hinausgingen. Der Kontrast zu seinem Fenster mit Blick auf das alte Zuchthaus war überwältigend. Immer noch konnte man zwischen den halbfertigen gläsernen Kolossen, die auf dem Gelände des ehemaligen Ostbahnhofs emporwuchsen, das Meer sehen. Ein alter Mann am Stock bewegte sich vorsichtig die Treppe vor dem Friseursalon Larssen hinunter, dem einzigen Geschäft am Grønlandsleiret, das noch von einem Norweger geführt wurde.

«Und Fadil?», sagte er.

Sie runzelte die Stirn.

«Da bin ich wirklich überfragt. Ich vermute aber, die Richter werden ihn milde behandeln. Falls Djogo überlebt, ist Fadil sicher nach zwei Jahren wieder auf freiem Fuß.»

Lykke biss in das Schokoladenstück, es war steinhart und schmeckte nach Pfefferminz. Ein Piepsen kündete den Eingang einer SMS auf seinem Handy an. Er entschuldigte sich und überflog sie kurz. Sonja fragte, ob er Ida von der Schule abholen konnte. Sie hatte in die Hose gepinkelt und nichts zum Wechseln dabei.

Er drehte sich zu seiner Vorgesetzten um.

«Ich muss was erledigen», sagte er.

Breiby zögerte, dann rückte sie damit heraus.

«Hatten Sie Zeit, noch mal über den Oberkommissar nachzudenken?»

«Sie erhalten meine Entscheidung heute Nachmittag.»

«Okay, prima. Äh ... ja, und danke, Rolf.»

«Schon gut.» Lykke erwiderte den Druck ihrer schmalen Hand.

Er fühlte sich erleichtert, als er die Tür hinter sich schloss.

«Na, Belobigung von der Chefin abgeholt?»

Viker kam gemächlich auf ihn zugeschlendert, einen dampfenden Becher Kaffee in der Hand. Der Mann war ein einziges Grinsen.

«Ja, ob du's glaubst oder nicht.» Lykke blieb stehen. «Kann ich dich und Parisa kurz mal sprechen?»

«Die ist nicht da. Hat ein Date.»

«Parisa?» Er verspürte einen Anflug von Enttäuschung.

«Japp, mit einem richtigen Geldsack.»

«So ...»

Viker kratzte sich den Strubbelkopf.

«Sie hat ihn im Internet aufgegabelt. Komischer Kauz, steht nur auf Stewardessen und Polizistinnen.»

«Woher weißt du das?»

«Hat Parisa erzählt. Sie hat ihn abgecheckt.»

«Und trotzdem trifft sie sich mit ihm?»

Lykke merkte schon jetzt, dass er den Mann nicht mochte. Plötzlich fiel ihm wieder die SMS ein, die sie im Vernehmungszimmer von Kripos erhalten hatte.

«Haakon Stang?»

«Ja, woher ...?» Viker sah ihn überrascht an.

«Er hat sich vor Jahren mal vor dem Baronen geprügelt. Ging groß durch die Medien.»

«Inzwischen ist er wohl ganz friedlich und lustig, sagt Parisa.»

«Sicher.»

Ein Kommissar der Sondereinheit Menschenhandel ging vorbei und grüßte mit einem Kopfnicken, er hatte eine schutzsichere Weste über der Schulter.

Ich muss Ida abholen, dachte Lykke, und dann muss ich mit Sonja reden. Er warf im Vorübergehen einen Blick durch die halboffene Tür ins Büro des Oberkommissars. Drei Fenster zum Fjord.